HEYNE BÜCHER

SCIENCE FICTION

Herausgegeben
von Wolfgang Jeschke

Vom BATTLETECH™-Zyklus erschienen in der Reihe
HEYNE SCIENCE FICTION & FANTASY:

Die Gray Death-Trilogie:
William H. Keith jr.: Entscheidung am Thunder Rift · 064628
William H. Keith jr.: Der Söldnerstern · 06/4629
William H. Keith jr.: Der Preis des Ruhms · 06/4630
Ardath Mayhar: Das Schwert und der Dolch · 06/4686

Die Warrior-Trilogie:
Michael A. Stackpole: En Garde · 06/4687
Michael A. Stackpole: Riposte · 06/4688
Michael A. Stackpole: Coupé · 06/4689
Robert N. Charrette: Wölfe an der Grenze · 06/4794
Robert N. Charrette: Ein Erbe für den Drachen · 06/4829

Das Blut der Kerensky – Trilogie:
Michael A. Stackpole: Tödliches Erbe · 06/4870
Michael A. Stackpole: Blutiges Vermächtnis · 06/4871
Michael A. Stackpole: Dunkles Schicksal · 06/4872

Die Legende vom Jadephönix – Trilogie:
Robert Thurstone: Clankrieger · 06/4931
Robert Thurstone: Blutrecht · 06/4932
Robert Thurstone: Falkenwacht · 06/4933

Robert N. Charrette: Wolfsrudel · 06/5058
Michael A. Stackpole: Natürliche Auslese · 06/5078
Chris Kubasik: Das Antlitz des Krieges · 06/5097
James D. Long: Stahlgladiatoren · 06/5116
J. Andrew Keith: Die Stunde der Helden · 06/5128 (in Vorb.)
Michael A. Stackpole: Kalkuliertes Risiko · 06/5148 (in Vorb.)
Peter Rice: Fernes Land · 06/5168 (in Vorb.)
Michael A. Stackpole: Die Kriegerkaste · 06/5195 (in Vorb.)
Victor Milan: Auge um Auge · 06/5272 (in Vorb.)
James D. Long: Black Thorn Blues · 06/5290 (in Vorb.)

JAMES D. LONG

STAHL-GLADIATOREN

Ein BATTLETECH™-Roman

Neunzehnter Roman
im BATTLETECH™-Zyklus

Deutsche Erstausgabe

WILHELM HEYNE VERLAG
MÜNCHEN

HEYNE SCIENCE FICTION & FANTASY
Band 06/5116

Titel der Originalausgabe
MAIN EVENT
Aus dem Amerikanischen übersetzt von
Reinhold H. Mai
Das Umschlagbild malte Boris Vallejo
Die Innenillustrationen zeichnete Terry Pavlet
Die Karte auf Seite 5 zeichnete
Mirjam Wehner

Redaktion: Rainer Michael Rahn

Printed in Germany 1994
Umschlaggestaltung: Atelier Ingrid Schütz, München
Technische Betreuung: Manfred Spinola
Satz: Schaber Satz- und Datentechnik, Wels
Druck und Bindung: Elsnerdruck, Berlin

ISBN 3-453-07281-2

BATTLETECH – M. STACKPOLE

Natürliche Auslese

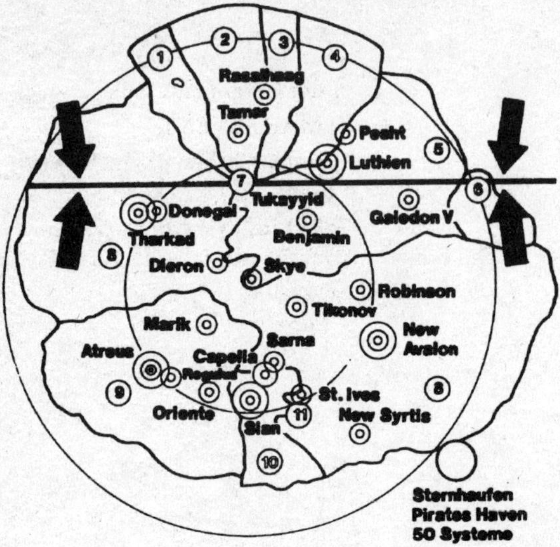

Karte der Nachfolgerstaaten

Clan-Waffenstillstandslinie

1. Jadefalken/Stahlvipern, 2. Wölfe, 3. Geisterbären,
4. Nebelparder/Novakatzen, 5. Draconis-Kombinat,
6. Außenweltallianz, 7. Freie Republik Rasalhaag,
8. Vereinigtes Commonwealth, 9. Liga Freier Welten,
10. Konföderatin Capella, 11. St. Ives-Pakt

Karte erstellt durch COMSTAR,
nach Informationen des COMSTAR-EXPLORERDIENSTES
und des STERNENBUNDARCHIVS, Terra.

3054 COMSTAR-KARTENDIENST

PROLOG

Wir schreiben das Jahr 3054. Die Menschheit hat das Weltall besiedelt, aber friedlicher ist sie dadurch nicht geworden. Tausende von Menschen besiedelte Welten der Inneren Sphäre waren vor Jahrhunderten Teil des mächtigen und reichen Sternenbundes. Aber mit dessen Zerfall im Jahr 2781 brach ein dunkles Zeitalter herein, in dem die fünf überlebenden Sternenreiche untereinander um die Vorherrschaft stritten.

Fast dreihundert Jahre bekämpften sich die fünf Nachfolgerfürsten in einem endlosen Konflikt, der als die Nachfolgekriege bekannt wurde. Millionen von Menschen starben, ganze Sonnensysteme wechselten den Besitzer, aber trotz aller Kämpfe und Toten änderte sich wenig, bis die Innere Sphäre im Jahre 3049 auf die Kriegsmaschinerie der Clans traf.

Mit ihren gigantischen Kampfmaschinen und überlegenen Fußtruppen traten die kriegerischen Nachfahren der legendären verschwundenen Sternenbundarmee Aleksandr Kerenskys an, die Innere Sphäre zurückzuerobern. Drei Jahre lang schienen die Clans unbesiegbar, bis die ComGuards sie auf Tukayyid zum Stehen brachten. Ihr teuer erkaufter Sieg sicherte den Nachfolgerstaaten eine fünfzehnjährige Waffenruhe.

Der Waffenstillstand von Tukayyid besteht seit zwei Jahren, aber schwelende Haßgefühle auf beiden Seiten drohen ihn zu beenden. Rivalisierende Clans überfallen einander und machen die Gefahr eines Bürgerkrieges immer akuter. Wieder einmal steht die Innere Sphäre am Rande des Untergangs.

Diesmal könnte er endgültig sein.

TEIL I

1

Tara, Northwind

23. April 3054

Eine kühle Brise trug frischen Duft in das enge Innere des Landungsschiffes, als die Luke der *Bristol* nach außen schwang. Der vorderste Passagier verlagerte ungeduldig das Gewicht von einem Fuß auf den anderen, während sich die Gangway der Luke näherte. Als sie sich trafen, sprang er durch die Öffnung und die Stufen hinab. Während die Raumhafenarbeiter Lastwagen und Ladekräne heranschafften, öffneten sich die übrigen Luken des riesigen Schiffes zum Entladen.

Unten angekommen, blieb Jeremiah Rose stehen und sog den Atem ein. Northwinds Morgenbrise hatte einen ganz eigenen Duft, einen Duft, den er auch in all den Jahren seit dem Aufbruch von seiner Heimatwelt nicht vergessen hatte. Die Wirklichkeit übertraf seine Erinnerung, aber er hatte keine Zeit zu verlieren. Schnellen Schrittes marschierte Rose auf das Zollgebäude zu, um sein Gepäck kontrollieren zu lassen. Anschließend erwarteten ihn die Straßen der planetaren Hauptstadt Tara.

Mit geübter Leichtigkeit bugsierte Rose seine beiden Koffer um die Hafenarbeiter herum, die mit ihren Lasten kreuz und quer über das Gelände eilten. Er trottete über den feuchten Asphalt und bahnte sich einen Weg durch den Haupteingang. Die überraschten Zollbeamten in ihren Stewart-Kilts starrten Rose an, als er krachend die unerwartet leichte Tür aufstieß. Auf der anderen Seite des Raums drehte sich ein kleiner Mann um, dessen gesamter linker Ärmel mit Dienststreifen bedeckt war, während die untergeordneten Zollbeamten ringsum vergeblich versuchten, ihre Heiterkeit zu verbergen.

Der hakennasige alte Mann, offensichtlich der dienstälteste Beamte hier, winkte Rose mit einem bösartigen Grinsen zu sich. Rose kannte diesen pedantischen Typ zur Genüge. Er war der König dieses kleinen Reviers, und das würde er Rose jetzt spüren lassen. Dessen ungeschickter Auftritt hatte ihn beleidigt, und dafür würde der Ankömmling zahlen. Die Aussicht auf eine schnelle Abfertigung rückte in weite Ferne, als der Beamte betont langsam Rose' Koffer durchsah, in denen es nichts Ungewöhnliches oder auch nur entfernt Verdächtiges zu finden gab.

Rose war zum Krieger erzogen worden. Das sah man auch seiner Kleidung an. Das Kriegerleben war sein Erbe – und bis vor kurzem auch sein Beruf gewesen. Er war in dem Glauben, daß er diesen Beruf auch in Zukunft wieder ausüben würde, auf seine Heimatwelt zurückgekehrt. Wie die meisten Soldaten reiste er mit leichtem Gepäck. Die drei Overalls im ersten Koffer waren identisch mit dem, den er anhatte. Sein einziger formeller Anzug lag nach der Suchaktion des Zollbeamten zusammengeknüllt auf einem Haufen, aber das machte Rose nichts aus. Die Kleider waren während der gesamten Reise von Terra hierher eingepackt geblieben, und wenn der Beamte fertig war, würden sie auch weiter eingepackt bleiben, zerknüllt wie sie waren. Rasierzeug, Unterwäsche, Socken, Gürtel und Stiefel fanden sich bald darauf im selben Haufen wieder. Nach dreißig Minuten wandte der Mann sich schließlich dem zweiten Koffer zu. Ringsum hatte sich der Raum mit den Passagieren gefüllt, die Rose zu Beginn hinter sich gelassen hatte.

»Soviel zum ersten, Sohnemann. Was haben wir denn in dem hier?« Der Beamte stellte den Koffer auf die Seite und versuchte, die beiden Verschlüsse zu öffnen. Trotz seiner Anstrengungen bekam er den Koffer jedoch nicht auf, obwohl dieser offensichtlich unverschlossen war. Rose lächelte, als der Mann zu ihm aufsah.

»Sie gestatten.« Rose legte den Koffer vor sich hin und schob die Schlösser mit beiden Daumen auf. Dann drehte er den Koffer herum und trat etwas zurück. »Er ist auf meine Daumenabdrücke geeicht.« Der Beamte warf Rose einen bösen Blick zu. »Sorry.«

Als er den Deckel des Spezialkoffers hob, konnte der Beamte seine Überraschung nicht verbergen. Im Innern des Koffers fand er eine einzelne Laserpistole mit drei Energiemagazinen. Ohne Rose anzusehen, hob er die Pistole heraus.

»Hübsche Waffe hast du da, Sohnemann. Aber ein bißchen vorderlastig.«

Rose zuckte die Achseln. Die Waffe war sein ganzer verbliebener Stolz. Sie war speziell für seine großen Hände und langen Arme angefertigt und besaß eine größere Reichweite und Durchschlagskraft als jede andere Laserpistole, die er je gesehen hatte. Sie war fast schon ein Lasergewehr mit verkürztem Griff.

»Wozu brauchen Sie so eine Pistole?«

»Ich wußte nicht, daß Pistolen auf Northwind verboten sind«, erwiderte Rose gleichmütig.

»Das sind sie auch nicht. Außer für Leute, die Ärger machen wollen oder vorbestraft sind.«

»Auf mich trifft keines von beiden zu.« Rose zeigte dem Mann die offenen Handflächen und ein entwaffnendes Lächeln. Der Beamte schien keineswegs überzeugt.

»Das ist eine MechKriegerwaffe. Das Fabrikat kenne ich allerdings nicht. Halten Sie sich für einen MechKrieger?«

Ja, Rose war ein MechKrieger, aber ohne Mech. Das machte ihn zu einem Entrechteten. Die Bemerkung des Beamten war schmerzhaft. Er starrte den kleinen Mann wütend an.

»Sie sind also ein Mechjockey.« Der Mann legte die Waffe zurück in den Koffer und schloß den Deckel. »Papiere.«

Selbst im modernen Zeitalter der Computer und Mikroprozessoren zogen die meisten Menschen für Ländereien und anderes wertvolles Eigentum Besitzurkunden auf Papier oder Plastik vor. Die Möglichkeit, einen bedruckten Bogen in der Hand zu halten und die Unterschrift darauf zu betrachten, gab dem Ganzen etwas Solides. Zusätzlich zu den elektronischen Daten nahmen die meisten Menschen Papiere über ihren wichtigsten Besitz mit, wenn sie umzogen.

Der Zollbeamte wartete darauf, daß Rose ihm die Papiere für den BattleMech zeigte, den er an Bord des Landungsschiffes vermutete. Rose griff in die Innentasche seiner Lederjacke und warf ein Bündel Papiere auf den Waffenkoffer. Der Beamte nahm es auf und sah die Formulare durch.

»Kein Mech?«

Rose schüttelte den Kopf. Er sprach es nicht aus.

»Entrechtet.« Die Stimme des Beamten durchschnitt den Lärm der Menge. Ringsum drehten sich die Köpfe in seine Richtung. Alle Augen waren auf den erstarrten Rose gerichtet. Hätte er die Menge angesehen, hätte er die Mischung aus Mitleid, Amüsiertheit und Verachtung sehen können, die sich unter den Umstehenden breit machte. Als MechKrieger war er Teil einer Elite-Kampftruppe, die das Machtgleichgewicht in der Inneren Sphäre kontrollierte. Er genoß eine gehobene Position in der Gesellschaft, so wie die Ritter des terranischen Mittelalters über denen gestanden hatten, die sie beschützten. Den BattleMech zu verlieren, war die größte Schande, die für ein Mitglied dieser Kriegerelite denkbar war.

Rose hörte das Murmeln der Menge in seinem Rücken und wußte, daß sie mit Fingern auf ihn zeigten. Er sah den Zollbeamten schweigend an. Trotz der öffentlichen Bloßstellung verzog er keine Miene. Der Beamte grinste und warf ihm die Papiere hin.

»Willkommen auf Northwind und in Tara, Sohnemann. Angenehmen Aufenthalt.« Ohne die Augen von Rose zu wenden, schob der Mann die beiden Koffer die kurze Schräge hinab und aus dem Weg. »Der Nächste.«

Rose trat zwei Schritte zur Seite und packte seine Sachen lose zusammen, um den Koffer wieder schließen zu können. Ohne sich umzublicken, ging er den kurzen Gang entlang ins Hauptgebäude des Raumhafens. An den Türen drängten sich Besucher, die auf Freunde und Familienmitglieder warteten.

Rose schob sich durch die Menge. Nach seiner langen Abwesenheit war das Farbengewirr der Highlanderkleidung für ihn ungewohnt. Schottenmuster aller vorstellbaren Schattierungen umgaben ihn, manche traditionell und leicht wiederzuerkennen, andere völlig unbekannt. Aber wie immer fühlte er ringsum die unverkennbare Lebensfreude, die Northwind schon immer ausgezeichnet hatte.

Rose hatte nirgendwo sonst eine solche Lebendigkeit und Lebensfreude gefunden wie bei den Highlandern. Sie schienen alles, was das Leben ihnen anbot, zu genießen, ob gut oder schlecht. Seit die Highlander nach Northwind zurückgekehrt waren – Rose war damals noch ein kleiner Junge gewesen –, hatten sie einen neuen Enthusiasmus für ihre Arbeit entwickelt, der auch nach fünfundzwanzig Jahren nicht verblaßt war.

Er blieb vor dem Hauptportal des Ankunftsgebäudes stehen und nahm die Atmosphäre des Raumhafens in sich auf. »Die Seele öffnen«, hätte sein Lehrmeister es genannt. Rose blickte sich noch einmal um, dann trat er durch die schweren Türen ins Freie.

Eine lange Wagenkette wartete in der kreisförmigen Auffahrt vor dem Gebäude. Rose ging zu dem vordersten Wagen und öffnete die Hecktür. Der Fahrer rutschte von der Motorhaube und stieg ein, als Rose gerade die Tür hinter sich zuzog.

»Zum Fort, bitte.«

Der Fahrer warf ihm einen verwirrten Blick zu. Als er keine Anstalten machte, das Fahrzeug in Bewegung zu setzen, sah Rose ihm fest in die Augen.

»Zum Fort«, wiederholte er. »Ich bin weder ein blöder Tourist noch ein trotteliger Söldner. Bringen Sie mich zum Fort. Bewegung!«

Eingeschüchtert drehte der Fahrer sich wieder nach vorne und lenkte den Wagen in den Verkehrsstrom. Rose war froh, auf der kurzen Fahrt zur Versammlungshalle der Highlander-Clanältesten, dem wichtigsten Regierungsgebäude in Tara, mit seinen Gedanken alleine zu sein. Die Halle stand exakt im Mittelpunkt der Stadt. Um sie herum gruppierten sich andere Gebäude, in denen untergeordnete Behörden für die Regierung arbeiteten. Den Beinamen »Fort« trug die Halle, seit die Highlanders 3028 nach Northwind zurückgekommen waren. In jenem Jahr hatten die Clanältesten eine Übereinkunft mit dem Vereinigten Commonwealth getroffen, nach der die Northwind-Highlanders gegen die Erlaubnis, als Teil der Vereinigten Commonwealth-Streitkräfte die Garnison ihrer Heimatwelt zu stellen, ihre Bindung an Haus Liao gelöst hatten.

Die zurückgekehrten Ältesten hatten erklärt, Northwind von den Mauern dieser Festung aus gegen jede Bedrohung zu verteidigen. Soweit sich Rose noch daran erinnern konnte, war es eine leidenschaftliche Rede gewesen. Allerdings hatte er sich damals, mit sieben Jahren, noch nicht sonderlich für Politik interessiert.

Heute tagten die Highlander-Ältesten. Einmal im Jahr kamen die Ältesten von Tara und alle Clanführer der Provinzen hier in der Hauptstadt zusammen.

Während dieser Tagung war die Hohe Versammlung die oberste Regierungsinstanz Northwinds.

Die Versammlung entschied Fragen von planetarer Bedeutung und beriet über Vorschläge mit Auswirkungen auf Northwind und alle Highlander. Ihre Macht war enorm, aber die Hohe Versammlung trat nur für zwei bis drei Wochen des Jahres zusammen. Die meisten Regierungsgeschäfte wurden von den konstant tagenden Ausschüssen behandelt. Jeder Ausschuß trug die Verantwortung für einen Aspekt des Highlanderlebens. Künste, Wissenschaft, Medizin, Bildung, Militärfragen und Dutzende anderer Bereiche wurden jeweils von einem solchen Ausschuß kontrolliert. Der größte und angesehenste von ihnen war die Versammlung der Krieger, der das gesamte Militär der Highlanders unterstand. Der aus genau einhundert erprobten Highlander-Soldaten bestehende Ausschuß eröffnete und schloß die Hohe Versammlung. Er war in jeder Hinsicht der Eckpfeiler Northwinds.

Das Taxi hielt am Straßenrand, und Rose stieg aus. Er schob dem Fahrer eine 50-Credit-Note durch das Fenster und stieg die Treppe hinauf, ohne auf sein Wechselgeld zu warten.

Er nahm jeweils zwei Stufen auf einmal und wurde erst langsamer, als er den Vorhof erreicht hatte. Der Vorhof markierte den Eingang zum Fort, und hier nahm ihn das Protokoll in die Pflicht. Unziemliche Eile war jetzt fehl am Platz.

Lautlos glitten die Eingangstüren vor Rose auseinander. Er trat ins Foyer und ging geradewegs auf die Rezeption zu. Zu beiden Seiten des hölzernen Empfangstisches standen stumme zeremonielle Wachen mit Stahl im Blick. Rose ignorierte sie und wandte sich an die kleine Frau hinter dem Tisch. Jeder, der das Fort betrat, mußte sich hier melden, aber so früh am Morgen war in der Regel nicht allzuviel los. Normalerweise hätte Rose einige Zeit warten müssen, aber er schien der Menge zuvorgekommen zu sein.

»Rose, Jeremiah. Ich bin gekommen, um vor der Versammlung der Krieger zu sprechen.« Rose blickte auf einen Punkt über dem Kopf der Frau und achtete darauf, den Rücken gerade zu halten und den Blick geradeaus. Aus dem Augenwinkel sah er in den Augen eines Wachtpostens eine Reaktion auf seine unerwartete Erklärung, aber ebenso wie Rose hielt auch der Posten Kopf und Körper regungslos.

»Sie werden erwartet. Die Versammlung tagt bereits. Sie werden warten, bis Sie aufgerufen werden«, erwiderte sie streng.

»Ich bin gerade auf Northwind angekommen und hatte noch keine Zeit, mein Gepäck abzustellen.« Rose wußte, daß diese einfache Feststellung ausreichte. Innerhalb von Sekunden erschien ein Bursche mit einer Plastikmarke. Rose reichte ihm die Koffer, nahm die Marke in Empfang und ging hinüber zu den Aufzügen an der Seitenwand. Er drückte den dritten Knopf und wartete, bis sich eine Aufzugstür öffnete.

In der Liftkabine mußte er warten, bis die Automatik sich vergewissert hatte, daß er den Türbereich verlassen hatte und keine weiteren Fahrgäste einstiegen. Dann schlossen sich die Türen mit einem leisen Zischen, und der Aufzug setzte sich nach oben in Bewegung.

Rose warf einen Blick auf die vor der Landung auf Northwindzeit eingestellte Armbanduhr. Sekunden später hatte der Aufzug den dritten Stock erreicht, und die Türen glitten wieder auf.

Der Korridor war leer und still. Zwei Wachen flankierten die Türen zu seiner Linken. Es waren die einzigen Türen auf dieser Etage. Hinter dem massiven Eichenholz konnte er das gedämpfte Murmeln der Versammlung hören. Die Posten drehten sich nicht zu ihm um, aber Rose wußte, daß sie ihn genau im Blick hatten.

Schweigend verließ er die Aufzugskabine und setzte sich auf die Bank gegenüber der Tür zur Versammlungshalle. Vor sechs Monaten hatte er beantragt, vor der Versammlung der Krieger das Wort ergreifen zu dürfen. Jetzt war es beinahe soweit. Zunächst waren seine zahlreichen Eingaben auf wenig Gegenliebe gestoßen, aber seine Hartnäckigkeit hatte ihm schließlich doch noch einen Platz auf der Tagesordnung verschafft. Nach fast drei Monaten im Transit war sein Sprungschiff am Nadirsprungpunkt des Systems eingetroffen, und er hatte sich an Bord der Bristol auf den Weg ins Systeminnere machen können.

Seitdem hatte Rose täglich mit dem Verwaltungsbüro der Versammlung in Funkkontakt gestanden. Er hatte zwar immer gewußt, daß das Protokoll wichtig war, aber wie wichtig, war ihm erst klargeworden, als er ein zweihundertseitiges Dokument des Büros zu diesem Thema in Händen hielt. Wenn er Erfolg haben wollte, mußte Rose die in diesem Dokument beschriebenen Verhaltensregeln kennen und einhalten. Er hatte sie lange und ausführlich studiert und glaubte sie nun zu beherrschen. Jetzt, auf der einsamen Bank vor der Versammlungshalle, erreichte seine Hoffnung ihren Höhepunkt.

Neun Stunden später wartete er noch immer, und seine Hoffnung war in alle Winde zerstoben. Die Türen hatten sich im Laufe des Tages einige Male geöffnet, und die Posten waren zweimal abgelöst worden, aber Rose' Name war nicht gefallen. Das Ende der Sitzung für diesen Tag rückte immer näher. Er blickte langsam auf, als sich die Türen wieder einmal öffneten, und zwang sich, ruhig zu bleiben. Stimmengewirr drang in den Korridor. Ein Posten trat aus dem Saal.

»Jeremiah Rose, die Versammlung der Krieger erwartet dich.« Rose stand auf und folgte dem Mann in den Saal. Wenn er mit seiner Rede Erfolg hatte, würde dies der erste Schritt auf einem langen Weg werden. Mit einer unguten Vorahnung stellte Rose fest, daß sich sein Magen offenbar entschlossen hatte, draußen zu bleiben.

2

Tara, Northwind

23. April 3054

Als Rose durch die Tür trat, schien er in eine andere Zeit zu reisen. Im Gegensatz zum Rest des Forts war der hufeisenförmige Saal der Krieger aus Holz gebaut. Der Türwächter trat zur Seite und gab Rose den Weg die flachen Steinstufen zur hölzernen Rednerempore frei. Die Lampen in Wänden und Decke lieferten eine ausreichende, aber dämmrige Beleuchtung.

Links und rechts saßen die Krieger auf Holzbänken hinter schweren Eichentischen mit Computerterminals und modernen Kommunikatoranlagen. Viele der hier versammelten Soldaten trugen traditionelle Kilts und die schweren Stiefel, wie MechKrieger und Luft/Raumpiloten sie bevorzugten. Ausgehuniformen galten in der Versammlung der Krieger für Mitglieder wie für Redner als unpassend. Dahingegen trugen viele der Anwesenden Klingenwaffen jeder Art. Rose war sich bewußt, daß diese Waffen schon häufig zum Einsatz gekommen waren, um Meinungsverschiedenheiten zwischen Sprecher und Zuhörern zu entscheiden.

Während er den Lehmboden überquerte, spürte er die Blicke in seinem Rücken. Jede seiner Bewegungen wurde überwacht. Die Krieger suchten nach dem kleinsten Anzeichen von Schwäche oder Unsicherheit. Sollten sie eines finden, würde dies die Abstimmung über Rose' Antrag spürbar beeinflussen.

Er stieg die fünf hölzernen Stufen zur Rednerempore hinauf und sah zu den drei Personen hinüber, die dort saßen. Im mittleren Stuhl saß Oberst Edward Senn. Als Kommandeur der Ersten Kearny Highlanders, des ältesten Regiments der Northwind-Highlanders, hatte Senn, sofern er nicht im Einsatz war, den Vorsitz in der Versammlung der Krieger. Rose begrüßte ihn mit einem kurzen Blickkontakt, gestattete sich jedoch nicht, ihn länger zu fixieren. Was hier verlangt wurde, war Selbstbewußtsein, nicht Stolz – was viele Redner zu spät erkannten. Rechts von Senn saß Oberst James Cochraine, Kommandeur der Zweiten Kearny. Rose grüßte auch ihn, aber Cochraines Aufmerksamkeit war ganz und gar auf den Kommunikator in seiner Stuhllehne konzentriert. Rose bezweifelte, daß der Offizier sich auch nur seiner Anwesenheit auf der Empore bewußt war.

Links von Senn standen zwei Stühle, von denen nur der äußere besetzt war. Der leere Platz war dem Kommandeur von MacCleods Highlanders vorbehalten, aber diese Einheit war vor kurzem verlegt worden. Es war ungewöhnlich, daß ein Sitz während der Hohen Versammlung frei blieb, aber MacCleod hatte nicht zurückbleiben wollen, als seine Einheit abflog. Dieser Verstoß gegen die Konventionen war typisch für den Mann und den wilden Haufen unter seinem Befehl.

Im letzten Stuhl der Reihe saß Andrea Stirling, Kommandeurin von Stirlings Fusiliers. Sie hatte ein Bein über die Stuhllehne geschwungen, und ihr Kopf ruhte auf der gegenüberliegenden Lehne in ihrer Hand. Sie lieferte ein Bild betonter Langeweile, wie sie mit einer Strähne ihres langen dunklen Haars spielte und Rose unter schweren Lidern hindurch beobachtete. Kein Wunder, daß man sie »die Katze« nannte, dachte er. Von den drei Highlandern auf der Empore führte sie ihr Regiment die kürzeste Zeit, aber in seiner Einschätzung war sie die gefährlichste Gegnerin unter den dreien. Selbst im trüben Licht des Versammlungssaales ließen ihre grünen Augen daran keinen Zweifel.

Auf der Empore überquerte Rose die Plattform und blieb vor Oberst Senn stehen. Bevor er das Wort ergriff, wartete er geduldig, bis Senn seine Anwesenheit mit einem Nicken zur Kenntnis nahm.

»Ich grüße Sie, Oberst Senn und danke Ihnen für die Gelegenheit, vor der Versammlung sprechen zu dürfen.« Rose verbeugte sich leicht. Dabei achtete er darauf, den Blick nicht von Senn zu lassen.

Wieder nickte Senn. »Das Vergnügen liegt auf unserer Seite, Adept Rose. Aber wie ich höre, führen Sie diesen Titel nicht mehr. Vielleicht sollte ich Sie Jeremiah nennen.« Bei der Erwähnung von Rose' altem ComStar-Titel drehten sich einige Köpfe in seine Richtung, aber er ließ sich nicht aus dem Konzept bringen.

»Ganz wie Sie wünschen, Oberst. Mein Titel spielt keine Rolle. Ihre Neigung hingegen hat große Bedeutung für mich.« Senn beobachtete Rose schweigend, als dieser die traditionelle Begrüßung absolvierte. Man erwartete rituelle Höflichkeit von ihm, und Rose war entschlossen, die Erwartungen der Highlanders zu erfüllen.

»Ich bringe ein kleines Dankgeschenk in Erwiderung Ihrer Gastfreundschaft.« Vorsichtig griff Rose in die linke Hosentasche seines Overalls und zog ein in ein Ledertuch gewickeltes Bündel heraus. Mit der Linken reichte er es Senn, der augenblicklich die Lederriemen löste.

»Ich habe es im Kampf gegen die Nebelparder erbeutet. Es ist nur ein einfaches Stück, aber so präzise gefertigt, daß es eines Kriegers würdig ist.« Senn öffnete das Päckchen und nahm ein Stiefelmesser heraus. Die silberne Waffe war dem legendären Skaen Doo nachempfunden und besaß einen Griff aus dunklem, kirschfarbenen Holz, das Rose trotz wiederholter Versuche nicht hatte identifizieren können. Wahrscheinlich war es vor der Clan-Invasion in der Inneren Sphäre unbekannt gewesen, was die Waffe ebenso einzigartig wie wertvoll machte, ebenso schön wie praktisch.

»Danke, Jeremiah Rose. Ich nehme Ihr Geschenk in

dem Geist an, in dem Sie es gemacht haben.« Senn zog sein Messer aus der rechten Stiefelscheide und ersetzte es durch die Clannerwaffe.

»Und jetzt, Mister Rose, werden Sie sich an diese Versammlung wenden wollen.«

»So ist es, Oberst.« Abrupt drehte sich Rose um. Zum erstenmal bemerkte er die Glasfenster der Zuschauergalerie. Hinter den dunklen Scheiben beobachteten Hunderte stumm das Geschehen im Innern des Saales. Rose fühlte ihre Aufmerksamkeit wie eine schwere Last auf sich ruhen, als er auf die versammelten Krieger hinabsah. Nachdem die Formalitäten abgehandelt waren, blickten sie erwartend zu ihm auf. Privatgespräche verebbten, als er an den Rand der Empore trat. Er hatte auf ein Rednerpult gehofft, aber hier wäre es nur ein überflüssiges Versatzstück gewesen. Die offene Plattform bot ihm keine Möglichkeit sich zu verstecken, und genauso war es auch beabsichtigt.

»Ich möchte über die Clans zu Ihnen sprechen – die Geisterbären, die Novakatzen und die Nebelparder. Die Jadefalken, die Stahlvipern und die Wölfe. Wie viele unter Ihnen habe ich gegen sie und ihre Hochtechnologie gekämpft. Ich stand ihren OmniMechs gegenüber und habe überlebt. Ich habe gesehen, wie die Clan-Invasoren auf dem Schlachtfeld zermalmt wurden, und habe ihre Landungsschiffe beim Rückzug den Nachthimmel über unseren Lagerfeuern erhellen sehen.« Unter den Kriegern wurde Murmeln laut. Er verlangte ihnen mit seiner Geschichte einiges ab. Die Clans waren nur selten geschlagen worden, und die Flucht ergriffen, so wie Rose es beschrieb, hatten sie überhaupt nur zweimal.

»Ich rede natürlich von der Schlacht um Tukayyid und ComStars Sieg über die vereinigten Kräfte der Clans.« Das Murren wurde lauter. Trotz der Erfolge seines Militärarms auf Tukayyid und dem daraus erwachsenen Waffenstillstands mit den Clans war Com-

Star noch immer unbeliebt. »Heute aber will ich von der Zukunft sprechen, nicht von der Vergangenheit. Zu lange hat die Innere Sphäre den Clans gestattet, den Verlauf des Kriegs zu diktieren. Wir reagieren auf ihre Angriffe und werden in die Rolle des Verteidigers gezwungen. Dazu kann ich nur sagen: Genug! Es wird Zeit, den Krieg zu den Clans zu tragen. Es wird Zeit, ihnen zu unseren Bedingungen entgegenzutreten.« Ein paar Krieger nickten. Andere lehnten sich vor und hörten interessiert zu. Ein Krieger schlug mit der Faust auf den Tisch und ermutigte Rose weiterzureden.

»Ich war auf Tukayyid, als die ComGuards die Clans besiegten. Es war ein großer Sieg für die Innere Sphäre, aber er wurde teuer erkauft. Wegen dieser Schlacht haben die Clans sich verpflichtet, nicht über die durch Tukayyid verlaufende Waffenstillstandslinie hinaus vorzudringen. Ja, in Richtung Terra wurde die Invasion aufgehalten, aber was ist mit den Welten links und rechts des Clankeils? Was ist mit den Planeten oberhalb Tukayyids, die von der Waffenruhe nicht betroffen sind? Werden die kriegslüsternen Clanner den Bewohnern dieser Welten ein Leben in Frieden gestatten? Natürlich nicht!«

Mehr Kopfnicken, einige weitere Highlanderfäuste, die auf die Tischplatten schlugen. Rose ging wie ein Raubtier in seinem Käfig auf der Empore auf und ab. Seine Zuversicht wuchs, seine Stimme wurde etwas lauter. Aber in seinem Innern wußte Rose, daß er die Zustimmung der Krieger nicht allein für sich verbuchen konnte. Wie die meisten Krieger der Inneren Sphäre wollten die Highlanders die Clans aufhalten, und politische Grenzen scherten sie dabei wenig. Söldnereinheiten taten sich dabei besonders hervor, und die Northwind-Highlanders gehörten zu den lautstärksten, obwohl sie erst vor kurzem in den Davion-Raum zurückgekehrt waren.

»Was können wir tun? Während die Politiker in

Deckung gehen und die Hausfürsten versuchen, ihre schwindenden Reiche zu schützen, bereiten die Clans sich darauf vor, nach rechts und links ins Commonwealth und Kombinat einzufallen. Ich weiß, die Highlanders haben einen gerechten und legalen Vertrag mit Haus Davion. Ich weiß auch, daß die Highlanders in der Erfüllung dieses Vertrages kämpfen werden wie niemand sonst. Die Highlander-Ehre gestattet ihnen nicht, ihren Vertrag zu brechen und ihrem Herzen zu folgen. Die Highlanders müssen sich an ihren Vertrag halten und den Einsatz ihrer Bataillone mit den Truppen des Vereinigten Commonwealth abstimmen.« Rose machte eine Pause und blickte auf den leeren Stuhl Oberst MacCleods. Die Geste entging der Versammlung keineswegs.

»So muß es nicht sein.« Rose ließ den Kriegern Zeit, seine Worte aufzunehmen. Er trat schweigend zurück in die Mitte der Empore. Seine Zuhörer warteten.

»Mein Plan ist einfach, wie jede gute militärische Planung. Die Highlanders haben sich verpflichtet, vier Regimenter zur Verteidigung des Vereinigten Commonwealth bereitzustellen. Aber kein Vertrag verbietet ihnen, eine unabhängige Einheit auszuheben, die ihre Dienste anbietet, um den Krieg zu den Clans zurückzutragen.« Ein paar beifällige Rufe vor allem von jüngeren Kriegern ertönten. »Der Zweck meiner Rede ist simpel. Ich bitte die Northwind-Highlanders um die Erlaubnis, Krieger und Techniker ausschließlich für den Kampf gegen die Clans anzuwerben. Außerdem bitte ich die Northwind-Highlanders, mir den Kauf beliebiger BattleMechs zu gestatten, die zur Erfüllung des Davion-Vertrags nicht benötigt werden, um die für den Kampf gegen die Clans fähigen Krieger mit ihnen auszurüsten. Und drittens und letztens bitte ich die Northwind-Highlanders um die Erlaubnis, ihren Namen für diese Einheit verwenden zu dürfen, die Northwind Black Watch heißen soll.« Ein Krieger sprang auf und stieß die Faust in die Höhe. Hie und da ertönte Trommeln und Beifallsrufe. Rose drehte sich zu den Northwind-Kommandeuren um und sah, daß seine Bitte auch bei ihnen Wirkung zeigte. Oberst Stirling saß aufrecht in ihrem Stuhl. Senn und Cochraine sahen ihn mit glänzenden Augen an, auch wenn ihre Körper nichts von der Anspannung der jüngeren Offizierin zeigten. Rose nickte Senn zu und trat an den rechten Bühnenrand.

Senn wartete, bis Ruhe eingekehrt war, bevor er das Wort ergriff. Er streckte die Hand in Rose' Richtung aus und sah sich im Versammlungssaal um. »Jeremiah Rose hat sich mit gewählten Worten über ein Thema ausgelassen, daß allen hier versammelten Kriegern am Herzen liegt. Bevor wir über seinen Antrag entscheiden, fordere ich dessen Gegner auf, ihren Widerspruch vorzutragen.«

Rose hatte gewußt, daß dies ein notwendiger Teil des Verfahrens war, aber er erwartete keine ernsthafte Opposition. Senn hatte recht. Die Highlanders waren in den letzten Monaten sehr deutlich in ihrem Verlangen geworden, die Kämpfe zu den Clans zu tragen, und Rose bot ihnen eine Chance an, genau das zu tun. Er war überrascht, als aus den hinteren Bereichen des Saales eine feste Stimme ertönte.

»Oberst Senn, auch ich möchte zur Versammlung der Krieger sprechen.« Die Gesichter wandten sich dem alten Mann zu, der an einem messingbeschlagenen Gehstock den Mittelgang herabkam. In der trüben Beleuchtung konnte ihn Rose nicht erkennen, aber die Krieger am Mittelgang beugten in stillem Respekt das Haupt, als er vorbeikam. Wer es auch sein mochte, der Mann war bei diesen Kriegern offensichtlich trotz seines hohen Alters hoch angesehen.

Als der Neuankömmling den Lehmboden erreichte, konnte Rose an seiner Kleidung erkennen, daß er kein Krieger war. Er trug eine alte, aber saubere Techuniform ohne Rangabzeichen oder Insignien. Sein Gesicht konnte Rose noch immer nicht erkennen. Als der Mann die Stufen zur Empor erreichte, wurde Rose plötzlich nervös, und als Oberst Senn ihn vorstellte, konnte er ihn nur entsetzt anstarren.

»MeisterTech Cornelius Rose wendet sich an die Versammlung.« Jeremiah hatte einen anderen Namen für diesen Mann: Vater.

»Ich danke Ihnen, Oberst. Es ist schon spät, und ich bin ein alter Mann, deshalb werde ich mich kurz fassen.« Der alte Rose wandte sich zu der plötzlich stummen Versammlung um und stützte sich schwer auf seinen Stock.

»Feuer und Schwefel, Highlanders. Feuer und Schwefel. Wenn ihr euren Platz in jener gewaltigen Erfindung des BattleMechs einnehmt und auf der Suche nach Ruhm und Ehre aufbrecht, tretet ihr ein Erbe von Feuer und Schwefel an. Ehre kann in dieser Welt eine schwere Last sein. Glaubt nicht, ich wüßte nicht, was es heißt, sich dem Feindfeuer zu stellen, wenn ringsum die Granaten einschlagen und die Temperatur in eurem Cockpit mit jeder Sekunde weiter ansteigt. Ich verstehe nur zu gut, was das heißt. Vor euch steht ein Mann, der euch ins Herz dieses Feuersturms führen will. Die Clans. Wir sind schon gegen sie angetreten, und es sieht ganz danach aus, daß wir dieses zweifelhafte Vergnügen noch für einige Zeit haben werden. Ich brauche euch nicht zu erzählen, daß sie harte Gegner sind. Mein Sohn Daniel ist im Kampf gegen die Clans gefallen.«

Jeremiahs Kopf flog herum. Er hatte nicht gewußt, daß sein jüngerer Bruder tot war. Die Nachricht schockierte ihn. Er wollte wissen, wie und warum, aber hier auf der Empore war er gezwungen, stumm zu warten und zuzusehen, wie sich sein Vater die Tränen aus den Augen wischte, während sich ein taubes Gefühl in ihm ausbreitete.

24
PAV.

»Jetzt kehrt mein lange verloren geglaubter Sohn Jeremiah zurück. Ja, er ist mein Ältester. Er kehrt nach mehr als zwanzig Jahren zurück und fordert euch auf, ihm gegen die Clans zu folgen. Nach zwanzig Jahren fern der Heimat kehrt er zurück und fordert euch auf, ihm unser Vertrauen zu geben. Ihm unser Leben und unsere Ehre anzuvertrauen, während er auszieht und gegen die Clans kämpft.«

Der alte Mann senkte den Kopf und schüttelte ihn langsam. Die Versammlung blieb stumm und wartete auf seine nächsten Worte, während Jeremiah seine Träume zerfließen sah. Nach schier endlosen Augenblicken sah sein Vater wieder auf.

»Dieser ehemalige Highlander kehrt mit Ruhmesträumen zurückt und wagt es, von Ehre zu reden? Nachdem er wie ein Feigling abgereist ist und zwanzig Jahre fort blieb, während sein Vater alt wurde und sein einziger Bruder starb, spricht er von Menschenführung? Er kehrt ohne BattleMech zurück und bittet um Krieger? Ich weiß, die Clans sind eine ernste Bedrohung für uns alle. Sie müssen ein für allemal aufgehalten werden. Den Krieg zu den Clans zu tragen, ist eine ausgezeichnete Idee. Ihr habt diese Idee schon früher hier in diesem Saal beraten und kennt die Vorzüge eines solchen Plans.« Zum erstenmal, seit Cornelius Rose den Saal betreten hatte, stand er aufrecht vor der Versammlung. Er bannte die Krieger mit seinem Blick, während er mit dem Gehstock auf seinen Sohn zeigte. Die Anstrengung verlangte ihm einiges ab, aber der Stock lag ruhig in der Luft, als er weitersprach. »Ich werde meinen Einwand einfach formulieren: Richtiger Plan, falscher Führer.« Der Stock fiel krachend auf die Empore, um seine Aussage zu unterstreichen. »Um die Clans zu besiegen, bedarf es einer fähigen Leitung durch einen Mann, dem ihr vertrauen könnt. Jeremiah Rose ist es nicht. Wenn ihr schon die Kraftreserven der Highlanders abzieht, vertraut diese Mechs einem erprobten Kommandeur an.«

Ohne auf eine Antwort zu warten, verließ Cornelius Rose die Bühne und machte sich auf den Weg zur langen Ausgangstreppe. Krieger, die Rose noch kurz zuvor ihre Zustimmung signalisiert hatten, saßen jetzt stumm da und ließen den alten Mann passieren. Auch Senn wartete schweigend, bis sich die Türen hinter Cornelius Rose geschlossen hatten, bevor er sich an die Versammlung wandte.

»Wir kommen zur Abstimmung. Jeremiah Rose beantragt, unseren Namen für eine Kampfeinheit gegen die Clans zur Verfügung zu stellen. Wie lautet eure Entscheidung?« Die Krieger der Versammlung gaben ihre Stimmen über die Kommunikatoren auf ihren Tischen ab. Innerhalb von Sekunden wurden die anonymen Stimmen gezählt und auf einem Bildschirm in Oberst Cochraines Armlehne angezeigt. Nach einer kurzen Pause schüttelte er den Kopf und gab das Ergebnis bekannt.

»Der Antrag ist abgelehnt.«

»Wir kommen zur Abstimmung. Jeremiah Rose beantragt, verfügbare Mechs zu kaufen, um Krieger gegen die Clans auszurüsten. Wie lautet eure Entscheidung?« Wieder wurden die Stimmen gezählt. Wieder schüttelte Cochraine den Kopf.

»Der Antrag ist abgelehnt.«

»Wir kommen zur letzten Abstimmung. Jeremiah Rose beantragt, unter den Highlanders MechKrieger zu rekrutieren, die unter seinem Befehl gegen die Clans kämpfen sollen. Wie lautet eure Entscheidung?« Rose verspürte das dringende Verlangen, sich irgendwo vor den Blicken der Menge zu verkriechen, aber er kämpfte dagegen an. Wenn er schon unterlag, würde er es erhobenen Hauptes tun.

»Der Antrag ist abgelehnt.«

»Jeremiah Rose, die Versammlung der Krieger lehnt

deinen Antrag ab und verweigert dir das Recht, die Krieger der Northwind-Highlanders zu rekrutieren, auszubilden oder anzuführen. Da du jedoch von Geburt wenn nicht von deinen Taten her ein Highlander bleibst, hast du das Recht, auf Northwind zu bleiben, so lange du willst und den Erlassen dieser Versammlung Folge leistest. Weiterhin hast du durch deine Geburt und die Tradition der Highlanders das Recht, innerhalb deiner Familie Krieger zu rekrutieren, die bereit sind, dir zu folgen, sofern sie nicht bereits anderweitig unter Vertrag stehen oder Northwind auf irgendeine Weise verpflichtet sind. Alle so rekrutierten Krieger müssen jedoch wissen, daß sie nicht für Northwind kämpfen, sondern nur für dich persönlich. Sind dir diese Punkte klar, Jeremiah Rose?«

Vom plötzlichen Wandel der Ereignisse und der schnellen Entscheidung der Versammlung überrumpelt, konnte Rose nur nicken. Senn stand abrupt auf. Die übrigen Kommandeure und die versammelten Krieger taten es ihm nach.

»Die Entscheidung dieser Versammlung ist endgültig. Krieger, die Sitzung ist auf Morgen vertagt.«

3

Tara, Northwind

23. April 3054

»He, Rose, warten Sie!«

Rose ging die Delancy Street hinab. Beim Klang der Frauenstimme hinter sich drehte er sich um. Es erstaunte ihn, daß ihn jemand im schummrigen Abendlicht erkannt hatte, aber diese Frau hatte ihn schon bei noch dunkleren Lichtverhältnissen gesehen.

»Guten Abend, Käpten McCloud.« Rose behielt die Hände in den Taschen, als Rachel McCloud die schmale Hand in seine Armbeuge steckte.

»Ach, jetzt bin ich wieder Käpten McCloud. Ist das angesichts der letzten Monate nicht etwas förmlich? Oder hast du vergessen, daß ich und mein Landungsschiff dich persönlich nach Northwind gebracht haben?« Sie sah zu Rose hoch, während sie weitergingen, aber er weigerte sich, ihren Blick zu erwidern.

Seine Gedanken wanderten zurück zum Flug von Terra nach Northwind. Er und Rachel hatten sich auf Anhieb verstanden und waren während der gesamten Zeit fast unzertrennlich gewesen. Er mußte unwillkürlich über die plötzlich so fernen Erinnerungen lächeln. Nach dem Abschied von Terra und ComStar war er so närrisch gewesen zu glauben, jetzt sei alles möglich. Inzwischen war er vom Gegenteil überzeugt.

»Laß mich raten: Es ist nicht so toll gelaufen vor der Versammlung.«

Rose blieb abrupt stehen und sah auf sie hinab. Rachel McCloud war für eine Frau recht groß, aber Rose überragte sie noch um einiges. Er nutzte seine Größe nur selten zu seinem Vorteil aus, aber diesmal machte er eine Ausnahme.

»Du hast offensichtlich auf mich gewartet, und die Versammlung ist seit zwei Stunden zu Ende. Du weißt genau, was passiert ist.« Er drehte sich um, streifte McClouds Hand ab und ging weiter. Nach drei Schritten traf ihn ein Wurfgeschoß am Ohr. Der Schmerz brachte ihn zum Stehen, aber noch während er die Hand an den Kopf hob, ließ der Schmerz nach. Er sah sich zu Rachel um, die sich bewußt außer Reichweite hielt.

»Was, zur Hölle, sollte das?« Sein Ohr schmerzte noch immer, aber die Haut war nicht verletzt. Es hatte gerade ausgereicht, ihr seine Aufmerksamkeit zu sichern.

»Dich in die Wirklichkeit zurückholen, Adept.«

»Nenn mich nicht so. Du weißt, daß ich das nicht mag.« Rose zog die Schultern nach hinten und drehte sich zu McCloud um, die sich in der Mitte des Gehsteigs aufgebaut hatte.

»Hör auf, dich wie ein Idiot zu benehmen, dann ist es nicht nötig.«

»Ich benehme mich nicht wie ein Idiot.« Aber noch während er die Worte aussprach, erkannte Rose, daß sie recht hatte. Er benahm sich dumm – oder zumindest, als wäre er besiegt, und das war genauso schlimm. Er entspannte sich und streckte die Hand aus. »Na schön, ich habe mich wie ein Idiot benommen. Ich werde mich bessern.«

McCloud kam herüber und nahm seine Hand. Es gab wenig, was ihr so viel Freude macht, wie einen Streit zu gewinnen, selbst so einen kurzen.

»Was weißt du schon?« Rose ging in der ursprünglichen Richtung weiter. Er hatte kein bestimmtes Ziel, aber nach der langen Raumreise war es ein gutes Gefühl, unter freiem Himmel spazierenzugehen. McCloud würde diese Ansicht wahrscheinlich nicht teilen, aber sie war trotzdem hier bei ihm. Rose fühlte einen Stich in seinem Herzen, aber er ignorierte ihn, wie schon öfters.

»Ich weiß nur, daß die Versammlung deinen Antrag abgelehnt hat, hauptsächlich wegen der Rede deines Vaters. Du bist auf Northwind auch weiterhin willkommen, aber dein Traum von einer eigenen Mecheinheit hat einen ernsten Rückschlag erlitten.«

»Todesstoß kommt der Sache näher«, seufzte Rose. »Und wenn er das nicht war, dann war das Treffen hinterher die Hinrichtung.«

»Du hattest noch ein Treffen? Ich habe mich gefragt, wo du steckst.« McCloud kuschelte sich an ihn und brachte ihn dadurch fast aus dem Gleichgewicht. Die Luft war warm, aber sie war die kühle Brise von den Bergen nicht gewohnt. Sie war eine geborene Raumfahrerin.

»Verdammt, ich habe meine Koffer vergessen.« Rose blickte auf die Uhr und schlug mit der Faust in die offene Hand. »Jetzt ist das Fort geschlossen.«

»Keine Sorge. Wir können sie morgen früh abholen. Gestohlen werden sie bestimmt nicht.« Rose blickte die Straße hinauf zum Fort und überlegte sich, ob er umdrehen sollte.

»Was hast du gesagt?«

Er schüttelte den Kopf und ging weiter.

»Zwei Jungs haben mich auf dem Weg nach draußen angehalten«, erzählte er ihr. »Mein guter alter Paps hat auf der Stelle eine Familienversammlung einberufen, um meinen Vorschlag anzuhören, und erzählte jedem, der bereit war, ihm zuzuhören, mir ja nicht zu folgen.«

»Hört sich hartnäckig an.«

»Rachsüchtig trifft es schon eher. Ich war immer noch wie benommen von der Versammlung, als ich in einen benachbarten Raum geführt und zwischen meinen beiden Aufpassern aufgestellt wurde. Der Raum war voller Verwandter, die ich nicht mehr gesehen hatte, seit ich Northwind verließ, aber denkst du, ich hätte eine Chance bekommen, mit ihnen zu reden oder sie wenigstens zu begrüßen? Teufel, nein. Paps hat mich der Familie vorgestellt und ihnen im nächsten Atemzug erklärt, was für eine Ratte ich bin. Er hat meinen Vorschlag erläutert, während ich nur zuhören durfte, und gleich darauf die Abstimmung abgehalten. Die ganze Sache hat keine zehn Minuten gedauert.« Rose kickte einen auf dem Pflaster liegenden Stein die Straße hinab und sah ihm nach, wie er über den Asphalt hüpfte.

»Hättest du ihn stoppen können?«

»Ja, nein, nicht wirklich. Als Tech hat er in der Versammlung der Krieger keine echten Befugnisse, aber als ältestes männliches Familienmitglied der Rose' hat er eine Menge Einfluß. Ich hätte ihn vor der Versammlung unterbrechen können, und auch beim Familientreffen, aber in beiden Fällen wäre es ungeheuer unhöflich gewesen. Nicht einmal der verlorene Sohn kann sich gegen seinen Vater auflehnen – schon gar nicht gegen den Patriarchen – und ungestraft davonkommen. Wenn ich nur den Mund aufgemacht hätte, wäre das der Beweis für die Behauptungen meines Vaters gewesen. Siebzehn Familienmitglieder waren anwesend, und alle siebzehn haben mein Angebot abgelehnt.«

McCloud ließ Rose stumm weitermarschieren. Obwohl sie ihn erst kurze Zeit kannte, wußte sie, daß er seinen Traum noch nicht wirklich aufgegeben hatte. Wenn er sich nur die Zeit dafür nahm, würde er einen Ausweg finden. Sie zitterte in der kühler werdenden Nachtluft.

Sie sah zu Rose hoch und versuchte, mit ihren Gefühlen für ihn ins Reine zu kommen. Sie hatte sich immer etwas auf ihre Unabhängigkeit eingebildet. Ein Landungsschiff zu befehligen, war harte Arbeit, und McCloud hielt sich für eine der besten in diesem Geschäft. Und dann war dieser MechKrieger aufgetaucht und hatte sie dazu gebracht, ihren Lebensstil in Frage zu stellen. Nicht, daß er jemals etwas in der Richtung gesagt hätte. Seine Anwesenheit reichte aus.

»Und was nun?« McCloud erwartete keine Antwort auf diese Frage. Sie zitterte wieder. Eines Tages würden die Wissenschaftler zurückblicken und zu dem Schluß kommen, daß die Entdeckung der Klimakontrolle der Schritt vom Affen zum Menschen gewesen war.

»Nun werde ich versuchen, mit meiner Schwester Rianna zu reden. Und dann sehen wir weiter. Sie war heute nicht in der Versammlung, dadurch hat sie die Abstimmung verpaßt.«

»Ich dachte, sie ist eine Kriegerin.«

»Ist sie auch, aber noch keine erprobte. Den öffentlich zugänglichen Unterlagen zufolge ist sie eine gute Mechpilotin und eine ausgezeichnete Taktikerin, aber bis zu ihrem ersten Kontrakt wird es noch ein Jahr dauern. Sie hätte kommen und von der Galerie aus zusehen können, aber das ist ungefähr so aufregend, wie einem Mech beim Rosten zuzusehen, besonders ohne die Vergleichsmöglichkeiten, die man im Gefecht hat. Wahrscheinlich hat niemand eine so explosive Sitzung erwartet.«

Die beiden wanderten stumm weiter, bis McCloud etwas auffiel. »He, du hast gesagt, das Treffen mit deiner Familie hat nur zehn Minuten gedauert. Wo warst du die letzten zwei Stunden?«

»Ich habe mit Oberst Stirling gesprochen.«

»Stirling, der Katze?«

»Genau der. Woher kennst du sie?«

McCloud zuckte nur die Achseln. »In meiner Branche hört man viel über Leute wie sie. ›Lebende Legenden‹ und so.«

»Hört sich ganz nach ihr an. Es gab Punkte in unserem Gespräch, da hätte ich schwören können, ich hab sie schnurren gehört.« Rose lachte, und McCloud entspannte sich etwas. Rose hatte bereits begonnen, die

Vergangenheit ad acta zu legen und sich auf die Zukunft zu konzentrieren.

»Habt ihr über etwas Wichtiges gesprochen?« McCloud versuchte, eine Spur Eifersucht in der Frage mitklingen zu lassen, aber entweder überhörte Rose die Andeutung, oder er ignorierte sie. Der Gedanke war ohnehin lächerlich.

»Sie war mehr oder weniger einer Meinung mit meinem Vater.«

»Wirklich?«

»Na ja, eigentlich nicht, aber sie hat das Ergebnis der Abstimmung gestern schon vorhergesagt, als sie hörte, daß mein Vater reden wollte.«

»Hast du etwas Interessantes herausbekommen?«

Rose nickte. »Sie war Dannys Bataillonsführerin, als er starb. Es war auf ...«

»Dein Bruder ist tot?«

Rose nickte. Er hatte vergessen, daß McCloud nichts davon wußte. Obwohl er es selbst erst ein paar Stunden zuvor erfahren hatte, machte die Nachricht Rose erstaunlich wenig aus. Sein Bruder und er hatten sich nie sonderlich nahe gestanden. Der Tod seiner Lanzenkameraden hatte ihn schwerer getroffen. Für McCloud hingegen schien die Nachricht ein schwerer Schlag. Er war überrascht, als sie anhielt und ihn umarmte.

»Jeremiah, es tut mir so leid.« Er wußte nicht, was er sagen sollte. Er hatte Angst, ihr Mitgefühl abzutun, und plötzlich schämte er sich über seine fehlende Trauer. Nach kurzem Zögern drückte er sie an sich.

»Du zitterst ja.« Rose lockerte seinen Griff und hielt sie von sich, um ihr ins Gesicht zu sehen.

»Es ist eisig hier draußen.« Rose zog sie an sich, und sie preßte sich an seine Brust. Er blickte sich um und bemerkte ein kleines Restaurant auf der anderen Straßenseite.

Er löste sich und deutete über die Straße. »Wie wär's mit etwas zu Essen? Ich lade dich ein.«

»Hauptsache, ich komm' ins Warme.«

Rose nahm ihre Hand und führte sie in das Lokal, wo sie der Duft von frischgebackenem Brot und eine rundliche Kellnerin in einem Kleid mit grünem Schottenmuster begrüßten. Hinter der Frau in der noch kleineren Bar des Restaurants ging es laut und fröhlich zu.

»Für zwei Personen, zum Abendessen, bitte.«

»Seh ich aus, als wär ich blind? Natürlich für zwei.« Die Frau klopfte Rose gutgelaunt mit zwei Speisekarten auf den Arm. »Warten Sie einen Moment dort drinnen, während ich den Tisch vorbereite.« Rose wußte, daß genügend Tische verfügbar waren, aber die Bar brachte dem Lokal den größeren Gewinn, und niemand kam in den Speisesaal, ohne sich vorher bei einem Drink zu entspannen. Rose sah McCloud fragend an. Er kannte sie seit zwei Monaten, aber dies war ihr erstes gemeinsames Essen außerhalb des Landungsschiffes. Vielleicht hatte sie ja etwas gegen Bars?

McCloud warf einen Blick in den kleinen Raum und nickte. Rose grinste der abziehenden Bedienung hinterher und folgte McCloud ins Gedränge. Sie drängten sich an den übrigen Barbesuchern vorbei und nahmen an einem kleinen Tisch in der Bar Platz.

»Ziemlich laut hier.« Rose beugte sich vor, wie um zu flüstern, aber bei dem Lärm mußte er beinahe brüllen. Trotzdem konnte McCloud ihn kaum verstehen. Sie nickte zustimmend. Sie warteten einige Minuten, aber von ihren Drinks war nichts zu sehen. Rose sah zur Bar hinüber, um Ausschau nach der Bedienung zu halten, aber sie war nirgends auszumachen.

»Was glotzt du denn so?« Es war einer der Highlander, die an einem Ende des Tresens lehnten. Bis vor einem Augenblick hatte Rose den Mann überhaupt noch nicht bemerkt. Als er sich wegdrehte, stieß sich der Mann vom Tresen ab und kam auf Rose' Tisch zu. »He, bist du nicht der Kerl aus der Versammlung heute nachmittag?«

McCloud versteifte sich, drehte sich aber nicht um. Rose sah, wie zwei weitere Highlander ihrem Kumpel folgten.

»He, ich rede mit dir.« Rose sah zu dem vordersten Highlander hoch. Rotgeränderte Augen starrten boshaft zurück. Rose konnte fühlen, wie sich die Atmosphäre veränderte, als die Gäste an einem nahe gelegenen Tisch Platz machten.

»Ich habe mich nur nach der Bedienung umgesehen, mein Freund.« Rose überlegte sich, ob er aufstehen sollte, aber die Herausforderung in dieser Geste wäre nicht mehr zu übersehen gewesen. Der Betrunkene lehnte sich gegen Rose' Stuhl und kippte ihn ein Stück. Rose mußte sich über den Tisch beugen, um nicht mit dem Kopf auf dem Bauch des Mannes zu liegen.

»Freund von einem Feigling wie dir? Nicht am längsten Tag, den du je erlebt hast.« Rose erstarrte, aber er zwang sich, sitzen zu bleiben. Auf seinem Gesicht lag ein künstliches Lächeln, aber in seiner Magengrube krampfte sich alles zusammen.

»Er mag uns nicht, Ian, merkst du's?« Rose sah zu dem zweiten Schläger auf, der hinter Rachels Stuhl getreten war. Er grinste Rose über McClouds Kopf hinweg hämisch an, und seine gelben Zähne glänzten durch einen struppigen schwarzen Bart. Der dritte Mann lachte falsch, während er sich mit der Hand durchs blonde Haar fuhr. Rose fühlte es in seinen Eingeweiden brennen.

»Kannst du dir vorstellen«, fragte der erste, »daß dieser Mann die Highlanders in die Schlacht führt?«

»Und dann nach Hause kommt zu so einer hübschen Frau?« brachte der zweite den Satz zu Ende. Zur Betonung legte er die Hände auf McClouds Schultern. Obwohl er unter allen Umständen ruhig bleiben wollte, versteifte sich Rose und wartete auf McClouds Reaktion. Er wußte, daß sie bereit war zu reagieren, aber sie starrte weiter geradeaus.

»Eines muß man dir lassen«, redete der erste weiter. »Nach Northwind zurückzukommen, hat Mut verlangt. Ich hätte nicht gedacht, daß irgend jemand blöde genug sein könnte, zu den Highlanders zurückzukommen, nachdem er sie im Stich gelassen hat.«

»Was meinst du, Schätzchen? Ist der Kerl wirklich so tapfer, oder ist er nur blöd?« Rose und die drei Highlander sahen auf McCloud hinab, die weiter starr geradeaus blickte. Der zweite Schläger rieb ihre Schultern. Offenbar hatte ihn ihre ausgebliebene Reaktion ermutigt. Rose versuchte sich zu entspannen, aber das Feuer in seiner Magengrube breitete sich rapide aus. Er war schockiert, als McCloud die Frage beantwortete.

»Über seinen Mut kann ich nicht viel sagen.« Sie drehte den Kopf in Rose' Richtung und hob langsam den linken Arm, um die Hand zu tätscheln, die ihre rechte Schulter massierte. »Und was sein Hirn angeht, Teufel, dieser Tisch besitzt einen höheren IQ.« Sie hörte auf, die Hand des Highlanders zu tätscheln und warf Rose einen verächtlichen Blick zu. Die drei Rüpel lachten, erst ohne Humor, dann aber offensichtlich von Herzen, als sie den entsetzten Ausdruck auf Rose' Gesicht sahen.

Rachel griff mit dem rechten Arm nach oben und nahm die Rechte des lachenden Highlanders von ihrer Schulter, die Handfläche nach oben. Er sah auf sie hinunter, aber sein vom Alkohol umnebeltes Hirn registrierte erst, was vor sich ging, als McCloud mit der anderen Hand seinen Ringfinger packte und nach hinten riß.

Mit einem Knacken gab der Knochen nach, aber McCloud drückte weiter, bis der Finger auf dem Handrücken lag. Der Mann versuchte zu schreien, aber er bekam keinen Laut heraus. Er wollte zurückweichen, aber McCloud stand auf und folgte ihm.

Rose machte es ihr nach. Er reagierte im selben Moment, in dem der Finger des Highlanders brach. Er beugte sich auf seinem Stuhl nach vorne und trat mit dem rechten Fuß gegen das Schienbein des Anführers. Der Tritt glitt am Knochen ab und knackte ihn nur an, statt ihn wie beabsichtigt zu brechen. Der Mann kippte schwer gegen den Stuhl und stieß Rose vom Tisch weg. Mit einer schnellen Drehung war Rose frei und stand seinem Angreifer gegenüber.

Der Mann hatte sich rasch erholt und hob bereits Rose' Stuhl vom Boden auf. Die wenigen noch in der Nähe verbliebenen Gäste stoben auseinander, als der Mann auf Rose zustürmte, den Stuhl über den Kopf erhoben.

Brüllend schlug er mit dem Stuhl zu und versuchte Rose zu erschlagen. Rose allerdings war nicht mehr da.

Er war dem Angreifer entgegengesprungen und packte dessen linkes Handgelenk, während der Highlander den Stuhl zu Boden schmetterte. Gleichzeitig trieb er die rechte Hand in die Magengrube des Mannes. Er drehte sich nach links und wirbelte herum. Dabei ging er etwas in die Knie. Der Schwung des Angreifers riß ihn nach vorne, aber Rose' Schlag hatte ihn aus dem Gleichgewicht gebracht. Er prallte gegen dessen Rücken. Sein ausgestreckter linker Arm lag über Rose' Schulter. Mit einem schnellen Schwung wirbelte Rose den Mann durch die Luft.

Der Highlander krachte zu Boden. Seine Beine schlugen zusammen, quetschten seine Weichteile ein und trieben ihm den letzten Rest Luft aus den Lungen. Rose setzte den Fuß auf den Brustkorb seines Gegners, zog an dessen Arm und kugelte die Schulter aus. Dann sah er sich nach McCloud um.

Der erste Angreifer hatte jedes Interesse an dem Kampf verloren, aber McCloud gab seine Hand nicht frei. Statt sich zu wehren, versuchte er nur, die Hand so still wie möglich zu halten, um dem Finger weitere

Verletzungen zu ersparen. Sein Kumpel hingegen hatte andere Vorstellungen. Als Rose aufsah, traf er McCloud mit einer Flasche hinter dem Ohr. Das Glas zerbarst, und sie sank auf ein Knie. Der Highlander mit der gebrochenen Hand konnte sich endlich freimachen, als sein Freund den Angriff fortsetzte. Mit der freien Hand faßte er in McClouds Haar und bog ihren Kopf nach hinten. Rose suchte nach etwas, was er werfen konnte. Er fand nichts. In seiner Verzweiflung schrie er.

Es war nicht der Schrei eines verängstigten oder wütenden Menschen. Dieser Schrei war wie ein rächender Geist, der in den Raum entlassen wurde. Einen Augenblick lang regte sich nichts.

Rose nutzte den Moment aus, um über den Tisch zu hechten, der ihn von McCloud und ihrem Gegner trennte. Er kam mit den Händen auf, rollte ab und schnellte in die Hocke. McClouds Angreifer hatte sich wieder gefaßt und stieß mit der zerbrochenen Flasche zu. Als seine Hand nach unten fiel, sprang Rose vor. Ihre Hände trafen sich knapp über McClouds Gesicht. Die Gewalt von Rose' Schlag lenkte den Angriff ab, aber der Flaschenhals zerfetzte McClouds Bluse und hinterließ drei blutige Schnittwunden auf ihrer Schulter.

Der Angreifer ließ McCloud los und stieß wild nach Rose. Der Highlander wußte, daß sein Gegner ihm überlegen war, aber in seinem momentanen Zustand hatte das keine Bedeutung für ihn. Er stieß immer wieder nach, und Rose wich jedesmal aus. Seine Bewegungen waren ungestüm, aber seine Verteidigung war solide, und er fing an, eine Offensive aufzubauen. Durch konstante Bewegung und den Einsatz der zerbrochenen Flasche konnte er sich gegen Rose halten, bis McCloud wieder in den Kampf eingriff.

Die ständigen Abwehrbewegungen hatten den Highlander an die Bar und gegen McClouds zum Angriff gespannte Beine getrieben. Er war so auf Rose konzentriert, daß er McClouds Tritt gegen seinen Knöchel gar nicht bemerkte. Er stürzte zu Boden, und auf seinem Gesicht stand ein Ausdruck ungläubigen Erstaunens. McCloud trat mehrmals nach, während sie sich hastig aufrappelte, aber der Mann hatte jedes Kampfinteresse verloren.

Rose legte vorsichtig die Hand auf ihre unverletzte Schulter. »Bist du in Ordnung?«

McCloud starrte ihn an, als habe er den Verstand verloren. Dann bemerkte er den Grund für ihr Starren. Sein ganzer Arm war blutüberströmt. Sie blickte auf den Mann am Boden und neigte fragend den Kopf. Rose nickte.

Mit unglaublicher Geschwindigkeit trat McCloud ihm in den Magen. Der Mann stöhnte und erbrach sein hauptsächlich flüssiges Abendessen auf den Boden der Bar. McCloud wollte noch einmal zutreten, aber Rose bremste sie.

»Wir sollten jetzt gehen«, sagte er. McCloud blickte erstaunt auf. »Komm, Rachel.«

»Hören Sie auf den Mann, Lady.«

Rose und McCloud drehten sich zu dem letzten verbliebenen Angreifer um. Er stand auf der anderen Seite des Raums, eine Hand an der Brust, in der anderen einen Nadler. Die wenigen Kunden, die nicht in den Speisesaal geflüchtet waren, schienen auf der Seite der Einheimischen zu stehen. Keiner von ihnen schien bewaffnet, aber sie wirkten mehr als bereit, den verbliebenen Highlander den Kampf auf seine Weise zu Ende bringen zu lassen.

McCloud war schockiert. »Erst provozieren Sie eine Prügelei, und jetzt, nachdem wir den Boden mit Ihnen aufgewischt haben, drohen Sie, uns umzubringen?«

Der Bewaffnete antwortete nicht, aber sie konnte die Wahrheit in seinen Augen lesen.

»Soviel zu der Highlander-Ehre, von der du mir erzählt hast, Rose.« Sie trat von dem Mann zurück, auf den sie eingetreten hatte, und erlaubte Rose, sie ins Freie zu führen.

Die kalte Luft traf ihre schweißnasse Haut wie ein Peitschenhieb. Rose packte McClouds Arm und entfernte sich so schnell wie möglich von der Bar. Obwohl noch früh am Abend, waren die Straßen wie ausgestorben. Auf dem Weg zurück zum Fort hielten sie Ausschau nach einem Taxi.

»Weißt du was, Rose, ich glaube, du hast mir da drin das Leben gerettet.«

»Den Teufel hab ich getan. Ich hätte dich beinahe ein Auge gekostet, von deinem Leben ganz zu schweigen.« Er bemerkte ein Taxi und winkte wie besessen. McCloud wurde in seinen Armen immer schwerer. Die aufputschende Wirkung des Adrenalins ließ nach.

»Nein. Du hast mir das Leben gerettet. Ich stehe in deiner Schuld.« Das Taxi setzte sich in Bewegung, und Rose hörte auf zu winken. Er benutzte beide Hände, um McCloud zu halten. »He, wo hast du so zu kämpfen gelernt?« murmelte sie.

»Ich war jahrelang auf Luthien stationiert. Erinnerst du dich? Aber die Grundlagen habe ich wohl hier auf Northwind gelernt, von meinem Muttchen.« McCloud sackte fast ohnmächtig in seinen Armen zusammen. Er zog sie hoch und wartete auf den Wagen.

»Was war das für ein Schrei?« fragte sie groggy. »Wo hast du den gelernt?« Rose war überrascht, daß sie noch bei Bewußtsein war. Das Taxi erreichte die beiden, und der Fahrer stieg mit besorgtem Gesicht aus, um die Tür zu öffnen.

»Das war mein Geistschrei, wenn du an so einen Unsinn glaubst. Mein Sensei sagte, in großer Not kann man einen Teil seines Geistes freisetzen, um den Gegner zu schocken. Aber das war das erstemal, daß ich das in einem Kampf versucht habe.«

Blut tropfte zwischen Rose' Fingern auf das Pflaster,

als der Fahrer ihm half, Rachel, die jetzt definitiv ohnmächtig war, in den Wagen zu heben. Die Tür schloß sich hinter ihnen, und der Fahrer trottete um den Wagen nach vorne.

Rose sah auf McCloud hinab und drückte sie an sich. »Ich habe so etwas vorher auch noch nie gehört.«

4

Tara, Northwind

25. April 3054

Die nächsten beiden Tage verbrachte Rose bei Rachel McCloud im Krankenhaus. Die Schnittwunde an ihrer Schulter hatte Muskelgewebe durchtrennt, aber keinen dauerhaften Schaden angerichtet. Es war jedoch unmöglich gewesen, sie zu nähen, daher mußte McCloud den Arm absolut still halten, bis sich die Wunde von selbst geschlossen hatte.

Rose hing während der Besuchszeiten an ihrem Bett und nachts im Wartezimmer. Vierundzwanzig Stunden nach ihrer Einlieferung hatte Rachel genug. Sie forderte ihn in unmißverständlichem Ton auf, für den Rest des Tages zu verschwinden. Die Schwestern weinten ihm keine Träne nach. Sie waren noch nie so herb für ihre Pflege beziehungsweise das, was Rose als deren Mängel sah, kritisiert worden.

Nachdem er das Hospital verlassen hatte, wanderte Rose stundenlang ziellos umher, während die Ereignisse der letzten Tage in seinen Gedanken und Eingeweiden rumorten. Schließlich aß er in einem kleinen Café im Schatten des Forts zu Mittag, aber die Mahlzeit konnte seine Stimmung auch nicht heben. Er stocherte in den Überresten der Mahlzeit herum und entschied schließlich, nach Hause zu gehen. Der Tag ist ohnehin verdorben, dachte er sich.

Zwei Stunden später stand Rose auf der Straße vor seinem ehemaligen Vaterhaus. Die Taxifahrt hatte ein kleines Vermögen gekostet, aber er war nicht in der Stimmung zu einer Monorailfahrt ins Kriegerviertel gewesen.

Cornelius Rose galt als einer der besten Techs der

Highlanders, aber sein Haus hatte er von seiner verstorbenen Frau geerbt. Als Marie Rose starb, war Jeremiah noch ein Kind gewesen, aber er wußte, daß sie eine ausgezeichnete Kriegerin und Kommandeurin gewesen war. Er versuchte sich an ihr Gesicht zu erinnern, aber wie immer konnte er sie sich nicht anders vor Augen rufen als in Kühlweste, Shorts und Neurohelm vor ihrem Donnerkeil. Eine MechKriegerin und ihr Mech gehörten einfach zusammen.

Rose studierte das Haus, das seine Mutter durch ihr Können verdient hatte, obwohl sie selbst nie darin gewohnt hatte. Wie viele andere war auch Marie Rose im unseligen Krieg von 3039 umgekommen. Ja, sie war eine Kriegerin gewesen, aber Rose hatte sich nie damit abfinden können, welche Verschwendung ihr Tod gewesen war. Jedes Kind trauerte um einen verlorenen Elternteil, das war nur natürlich, aber sein Verlust ging tiefer. Soweit es Rose betraf, hatten Prinz Hanse Davion vom Vereinigten Commonwealth und andere mit ihrer Habsucht und ihrem Größenwahn seine Mutter auf dem Gewissen. Gegen Invasoren wie die Clans zu kämpfen, war eine Sache, aber einen Krieg über den Besitz von ein paar längst ausgebeuteten Welten vom Zaun zu brechen, eine ganz andere.

Diese starke Abneigung Davion gegenüber hatte Rose den Zorn seines Vaters eingetragen. Soweit es Cornelius Rose betraf, war Hanse Davion ein Heiliger. Rose konnte sich dieser Ansicht allerdings nicht anschließen, nur weil Davion den Highlanders die Rückkehr nach Northwind ermöglicht hatte, insbesondere deswegen nicht, weil es die Davion-Herrscher gewesen waren, die sie überhaupt erst von ihrer Heimatwelt vertrieben hatten. Rose hatte Hanse Davion den Tod seiner Mutter nie verziehen, aber der Tod des Prinzen hatte seine Haltung dem Vereinigten Commonwealth gegenüber etwas gemildert. Außerdem hatten der Tod seiner Mutter und das Zerwürfnis mit seinem Vater ihn zu ComStar getrieben, und das war trotz der jüngsten Ereignisse gut für ihn gewesen. Er schätzte seine Zeit bei den ComGuards hoch ein, auch wenn es vielleicht kein fairer Handel gewesen war.

Wie immer wirkte das Haus fremd auf Rose. Er hatte fast elf Jahre hier gelebt, aber irgendwie hatte er nie das Gefühl gehabt, es gehöre ihm oder seiner Familie. Er hatte es immer als Privatbesitz seiner Mutter gesehen, genau wie ihren *Donnerkeil*. Rose fragte sich, was wohl aus *Tea Bowl* geworden war.

Diesen Namen hatte der Kampfkoloß seinem Bruder Danny zu verdanken gehabt, der als Kleinkind die typischen Schwierigkeiten mit der Aussprache bestimmter Begriffe gehabt hatte. Und selbst als Danny alt genug gewesen war, den Mech korrekt zu bezeichnen, hatte Marie ihre geliebte Maschine weiter *Tea Bowl* genannt. Jetzt, wo Dany tot war, hatte sein Vater den Mech wahrscheinlich an die Highlanders zurückverkauft.

»He, du!«

Der Ruf von der Veranda riß Rose aus seinen Träumereien. Er wußte nicht, wie lange er mitten auf der Straße gestanden hatte, aber seine Anwesenheit hatte offensichtlich jemandes Aufmerksamkeit erregt.

»Was stehst du auf der Straße rum und starrst mein Haus an?« Das Mädchen auf der Veranda schien rechtschaffen verärgert. Rose schätzte ihr Alter auf höchstens achtzehn Jahre. Sie stand selbstbewußt vor der offenen Tür, die Hände in die Hüften gestemmt. Ihre enganliegende Kleidung zeichnete einen athletischen Körper nach, schlank, mit langen Gliedern und breiten, muskulösen Schultern. Rose schätzte sie als Schwimmerin ein, aber ihr langes dunkles Haar schien dazu nicht zu passen.

»Sorry.« Rose trat von der Straße auf den Gehsteig. »Ich suche nach dem Haus von Cornelius Rose.« Der Gedanke, daß die Familie umgezogen sein könnte, war

Rose nie in den Sinn gekommen, aber jetzt, nachdem sowohl seine Mutter als auch Danny tot waren, konnte es durchaus sein, daß der alte Mann mit seiner Tochter in Taras Techviertel umgezogen war. Dann erkannte er das Mädchen.

»Rianna?« Rose setzte sich in Bewegung, wurde immer schneller, je näher er dem Haus kam. Die Verärgerung auf der Miene des Mädchens wurde zu Besorgnis. Anstatt zu fliehen, sank sie in eine geduckte Abwehrhaltung. Rose erkannte, welche Wirkung er auf sie hatte, und hielt vor den Verandastufen an.

»Rianna Rose?«

Das Mädchen entspannte sich und kam hoch. Ihre Miene war vorsichtig fragend.

»Rianna«, sagte er. »Ich bin es, Jeremiah.« Rose stand still, die Hände an den Seiten.

Rianna betrachtete ihn, als sei der Name nicht zu ihr durchgedrungen. Dann erkannte sie, was er gesagt hatte.

»Jeremiah!« Ohne Vorwarnung sprang das Mädchen von der Veranda in Rose' Arme. Der wurde beinahe umgeworfen, konnte sich aber gerade noch rechtzeitig fangen. Rianna war schwerer, als er erwartet hatte, aber er schloß sie in die Arme, als sie ihm um den Hals flog.

»Ich wußte, daß du nach Hause kommst. Ich wußte es.« Rose drückte die Schwester, die er fünfzehn Jahre nicht gesehen hatte. Er versuchte mehrmals, sie abzusetzen, aber sie ließ ihn einfach nicht los. Schließlich blieb ihm nichts anderes übrig, als sie halb auf die Veranda zu schleppen und sich auf die Stufen zu setzen, Rianna auf dem Schoß.

»Wie in alten Zeiten, was, Ria?« Seine Schwester nickte.

»Ich habe gestern herausbekommen, daß du wieder auf Northwind bist, aber ich wußte nicht, wie ich dich hätte finden können. Ich hatte keine Ahnung, daß du mich finden würdest.« Sie drückte ihn noch einmal. »Laß uns nach drinnen gehen. Die Nachbarn haben schon genug gesehen, um wochenlang zu tratschen.«

»Ist der Alte drinnen?«

Rianna zögerte. »Nein, er ist noch im Wartungshangar. Nachdem er gestern nicht dort war, muß er heute länger bleiben.«

Rianna führte Rose ins Haus. Im Wohnzimmer stellte er verwundert fest, wie wenig sich seit seiner Abreise verändert hatte. Vielleicht hingen ein paar neue Bilder an den Wänden, und die Farbgebung schien unmerklich anders, aber die Atmosphäre war die gleiche geblieben.

»Ich war gerade dabei, Tee aufzubrühen. Möchtest du eine Tasse?«

»Hört sich gut an.« Rianna verschwand um die Ecke in der Küche. Rose folgte ihr in gemächlicherem Tempo und nahm seine Umgebung in sich auf. Als er das Eßzimmer erreichte, erschien Rianna mit einem Krug und zwei hohen eisgefüllten Gläsern. Sie setzte alles auf den Hartholztisch und zog einen Stuhl hervor.

»Etwas zu essen?« Rose schüttelte den Kopf und sah sich weiter um. Rianna beobachtete ihn, während sie den Tee eingoß, dann setzte sie sich ihm gegenüber.

»Ist es noch so, wie du es in Erinnerung hast?« Rose sah seine Schwester einen Moment an und dachte über die Frage nach. Ihr Tonfall ließ sie gewichtiger erscheinen, als sie hätte sein dürfen.

»Ja, haargenau so. Ich weiß, daß ein paar Kleinigkeiten anders sind, aber es weckt die alten Gefühle. Ist das dein Werk?«

Rianna nickte und lächelte.

»Du hast erstklassige Arbeit geleistet.« Rose griff nach dem Glas und grinste seine Schwester verlegen an. »Weißt du, zuerst habe ich dich gar nicht erkannt, da auf der Veranda.«

Rianna kicherte. »Und ich hielt dich für einen Makler, so wie du dagestanden bist und das Haus angesehen hast. Als du auf mich zugerannt bist, hast du mich ganz schön erschreckt. Bleibst du über Nacht? Dein Zimmer ist noch beinahe unverändert. Wir würden uns freuen.« Rose sah seine Schwester unter gesenkten Brauen an. »Na schön, *ich* würde mich freuen. Was Papa davon hält, ist seine Sache.«

Rose erwog das Angebot. Er hatte es erwartet, hatte sogar eine Antwort vorbereitet, aber jetzt, wo er seiner Schwester leibhaftig gegenübersaß, verließ ihn seine Entschlossenheit. »Ich würde wirklich gerne bleiben, aber es geht nicht.«

Rianna wirkte schwer getroffen. Sie setzte zu einer Antwort an, dann überlegte sie es sich anders und starrte mit plötzlichem Interesse auf ihr reifüberzogenes Glas.

»Wie lange bleibst du auf Northwind?« fragte sie das Glas.

»Zwei, vielleicht drei Tage.« Auch Rose starrte auf sein Glas. Er hatte gewußt, daß die Unterhaltung auf diesen Punkt hinauslaufen würde, aber so früh hatte er ihn nicht erwartet.

»Und dann?«

»Solaris ... oder vielleicht Outreach«, erwiderte er und nannte zwei der berühmtesten Welten in der Inneren Sphäre. Von nah und fern reisten MechKrieger nach Solaris, wo sie sich bei den Mechkämpfen, durch die dieser Planet berühmt geworden war, Ruhm und Reichtum erhofften. Was Outreach anging, so hatte sich diese Welt in den letzten Jahren zu dem Zentrum für Söldnervermittlung in der Inneren Sphäre entwickelt. Außerdem war der Planet die Heimatbasis des Wolfsrudels, einer der besten Söldnereinheiten.

»Erzähl mir, was du über den Ausgang der Versammlung weißt«, fragte Rose.

»Nun, ich weiß, daß die Hohe Versammlung sich

gegen dich entschieden hat. Es hat bestimmt so ausgesehen, als wären sie hauptsächlich von Papas Rede umgestimmt worden, aber sie werden deinen Vorschlag eher wegen der Clans abgelehnt haben.«

Rose hob die Hand. »Wie das?«

»Die Hohe Versammlung hat beschlossen, daß die Clans auch für die nächsten fünfzehn Jahre eine ernste Bedrohung darstellen werden, gleichgültig, was im Vertrag von Tukayyid steht.«

»Richtig.«

»Es wurde vorgeschlagen, daß die Versammlung der Krieger den Verkauf und Transfer aller Mechs an Personen außerhalb der Highlanders außer in Notfällen unterbindet.« Sie machte eine Pause, um ihre Worte wirken zu lassen. »Selbst wenn Papa seine Rede nicht gehalten hätte, wäre einer der Kommandeure gezwungen gewesen, die Entscheidung der Hohen Versammlung zu wiederholen.«

»Also hatte ich vor der Versammlung der Krieger von vornherein keine Chance?«

Rianna goß nach und überlegte für einen Moment. »Nein. Aber bei der Familienversammlung lag die Sache ganz anders. Da die persönlichen Mechs der Highlander-Krieger von der Entscheidung der Hohen Versammlung ausgenommen sind, hätte sich dir jeder anschließen können, der zur Zeit nicht unter Kontrakt steht. Leider hat Papa diese Möglichkeit zunichte gemacht. Ich weiß nicht wie, aber irgendwie hat er erfahren, daß du zurückkamst, bevor es irgend jemand sonst in der Familie wußte. Die meisten Krieger von Mamas Linie stehen unter Kontrakt, und die wenigen, für die das nicht gilt, haben von der Versammlung nichts erfahren. Du hast ja gesehen, daß es eine Menge verfügbarer Piloten von Papas Linie der Familie gibt, aber als Patriarch hat er sie ziemlich fest unter Kontrolle. Ein paar der jüngeren hätten möglicherweise gegen ihn gestimmt, wenn du einzeln mit ihnen hättest reden können, aber in einer offenen Versammlung…« Rianna ließ ihre Worte verklingen. Keiner der jüngeren Piloten konnte einen Ruf als Unruhestifter riskieren, indem er sich in einem offenen Forum gegen das Familienoberhaupt stellte. Das war der Weg zu einem abrupten Ende der Karriere.

»Ich hätte mich sofort verpflichtet, aber ich hatte Wartungsdienst im Mechhangar und mußte den ganzen Tag mit dem Kopf im Ellbogen eines *Feuerfalke* verbringen. Ich wußte überhaupt nichts von der Versammlung – oder von deiner Ankunft –, bis alles vorbei war.«

Rose trommelte frustriert auf den Tisch. Ohne diesen Besuch zu Hause hätte er Northwind in dem Glauben verlassen, daß ihn seine ganze Familie haßte. Dabei war es nur sein Vater.

»Es hat ihn wirklich verletzt, als ich gegangen bin, was?« Rose kannte die Antwort, als er die ernste Miene seiner Schwester sah.

»Du kannst dir nicht vorstellen, wie sehr. Mama war erst ein halbes Jahr tot, und du warst so total gegen Hanse Davion und das Vereinigte Commonwealth. Unter dem Druck des Krieges und seiner zusätzlichen Pflichten war Papa extrem angespannt. Als du dann zu ComStar gegangen bist, war es aus.« Rose zuckte zusammen. Er hatte sich mit seinem Vater nie besonders verstanden, aber er hatte ihm auch nie schaden wollen.

»Die äußerliche Wut ging schnell vorüber, aber den Rest hat er all die Jahre in sich hineingefressen.« Rianna schwieg. »Das Ergebnis hast du gesehen.«

»Ja, das habe ich«, bestätigte Rose leise. »Und was bedeutet das für mich, für die Familie, für dich?« Er sah zu seiner Schwester hoch, die nachdenklich auf der Unterlippe kaute.

»Also, was die Familie angeht, wirst du trotzdem kaum Glück haben. Zumindest, was den Aufbau einer

Söldnereinheit angeht. Es gibt nur zwei Krieger mit Mech, die auch nur erwägen würden, sich dir anzuschließen.« Rose nickte und bedeutete ihr weiterzureden.

»Der eine ist Angus Lochart. Er steuert die *Valkyrie* seines Vaters.«

»Lonny Locharts Sohn?«

»Ja. Er ist nur ein Halbvetter, wenn du damit etwas anfangen kannst, aber er ist ein Mitglied der Familie und ein guter Krieger. Er ist gerade von seinem ersten Kontrakt an der Peripherie zurück und hat etwas Erfahrung, aber ich bin nicht sicher, wieviel ihm die gegen die Clans nützen würde.«

»Jede Art von Erfahrung hilft. Was ist mit dem zweiten Pilot?«

»Der zweite Pilot ist Rianna Rose.« Jeremiah riß die Augen auf und starrte seine Schwester schockiert an.

»Du? Das kann ich …«

»Sag es ja nicht.«

Rose schloß den Mund und betrachtete seine Schwester. Der athletische Körperbau stimmte, und sie hatte auch die selbstbewußte Ausstrahlung, die zu einer MechKriegerin gehörte. Aber es fiel ihm schwer, sie nicht mehr als das vierjährige Gör mit Rattenschwänzchen zu sehen, von oben bis unten mit Dreck beschmiert.

»Tut mir leid, es ist mir nur nie in den Sinn gekommen, du könntest Interesse daran haben, eine MechKriegerin zu werden.«

»Paß auf«, schalt Rianna, »du zeigst deinen Chauvinismus.« Rose konnte sehen, daß sie ärgerlich wurde, und er fragte sich, ob sie wohl das Temperament ihres Vaters geerbt hatte. Er entschied sich, es nicht darauf ankommen zu lassen.

»Keineswegs. Einige der besten Mechjockeys, die ich je gekannt habe, waren Frauen. Ich habe nur nicht gedacht, daß es *dich* interessieren könnte, das ist alles.«

Rianna war nicht überzeugt. Sie warf den Kopf zurück und sah Rose durchdringend an.

»Zu deiner Information: Ich war die Beste meiner Kadettenklasse hier auf Northwind. Ich bin nicht nur eine geprüfte Pilotin, sondern auch eine geprüfte AssistenzTech. Ich habe mich auf dreizehn verschiedenen Mechs qualifiziert, und mein IQ liegt um siebzehn Punkte über deinem.« Rose nickte beeindruckt. »Hinzu kommt – und keiner weiß, daß ich davon weiß: Ich gelte als logistisches Genie.« Sie grinste, als Rose die Brauen hob. »Es hat etwas damit zu tun, wie ich meine Gedanken organisiere. Nachschub und Versorgung sind ein Kinderspiel für mich.« Sie schnippte mit den Fingern und legte einen Ellbogen über die Rückenlehne ihres Stuhls. »Jetzt du.«

»Na schön, du bist eine Topstudentin, aber was ist mit tatsächlicher Gefechtserfahrung? Akademietraining ist eine Sache. Warst du schon einmal das Ziel einer ungehemmten Laserkanone? Warst du jemals am unangenehmen Ende einer LSR-Salve? Nein? Dachte ich mir.« Rose schnappte nach Luft. Die Intensität seiner Gefühle überraschte ihn selbst. Er wollte sich beruhigen, bevor er weitersprach. »Wie lange hast du die Akademie hinter dir?«

»Sechs Monate.« Rianna wirkte enttäuscht, aber sie versuchte es zu verbergen.

»Und ohne Kontrakt? Soweit ich mich erinnere, hatten die besten Absolventen gleich nach dem Abschluß einen Platz.«

»Ich hatte zwei Angebote, aber ich habe sie abgeschlagen.«

»Warum?«

»Das ist meine Sache und geht dich nichts an.« Rianna kniff die Lippen zusammen und starrte ihren älteren Bruder wütend an.

»Wenn du dich bei mir verpflichten willst, geht es mich sehr wohl etwas an. Also, was war los?«

Rianna zögerte noch eine Weile, bevor sie nachgab. Sie beugte sich vor, um ihre Haltung der ihres Bruders anzupassen. »Das einzige, was ich hätte bekommen können, waren die üblichen Fünf-Jahres-›Grünschnabel‹-Kontrakte. Hauptsächlich langweiliger Garnisonsdienst oder Ausbildungskader abseits der Frontlinien. Ich wollte näher an die Front.«

»An die Action. Wie ein typischer Grünschnabel.«

Riannas Augen spuckten Feuer. Sie sprang auf. In diesem Moment wußte Rose, daß sie tatsächlich das Temperament ihres Vaters hatte.

»Nein, nicht wie ein Grünschnabel. Wie eine Schwester, die ihren Bruder seit fünfzehn Jahren nicht gesehen hat. Deswegen wollte ich an die Front. Ich wollte näher an Terra und den ComGuards sein, weil ich so eine bessere Chance gehabt hätte, dich zu finden.« Ohne eine Reaktion abzuwarten, stürmte sie in die Küche. Rose wartete einen Augenblick, aber als sie nicht zurückkam, stand er auf und folgte ihr.

Sie stand an der Spüle und sah aus dem Fenster auf den Hinterhof. »Ich weiß, daß du gehen mußtest, Jeremiah. Ich weiß das und kann es akzeptieren. Aber du hast ein vierjähriges Mädchen zurückgelassen, das wahrscheinlich in deinem Teenagerleben keine große Rolle gespielt hat, aber du warst so ein wichtiger Teil in meinem Leben, daß ich es kaum ertragen konnte, dich weggehen zu sehen. Ich habe mich die ganzen fünfzehn Jahre an dich erinnert und an dich gedacht. Als Danny noch da war, war es nicht ganz so schlimm, aber als er fortging, wurde es noch schlimmer. Jetzt kommt er nie mehr heim, und du bist wieder da, aber du willst auch wieder fort. Du hast deine Wahl getroffen, Danny hat seine Wahl getroffen, und Papa hat seine Wahl getroffen. Ich will auch meine Wahl treffen, hier und jetzt. Ich kenne dich nicht, und vielleicht werde ich dich nicht mehr mögen, wenn ich dich erst kennengelernt habe, aber ich will eine Chance, das herauszufinden.« Zum erstenmal, seit Jeremiah die Küche betreten hatte, schaute sie ihn an. »Verstehst du das?«

Langsam durchquerte er den Raum und trat neben sie. Dann starrte er ebenfalls aus dem Fenster.

»Ja, ich verstehe«, sagte er. »Wenn das deine Wahl ist, sollst du deine Chance bekommen. Du wirst meine erste Rekrutin.« Er legte die Hand auf ihre Schulter. »Wenn auch nur die Hälfte von dem stimmt, was du mir erzählt hast, und dessen bin ich mir sicher, wirst du eine erstklassige Stellvertreterin.«

Rianna strahlte ihn an, und er legte den Arm um sie.

»Es wird schön sein, *Tea Bowl* wiederzusehen.«

Rianna blickte schockiert zu ihm auf. »Der *Donnerkeil* ist fort, Jeremiah. Danny hat ihn verloren, als er fiel.«

»Was?« Rose traute seinen Ohren nicht. »Ich habe am Tag der Versammlung noch mit Oberst Stirling gesprochen. Sie hat kein Wort gesagt.«

»Was gibt's da zu sagen? Die Clans haben den Mech erbeutet, als Danny fiel. Ich dachte, du wüßtest es.« Rose konnte sich einfach nicht vorstellen, daß der Mech seiner Mutter verloren war. Als Ältester hätte er ihn erben sollen, aber die Ehre war seinem Bruder zugefallen, als Jeremiah den ComGuards beigetreten war.

»Was ist mit dir?« fragte er. »Wenn du Teil einer Söldnereinheit werden willst, brauchst du einen Mech.«

Rianna lächelte, sagte aber nichts. Rose versuchte sich in Geduld zu üben; schließlich gab er nach. »Also?«

»Ich habe einen *Feuerfalke*. Als beste Absolventin meiner Klasse bekam ich von der Versammlung der Krieger einen zugesprochen. Die nahmen sicher an, ich würde mit ihm bei den Highlanders kämpfen, aber das muß ich nicht, weil er mir gehört. Ich habe ihn erst ein paar Monate, aber er funktioniert traumhaft. Er kommt geradewegs von der Achernar-BattleMechfabrik auf New Avalon.« Rianna hüpfte vor Freude auf und ab, als sie ihm von ihrer Maschine erzählte. Plötzlich sah Rose seine Mutter in ihren Augen, eine Kriegerin durch und durch.

»Komm mit, ich zeig dir den Knaben.«

»Den Knaben?«

»Natürlich. Es sind nur ein paar Minuten.« Rianna zerrte Rose in Richtung Tür.

»In Ordnung, aber nur ganz kurz. Wir zwei haben noch andere Dinge zu besprechen, bevor ich mich verabschiede. Eine Menge anderer Dinge.«

5

Tara, Northwind

27. April 3054

Jeremiah und seine Schwester verbrachten die nächsten zwei Tage zusammen. Nachdem sie Riannas große Liebe, den *Feuerfalke,* inspiziert hatten, nahm Rose sie mit ins Krankenhaus, um ihr Rachel McCloud vorzustellen. Sie trafen kurz vor dem Ende der Besuchszeit ein und konnten nicht lange bleiben, aber die beiden Frauen plapperten schon nach Minuten wie uralte Freundinnen.

Rachel war extrovertiert und freundlich, Rianna alles andere als auf den Mund gefallen. Sie waren so in ihr Gespräch vertieft, daß sie Jeremiah völlig zu vergessen schienen, bis die Schwester den Kopf zur Tür hereinstreckte und ihnen mitteilte, daß sie nur noch fünf Minuten hatten. Rose nutzte die Gelegenheit, sich in das Gespräch einzumischen.

»Ich möchte nicht stören, aber wenn Sie mir einen Augenblick Ihrer Zeit widmen könnten, Käpten.«

Die beiden Frauen sahen ihn schweigend an.

»Rachel, Ria und ich hatten eine Idee, die wir gerne mit dir besprechen würden. Ich fasse mich kurz. Morgen früh können wir die Details bereden. Rianna wird der Kern der neuen Einheit sein, die ich aufbauen möchte. Jetzt, wo ich weiß, daß ich hier auf Northwind keine Möglichkeit habe, eine effektive Söldnertruppe aufzubauen, halte ich Outreach für meine beste Chance.«

»Das macht am meisten Sinn«, unterbrach Ria. Jeremiah und Rachel grinsten einander an, als sie das Gespräch an sich zog. »Jeremiah fliegt zuerst nach Solaris zu den Mechkämpfen. Es kann eine Weile dauern, aber wahrscheinlich kann er dort einen Mech zu einem fairen Preis finden. Und wenn er bis zum Ende der Saison wartet, könnte er auch noch ein paar unabhängige Krieger rekrutieren.«

»Hört sich nach einem soliden Plan an«, meinte Rachel. »Aber der Abstecher nach Solaris verzögert die Sache. Der Planet liegt auf der anderen Seite des Vereinigten Commonwealth, im Steiner-Raum.«

»Ich weiß, aber was habe ich denn für eine Wahl?« Rose tigerte auf und ab, während er seinen Plan noch einmal durchging. »Wenn ich auf Outreach als Söldnerkommandeur ernst genommen werden will, brauche ich einen eigenen Mech. Und trotz der Verzögerung ist Solaris die offensichtliche Lösung. Wenn ich einmal einen Mech habe, kann ich ihn direkt nach Outreach schaffen und zu Rianna stoßen, um die Rekrutierungen abzuschließen.«

»Genau«, mischte sich Ria ein. »Ich fliege voraus nach Outreach. Wenn Angus sich uns anschließt, und ich bin mir ziemlich sicher, daß er es tut, können wir beide die Einheit vertreten.«

»Angus?«

»Ein Vetter mütterlicherseits. Er ist gerade von seinem ersten Kontrakt zurück und fällt unter das Edikt der Versammlung, daß nur Familienmitglieder Jeremiah begleiten dürfen, wenn er Northwind verläßt.«

»Angesichts der damit verbundenen Reisezeit hoffe ich, daß Ria und möglicherweise Angus innerhalb der nächsten drei bis fünf Wochen aufbrechen können. Sie werden die Einheit bei der Söldnerprüfungs- und Vertragskommission registrieren lassen und die ersten Gespräche führen, bis ich eintreffe.«

»Was ungefähr wann der Fall wäre?«

»Wenn es beim Transit von Solaris keine Probleme gibt, vier bis sechs Wochen nach den beiden.«

Rachel strich mit der gesunden Hand die Bettdecke glatt. »Und was habe ich dabei zu tun?«

Rose atmete noch einmal durch, bevor er weitersprach. Das war der einzige Teil seines Plans, bei dem er unsicher war. »Du verpflichtest dich, Rianna, Angus und die beiden Mechs nach Outreach zu befördern.« Rachel sah hinüber zu Rianna und dann wieder auf Jeremiah, bevor sie nickte. Rose fuhr fort. Seine Worte kamen immer schneller. »Wir zahlen den Standardpreis. Aber wenn wir einmal einen Kontrakt haben, möchten Rianna und ich, daß du den Transport an unseren Einsatzort übernimmst.«

McCloud sagte nichts.

»Natürlich bedeutet es für uns mehr als für dich, aber ich halte es für einen guten Geschäftsvorschlag.«

McCloud sah zu ihm hoch. »Was weißt du vom Geschäftsleben?«

»Nur, was ich lese, aber denk doch mal nach. Wir wären in einer viel besseren Position bei den Vertragsverhandlungen, weil wir unsere eigene Transportmöglichkeit hätten. Die *Bristol* ist ein Landungsschiff der *Union*-Klasse. Sie kann eine komplette Kompanie plus Luft/Raumunterstützung transportieren. Wir können den Profit aus dieser verbesserten Ausgangslage zum größten Teil an dich weitergeben.«

»Stimmt schon, soweit«, gab Rachel zu. »Aber da gibt es noch eine Menge, woran ihr nicht gedacht habt. Erstens ist die Bristol ein ziviles Landungsschiff, ein kommerzieller Raumer. Sie wurde vielleicht als Militärschiff angelegt, aber die meisten Mechhangars sind für den Transport von Massengütern umgebaut worden. Eure Pläne würden einen Komplettumbau der Frachträume nötig machen. Außerdem habe ich nie ein Geschütz der Bristol einsetzen müssen. Stimmt, sie hat noch ihre volle Bestückung, aber ich habe nicht genug Besatzungsmitglieder, um die Geschütze zu bedienen. Das ist zu teuer. Und schließlich: Wie kommst du auf die Idee, daß ich überhaupt Interesse daran habe, eine Söldnerin zu werden? Ich bin eine Frachtschifferin, und meine Arbeit macht mir Spaß.«

»Rachel, versteh mich nicht falsch. Ich weiß, daß du ein guter Kapitän bist. Ich hielt es einfach für eine gute Idee.« Rose warf seiner Schwester, die dem Wortwechsel schweigend zugehört hatte, einen Blick zu. McCloud ließ den Kopf in die Kissen sinken.

»Rose, es ist spät. Meine Schulter brennt wie verrückt, und wir reden hier von meinem Schiff. Ich bin dir was schuldig, aber ich will jetzt keine Entscheidung fällen.«

»Ich brauche jetzt auch noch keine Entscheidung, Rachel.« Die Tür öffnete sich, und die Schwester winkte Rianna und Jeremiah aus dem Zimmer. »Ich muß nur wissen, ob du Rianna nach Outreach bringst.«

»Sicher, ich bring sie hin. Standardfrachtrate für die gesamte Ausrüstung.«

Rose nickte in Richtung Tür, und Rianna ließ die beiden allein. Als seine Schwester fort war, fragte er: »Rachel, ich weiß, deine Schulter macht dir Kummer, aber das kann nicht alles sein.«

McClouds Blicke sagten Rose, daß er irgendeine unsichtbare Linie überschritten hatte. Dann wurde ihre Miene wieder sanft, und sie schüttelte den Kopf.

»Es ist gar nichts. Ich werde nur nervös, wenn ich mich nach dem nächsten Auftrag umsehen muß. Den Teil meiner Arbeit hasse ich. Nach Fracht suchen und die Gefährlichkeit eines Fluges einzuschätzen. Frag meine Mannschaft. In der Zeit macht sie immer einen weiten Bogen um mich.«

Rose sah McCloud an und versuchte abzuschätzen, ob sie ihm die ganze Wahrheit erzählte. Er hatte keine Ahnung, wie McCloud war, wenn sie nach Fracht suchte. Er hatte sich auf Terra in letzter Minute an Bord der *Bristol* gedrängt.

»Ich nenne die *Bristol* zwar mein Schiff, aber in

Wahrheit gehört sie fast zur Hälfte der Bank, und wenn ich in einem Hafen keine anständige Fracht auftreiben kann und mit den Raten in Verzug komme, nimmt sie sich ein etwas größeres Stück.« Sie fixierte Rose. »Das habe ich mit Geschäftsleben gemeint. Du mußt den Banken immer einen Schritt voraus bleiben. Ein guter Kämpfer zu sein, reicht nicht, wenn du es als Söldner zu etwas bringen willst. Du mußt auch ein guter Buchhalter sein.«

Rose wußte, daß sie recht hatte. Aber es würde ihn nicht daran hindern, am Aufbau einer Söldnerkompanie zu arbeiten. Nachdenklich ging er zur Tür, blieb stehen und drehte sich noch einmal um.

»Danke, Rachel. Wir kommen morgen wieder, und übrigens, du schuldest mir nichts.«

Rose zog leise die Tür ins Schloß und folgte seiner Schwester zu den Aufzügen am Ende des Ganges.

Käpten Rachel McCloud starrte noch minutenlang auf die Tür, bevor sie schließlich sagte: »Das ist wirklich toll, Rose. Endlich finde ich jemanden, der mir etwas bedeutet, und dann läßt er mich einfach stehen.« Die Stationsschwester hörte McCloud über die Gegensprechanlage und schüttelte traurig den Kopf.

Rose und Rianna, die davon nichts mitbekommen hatten, warteten stumm auf den Lift, aber als sich die Tür öffnete, legte Rianna die Hand auf Rose' Arm.

»Sie wird mich nach Outreach bringen. Das sollte genügen.«

Rose trat zuerst in die Kabine und drückte den Knopf fürs Erdgeschoß. »Es genügt. Aber es hätte die ganze Sache perfekt gemacht, wenn sie auch dabeigewesen wäre.«

»Habt ihr zwei … etwas miteinander?«

Rose sah seine Schwester an, dann fing er einen bösen Blick von der Stationsschwester auf, die ihm vorher gar nicht aufgefallen war. Er drehte sich wieder zu Ria um und fragte sich, ob er in ihrer Stimme Amüsiertheit gehört hatte. Auf ihrem Gesicht war davon nichts zu erkennen.

»Ja. Nein. Ja, aber es ist nichts Ernstes. Teufel, ich weiß es nicht. Ich habe ihr halt vertraut, und es wäre so gut für die Einheit gewesen.«

Der Aufzug erreichte sein Ziel, und die Tür glitt auf.

»Wo wir gerade von der Einheit reden: Sie braucht einen Namen.« Riannas Stimme war wieder voller Enthusiasmus. »Ich habe da ein paar Ideen. Wie steht's mit dir?«

Rose zuckte die Schultern. »Ich habe noch nicht richtig darüber nachgedacht. Vielleicht die Black Watch oder die Northwind-irgendwas. Woran hattest du so gedacht?«

»Na, mir sind natürlich auch all die üblichen Namen eingefallen – Rose' Rangers, Rose' Rauhbeine und so weiter und so fort. Alles zu langweilig. Wenn wir gute Leute anziehen wollen, brauchen wir einen einprägsamen Namen.«

»Zum Beispiel?«

»Die Black Thorns.«

»Die was?« Rose blieb am Hospitaleingang stehen und starrte seine Schwester an. Sie grinste von einem Ohr zum anderen. Während er noch dastand, öffnete sie die Außentür und wanderte auf das einzige am Bordstein wartende Taxi zu.

»Das ist ein toller Name.«

»Es ist ein Name, zugegeben. Aber großartig?«

»Jede Rose hat Dornen – Thorns –, und der Schlehdorn – Blackthorn – ist seit Jahrtausenden ein Mittel gegen das Böse. Denk drüber nach.«

Jeremiah nickte ohne sonderlichen Enthusiasmus.

»Ich muß nach Hause«, erklärte Rianna. »Wie sieht die Planung für morgen aus?«

»Morgen reden wir mit Angus. Wenn wir uns einigen können, sind wir auf dem Weg.«

»Klasse. Wo wohnst du?«

Rose öffnete die Fahrgasttür, und Rianna ließ sich in den Wagen fallen. »Ich habe meine Sachen zum Hightower bringen lassen. Aber ich war noch nicht da, deshalb weiß ich meine Zimmernummer nicht.« Rose schloß die Tür hinter ihr und bezahlte den Fahrer im voraus durch das vordere Fenster. Als er auf sein Wechselgeld verzichtete, kurbelte Rianna ihr Fenster nach unten.

»Ich werde mit Angus reden und einen Termin vereinbaren.« Sie streckte ihm die Hand entgegen, und Rose packte sie mit beiden Händen.

»Es ist tatsächlich wahr.«

»Allerdings, und Paps wird toben.«

»Soll er.« Rias Stimme wurde hart. »Ich habe meine Wahl getroffen, und ich werde mich nicht seinen selbstsüchtigen Wünschen beugen.« Rose antwortete nicht, und Rianna entspannte sich. »Außerdem habe ich noch fast einen Monat Zeit, mich zu verabschieden. Das sollte reichen.«

Rianna zog die Hand zurück, und das Taxi setzte sich in Bewegung. »Bis morgen.«

Jeremiah winkte hinterher, als das Taxi sich in den Verkehrsstrom einfädelte. Er drehte sich um und entschied, die sechs Blocks bis zum Hotel zu Fuß zu gehen. Er konnte die Zeit gebrauchen. Er mußte nachdenken und planen. Die Black Thorns waren geboren, und er hatte vor, ihnen ein guter Vater zu sein.

6

Solaris City, Solaris

2. August 3054

»Ich habe es Ihnen doch schon oft genug gesagt, Mister Rose. Wir setzen in fünfzehn Minuten auf. Ich habe alle ihre Sachen ganz nach vorne gepackt, wie Sie es wollten. Ihr Trinkgeld war ja fürstlich genug. In einer Stunde haben Sie alle Zollformalitäten hinter sich und sind irgendwo in der Stadt. Bitte gehen Sie zurück in Ihre Kabine bis wir gelandet sind.«

Jeremiah Rose war bereit, sich mit dem Steward zu streiten, hauptsächlich aus Prinzip, aber ein Krachen in der Bordsprechanlage hinderte ihn daran.

»Passagier Jeremiah Rose bitte auf die Brücke. Jeremiah Rose.«

Rose blickte zum Lautsprecher hoch, als vermute er hinter dem Ausruf eine Art List. Dann warf er dem Steward einen mißtrauischen Blick zu. Der hatte die Augen zur Decke verdreht und bekam nichts davon mit, aber offensichtlich betrachtete er die Unterhaltung als beendet, denn er begann sich zu entfernen.

»Moment noch, Slick. Wir sind noch nicht fertig miteinander. Wenn wir aufsetzen, bin ich am Frachtschott von Deck Zwo. Sehen Sie zu, daß Sie meinen schwarzen Koffer bereithalten. Auf den Rest werde ich wohl warten können. Haben Sie das verstanden?«

»Ja, Mister Rose. Schwarzer Koffer, Frachtraum Zwo.«

Rose war sich nicht sicher, ob er dem Steward trauen konnte. Verfluchte Zivilisten. Warum konnte nie etwas leicht sein – oder wenigstens vorhersehbar? Während er sich auf den Weg zur drei Decks höher liegenden Brücke machte, kreisten seine Gedanken ziellos um diese Frage. Die Brücke des Schiffes war ihm nicht gerade fremd, aber die Aufforderung, sich dort zu melden, war trotzdem überraschend gekommen. Bisher waren seine Besuche eher spontan gewesen und nicht gerade erfreut aufgenommen worden. Er entschloß sich, an Stelle des Aufzugs die Wartungsleiter zu benutzen. Das war zwar nicht der schnellste Weg, aber der Lift war selbst im günstigsten Fall launisch, und Rose traute dem Kapitän nicht so recht. In den letzten zwei Wochen des Fluges hatte die Leiter viel Betrieb gesehen, selbst wenn der Lift funktionierte. Rose schwang sich in den Schacht und kletterte nach oben. Er brauchte keine Minute.

»Rose meldet sich zur Stelle, Kapitän«, erklärte er. Auf der Brücke war es ungewöhnlich warm. Der stämmige Kapitän zuckte bei Rose' lauter Meldung zusammen und sah vom Schirm auf.

»Sie sind also tatsächlich noch an Bord. Als wir nach dem letzten Kabinencheck Ihre Abwesenheit feststellten, dachte ich schon, Sie wären vor lauter Ungeduld ausgestiegen und zu Fuß gegangen.«

»Der Gedanke ist mir noch gar nicht gekommen, Kapitän, aber jetzt, wo Sie es erwähnen ...«

Der Kapitän rieb sich das Doppelkinn und warf einen Blick zum Aufzug. »Sie haben die Leiter genommen?«

»Wissen Sie, Kapitän, ich würde es Ihnen zutrauen, daß Sie den Aufzug zwischen zwei Decks anhalten, nur um mir eins reinzuwürgen.« Rose lächelte sein Gegenüber an, als ihm klar wurde, daß dieser genau das vorgehabt hatte.

»Na gut, wo Sie schon mal hier sind, möchte ich die Gelegenheit benutzen, ›adios‹ zu sagen. Nicht ›auf Wiedersehen‹. Nicht ›leben Sie wohl‹. Ganz bestimmt nicht ›beehren Sie uns bald wieder‹. Einfach nur ›adios‹.« Der Kapitän blickte kurz auf den Schirm, als ein leichtes Zittern durch das Schiff ging. Auf den

Hauptkontrollen leuchteten zwei rote Lämpchen auf, aber er schenkte ihnen keine weitere Beachtung. Obwohl das Schiff im letzten Landeanflug war, nahm sich Kapitän Waterson die Zeit, mit Rose zu reden. Entweder hatte der Kapitän enormes Vertrauen in seine Computer und seine Mannschaft, oder aber er hatte Rose etwas mitzuteilen, das nicht warten konnte. Jeremiah fragte sich, ob er sich über die roten Lämpchen Sorgen machen mußte.

»Mister Rose, ich bin jetzt zwanzig Jahre Landungsschiffkapitän, aber ich habe noch nie, wirklich noch nie, jemanden getroffen wie Sie. Wenn ich behaupten würde, daß sie jedem einzelnen Mitglied meiner Crew verhaßt sind, wäre das eine Untertreibung epischen Ausmaßes. Ich bin ehrlich überrascht, daß es keine Meuterei gegeben hat, nur um Sie lynchen zu können. Kurz gesagt, Mister Rose, bitte ich Sie mein Schiff bei der erstmöglichen Gelegenheit zu verlassen und nie wieder – und ich meine niemals – zurückzukommen.«

»Aber Kapitän ...«

»Kein Aber, Mister Rose. Keine klugen Antworten. Keine schlauen Entgegnungen. Setzen Sie sich einfach ohne ein Wort hin und warten Sie, bis Sie von Bord gehen können. Da Sie offensichtlich unfähig sind, in Ihrer Kabine zu bleiben, habe ich mich entschlossen, Ihnen den Aufenthalt auf der Brücke zu gestatten. Wenn Sie ruhig bleiben, bis wir aufgesetzt haben, wird mein Steward, Mister Pulanski, Sie und Ihr Gepäck persönlich zur Zollstelle bringen.«

»Hören Sie ...«

»Keinen Ton, Mister Rose. Nicken Sie nur mit dem Kopf. Einverstanden?«

Rose erwog das Vergnügen eines Wortwechsels mit dem Kapitän, aber der Steward war ein zu guter Verbündeter bei seinem Wunsch, das Schiff so schnell wie möglich zu verlassen. Er lächelte und entschied sich, das Angebot anzunehmen. Der Kapitän rieb sich mit einem Seufzen den breiten Nacken und kehrte an seine Arbeit zurück.

Mit Pulanskis Hilfe gelang es Rose, die Zollstelle lange vor den übrigen Passagieren zu erreichen. Pulanski weigerte sich, mit ihm zu reden, selbst als Rose versuchte höflich zu sein. Aber Rose konnte dem Steward sein Schweigen nicht wirklich übelnehmen. Unmittelbar vor dem letzten Sprung nach Solaris war auf dem Sprungschiff eine Treibstoffzelle gerissen. Die Gefahr für Schiff und Besatzung war schnell gebannt, aber das Schiff hatte über einen Monat festgelegen, während der Schaden repariert wurde. Diese Verzögerung bedeutete, daß Rose Solaris erst in der letzten Woche der Duellsaison erreichen würde, was den Fehlschlag seiner Mission praktisch garantierte.

Gefangen im Innern des Landungsschiffes, während sich die Wartungsteams um das beschädigte Sprungschiff kümmerten, ließ Rose seine Frustration an der Mannschaft und den übrigen Passagieren aus. Seine Stimmung besserte sich etwas, als sie den Sprung endlich ausführen konnten, aber es gab kaum noch jemand, der bereit war, Rose auf dem Flug vom Sprungpunkt nach Solaris VII Gesellschaft zu leisten.

Dementsprechend verbrachte er den gesamten Flug vor dem Videoschirm und verfolgte die Kämpfe auf Solaris. Vor sieben Stunden hatte er schließlich seinen endgültigen Plan gefaßt. Wenn es auf Solaris einen Mech zu kaufen – oder zu stehlen – gab, würde er ihn finden. Um neunzehn Uhr drei, genau siebenundsechzig Minuten nachdem das Landungsschiff aufgesetzt hatte, verließ Rose mit seinem schwarzen Koffer den Zollbereich.

Im Hauptgebäude des Raumhafens ließ er sich von der Menge treiben. Trotz der Uhrzeit war die Halle voller Menschen. Er orientierte sich an den Piktogrammen und drängte sich zum Taxistand. Den Luxus einer Taxifahrt zum Hotel gönnte er sich.

Rose' Ziel war das Imperial, ein Hotel im »internationalen« Viertel von Solaris City. Trotz seines hochtrabenden Namens war es bis auf die herrliche Aussicht der nach Süden liegenden Zimmer nur Durchschnitt. Allein dieser Aussicht verdankte das Imperial seinen Ruf als eines der beliebtesten Hotels der Stadt.

Der Fahrer sprach während der Fahrt in die Stadt kein Wort. Rose wußte das zu schätzen. Als sie in der Einfahrt des Hotels hielten, bezahlte er den Fahrpreis und gab dem Mann ein Trinkgeld von mehreren C-Noten, was dieser mit einem dankbaren Nicken quittierte. Rose hatte bereits während des Anflugs ein Zimmer reserviert, so daß die Anmeldung nicht lange dauerte. Er nahm sich nur noch die Zeit, seinen schwarzen Waffenkoffer in einem Schließfach zu deponieren, das er mit seinem linken Daumenabdruck versiegelte. Dann setzte er sich wieder in Bewegung, aber nicht hinauf in sein Zimmer, wie sein erschöpfter Körper ihn drängte, sondern in Richtung der Eingangstüren.

Es dauerte mehrere Minuten, bis er ein Taxi nach Black Hills, ins Davion-Viertel der Stadt, gefunden hatte, aber schließlich hielt ein Wagen, an dessen Antenne die Davion-Flagge flatterte. Im Laufe der Zeit hatten sich in Solaris City sechs große Viertel entwickelt; eines für jedes der Großen Häuser, die die Innere Sphäre beherrschten, und ein sechstes, internationales Viertel, in dem die meisten öffentlichen Gebäude und die relativ schwache Stadtverwaltung zu finden waren.

Den Prunk, den manche Zuschauer mit den blutrünstigen Mechspielen verbanden, konnte Solaris City zwar im allgemeinen nicht bieten, aber trotzdem war diese Stadt in der Inneren Sphäre ohne Gegenstück. Jedes Viertel spiegelte die nationalen und kulturellen Neigungen eines der fünf Raumimperien wider, und trotzdem lebten Bürger aller dieser Staaten friedlich in multikultureller Harmonie nebeneinander.

Rose' Ziel war Seventh Heaven, eine berüchtigte Bar im Davion-Sektor. Er nutzte die kurze Entspannungspause auf dem Rücksitz des Taxis dazu, sich den Nacken zu massieren und die Augen zu reiben. Nach mehr als vierzig Stunden ohne Schlaf zeigte sein Körper deutliche Schwächen.

Der Taxifahrer fuhr recht aggressiv und legte die Strecke in rekordverdächtiger Zeit zurück. Als Rose ihn bezahlte, wirkte der Chauffeur verärgert, statt Davion-Pfund C-Noten zu erhalten, aber er nahm das Geld. Als Rose den Eingang der Bar erreicht hatte, war das Taxi schon längst wieder verschwunden.

Drei Stunden später hatte Rose noch immer nicht gefunden, was er suchte. Sechs verschiedene Bars hatte er abgeklappert, und außer hämmernden Kopfschmerzen und blutunterlaufen Augen konnte er nichts vorweisen. Die einzige Befriedigung zog er aus der Tatsache, wie bedrückend und verkommen das Viertel Black Hills war, ein harter Kontrast zum öffentlichen Bild der mächtigen Davions als Muster an Tugend und Hüter der Zivilisation. Er wünschte sich, mehr Menschen könnten das Verbrechen, die Korruption und die Gewalt dieser Slums im Schatten der prächtigen schwarzen Hügel sehen.

Er hatte das letzte Ziel dieser Nacht erreicht – oder genauer gesagt, dieses Morgens. Das Lokal nannte sich The Pelican und war ein Treffpunkt für Elite-Mech-Krieger und ihre Freunde.

Trotzdem ging es im Pelican gehörig wild zu. Riesige Trividschirme zeigten mit dröhnendem Stereoton die Mechkämpfe des vergangenen Tages. Die Bar war heller als die meisten dieser Art, aber die Beleuchtung war noch immer so schummrig, daß Rose die hinteren Bereiche des Lokals verborgen blieben. Durch den Lärm und das flackernde Licht wurde er künstlich aufgeputscht, aber dieser Energieschub hielt nicht lange an. Er verbrauchte ihn bis auf den letzten Rest bei dem Versuch, sich an eine der Nebentheken vorzuarbeiten. Die Menge bestand aus der üblichen Mischung von begeisterten Kampffans, MechKriegern, Groupies und Gästen, die sich einfach nur amüsieren wollten. Ein paar von ihnen versuchten sich wohl zu unterhalten, aber die meisten schienen ganz auf das Trivid konzentriert. Mit einiger Anstrengung eroberte Rose einen Platz an der Theke und die Aufmerksamkeit des Barkeepers.

»Eine Flasche Li Lung«, rief er. Der junge Mann hinter der Bar sah Rose an, als habe der mit einer Waffe auf ihn angelegt.

»Ganz ruhig, Mann«, erklärte der Keeper mit gedämpfter Stimme. »Für eine Flasche von dem Schlangensaft bist du ein bißchen zu weit südlich. Aber wenn du unbedingt Schlangenbräu willst…« Der Mann lehnte sich über die blankpolierte Theke und sah sich nach links und rechts um. »Frag einfach noch mal etwas lauter. Ich bin sicher, es finden sich ein bis zehn patriotischer gesinnte Kunden, die dich gerne bis nach Kobe schmeißen.« Er grinste und richtete sich auf. »Wie wär's jetzt mit einem leckeren Fläschchen Conner's Dark?«

Rose nickte stumm und dankte dem Himmel für den Lärm, der seinen Fehler übertönt hatte. Er hätte wissen müssen, daß er mitten im Davion-Territorium kein Kurita-Bier bestellen durfte. Sicher war der Schlafmangel daran schuld gewesen, aber das war ein schwacher Trost. Er knirschte noch immer mit den Zähnen vor Wut über seine Dummheit, als das Bier eintraf. Das hier war auf jeden Fall seine letzte Station. Wenn er jetzt noch weitermachte, konnte ihn seine Übermüdung in arge Schwierigkeiten bringen.

»Ein warmes Conner's, wie du's am liebsten hast. Oder zumindest, wie du's am liebsten hättest, wenn du ein echter Biertrinker wärst.«

»Danke – auch für den Hinweis. Normalerweise bin ich nicht so blöd.«

»Zu weit gezielt, sauber daneben.« Über Rose' verwirrte Reaktion mußte der Barkeeper grinsen. »Mann, bist du neu. Kennst du Ian Owans und Buck Baylock nicht? Die beiden sind das Top-Sprecherpaar von F-C Broadcasting. Das ist Bucks Standardfloskel, wenn ein Mechpilot in den Kämpfen ein leichtes Ziel verfehlt. ›Nichts passiert, aber das war noch mal Glück.‹ Du weißt schon. Übrigens, ich bin Dillon.«

»Rose.« Jeremiah lehnte sich über die Theke und schüttelte Dillon die Hand. »Hier, für das Bier.« Er lehnte sich wieder vor und reichte Dillon einen Zwanzigcreditschein.

»C-Noten? Du bist wirklich neu hier.« Rose zuckte die Schultern und versuchte zu grinsen. Langsam hatte er den Eindruck, daß sein Plan, an einen neuen Mech zu kommen, wohl nicht so glatt funktionieren würde, wie er es sich erhofft hatte.

»Gibt's ein Problem mit C-Noten?«

»Problem würde ich es nicht nennen.« Dillon hielt den Schein ans Licht und drehte ihn um. »Es ist nur, weißt du...« Er steckte den Schein in die Kassenschublade unter der Bar. Dann kniff er die Augen zusammen und zählte leise das Wechselgeld ab. »Es ist bloß, daß Credits so ...«

»Auffällig sind?«

»Genau, auffällig. Ein untrügliches Zeichen, daß du neu in der Stadt bist und dich noch nicht eingelebt hast.«

»Verstehe.«

»Es ist nicht schlimm. Nur, die meisten Händler in diesem Viertel, in den anderen übrigens auch, ziehen Hauswährung vor. Eine Frage des Nationalstolzes. C-Noten sind das nächstbeste, aber nach der Sache auf Tukayyid vor zwei Jahren sind sie einfach nicht mehr, was sie mal waren.«

So hatte Rose die Sache noch nicht betrachtet, aber die Erklärung des Barkeepers ergab einen Sinn. Obwohl die ComGuards die Clans auf Tukayyid zum Stehen gebracht hatten, nahm die Innere Sphäre ComStar noch immer das jahrhundertelange Monopol auf die interstellare Kommunikation übel. Man hatte ihn vor den nationalistischen Gefühlen auf Solaris gewarnt, aber ein solches Ausmaß hatte er nicht erwartet.

»Du würdest also vorschlagen, daß ich mir so schnell wie möglich Pfund besorge.«

Dillon reichte ihm das Wechselgeld und grinste. »Wie ich sehe, hat ein Mann von deinen geistigen Fähigkeiten keinen einfachen Barkeeper nötig, der ihm erzählt, auf welche Seite der Mech kippt.«

»Mag sein, aber vielleicht gibt es doch etwas, wobei du mir helfen könntest.«

»Helfen, in dieser Stadt?«

»Helfen ist wahrscheinlich das falsche Wort. Könnte ich möglicherweise für gewisse Zeit deine Hilfe bei einer Sache mieten, die in keinem Konflikt zu deinem momentanen Dienstverhältnis in diesem Etablissement steht?«

»Du bist an der richtigen Stelle«, antwortete Dillon.

Rose lehnte sich über die Theke. Dillon tat es ihm gleich. Der MechKrieger versteckte einen Fünfzigcreditschein in der hohlen Hand und schob ihn dem Barkeeper zu. »Ich brauche Kontakt mit einem Stall. Mit jemand, der bereit wäre, so spät in der Saison noch einen neuen Piloten anzuheuern. Ich brauche nicht mehr als einen Namen.«

Dillon starrte auf den Schein und sah sich vorsichtig in der Bar um. Die meisten Gäste verfolgten wie gebannt die letzten Augenblicke des neuesten Blackstar-Tandrek-Kampfes. Ein schwerer rechter Fausthieb des Blackstar-*Victor* warf den gegnerischen *Orion* zu Boden, als Dillon gerade zur Antwort ansetzte.

»Isis Marik zu heiraten, wäre leichter, als jetzt noch bei einem Mechstall anzuheuern. Die Saison dauert keine Woche mehr, und bis zu den Probekämpfen für die nächste Saison vergeht noch ein Weilchen. Warum wartest du nicht bis dann?« Ein Blick in Rose' Augen, und Dillon wußte, daß dies nicht in Frage kam. »Na schön, wenn du unbedingt einen Namen brauchst, kann ich dir einen geben, aber mein normalerweise lupenreines Gewissen zwingt mich, dich zu warnen.«

Rose zwang sich mühsam zur Geduld. Dillon wollte ihm sichtlich helfen, aber der junge Mann verstand einfach nicht, wie wichtig diese Sache für ihn war. Er konzentrierte sich ganz auf seine Atmung, während Dillon nach Worten suchte. Das hier war schlimmer als ein Kampf.

»Brachall. Soweit ich weiß, ist das sein einziger Name. Er ist so eine Art Makler. Wahrscheinlich der einzige in Black Hills, der dich mit einem Stall in Kontakt bringen kann, sofern du keinen Unabhängigen suchst.« Dillon hob fragend die Augenbrauen, aber Rose reagierte nicht. »Jedenfalls findest du ihn im Seventh Heaven. Oh, da warst du schon?« Rose ließ den Kopf hängen und atmete tief durch.

»Ich war erst vor ein paar Stunden da. Man hat mir gesagt, es wäre niemand da, der mir helfen könnte.«

»Tja, das macht Sinn. Diese Techs sind ein seltsames Volk, und wenn ich mir die Bemerkung erlauben darf, für die siehst du einfach falsch aus.«

»Okay, ich seh nicht aus wie ein Tech. Warum erschießt du mich nicht gleich?«

»Ruhig, ruhig. Geh einfach morgen, oder heute noch, wann immer es für dich am besten ist, noch einmal zur Haupttheke und frag direkt nach Brachall. Er ist bestimmt da, aber du mußt ganz gezielt nach ihm fragen. Das ist sein Geschäftsprinzip.« Dillon sah auf die C-Note. »Reicht das?«

»Ja, das reicht. Danke.«

»Ach, übrigens, wenn er dich fragt, woher du seinen Namen hast, laß mich aus dem Spiel.«

»Aus einem bestimmten Grund?« Rose nahm die

Hand weg und ließ den Geldschein auf der Theke liegen. Dillon steckte ihn mit geübten Fingern ein.

»Ja. Ich denke, ich habe kein Interesse daran, in das verwickelt zu werden, was du vorhast. Soll keine Beleidigung sein.«

»Zu weit gezielt, sauber daneben.«

7

Solaris City, Solaris

3. August 3054

»Jeremiah Rose. Ich möchte zu Mister Warwick.«

Rose drehte sich zu der Überwachungskamera über dem Tor um. Es war schon Abend und entsprechend dunkel, aber der Mann vor dem Monitor konnte ihn ohne Zweifel glasklar erkennen.

Er hatte Brachall noch in derselben Nacht getroffen. Das Gespräch war kurz und zielgerichtet gewesen, so, wie Rose es liebte. Brachall hatte sich als ausgesprochen widerwärtiger Geselle entpuppt, der Rose eine astronomische Summe dafür abverlangte, ihn mit ›dem einzigen Mann auf Solaris, der noch einen Mechpiloten sucht‹, zusammenzubringen. Als typischer Blutsauger hatte der Mann eine Antenne dafür, daß sein Gegenüber verzweifelt war. Nach einer schnellen Geldübergabe hing Brachall am Telefon und rief Desmond Warwick an, Besitzer des Warwickstalls. Vierundzwanzig Stunden später stand Rose in der Einfahrt von Warwicks Herrenhaus. Es war ein riesiges Gelände mit ausgedehnten, überaus gepflegten Gartenanlagen rund um eine imposante dreistöckige Villa.

Das Seitentor öffnete sich mit einem Summton, und Rose ging zum Haus hinauf. Die Strecke kostete ihn mehr als zehn Minuten, aber es überraschte ihn nicht, daß ihm niemand entgegenkam. Er fühlte sich wie ein Bettler, der sich der Tafel des Königs näherte. Ohne Zweifel war genau diese Wirkung beabsichtigt.

Da er nur einen einzigen Tag Zeit gehabt hatte, Erkundigungen über seinen möglichen Arbeitgeber einzuziehen, war eine gründliche Überprüfung unmöglich gewesen. Was Rose über Desmond Warwick hatte in Erfahrung bringen können, wies ihn als wohlhabendes Mitglied der Gesellschaft aus, das, wie viele andere auch, bereits mit einem ansehnlichen Vermögen auf der Spielwelt eingetroffen war. Der ursprünglich von Quincy im Vereinigten Commonwealth stammende Warwick hatte sich schnell als Mann ohne Loyalitäten erwiesen, außer vielleicht Geld und Macht gegenüber. Sein Stall hatte bescheiden angefangen und war nur in zweitrangigen Stadien angetreten, bis seine Krieger sich gegen verschiedene Gegner bewiesen hatten. Erst im vorigen Jahr war er Teilnehmer bei den Championatskämpfen geworden, aber noch hatte sein Team keinen einzigen Sieg gegen einen großen Stall erzielt. Trotzdem schien Warwick, soweit Rose es beurteilen konnte, ein fähiger Manager mit ein paar guten Talenten in seinem Stall, und, was weit wichtiger war, er besaß eigene BattleMechs. Als Rose an die schwere Eingangstür klopfte, ging er die Fakten ein letztesmal im Kopf durch. Beim zweiten Klopfen wurde die Tür geöffnet.

»Sie wünschen?« Ein riesiger Türsteher begrüßte Rose. Die graue Mähne des weit über zwei Meter großen alten Mannes floß wallend über die elegante Uniform. Es war eine der seltenen Gelegenheiten in seinem Leben, bei denen Rose gezwungen war, zu einem Gegenüber aufzuschauen. Er haßte das Gefühl. Ein weiterer Punkt für Warwick.

»Jeremiah Rose. Ich habe eine Einladung zum Diner.« Der Riese trat beiseite und winkte Rose ins Haus. Die Eingangshalle schien aus einem Traum entstanden. Fußboden und Treppe aus Marmor wurden von Teakholzwänden eingerahmt, an denen Gemälde in vergoldeten Rahmen hingen. Torbögen zu beiden Seiten der Treppe führten in andere Teile des Hauses und ließen noch größere Reichtümer erahnen. Wohin Rose auch blickte, das ganze Haus drückte Eleganz und Reichtum aus. Nach dem Fußweg zum Haus, der Begrüßung durch den riesenhaften Türsteher und die

Pracht des Foyers wäre mancher andere Besucher schon eingeschüchtert gewesen, bevor er Warwick überhaupt zu Gesicht bekam. Rose hingegen reagierte genau entgegengesetzt. Die Wut, die sich während des Marsches die Anfahrt hinauf in ihm aufgebaut hatte, bekam bei der Begrüßung an der Tür einen weiteren Schub; und nun, im Innern des Hauses, wurde sie zur Weißglut. Wie konnte dieser Kerl, der Rose nicht einmal kannte, es wagen, ihm ein Gefühl der Minderwertigkeit vermitteln zu wollen? Rose weigerte sich, das zuzulassen.

Oder vielleicht funktionierte es auch nur zu gut. Entrechtet, in einer offensichtlichen Pechsträhne und frustriert war Rose mit seiner Geduld am Ende. Er wollte, er brauchte einen Mech, aber er war nicht so verzweifelt, daß er bereit gewesen wäre, einen Mann zu ertragen, der sich dermaßen wichtig vorkam. In der eleganten Empfangshalle fühlte er sich wie ein Tier im Käfig. Obwohl er gerade erst eingetreten war, hatte er das Gefühl, es hier keinen Augenblick länger aushalten zu können. Er hatte sich schon wieder zur Tür umgedreht, als er vom oberen Ende der Treppe ein Geräusch vernahm.

»Mister Rose, wie schön, daß Sie meiner Einladung zum Diner Folge leisten konnten.« Rose wandte sich um und blickte zu seinem Gastgeber hinauf. Er hatte ihn völlig richtig eingeschätzt. Warwick war ein winziger Bursche in einem eleganten Seidenanzug. Die graue Seide des offensichtlich maßgeschneiderten Kleidungsstücks reflektierte die Lichter des Foyers und ließ Warwick beinahe leuchten. Sein kurzes schwarzes Haar war perfekt frisiert, und seine zu perfekten Zähne strahlten Rose in einem zu perfekten Lächeln an. Warwick blieb auf der dritten Stufe stehen, so daß er noch auf Rose herabsehen konnte.

»Ich hoffe, Sie hatten keine Schwierigkeiten herzufinden.«

Jetzt war es an Rose zu lächeln. »Überhaupt nicht. Brachalls Wegbeschreibung war äußerst genau.« Warwick rümpfte die Nase. »Ich muß sogar sagen, ich bin freudig überrascht, wie schnell und leicht ich Sie gefunden habe.« Warwick wirkte verärgert über die Andeutung, es sei einfach, ihn zu Gesicht zu bekommen. Er wandte sich von Rose ab, kam die letzten drei Stufe herab und durchquerte das Foyer.

»Wenn Sie so freundlich wären, mich zu begleiten, können wir mit dem Diner beginnen. Ich bin sicher, Sie werden es verstehen, wenn ich gezwungen bin, auf einige der üblichen Förmlichkeiten zu verzichten. So kurz vor dem Kampf bin ich plötzlich sehr gefragt.« Warwick führte Rose durch das Haus und sah nur gelegentlich über die Schulter, um sich zu vergewissern, daß ihm sein Gast noch folgte. Rose stellte mit einiger Befriedigung fest, daß er ohne Probleme über Warwick hinwegsehen konnte.

»Das müßten Sie doch als sehr angenehm empfinden«, bemerkte Rose. Warwick blieb abrupt stehen und drehte sich zu ihm um.

»Ich bitte um Verzeihung, Mister Rose?«

»Ein Team im kommenden Kampf zu haben. Soweit ich weiß, haben Sie zum erstenmal ein Team in einer Solaris-City-Meisterschaft.«

»Ja, es ist schon eine beachtliche Leistung. Wenn man bedenkt, daß mein Stall erst im zweiten Jahr in Solaris City antritt, ist es sehr angenehm.« Warwick drehte sich wieder um und sprach weiter, während er Rose zum Eßzimmer führte. Der konnte sich kaum verkneifen, laut über den kleinen Mann loszuprusten. Er war nicht nur eitel, er war auch noch empfindlich.

»Das ist doch eher ungewöhnlich für Solaris City. Haben die Spiele in der Vergangenheit Team-Meisterschaften nicht immer vermieden?« Warwick drehte sich um und lächelte Rose an. Sie hatten das Eßzimmer erreichte, in dem ein Diener gerade schweigend die Suppe servierte.

Wie die übrigen Zimmer des Hauses war auch dieses teuer und prunkvoll ausgestattet. Die Suppe, anscheinend eine Art Chowder, duftete köstlich. Widerwillig stellte Rose fest, daß ihm das Wasser im Mund zusammenlief. Warwick nahm am Kopfende des Tisches Platz und deutete auf den Stuhl zu seiner Rechten.

»Ich muß zugeben, es ist ein recht neuartiges Ereignis«, stellte er fest, als Rose sich setzte und die Stoffserviette entfaltete. Warwick bekreuzigte sich und murmelte ein paar unverständliche Worte, bevor er den Gesprächsfaden wieder aufnahm. »Bei den Kämpfen außerhalb der Stadt hat es schon immer verschiedene Arten von Team-Meisterschaften gegeben, aber in den großen Arenen hat diese Idee nie wirklich Fuß fassen können.« Warwick verstummte und probierte die dampfende Suppe. Rose tat es ihm nach und stellte fest, daß sie noch besser schmeckte als sie duftete.

»Das Chowder ist gut, nicht wahr?« Rose sah auf. Warwick lächelte ihn an. Er mußte durchaus unbeabsichtigt zu erkennen gegeben haben, wie gut es ihm schmeckte.

»Recht gut, ja.«

»Wie ich bereits sagte, waren die Kämpfe in Solaris City immer Einzelduelle, aber Lanzenkämpfe gewinnen mehr und mehr an Popularität. Ich habe versucht, beim Publikum eine Identifikation mit meinem Team statt mit einem einzelnen Piloten zu erzielen. Die Bewohner dieser Stadt sind müde, Rose. Sie wollen etwas Neues. Mehr Kampf, mehr Action. Einzelkämpfe sind gut und schön und werden sicher nie aussterben, aber die Zukunft dieses Sports sind Gruppengefechte.«

»Ach, wirklich?«

»Ja. Das hat für alle Seiten Vorteile. Die Spieler haben mehr Möglichkeiten beim Wetten, die Zuschauer erleben in derselben Zeit mehr Kampfgeschehen, und die Stallmeister können für die Gefechte Teams anmelden statt nur einen Piloten.«

»Und der Pilot? Hat der auch Vorteile?« Während Warwick sprach, hatte Rose aufgehört zu essen. Obwohl er erst kurze Zeit auf Solaris war, konnte er sich gut vorstellen, daß die Menge die Gewalttätigkeit der Kämpfe kaum noch wahrnahm. Selbst ihm ging es bereits so. Auf einer Welt, wo Menschenleben so wenig galten, konnte man leicht vergessen, daß die Mechpiloten, die das Spektakel vollführten, Wesen aus Fleisch und Blut waren.

»Der Pilot? Aber natürlich hat er Vorteile. Er ist Teil eines Teams, und seine Lanzenkameraden bieten ihm Unterstützung. Wenn er einen Fehler macht, ist immer jemand zur Stelle.« Warwick grinste triumphierend. Es hörte sich gut an, aber Rose hatte schon genug Neulinge trainiert, um zu wissen, daß echtes Teamwork, die Art der Zusammenarbeit, die mehr Probleme löst als schafft, Monate zur Entwicklung benötigen konnte. Bis jetzt hatte er auf Solaris nichts gesehen, das auf eine entsprechende Trainingszeit der Teams vor einem Kampf hindeutete. Nur die besten oder glücklichsten Teams überstanden in einem Turnier die ersten Runden. Seine Meinung über Warwick und die Unterstützer seines Plans sank auf einen neuen Tiefpunkt.

»Ich bin sicher, daß dieses Konzept in den kommenden Jahren nur noch an Popularität gewinnen kann, und das ist der Punkt, an dem Sie ins Spiel kommen.« Rose wurde aus seinen Gedanken gerissen und konzentrierte sich wieder auf Warwick.

»Wo ich ins Spiel komme?«

»Ja. Sie haben sich Brachall als Pilot vorgestellt, der einen Mech braucht. Nun, ich brauche jemanden, der mein Team zum Sieg führen kann. Ich leite derzeit einen Stall mit fünf Piloten und fünf Mechs. Sie sind alle ganz gut, aber keiner von ihnen hat das gewisse Etwas.«

»Das gewisse Etwas?«

»Ja. Die ungreifbare Fähigkeit, eine Niederlage in einen Sieg zu verwandeln. Das besondere Können, das aus einem Kämpfer einen Champion macht.«

»Ich will Ihnen nicht widersprechen, aber Sie kennen mich nicht einmal«, erwiderte Rose. Er legte den Löffel zur Seite und lehnte sich zurück. »Außerdem sind Sie auch ohne mich schon so weit gekommen.«

»Ich kenne Sie sehr wohl, Mister Rose. Sie haben so ziemlich jede Mechwerkstatt dieser Stadt angerufen und sich nach einem schweren oder überschweren Mech in funktionstüchtigem Zustand erkundigt.« Warwick lächelte. »Sie haben keinen gefunden. Außerdem hat niemand, auf den Ihre Beschreibung paßt, bei einem der Großen Häuser der Inneren Sphäre Dienst getan. Das bedeutet natürlich nicht, daß Sie noch nie bei einem der fünf Nachfolgerfürsten gedient haben, aber wenn, dann sind Ihre Akten tiefer vergraben als normal. Was halten Sie davon?« Da war wieder dieses allzu ehrliche Lächeln.

»Nicht schlecht, aber es erklärt noch nicht, warum Sie mich verpflichten wollen.« Die Richtung, in die sich das Gespräch entwickelte, gefiel Rose ebensowenig wie die Tatsache, daß Warwick bereits so viel über ihn wußte.

»Sie suchen offensichtlich einen Mech und wollen dafür bezahlen. Seit der Claninvasion sind die Preise gestiegen, und Qualitätsmaschinen sind, sagen wir, selten geworden. Da Sie erst begonnen haben, sich nach einem Stall umzusehen, als klar war, daß Sie anders keinen Mech bekommen können, sind Sie offensichtlich mehr an der Ausrüstung interessiert als an Geld oder Ruhm.« Rose schwieg. Warwick war schlau. Um in so kurzer Zeit soviel Informationen zusammentragen zu können, mußte er über hervorragende Informanten verfügen.

»Kurz gesagt, Sie wollen einen Mech. Und Sie sind bereit, dafür zu kämpfen. Die einzige Frage, die noch bleibt, lautet: Was will ich von Ihnen als Gegenleistung für meine Hilfe?« Rose setzte eine freundliche Miene auf. Warwick schien keine Ermutigung zu benötigen, um weiterzusprechen, und der nächste Gang sollte allem Anschein nach erst nach Beendigung des Gesprächs eintreffen.

»Ich brauche jemanden, der mir einen Sieg im letzten Kampf garantieren kann. Die Tatsache, daß ich keine Informationen darüber auftreiben kann, wo Sie vor ihrem Auftauchen auf Solaris waren, läßt mich zu dem Schluß kommen, daß Sie entweder sehr, sehr gut oder aber ein Wannabe sind. In beiden Fällen werde ich die Wahrheit schnell herausbekommen. Ich möchte wetten, daß Sie zur ersten Kategorie zählen. Was kann ich im Gegenzug anbieten. Sie brauchen die Frage nicht zu stellen, ich kann Sie Ihnen vom Gesicht ablesen. Als Gegenleistung für Ihre Dienste biete ich Ihnen den Mech an, den Sie im letzten Kampf führen werden, wobei der Preis nach dem Kampf von einem unabhängigen Schätzer bestimmt wird.«

»Was für einen Mech?«

»Zu diesem Zeitpunkt unserer Verhandlungen möchte ich den Typ der Maschine noch für mich behalten. Aber ich kann Ihnen versichern, daß es sich um einen überschweren BattleMech handelt, der ihm Vereinigten Commonwealth nachgerüstet wurde.« Warwick war mit sich zufrieden. Er hatte Rose eine saubere Antwort auf dessen Problem geboten, und das Angebot geschenkmäßig verpackt. »Was sagen Sie dazu, Mister Rose? Ich bezweifle, daß Sie ein besseres Angebot finden können.«

»Ich sage nein.« Rose stieß den Stuhl zurück und stand auf. Warwick fiel aus allen Wolken. Er hatte offensichtlich hundertprozentig mit einer positiven Antwort auf sein Angebot gerechnet. Rose wischte sich zur Betonung seiner Ablehnung den Mund und warf die Serviette in die Suppe. »Ich bin noch nicht lange auf Solaris, Warwick, aber ich kenne Sie. Leute wie Sie kenne ich zur Genüge. Ich bin nicht so verzweifelt, daß ich bereit wäre, mich mit Ihnen einzulassen, selbst wenn Sie alle Antworten zu kennen scheinen. Danke für die Einladung, ich finde selbst hinaus.«

»Seien Sie kein Narr, Rose!«

»Ich bin vielleicht ein Narr«, gab Rose zurück, »aber Sie sind ein abgesägter Zwergriese, der sich einbildet, er wäre ein Goliath.« Warwick warf seinen Stuhl um, als er empört aufsprang. Er schlug mit der Faust auf den Tisch und brüllte etwas Unverständliches. Doch er traf statt der Tischplatte den Rand seines Suppentellers, schleuderte Chowder durch den Raum und verbrühte sich an der heißen Suppe die Hand. Sein wütendes Röhren verwandelte sich schnell in einen Schmerzschrei. Der Lärm blieb nicht ohne Folgen. Die Tür hinter Warwick flog auf, und zwei Männer stürzten herein.

Als erster kam der Türsteher hereingerannt. Er lief sofort zu seinem Herrn und packte die verbrannte Hand mit sanftem, aber festem Griff. Der zweite Mann war sehr viel kleiner, mit dem Körperbau eines Ringers. Sein kleiner Kopf saß auf einem dicken Stiernacken und ausladenden Schultern. Er stieg über Warwicks Stuhl und wollte Rose packen.

»Nein!« Der Ringer hielt in der Bewegung inne und versuchte, sich zu Warwick umzusehen, ohne Rose aus den Augen zu lassen. Rose war trotz der Lautstärke von Warwicks Befehl und der offensichtlichen Autorität in seiner Stimme ganz auf seinen Gegner konzentriert. »Scoggings, bring Mister Rose ans Tor, und komm danach sofort wieder zurück. Das wird Ihnen noch leid tun, Rose. Sie hungern nach einem Mech, und ich hätte Ihnen eine Maschine auf dem Silbertablett anbieten können. Aber jetzt nicht mehr. Niemand wird Ihnen einen Mech verkaufen, Rose – nicht nach dem, was ich allen erzählen werde – niemand.«

Rose wollte Warwick an den Kragen, aber dann sah er Scoggins unter die Jacke greifen. Am Blick seiner Augen erkannte Rose, daß er keine Chance hatte. Der Mann wartete nur darauf, daß Rose Warwick angriff; deshalb hielt Jeremiah sich zurück.

»Niemand verspottet mich in meinem eigenen Haus, Jeremiah Rose! Niemand!«

»Dann bis später, Warwick. Aber Sie bringen besser eine Menge Freunde mit.« Als Rose unter Scoggins' wachsamem Auge das Zimmer verließ, sah er Warwick die Hand mit loderndem Blick und knirschenden Zähnen in einen Krug mit Eiswasser stecken.

8

Solaris City, Solaris

3. August 3054

»Rose, dich habe ich hier nicht noch mal erwartet.« Rose grinste Dillon an und fragte sich, wie irgend jemand seinen Verstand beisammenhalten konnte, wenn er konstant von dröhnenden Trivids kämpfender BattleMechs umgeben war. In der vorhergehenden Nacht war es Rose nicht aufgefallen, aber Dillon schien den Lärm überhaupt nicht zu bemerken. Er beobachtete nur die Gäste des Pelican und schmunzelte konstant über irgendeinen privaten Witz.

»'n Abend, Dillon. Heißt das, du hast nicht gedacht, daß ich Brachall finde, oder hast du geglaubt, ich wäre so dankbar, daß ich dich nicht mehr belästige?« Dillon fing mit noch breiterem Grinsen an, die Theke zu polieren. Er war ganz offensichtlich nervös. Natürlich konnte die Theke etwas Pflege gebrauchen, aber Dillon konzentrierte sich etwas zu sehr auf die Plastikoberfläche. Eigentlich hatte Rose sich bei seinen Worten nichts weiter gedacht, aber Dillon schien mit irgend etwas zu kämpfen.

»Schuldgefühle?«

Dillon sah hoch und grinste, antwortete aber immer noch nicht. Rose wurde allmählich ärgerlich, als der Barkeeper sich umdrehte und ihm eine Flasche Conner's Dark aus dem Regal holte.

»Ich kann nicht behaupten, daß ich echte Schuldgefühle habe, aber wenn ich vorher gewußt hätte, wohin Brachall dich schickt, hätte ich mich dumm gestellt. Ich soll darin sehr überzeugend sein.«

»Du weißt, wo ich war?« Rose nahm einen tiefen Schluck aus der braunen Flasche und versuchte, dem

Geschmack etwas abzugewinnen. Offenbar mußte man sich an den Geschmack des dunklen Biers erst gewöhnen. Dillon hatte noch kein Geld verlangt, also war jetzt möglicherweise der Zeitpunkt, es zu versuchen. Auch nach dem zweiten Schluck hatte Dillon sich nicht bewegt, und er machte auch keine Anzeichen dazu. Rose sah sich in der Bar um und fragte sich, ob er den erstarrten Barkeeper von der Arbeit abhielt, aber noch war im Pelican nichts los. Ein paar MechKriegergroupies waren früher gekommen, um ihr Revier abzustecken, aber die Bedienung wurde mit dem momentanen Kundenandrang spielend fertig. Rose trank weiter.

»Ja, ich weiß, wo du warst. Halb Black Hills weiß, wo du warst.« Rose setzte die leere Flasche ab und sah Dillon fragend an. Der junge Mann schien mit sich zu kämpfen. Er ging schweigend zurück zum Bierregal und holte noch ein Conner's.

»Hast du angenommen?«

»Was angenommen?« Rose nahm einen Schluck Bier. Sein Magen rumorte protestierend. Ein halber Teller Chowder war keine gute Unterlage für Alkohol. Er lächelte unschuldig und griff nach einer Schale mit Speckschwarten.

»Sein Angebot. Warwick muß dir irgendein Angebot gemacht haben. Immerhin hat er dich zu sich nach Hause eingeladen.« Rose sah von der schnell leerer werdenden Schale mit Speckschwarten auf und war ehrlich überrascht, daß Dillon so aufgeregt war. Sehr aufgeregt sogar.

»Darf ich daraus schließen, daß man nicht einfach nur zu einem geselligen Abend aufs Warwick-Landgut eingeladen wird?« Rose sah sich nach einer zweiten Schale mit Knabberzeug um, während er noch einen Schluck Bier nahm. Sein Magen grummelte noch immer, aber nicht mehr so laut wie zuvor.

»Nein, wird man nicht. Die meisten Leute werden in

sein Haus am südlichen Stadtrand ›eingeladen‹. Du mußt etwas haben, worauf er scharf ist.« Dillons Augen fixierten Rose. Es war unübersehbar, daß er eine Antwort erwartete, was Rose noch widerwilliger machte. Aber Dillon hatte sich als Informationsquelle erwiesen. Es war vielleicht nicht so klug, ihn nur zum Spaß zu verärgern.

»Also, eigentlich habe ich auch keine Einladung in sein Haus bekommen, jedenfalls nicht sofort. Ich sollte ihn am Stall treffen, aber als ich gerade losgehen wollte, rief mich ein Mister Butrix an.«

»Ja, das ist Warwicks Türsteher Schrägstrich Butler Schrägstrich Leibwächter.«

Rose nickte. Es war immer gut, zu einem Gesicht auch den passenden Namen zu wissen. Am anderen Ende der Theke entdeckte er eine zweite Knabberschale, gerade als er die erste leergeputzt hatte. Zwei Groupies hatten sie sich geteilt und spießten den Inhalt mit langen Fingernägeln auf.

»Hast du noch welche?« Rose kippte die leere Schale in Dillons Richtung; der nickte und griff unter der Theke nach einem Plastikbeutel.

»Ich habe vom Hotel aus ein Taxi genommen«, erzählte Rose, »aber der Fahrer wollte mich nicht bis zum Tor bringen. Ich bin etwa einen halben Block vorher ausgestiegen und den Rest zu Fuß gegangen. Warwick hat wirklich ein hübsches Haus.«

Dillon, der die Schale wieder aufgefüllt hatte, nickte zustimmend. »Ja, hübsch ist es. Die früheren Besitzer, die hatten Klasse. Ein Herzog oder vielleicht auch ein Baron. Irgendein Steiner-Adel. Der hatte wirklich blaues Blut.«

»Aber Warwick nicht.«

»Nein, Warwick ist ganz eindeutig bürgerlich. Kein Stil, der Mann.« Rose hörte Dillon lieber zu, als mit ihm zu reden. Trotz seiner anfänglichen Verärgerung schien der Barmann jetzt entspannter. Er plapperte beinahe fröhlich drauflos, zwischendurch angespornt von einer Bemerkung des MechKriegers.

»Hast du eine Ahnung, woher er sein Geld hat?« Dillon nickte, aber dann wurde er von zwei Fans aus dem Gespräch gerissen. Rose nutzte die Zeit dazu, sich in der Bar umzusehen. Das Lokal füllte sich schnell. Der erste Kampf des Abends sollte in knapp einer Stunde beginnen, und die guten Tische waren zum größten Teil schon besetzt. Der Geräuschpegel und die erregte Stimmung nahmen langsam zu. Als Dillon zurückkam, hatte Rose die zweite Flasche geleert.

»Noch eins?«

»Nein, danke. Wie wär's statt dessen mit einem Zitrussaft?«

»Wir haben nur Apfel, aber der ist nicht schlecht.« Dillon mußte noch zwei andere Bestellungen abliefern, bevor er mit dem Saft wieder bei Rose auftauchte. »Soweit ich gehört habe, war Warwick eine Art Kaufmann. In den ersten Monaten der Claninvasion war er mit Gott-weiß-was zur rechten Zeit am rechten Ort. Er hat abgesahnt, seine Zelte abgebrochen und ist auf die Spielwelt gekommen, wie jeder x-beliebige Verlierer, Dummkopf oder Abzocker.«

»Ach?«

»Tut mir leid. Manchmal bricht sich die Verbitterung Bahn. Ich bin ein Dummkopf.«

»Also bin ich ...?«

»Ein Verlierer oder ein Abzocker.«

Rose überdachte diese Analyse und fragte sich, ob der Barmann tatsächlich ein so guter Menschenkenner war. Er war tatsächlich als Abzocker nach Solaris gekommen, auch wenn die Dinge sich in den letzten zwei Tagen ganz und gar nicht nach seinen Wünschen entwickelt hatten.

»Und, was ist mit Warwicks Angebot?« drängte Dillon.

Rose schätzte sein Gegenüber einen Moment ab,

dann entschied er sich, die Wahrheit zu sagen. »Ich mußte es ablehnen.« Dillon stieß einen langen Atemzug aus. Rose hatte nicht bemerkt, daß der junge Mann die Luft angehalten hatte. »Hast du schon jemals Haß auf den ersten Blick erlebt?« Beinahe hätte Dillon genickt, aber dann sagten nur seine Augen ja. »Bei Warwick war es so. Die Tatsache, daß ich einen halben Teller vom eindeutig besten Chowder meines Lebens geschafft habe, schmeichelt seinem Koch und meiner Geduld.«

»Freut mich zu hören. Du hast wie ein anständiger Kerl ausgesehen, als du gestern nacht hier reingekommen bist. Ich hätte dich nicht gerne für den Typen arbeiten gesehen.«

»Ich brauche Arbeit, aber ich könnte niemals unter einem Kerl wie Warwick dienen.« Rose schaute hoch und sah Dillon von einem Ohr zum anderen grinsen. Auch ohne Bier war sein Grinsen ansteckend.

»Kopf hoch«, ermunterte ihn der junge Barkeeper. »Wer weiß, was der Morgen bringt? He, da ist jemand, den du bestimmt gerne kennenlernen würdest, und du weißt es nicht einmal. Jaryl, hallo!«

Rose hatte sich halb herumgedreht, als ihn jemand rammte. Er knallte mit den Rippen gegen die Theke und mußte glatt nach Luft schnappen.

»Dillon! Wie wär's mit zwei Shootern?« Rose rang nach Atem und versuchte, zu Dillons Freundin aufzublicken. Als er sie sah, hätte er fast noch einmal aufgekeucht.

Jaryl war von Kopf bis Fuß in schwarzes und rotes Leder gekleidet. Ihre rote Hose setzte tief an und schmeichelte ihren runden Hüften und dem flachen Bauch. Die Hosenbeine verschwanden in schwarzen Kniestiefeln. Sie trug eine schwarze Lederjacke mit rotem Totenkopf auf einem Ärmel. Er suchte ihr Gesicht, konnte aber nur eine schwarze Haarmähne erkennen.

»Jaryl, du weißt, daß ich im Dienst nicht trinke. Jedenfalls nicht so früh am Abend. Außerdem hast du den Mann, den ich dir vorstellen wollte, fast krankenhausreif gemacht.«

Rose lag noch immer halb über der Theke, als Jaryl den Arm hob, um sich das Haar aus dem Gesicht zu streichen. Vielleicht lag es an den Haaren, jedenfalls bemerkte sie nicht, daß sie für eine solche Bewegung zu nah neben Rose stand. Ihr linker Arm traf ihn am Kinn, und er biß sich prompt auf die Zunge. Rose schloß vor Schmerzen die Augen. Dann zuckte er zusammen, als er sie wieder öffnete und die Frau sah, die ihm den Kinnhaken verpaßt hatte.

Er schätzte sie auf dreißig, auf keinen Fall älter. Sie war wunderschön, mit glatter, heller Haut und einer Andeutung von Lachfalten um die Mundwinkel. Sie war der fleischgewordene Traum jedes Kadetten, bis auf die schwarze Klappe über dem rechten Auge.

Rose blickte in das andere Auge und sah in der grünen Iris Herausforderung, Angst, Freude und Feuer. Ihre Kleidung und ihre draufgängerische Art waren Teil dessen, was sie geworden war: eine Traumfrau, deren Schönheit für immer zerstört war. Rose lächelte, so freundlich er es in seinem Zustand konnte, und hustete leise, als sich seine Lungen wieder mit Luft füllten.

»Ich kann mir momentan nicht wirklich sicher sein, Jaryl, aber ich schätze, ich werde Dillon ewig dankbar dafür sein, daß er uns bekanntgemacht hat.« Er streckte die rechte Hand aus und versuchte fast erfolgreich, ein Husten zu unterdrücken. Jaryl betrachtete die Hand mißtrauisch, bevor sie zugriff. Sie hatte einen festen Händedruck.

»Wen haben wir hier, Dillon? Ich kann mich nicht erinnern, ihn schon früher einmal gesehen zu haben?«

»Mister Rose. Du hast doch von Mister Rose gehört?« Jaryl nickte kurz und fixierte Rose mit eisigem

Blick. Sie hatte aufgehört, seine Hand zu schütteln, ließ aber nicht los. Rose fühlte, wie ihr Körper sich versteifte, konnte sich aber nicht vorstellen, warum. Er erwiderte ihren Blick, aber mit erheblich mehr Wärme.

»Mister Rose ist zu dem Schluß gekommen, daß ihm Stallmeister Desmond Warwick nicht liegt, und ist vor kurzem in die Gesellschaft ehrbarer Leute zurückgekehrt.« Jaryl entspannte sich etwas und gestattete sich einen Schimmer ihrer vorherigen Freude.

»Jeremiah, für meine Freunde«, meinte Rose.

»Jaryl hier ist die fünfte Pilotin im Carstairsstall. Ihr Team tritt im bevorstehenden Lanzenfinale gegen Warwick an.«

»Dillon, übertreib nicht so schamlos. Er meint, daß ich fast gut genug fürs Team bin, aber sofern keiner unter der Dusche ausrutscht und sich ein Bein bricht, werde ich mir den Kampf wie alle anderen aus dem Publikum ansehen.« Ihr Lächeln kehrte zurück. »Okay, wenn Dillon nicht will, wie wär's mit dir? Hast du schon mal einen Pelican Shooter getrunken?« Dillon schnitt eine Grimasse und drehte sich fort, als hätte er Angst vor dem, was jetzt kam.

»Einen Pelican Shooter?«

»Nur ein harmloser kleiner Drink«, meinte Jaryl. Rose schaute in ihr grünes Auge und versuchte abzuschätzen, wie harmlos das Gebräu wohl sein mochte. »Na komm. Ich geb einen aus. An die Arbeit, Dillon.« Rose war alles andere als überzeugt, aber er wollte auch nicht ablehnen.

»Zwei Pelican Shooters sind unterwegs.« Rose reckte den Hals, aber die Manipulationen des Barkeepers fanden außerhalb seines Blickfeldes statt. Mehrere andere Gäste drehten sich zu Rose und Jaryl um. Die meisten wirkten amüsiert, aber Rose glaubte, auf ein paar Gesichtern echte Besorgnis zu erkennen. Jaryl genoß ganz offensichtlich die Aufmerksamkeit.

»Was ist das für Zeug?« fragte er lachend. Jaryl lächelte nur.

»Na gut, wenn du das nicht beantworten willst, dann vielleicht eine andere Frage.« Ihre Miene deutete an, daß eine Chance bestand, also sprach Rose weiter. »Warum gibst du mir einen aus? Und überhaupt, woher weißt du, wer ich bin?«

Sie sah hinüber zu Dillon, der die Drinks fast fertig hatte. »Ich geb dir einen aus, weil ich weiß, wer du bist, und ich weiß, wer du bist, weil ich es mir zum Prinzip mache, alle Leute zu kennen, die ich eventuell töten muß.« Einen Augenblick spannten sich sämtliche Muskeln in Rose' Körper an, aber Jaryls Interesse hatte sich bereits verlagert. Ringsum hörte er die Menge stöhnen, als Dillon auf einem Tablett zwei Gläser hoch über den Kopf hob.

»Zwei Pelican Shooters«, kündigte er mit lauter Stimme an. Die übrigen Gäste drängten sich um Rose und Jaryl. Rose begann daran zu zweifeln, ob es klug gewesen war, den »harmlosen kleinen Drink« anzunehmen. Als Dillon das Tablett mit großer Geste auf die Theke setzte, war Rose klar, daß er in eine Falle getappt war.

Vor ihnen standen zwei hohe, zur Hälfte mit einer bräunlichen Flüssigkeit gefüllte Gläser, deren Alkoholgehalt Rose nur erraten konnte. Auf der Oberfläche trieb Sellerie oder ein Stück Zwiebel oder etwas ähnlich Unerwünschtes. Als die Menge näher heranrückte, hob Dillon mit jeder Hand eine Sardine vom Tablett. Er wedelte mit den Fischen über dem Kopf, und die Zuschauer lachten.

»Zu jedem Pelican Shooter gehört eine Geschichte«, stellte er unter dem Beifall der Umstehenden fest. »Der Pelikan ist ein Überlebenskünstler, genau wie die Bewohner von Solaris. Eines Tages glitt ein Pelikan nördlich von hier über den Fluß und suchte nach etwas Eßbarem.«

Die Menge um die Theke wurde immer größer. Es war offenkundig, daß nirgendwo auf Solaris jemals ein Pelikan geflogen war, aber für einen echten Insiderwitz wie diesen war das nicht nötig. Er diente nur dazu, in den Zuhörern ein Gemeinschaftsgefühl zu wecken. »Die Umweltverschmutzung in jenen Tagen war fürchterlich. Der Müll und die Abwässer waren so schlimm, daß man den Fluß beinahe trockenen Fußes überqueren konnte. Aber der Pelikan war zu allem entschlossen. Es heißt, daß der Fluß sogar Feuer fing, aber der Pelikan gab nicht auf. Plötzlich entdeckte er in dem Rauch und den Flammen einen Fisch, aber im selben Augenblick kam ein zweiter Pelikan, der Jagd auf denselben Fisch machte.«

Dillon ließ die Sardinen in die Drinks fallen und stellte die Gläser vor Rose und Jaryl ab. »Die beiden mächtigen Vögel begannen einen Wettflug.« Dillon zog ein Feuerzeug aus einer Schürzentasche und beugte sich zu Rose vor. »Ausblasen gilt nicht, Mister Rose. Der Gewinner bekommt etwas zu essen, aber der Verlierer...« Dillon zündete das Feuerzeug und strich über die Gläser, deren Inhalt mit sauberer Flamme aufloderte.

Als Dillon zurücktrat, lehnte Jaryl sich vor und wedelte mit der Hand über der Flamme. Die Menge begann einen Sprechgesang, dessen Gewalt beinahe ausreichte, die nachlassende Flamme zu löschen. Rose sprang vor und wedelte auch über seinem Drink, aber Jaryls Vorsprung zeigte Wirkung. Als sie ihr Glas bereits an den Mund hob, hatte Rose es gerade geschafft, seinen Drink zu löschen. Unter einem aufmunternden Röhren der Menge griff er nach dem Glas.

Neben ihm versuchte Jaryl mit tränenden Augen die braune Brühe hinunterzuschütten. Auch seine Augen tränten, als ihm der Geruch des Drinks in die Nase stieg. Er war tatsächlich so schlimm, wie er befürchtet hatte. Rose schloß die Augen, hielt den Atem an und öffnete den Mund, so weit es ging. Er kippte den Drink in einem einzigen Zug und fühlte kaum, wie der Fisch auf dem Weg in den Magen über seine Zunge glitt. Mit einem breiten Grinsen drehte er das Glas um und stellte es wieder ab, während Jaryl noch mit den letzten Resten ihres Drinks kämpfte. Rose riskierte einen Atemzug und mußte feststellen, daß der Nachgeschmack immer noch grauenhaft war. Er blickte Dillon an, der lächelnd hinter der Bar stand. Jaryl hustete und knallte das Glas aufs Tablett, während sie sich mit dem Handrücken den Mund abwischte. Die Menge brach in wilden Beifall aus.

»Verdammt!« stieß sie aus. »Dillon, warum hast du mich nicht gewarnt, daß ich es mit einem Profi zu tun habe?« Die Menge brach in Gelächter aus, als Jaryls Gesicht puterrot wurde.

»Rose hat gewonnen! Freie Drinks für ihn die ganze Nacht!« Dillon hob Rose' Arm zur Siegerpose. Die Gäste in seiner Nähe klopften Rose auf den Rücken und gratulierten ihm.

»Und Jaryl...«

»...SPENDIERT EINE LOKALRUNDE!« Dillon grinste, als der Applaus noch zunahm. Jaryl rollte, noch immer mit rotem Gesicht die Augen und machte gute Miene zum bösen Spiel.

»Ja, ja, ja. Eine Runde, Dillon. Schreib's auf meinen Deckel.« Sie drehte sich weg, aber Rose hielt sie fest.

»Moment noch, Jaryl. Können wir uns einen Augenblick unterhalten?«

»Sicher, aber laß uns einen Tisch in der Nähe des Trivid nehmen. Der erste Kampf fängt gleich an.«

Rose bestellte zwei Flaschen Conner's und folgte Jaryl in eine Nische am Rand des Hauptraums. Obwohl der Kampf kurz bevorstand, war der Tisch noch frei. Als sie auf gegenüberliegende Sitzbänke rutschten, stellte Rose fest, daß die Nische abseits des Gedränges einen ausgezeichneten Blick auf den Hauptschirm bot. Er schob Jaryl eine der Flaschen hinüber, während sie den Lautsprecher in der Rückwand der Nische einschaltete.

»Ich hoffe, du magst Conner's.« Jaryl nickte und regelte die Lautstärke nach. Rose verstand kein Wort des Sprechers. Er sprach Mandarin, aber Jaryl schien alles mitzubekommen.

»He, tut mir leid, wenn ich dich verärgert habe.«

»Nein, vergiß es. Ich verliere nur nicht oft, und es gefällt mir nicht, wenn es doch passiert. Es ist nicht persönlich gemeint. Wirklich nicht.« Sie machte eine Pause. »Du bist gut.«

»Danke. Ein Trick, den ich an der Akademie gelernt habe. Mit ein bißchen Übung ist es nicht weiter schwer. Du mußt dich nur darauf konzentrieren, die Kehle offenzuhalten, und den Drink ohne zu schlukken runterkippen.«

»Ein guter Trick.«

»Aber nicht mehr.«

»Wenn du es sagst.«

»Bevor Dillon mit den Drinks kam, hast du etwas gesagt …«

»Ja?«

»… darüber, mich eventuell töten zu müssen?«

»Ja?«

»Könntest du diesen Punkt vielleicht etwas ausführen?«

»Kann ich. Immerhin hast du mir dieses hübsche, WARME Bier spendiert.« Rose entschloß sich, nicht auf die Kampfansage in ihrer Stimme und ihrem Blick einzugehen. Sie hatte nicht untertrieben. Sie verlor wirklich nicht gern. Er hörte schweigend dem Sprecher zu, den er nicht verstand, wie er einen Kampf ansagte, der Jeremiah gleichgültig war.

»Noch mal Entschuldigung.« Jaryl verstummte und drehte sich halb zum Trividschirm um. Ein *Pirscher* trat schwerfällig aus dem Tor eines Mechschuppens. Rose versuchte, die Arena zu erraten, aber er konnte weder den Piloten noch den Austragungsort identifizieren. Eine der fünf Hauptarenen hätte er auf den ersten Blick erkannt, denn sie waren so unverkennbar wie die Viertel von Solaris City, in denen sie standen. Das hier mußte ein Kampf in einer der weniger bekannten Arenen der Stadt oder der Umgegend sein.

Der Ansager wurde noch erregter, als die Trividkamera sich auf eine *Banshee* richtete. Offensichtlich war dies der Gegner des *Pirscher*, aber Rose hatte Schwierigkeiten, Enthusiasmus für ein Spektakel zu entwickeln, bei dem Piloten zur Unterhaltung des Publikums ihr Leben verloren.

»Ist dir eigentlich klar, wie nervös du die Leute machst?« fragte Jaryl plötzlich.

»Wie bitte?«

»Ist dir eigentlich klar, wie nervös du die Leute machst? Leute wie Warwick oder meinen Boß, Carstairs?« Rose ließ sich in die Polster sinken und dachte über die Frage nach.

»Ich schätze, nein. Ich bin bloß ein Mann. Was gibt's da, worüber man sich Sorgen machen müßte?«

»Eine Menge. Du bist ein unbekannter Faktor. Das treibt die Buchmacher zum Wahnsinn. Und die Auswirkung auf die Stallmeister erst!«

»So habe ich das noch nicht gesehen.«

»Dann solltest du damit anfangen. Weißt du, daß eine halbe Stunde, nachdem du dich zum erstenmal nach einem Mech erkundigt hast, die Hälfte aller Ställe in Solaris City von dir wußte? Am Ende deines ersten Tages hier hatten die meisten Stallbesitzer Nachforschungen über deine Dienstlaufbahn angestellt. Ohne Erfolg.«

»Tatsächlich?«

»Allerdings. Was meinst du wohl, warum dir niemand einen Mech verkauft hat?«

»Keine Ahnung. Die meisten Leute, mit denen ich

Kontakt hatte, haben erklärt, sie hätten nicht, wonach ich suchte, aber nach einer Weile fiel es mir immer schwerer, das zu glauben.« Rose erinnerte sich an die zahllosen Funkgespräche, die er auf dem Flug ins Systeminnere von Bord des Landungsschiffes geführt hatte. Konnte es denn wahr sein, daß ihm von allen Mechhändlern auf Solaris nicht einer auch nur eine beschädigte schwere oder überschwere Maschine verkaufen wollte?

»Wir sind in der Schlußwoche, das ist der Grund. In der letzten Woche der Saison. Ein Neuankömmling wie du ist keine Bedrohung für die Hauptmeisterschaft – die wird nach dem Knockoutverfahren ermittelt. Aber es gibt eine Menge anderer Wettbewerbe, bei denen du mit einem Mech noch einsteigen könntest. Wettbewerbe wie der Kampf zwischen Carstairs und Warwick, wo ein Team an den Start geht, kein Einzelteilnehmer. Waren auf dem Schiff, das dich hergebracht hat, Mechs?«

»Weiß ich nicht«, antwortete Rose. »Die meisten Frachträume waren gesperrt.«

»Wahrscheinlich nicht. Und wenn doch, sind sie bis zum Ende der Woche beschlagnahmt worden – vor Saisonschluß kein frisches Blut mehr. Was es bis in die Stadt schafft, wird abgeblockt.«

»Wenn frisches Blut so gefährlich für die Quoten und das Geld der Spieler ist, warum laufe ich dann noch frei herum? Wieso war Warwick der einzige, der mit mir geredet hat?«

»Du hast keine Dienstlaufbahn. Die meisten Ställe haben dich wahrscheinlich als Mechplüschi oder Geist abgestempelt.« Rose starrte sie an. »Für Fremde wie dich wäre das ein Wannabe oder Spion. Jedenfalls muß ein Manager schon verzweifelt sein, so wie Warwick, um dich mit der Kneifzange anzufassen.«

»Und wenn ich vor einem Monat angekommen wäre?«

»Das wäre kein Problem gewesen.«

Rose schlug mit der Faust auf den Tisch und brachte beide Flaschen ins Wanken. Jaryl konnte nur mit einem schnellen Griff verhindern, daß ihr das Bier über die Kleidung kippte.

»Sorry«, entschuldigte er sich. »Was ist nächste Woche, wenn die meisten Kämpfe entschieden sind. Werde ich dann einen Mech bekommen können?«

»Wahrscheinlich, aber sicher ist es nicht. Die meisten Ställe haben dich entweder als reichen Nichtstuer oder potentiellen Unruhestifter eingestuft. So oder so wird dir ein Tech nur dann einen Mech verkaufen, wenn er bereit ist, Ärger zu riskieren, oder seine Profitspanne so hoch ist, daß er es sich nicht leisten kann, die Gelegenheit zu verpassen. Bis die großen Ställe herausbekommen, wer du bist und wieviel Ärger du ihnen machen wirst, bleibst du entrechtet.«

»Für die bin ich doch ein Niemand. Warum machen sie mir das Leben so verflucht schwer?«

»Weil sie die Macht dazu haben. Du kannst einen Mech bekommen. Du wirst nur eine Weile dazu brauchen. In zwei, drei Monaten werden die meisten Stallbesitzer dich vergessen haben.«

Rose konnte nur wütend knurren und auf den Tisch hauen. »Ich fliege in zehn Tagen wieder ab.«

»Dann fliegst du ohne Mech.« Rose wollte sich weigern, ihr zu glauben, aber als er die letzten Tage Revue passieren ließ, wurde ihm klar, daß Jaryl recht hatte. Kaum ein Einheimischer war bereit, mit ihm zu reden, und die wenigen, die es doch taten, schienen reichlich nervös. Das Pelican war der einzige Ort in der Stadt, an dem er sich halbwegs willkommen fühlte, und das lag hauptsächlich an Dillon. Es mußte einen Weg geben, an einen Mech zu kommen, aber er hatte keine Ahnung, wo er suchen sollte. Er konzentrierte sich darauf, seine leere Flasche auf dem Tisch zu drehen, bis ihm einfiel, daß er seine Begleiterin vernachlässigte. Er sah hinüber zu Jaryl. Sie war ganz auf den Trividschirm konzentriert. Rose folgte ihrem Blick und sah zu, wie der *Pirscher* und die *Banshee* sich zum erstenmal in diesem Gefecht zu Gesicht bekamen.

Der orangegraue *Pirscher* feuerte sämtliche Raketenlafetten ab, die er hatte. Der Pilot der schwarzen *Banshee* schien überrascht. Er löste beide PPKs aus, aber unter dem Ansturm der Raketenbreitseite und der Abruptheit des Angriffs gingen die Schüsse ins Blaue. Als sich der Rauch verzog, konnte Rose erkennen, daß der *Pirscher*-Pilot besser zu zielen verstand. Er hatte alle vier Raketensalven auf den Torso der *Banshee* abgefeuert, wo sie die Panzerung abgesprengt hatten und das empfindliche Innenleben des Mechs bedrohten.

Die *Banshee* wollte in Deckung gehen, aber der *Pirscher* setzte nach. Rose fragte sich, wo sie kämpften. Der Ansager kreischte ihm praktisch ins Ohr, aber die Lautstärke half ihm keineswegs, ihn besser zu verstehen. Jaryl studierte den Kampf mit Interesse, aber ohne den Blutdurst, der die übrigen Gäste des Pelican erfaßt hatte. Das Spektakel hielt die ganze Bar in seinem Bann.

Als sich Rose wieder dem Schirm zuwandte, rückte der *Pirscher* weiter gegen die *Banshee* vor, die ihre auf der Schulter montierte Raketenlafette abgefeuert, aber nur vereinzelte Treffer am linken Bein des gegnerischen Kolosses erzielt hatte. Der *Pirscher* feuerte im Gegenzug einen einzelnen schweren Laserschuß auf die schon beschädigte rechte Seite der *Banshee* ab. Der Treffer ließ den Plaststahl in Schmelzbächen zu Boden fließen und löste eine Serie kleinerer Explosionen im Innern der Maschine aus.

Das Ergebnis des Kampfes stand fest, aber die *Banshee* kämpfte weiter, und der *Pirscher* ließ nicht lokker. Die Zuschauer rückten unbewußt näher an den Schirm, weil sie einen Abschuß witterten.

Im Zurücktaumeln löste die *Banshee* ihre beiden vor-

deren mittelschweren Laser und eine PPK aus. Der Pilot versuchte auch, das Gaussgeschütz auszurichten, aber der *Pirscher*-Pilot hielt sich konstant rechts von der humanoiden Maschine seines Gegners und zog es vor, sich dem Laser- und PPK-Feuer auszusetzen, während die Innentemperatur der *Banshee* stieg. Der *Banshee*-Pilot hatte wieder zu niedrig gezielt. Er traf den *Pirscher* zwar, richtete aber keinen ernsthaften Schaden an den mächtigen Beinen des Stahlgiganten an, der sich der fast regungslosen *Banshee* unaufhaltsam näherte. Rose wandte sich mit einem langsamen traurigen Kopfschütteln ab. Er wußte, was jetzt kam.

Der *Pirscher* feuerte weiter mit den mittelschweren Lasern, auch noch, als er mit der *Banshee* kollidierte und seine gepanzerte Schnauze in die zerbeulte Brustpartie seines Gegners trieb. Die *Banshee* wurde von den Beinen gerissen und nach hinten geworfen; sie knickte zusammen. Die Wucht des Schlages bremste den *Pirscher* ab, die *Banshee* löste sich von dem anderen Mech und flog davon. Ihre PPK feuerte blindlings ins Blaue, während die Maschine in einem langsamen, eleganten Bogen durch die Luft flog. Während der *Pirscher* noch um sein Gleichgewicht rang, landete die *Banshee* auf dem Hüftgelenk, rollte auf den Rücken und schlug mit dem Hinterkopf auf den Stahlbetonboden. Über den Rücken der am Boden liegenden Maschine tanzten die Funken. Der *Pirscher* rammte eine Wand und kam wieder unter die Kontrolle des Piloten. Obwohl er durch die Mauer brach, konnte er sich aufrecht halten. Nur leicht schwankend näherte sich der *Pirscher* seinem gestürzten Gegner.

Rose schüttelte noch immer den Kopf, als er über Jaryls Schulter blickte und zufällig das Gesicht eines nur wenige Schritte entfernt stehenden Mannes bemerkte. Er stand mit entspannten Schultern und leicht gespreizten Beinen in der Nähe eines der zahlreichen Notausgänge. Rose starrte ihn einen Augenblick an, bevor er ihn erkannte. Jaryl hatte Rose ihre blinde Seite zugewandt. Sie bemerkte nicht, daß er an ihr vorbeisah und verfolgte weiter den Kampf.

Während Rose den Mann über die Gäste hinweg, die wie gebannt die Vernichtung der *Banshee* verfolgten, ungläubig musterte, zog Scoggins eine Gyrojetpistole aus der Jacke und richtete sie auf Rose' Tisch. Rose war schon halb über den Tisch, als der Schuß Jaryl seitlich am Kopf traf und die Explosion ihn einen Moment lang blendete. Der Mörder rannte durch die Tür und verschwand in der Nacht.

9

Solaris City, Solaris

4. August 3054

Sechs Stunden nach dem Attentat war das Pelican bis auf Rose, Dillon und Inspektor Viets von der VerCom-Polizei verlassen. Während Dillon das wenige, was er über Jaryls kurzes Leben wußte, rekapitulierte, saß Rose auf seinem Barhocker und trank stumm ein Conner's, das erste nach der Schießerei. Mit kaum verhohlener Verachtung beobachtete er die Arbeit der Polizistin. Sie war hübsch, wenn auch für Rose' Geschmack etwas klein, aber er hatte längst gelernt, Frauen nicht nach ihrem Aussehen zu beurteilen. Unter anderen Umständen hätten ihn ihre sanften Züge und der athletische Körper möglicherweise beeindruckt, aber heute war sie einfach nur Polizistin. Eine Polizistin, auf die er verzichten konnte. Seit sechs Stunden hatte sie nichts weiter getan als Fragen gestellt und dabei immer wieder denselben Grund beharkt.

Mit dem Abklingen des Aderenalins wurde Rose durch den Schock wie betäubt. Der Tod in seinen greulichsten Formen war ihm nicht unbekannt, aber er war dem Anschlag eines Attentäters noch nie so nah gewesen. Der Kontrast war beinahe zuviel für ihn. Die Leute hatten gelacht und sich amüsiert. Man kam nicht so um, wie Jaryl gestorben war. Der Tod holte einen Menschen auf dem Schlachtfeld, bei einem Unfall oder zu Hause im Bett.

Die Situation strapazierte sein Nervenkostüm gehörig, bis sich schließlich Professionalität und Erfahrung durchsetzten und er sich an die Kandare nahm. Jaryl war eine Soldatin gewesen. Keine, wie er sie je getroffen hatte, aber hier auf Solaris erinnerte ihn kaum etwas an seine früheren Erfahrungen. Das Leben bei den ComGuards war erheblich geradliniger gewesen, wenn auch nicht leichter. Dogma und Disziplin hatten es seine Lanzenkameraden genannt, DD.

Inspektor Viets hatte Rose nur eine Stunde verhört. Sie hatte offensichtlich nicht viel erfahren, oder aber das, was sie erfahren hatte, gefiel ihr nicht. Sie hatte die Bar geschlossen und alle nach Hause geschickt. Dillon hatte aufgeheult wie ein waidwundes Tier, als sie die Gäste fortgeschickt hatte. Er trauerte noch immer den verlorenen Einnahmen nach und schüttelte dabei müde den Kopf. Nach dem Verhör trieb es Rose zurück an die Theke, um auf andere Gedanken zu kommen. Die meisten Polizisten zogen innerhalb der nächsten paar Stunden wieder ab, nachdem sie zu zweit oder dritt hereingewandert kamen, um Spuren zu sammeln, Trivids aufzunehmen oder was immer die Polizei am Tatort eines Mordes sonst noch tat.

Rose beobachtete das Geschehen mit halbherzigem Interesse. Noch eine Spur, noch eine Sackgasse, aber diesmal hatte er nur zusehen können, wie die Frau, die ihm hatte helfen wollen, erschossen wurde. Er spielte kurz mit dem Gedanken, daß es irgendwie seine Schuld gewesen war, gab die Idee aber schnell wieder auf. Warwick oder irgend jemand sonst hätte Jaryl kaum umbringen lassen, um ihm etwas heimzuzahlen. Offensichtlich war Jaryl wegen etwas, das sie selbst getan – oder gelassen – hatte, Scoggins' Ziel gewesen, oder vielleicht aus Gründen, die Rose nicht einmal ahnen konnte.

Er starrte in die halbleere Flasche Conner's und schwenkte die Flüssigkeit darin herum. Sie schäumte schon lange nicht mehr. Es war nicht der erste Tod, den Rose gesehen hatte, aber ein kaltblütiger Mord war etwas anderes als der Tod auf dem Schlachtfeld.

Er blickte wieder hinüber zu Viets und Dillon, die sich leise hinter der Theke unterhielten. Wahrscheinlich kannten sich die beiden ganz gut, zumindest beruflich. Wer wußte, wie weit diese Bekanntschaft noch ging? Wie die Situation sich auch darstellen mochte, Dillon war offensichtlich geduldiger mit ihr als Rose, der vor mehr als anderthalb Stunden aufgehört hatte, selbst ihre beiläufigen Fragen zu beantworten.

Rose stierte weiter in scin Bier und verfluchte bei sich Solaris, Warwick, Inspektor Viets, die Clans und was ihm noch in den Sinn kam. Wie konnte eine Gesellschaft funktionieren, wenn sie in fünf unabhängige, angeblich gleichberechtigte Regierungen in Schußweite voneinander aufgeteilt war? Wie konnten diese Regierungen zulassen, daß ein Killer die Straßen unsicher machte? Wie konnte Viets je hoffen, irgendwen festzunehmen, wenn jedes Viertel der Stadt seine eigene, unabhängige Polizei hatte? Und wie konnte sie einfach hier herumsitzen, nachdem Rose den Attentäter zweifelsfrei als Scoggins identifiziert hatte? Diese Frage hatte er ihr in seinem besten Befehlston ins Gesicht gebrüllt.

Die Inspektorin war angesichts seiner Feindseligkeit überraschend höflich gewesen. Sie hatte ihm erklärt, daß er immerhin ein Fremdweltler sei, ohne Bindungen dem Opfer oder dem angeblichen Attentäter gegenüber. »Natürlich werden wir die Spur verfolgen, die Sie uns geliefert haben«, hatte Viets höflich festgestellt. »Aber ich bezweifle, daß sie uns etwas bringen wird. Mister Scoggins ist ein capellanischer Bürger und sitzt wahrscheinlich gerade irgendwo gemütlich in Cathay.« Rose kippte sein Bier und starrte wieder zu Viets und Dillon hinüber, die sich im Flüsterton unterhielten.

In seinem Innern kochten die Gefühle – sein Frust über die Unmöglichkeit, irgendwo auf Solaris einen Mech zu bekommen, Erschöpfung, weil er seit rund achtundvierzig Stunden nicht mehr geschlafen hatte, der Schrecken über Jaryls Ermordung. Selbst ein so selbstbeherrschter Mann wie Rose klappte unter dieser Belastung zusammen.

»Nun, Inspektor Viets«, stieß er verbittert aus. »Ich nehme an, jetzt werden Sie zurück ins Revier schlendern und einen Bericht schreiben? Noch einen Happen essen, vielleicht mit einem hübschen jungen Cop, und dann nach Hause in die Heia. Und das war es dann vorerst, was den sogenannten ›Zwischenfall‹ heute nacht betrifft?«

Viets sah Rose mit wütend verkniffenem Mund an. Ihre Fingerknöchel waren weiß, als sie sich langsam umdrehte, aber Rose reizte sie weiter. »Ihr Dumpfschädel mit eurem fliehenden Kinn und euren blauen Uniformjäckchen seid doch alle gleich. Die Flasche hier hat mehr Grips als irgendwer von eurer Truppe.«

»Ach, der weise MechKrieger möchte dem armen, blöden Bullen zeigen, wie man eine Polizeiuntersuchung durchführt. Also gut, o weiser Meister, was soll ich denn tun?« höhnte Viets. Rose war überrascht. Er hatte Wut erwartet, aber nicht diese direkte Herausforderung. »Warten Sie, ich weiß es schon«, fuhr sie sarkastisch fort. »Ich versammle den ganzen Rest der Truppe, und dann marschieren wir in Cathay ein, prügeln alles nieder, was sich rührt, und zerren diesen Scoggins hierher zurück, weil er Ihren Angaben zufolge Jaryl Whillins ermordet hat.«

»Er hat sie ermordet!« Rose stieß einen anklagenden Zeigefinger in Richtung der Polizistin und schlug zur Unterstreichung mit der Faust auf die Theke. Die Flasche hüpfte in die Luft. Inspektor Viets ließ sich nicht anmerken, daß sie seinen Ausbruch bemerkt hatte.

»Oder noch besser, wir bitten die Cathayaner, ihn auszuliefern. Das kann ja kein Problem darstellen. ›Hört mal, ihr blöden Reisfresser. Einer eurer Krachmacher hat heute abend in einem hiesigen Lokal eine unserer Bürgerinnen erschossen. Könntet ihr ihn bitte rüberschicken, mit einem Zettel, daß es euch nichts ausmacht, wenn wir ihn aufknüpfen? Danke schön.‹« Rose umklammerte den Rand der Theke und kämpfte gegen die Wut an, die ihn zu überwältigen drohte. Er hatte sie provozieren wollen, aber jetzt hatte sie den Spieß umgedreht.

»Zumindest würden sie etwas tun.« Viets ignorierte ihn weiter. Sie wanderte hinter der Theke umher und hielt den Blick wie um eine göttliche Eingebung bittend zur Decke gerichtet. Plötzlich klatschte sie in die Hände und drehte sich zu Rose um.

»Ich hab's. Wir laden die Schlappschwerter einfach ins internationale Viertel ein. Sie wären bestimmt froh über die Gelegenheit, die schönen neuen Gewehre vorzuführen, die sie überallhin mitschleppen.« Rose brüllte auf und schwang sich über die Theke. Sein oberes Bein schoß vor, und die Stiefelspitze stieß nach Viets' ungeschütztem Kopf. Die Inspektorin duckte sich unter dem Tritt weg. Mit einer schnellen Bewegung traf sie den Arm, mit dem sich Rose auf der Theke abstützte, an der Innenseite des Ellbogens. Rose' gesamtes Körpergewicht, einen Sekundenbruchteil zuvor noch in perfekter Balance, krachte nach unten. Der Schwung zog ihn über die glatte Thekenoberfläche und gestattete ihm, weitgehend auf dem gepolsterten Laufgang zu landen. Sein Kopf jedoch schlug auf die Edelstahlspüle unmittelbar unter der Theke.

Rose kämpfte gegen das Schwindelgefühl an und versuchte aufzustehen, als die andere Seite seines Schädels vor Schmerzen zu explodieren schien. Er sah Sterne tanzen, aber irgendwie kam er auf ein Knie hoch. Dann traf ihn etwas am Kinn. Sein Kopf flog nach hinten. Er fühlte die Zähne splittern, als er auf den Rücken geworfen wurde. Rose versuchte sich vor dem Tritt zu schützen, der mit Sicherheit folgen mußte, aber der Angriff kam nicht.

Er ging mit einer Rückwärtsrolle in die Hocke und

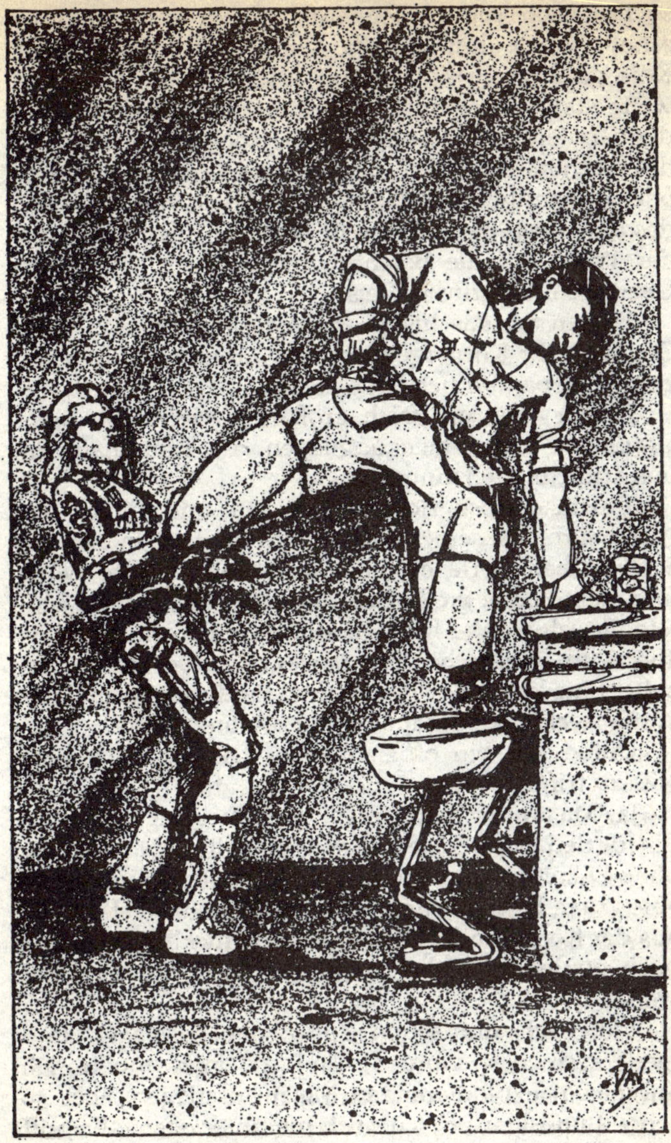

suchte nach seiner Gegnerin. Als er sich langsam erhob, wurde ihm so übel, daß er fast wieder in die Knie gegangen wäre. Knapp außerhalb seiner Reichweite stand Inspektor Viets. Ihre Hände spielten mit dem Tonfa. Rose hatte den Schlagstock schon während des Verhörs bemerkt, ihn aber als reine Dekoration oder unhandlich abgetan. Offensichtlich war er weder das eine noch das andere. Er riskierte einen Blick von der Waffe auf die Beamtin, die sie hielt. Zu seiner Überraschung grinste Viets.

»Finden Sie das lustig, Inspektor Viets?« Als seine Gegnerin ihr Körpergewicht fest auf einen Fuß verlagerte, entspannte sich Rose etwas.

»Ja, ich amüsiere mich großartig, Mechbubi. Euch Großkotze zusammenzuschlagen, ist traumhaft für uns arme, blöde Dumpfschädel.«

»Touché.« Rose richtete sich auf und fühlte das Adrenalin aus seinen Adern schwinden. In seinem Schädel hämmerte es. Er betastete die zweite Beule und stellte ohne große Überraschung fest, daß sie blutete. Er sah wieder hinüber zu Viets, die grinsend den Tonfa um eine scheinbar bewegungslose Hand wirbelte. Eine kurze Bewegung des Handgelenks, und die Waffe steckte wieder im Halfter an ihrer Hüfte.

»Dillon, ich bin offiziell außer Dienst. Ich brauch was zu trinken.«

»Ja, Ma'am. Ist unterwegs, und dir bring ich etwas Eis für den Kopf, Rose.« Rose winkte ihm dankend zu, ohne Dillon anzusehen. Er blutete auch am Kinn, wie eine kurze Überprüfung ergab, aber nicht so stark wie aus der Kopfwunde. Er konnte sich glücklich schätzen, noch zu leben, aber das linderte den Schmerz nur wenig.

»Viets, ich bin schon zusammengeschlagen und niedergestochen worden, und zweimal mußte ich aus einem explodierenden Mech aussteigen, aber so schnell und klar bin ich noch nie unterlegen.« Er griff nach einem Tuch und betupfte den Kopf. Inspektor Viets kam wortlos um die Theke und setzte sich auf einen Hocker neben dem, auf dem Rose kurz vorher noch gesessen hatte.

»Also, das ist jetzt nur eine Vermutung, Rose, aber da wir auf einem Planeten sind, der für Glücksspiel bekannt ist, wette ich, daß Sie einen Gegner noch nie so unterschätzt haben, sich noch nie von einem Gegner so haben in Rage bringen lassen und noch nie gegen jemand mit einem schwarzen Gürtel, neunter Dan, gekämpft haben. Aber, he, das ist nur geraten. Vielleicht hatten Sie auch einfach nur ihr ganzes Leben unverschämt viel Glück.« Rose kam um die Theke und setzte sich neben Viets. Er dachte kurz an Dillon, aber der Barkeeper schien zu wissen, wann es besser war, sich rar zu machen.

»Es tut mir leid, daß ich Sie und Ihre Polizeitruppe beleidigt habe. Danke, daß sie sich zurückgehalten und mir die Chance gegeben haben, aus meinem Fehler zu lernen. Diese Lektion werde ich nicht noch einmal benötigen.«

»Entschuldigung akzeptiert, Mister Rose. Jetzt bräuchte nur noch Dillon mit meinem Drink wiederzukommen. Ah, wenn man vom Teufel spricht.« Dillon kam mit einem Plastikbeutel voll Eis, den er Rose reichte, und einer kleinen Porzellanflasche, die er vor Viets abstellte, aus dem Hinterzimmer. Dann griff er in seine Schürze und reichte der Polizistin eine kleine Porzellanschale im selben Muster.

»Nachdem ihr zwei euch zusammengerauft habt, können wir ja vielleicht wieder zum Geschäft zurückkehren.« Dillon machte keinen Hehl aus seiner Freude darüber, daß Rose nicht mehr herumbrüllte und Viets »außer Dienst« war.

»Inspektor, können Sie mir sagen, was geschehen wird, und wann? Ich weiß, ich weiß. Es ist nicht ihr Dezernat, und es können eine Menge Dinge geschehen, aber Sie müßten doch ein ziemlich genaues Bild davon haben, wie sich das hier entwickeln wird. Ich brauche diese Information.« Rose tat sein Bestes, die Bitte bescheiden klingen zu lassen, ohne zu kriechen. Wenn er richtig vermutete, und er war sich seiner Einschätzung ziemlich sicher, war Viets keine Frau, die auf Schwäche oder Betteln positiv reagierte. Aber sie konnte ihm einen Teil dessen erzählen, was er wissen wollte oder mußte, wenn er sie davon überzeugen konnte, daß es wichtig war.

»Ich weiß wirklich nicht, warum ich überhaupt mit Ihnen rede. Erstens würde mich mein Kommissar durch die Mangel drehen, wenn er davon erführe, und zweitens würden Sie die Informationen nur dazu benutzen, jemand ins Messer zu rennen. Oder Ihr Messer in ihn zu rennen.«

»Nach so kurzer Zeit haben sie schon eine derart schlechte Meinung von mir?«

»Sie haben mich angegriffen, Mechbubi. Erinnnern Sie sich?«

»Mechbubi? Was soll das heißen? Sie kennen mich überhaupt nicht. Sie wissen nicht, was ich mache, noch, wie ich mein Brot verdiene.« Rose' Stimme war leicht verärgert. Woher wußte sie?

»Ich kenne Sie, Mechbubi. Ich kenne Sie und ihresgleichen. Sie stolzieren rum, als gehörte Ihnen das Lokal. Eingebildet und ständig auf der Suche nach der Gelegenheit, einen Einheimischen zusammenzuschlagen. Ich erkenne es an Ihrem Gang, Ihrer Sprache, der Art, wie Sie Ihr Bier trinken. Sie sind ein Mechbubi, auch ohne diese blechverstärkte, fusionsbetriebene Mordmaschine, die Sie BattleMech nennen.« Die Leidenschaft in Viets' Stimme beeindruckte Rose. Er hatte schon Leute getroffen, die etwas gegen MechKrieger hatten. Er hatte sogar schon Leute gekannt, die sie haßten, aber noch niemals zuvor war er jemand begegnet, der das Wort Mech aussprechen konnte, als habe er es aus den schwärzesten Tiefen einer Jauchegrube ans Licht gezerrt.

»Wenn Sie uns so hassen, was machen Sie dann auf Solaris?«

»Das geht dich einen feuchten Dreck an, Mechbubi.« Rose sah das Feuer in ihren Augen. In ihren Adern toste frisches Adrenalin. Rose überflog in Gedanken den Zustand seines Körpers und seine Möglichkeiten. Er erkannte augenblicklich, daß er in einem Kampf, ob fair oder nicht, keine Chance gegen sie hatte, jedenfalls nicht ohne Mech. Aber er mußte sie am Reden halten, wenn er seine private Mission zum Abschluß bringen wollte.

»Warum reden Sie dann überhaupt mit mir?« Rose sah die Wut aus Viets' Blick verschwinden, als hätte jemand einen Schalter umgeworfen. Sie fixierte ihn lange Sekunden ohne zu blinzeln. Rose hatte das Gefühl, als würde sie ihm mit diesem Blick bis in die Seele sehen. Er begegnete ihrem Blick mit – so hoffte er – gleicher Intensität. Als sie weitersprach, war Rose von der Kraft und Überzeugung in ihrer Stimme schockiert.

»Ich hoffe noch immer, daß einer von euch mal anders ist als der Rest, Mechbubi.« Sie wandte sich ab. Rose atmete unwillkürlich auf. Als sie sich wieder umdrehte, war die Intensität aus ihrem Blick verschwunden. Sie fixierte ihn wieder, aber es war nicht dasselbe.

»Da Sie neu in der Arena sind, werde ich es so einfach wie möglich formulieren.« Sie schüttete eine klare Flüssigkeit in die Schale, hielt sie einen Augenblick unter die Nase, und kippte sie dann in einem Schluck. »Wenn ich annehme, daß Sie mit Ihrer Aussage über Scoggins recht haben, und davon gehe ich jetzt einmal aus, brauche ich eine beeidigte Versicherung von Ihnen, daß Sie gesehen haben, wie er Jaryl Whillins ermordete. Ferner müssen Sie bereit sein, das vor Gericht zu bezeugen.« Viets hob den kleinen Finger.

»Dann geh ich zu meinem Boß, einem Mann, der weit und breit als unparteiischer Verfechter von Recht und Ordnung bekannt ist, und teile ihm mit, daß kurz vor einem Meisterschaftskampf eine Reservepilotin von einem Mann in den Diensten des anderen Stalls ermordet wurde.« Sie hob den Ringfinger.

»Ich fülle mehr Formulare aus, als Sie in zehn Jahren zu Gesicht bekommen, und reiche sie über den Dienstweg weiter, um zu erklären, wieso Scoggins zurück nach Black Hills gebracht werden muß, um hier vor Gericht gestellt zu werden.« Der Mittelfinger. Rose verlagerte den Eisbeutel. Er hatte eine ziemlich gute Vorstellung, worauf die Inspektorin hinauswollte.

»Schließlich wird die ganze Angelegenheit den Bürokraten auf den Schreibtisch gelegt, und Scoggins wird vor Gericht gestellt oder auch nicht, ja nachdem, wer wem welche Gefallen schuldet oder wieviel Geld zum Einsatz kommt.« Viets' Zeigefinger reckte sich in die Höhe. »Im Revier nennen wir das die viersprossige Leiter. Wenn auch nur eine Sprosse fehlt, kommt man nicht bis oben.«

»Sie meinen, es wird nicht leicht sein, Scoggins vor Gericht zu bringen.«

»Rose, wenn ich Ihnen alles aufzählen wollte, was es dazu braucht, müßte ich beide Schuhe ausziehen, und ich sehe Ihnen an, daß Sie das Ganze abschließen möchten, bevor der Kampf losgeht.« Rose versuchte sich überraschend erfolgreich ein Bild von Viets ohne Schuhe vor Augen zu rufen. Ohne alles, um ehrlich zu sein. Als er sich bei diesem Gedanken ertappte, konzentrierte er sich erschrocken auf sein ursprüngliches Problem. Sie hatte mehr Respekt verdient, als von ihm im Geiste ausgezogen zu werden. Aber es dauerte trotzdem einige Zeit, das Bild aus seinen Gedanken zu vertreiben. Viets hatte gerade ihre zweite Schale getrunken, als Rose laut nachzudenken begann.

»Also arbeitet die Zeit wieder einmal gegen mich.

Wenn ich recht habe, legt Warwick es darauf an, Carstairs' Piloten auszuschalten und das Gleichgewicht zu stören, das alle anderen verzweifelt aufrechterhalten wollen. Selbst wenn Scoggins vor Gericht kommt, wird der Kampf bis dahin lange vorbei sein, und es bringt weder Jaryl zurück noch durchkreuzt es Warwicks Pläne.« Rose konnte den Mann vor sich sehen, wie eine Packratte auf einem Berg von Gold. »Warwick will diese Meisterschaft, und der Mord an Jaryl gehörte zu seinem Plan.« Für Rose lagen die Fakten klar auf der Hand. Viets zuckte nur die Schultern und goß sich nach.

»Kann sein, kann nicht sein.«

»Inspektor, haben Sie Warwick je kennengelernt?« Viets schüttelte abwesend den Kopf. Rose sprach weiter, obwohl er sich nicht mehr ganz sicher war, daß Viets überhaupt noch zuhörte. Sie starrte in die leere Porzellanschale und hatte den Kopf leicht zu Seite geneigt, so als höre sie etwas aus weiter Ferne. »Er gehört zu der Sorte Menschen, die man, wenn man sie einmal trifft, entweder sofort haßt oder sofort liebt. Dazwischen gibt es nichts. Fragen Sie Dillon. In meinem Fall war es erstere Gefühlsregung, schon bevor er Scoggins hergeschickt hat, um Jaryl umzubringen.«

»Das wissen Sie nicht.«

»Sie haben recht. Aber ich weiß, wie Scoggins mich angesehen hat, bevor er den Finger krümmte. Es war, als hätten wir ein gemeinsames Geheimnis, etwas, wovon nur wir beide wußten. Ich weiß, daß Warwick vom Tod eines der Carstairs-Piloten weit mehr profitiert, als er verlieren kann. Und ich weiß, daß mir nach zehn Minuten allein mit diesem Kerl schon sein Anblick Übelkeit bereitet. Wahrscheinlich ist das unvernünftig, aber ich folge in dieser Sache meinem Instinkt. Warwick hat Schuld, auch ohne Beweise.« Rose stand auf und ging zur Tür.

»Wohin so schnell, Mechbubi?« Viets sah von ihrer

leeren Trinkschale auf. »Willst du etwas in Gang setzen, das sich niemand wünscht? Willst du mir das Leben schwermachen, Mechbubi?« Rose sah die Herausforderung in ihrem Blick und hörte den Frust in ihrer Stimme. Sie hatte etwas Besseres verdient, als sich hiermit abgeben zu müssen, sich mit ihm abgeben zu müssen. Sie hatte eine Chance verdient, ihre Arbeit zu tun, ohne daß Rose ihr in den Weg kam, aber er hatte sich zu lange von den Ereignissen treiben lassen. Es wurde Zeit, die Initiative zu ergreifen, und die Kontrolle über sein Leben zurückzugewinnen. Er hatte gute Gründe, sie anzulügen.

»Nein, Inspektor Viets. Ich gehe zurück ins Hotel – zu meinem Bett und ein paar Schmerztabletten. Ich werde Ihnen keinen Ärger mehr machen.«

10

Solaris City, Solaris

7. August 3054

Licht fiel auf die Straße, als plötzlich eine Metalltür aufgestoßen wurde. Der Lärm, der aus der offenen Tür drang, stand in scharfem Kontrast zur Stille auf der verlassenen Straße. Ein einzelner Mann stolperte rückwärts ins Freie auf den schwach erleuchteten Bürgersteig. Laute Flüche folgten ihm, aber der Riese schien sie nicht zu hören. Als er den Ausgang freigab, huschte eine zweite, weibliche Gestalt ins Freie. Blitzschnell war sie an ihm vorbei und innerhalb von Sekunden ein gutes Stück die Straße hinauf.

Der Riese stockte und sah der kleiner werdenden Gestalt nach. Dann schaute er mit einem breiten Grinsen wieder ins Haus. »Gute Nacht, zusammen. Morgen komme ich wieder, den Preis in der Hand.« Schallendes Gelächter dröhnte aus der Tür.

»Du kannst froh sein, wenn du die Nacht überlebst, O'Shea, vom Kampf ganz zu schweigen. Elaine ist deinen tumben Avancen mehr als gewachsen.« Auch die Beleidigung löste lautes Gelächter aus. O'Shea zuckte in gespieltem Schock zusammen.

»Du verletzt mich, aber ich habe keine Zeit für euresgleichen.« O'Shea wirbelte herum, als wolle er davongehen, aber statt dessen hob er den Kilt und präsentierte seine nackte Kehrseite. Eine Sekunde später sprang er aus der Schußlinie. Mehrere Flaschen und ein voller Maßkrug flogen durch die Türöffnung auf die Straße. Beschimpfungen folgten dem Riesen, der sich eiligst aus dem Staub machte, bis er die Frau eingeholt hatte, die ihm aus der Bar gefolgt war.

»Eines Tages, O'Shea, wirst du dir die Glassplitter

aus dem Arsch ziehen müssen. Diesen Gag hast du jetzt langsam überstrapaziert.«

O'Shea lachte, als er sich an seinen groben Scherz erinnerte. Dann kratzte er sich durch den Vollbart das Kinn und dachte nach. »Du könntest recht haben, meine Liebe. Heute nacht jedoch sind meine unteren Körperregionen glasfrei. Möchtest du dich persönlich überzeugen?«

»Beherrsch dich, Mann. Morgen hast du einen wichtigen Kampf.« Sie schlug O'Shea mit der flachen Hand auf die Brust, um ihr Argument zu unterstreichen, aber wie immer winkte der ab.

»Bin ich nicht Badicus der Bulle? Bonnie Badicus? Der Kampf morgen wird ein Kinderspiel.« Er setzte sich wieder in Bewegung, aber seine Beute stand auch nicht still und konnte ihm noch einmal ausweichen.

»Ich bin mir da nicht so sicher. Warwick hat irgend etwas in der Hinterhand.«

»Dieser Steiner-Lakai? Der hat nicht einmal genug Grips, Wasser aus einem Stiefel zu schütten, wenn die Anweisungen dazu auf dem Absatz stehen.«

»Wenn Sie das ernst meinen, unterschätzen Sie Ihren Gegner.« Beim Klang einer unbekannten Stimme blieben O'Shea und seine Begleiterin stehen. Der Sprecher schien in einem der näheren Eingänge zu stehen, aber O'Shea konnte nicht sagen, in welchem. Als er nach seiner treuen Sunbeam griff, strömte Adrenalin in seine Adern. Vielleicht waren die letzten drei Drinks doch keine so gute Idee gewesen. Er schob den Sicherheitsgurt von der Waffe und suchte den Gehsteig ab.

»Das Wissen um den Gegner ist der halbe Kampf.«

»So, so, Mister Experte. Was wissen Sie denn davon? Warwick ist ein Narr, und wenn er Sie vor dem Kampf auf mich angesetzt hat, ist er ein verdammter Narr. Schon viele Männer haben sich mit Badicus gemessen, aber nur wenige haben es überlebt. Sie bringen mich besser schnell um oder rennen zurück zu ihrem Herrn und beichten ihm, daß Sie die Hosen voll haben. Sie gehen mir nämlich langsam auf die Nerven.«

Badicus wußte nicht, was auf ihn zu kam, aber er zweifelte nicht daran, daß er damit fertig werden konnte. Trotz seiner Größe und seines beträchtlichen Leibesumfangs war er einer der schnellsten Schützen auf Solaris. Natürlich hatten nur die wenigsten, die diese Tatsache herausfanden, noch Gelegenheit gehabt, es weiterzuerzählen. Irgendwer, wahrscheinlich Warwick, hatte bereits Jaryl auf dem Gewissen, aber die offensichtliche Gefahr hatte Badicus nicht von seiner üblichen ›Entspannung‹ am Vorabend eines Kampfes abhalten können. Wenn überhaupt hatte ihn der Tod seiner Kameradin noch trinklustiger gemacht.

Die Sekunden verstrichen, und der Fremde blieb im Dunkel. Badicus hatte sich beinahe eingeredet, die gesamte Unterhaltung, kurz und unergiebig wie sie gewesen war, sei nur ein leicht trunkenes Hirngespinst gewesen, als Elaine erschrocken aufkeuchte. Gleichzeitig wurde seine linke Hand, mit der er die Sunbeam schon halb aus dem Holster gezogen hatte, taub, und ein Feuerwerk aus Licht und Schmerzen explodierte in seinem linken Augenwinkel. Wäre er nüchtern gewesen, hätte der Schlag ihn augenblicklich zu Boden geschickt, aber der Alkohol schien den Hieb zu dämpfen. Er ging nur in die Knie. Sterne tanzten durch den Rest seines Sichtfeldes, als der Riese aufzustehen versuchte und seine Hand massierte. Er trat nach links aus, aber sein Fuß traf nur leere Luft.

»Tut mir leid, Mister O'Shea, aber Sie haben etwas, das ich brauche.« Mit Mühe kam O'Shea auf die Füße und erhaschte einen Blick auf seinen Angreifer. Dessen Züge waren durch einen hochgeschlagenen Mantelkragen und die Schwärze der Nacht verborgen. Badicus schüttelte den Kopf wie ein Hund, der sich das Fell trocknet, aber die ganze Welt schien sich um ihn zu drehen.

»Glauben Sie mir, es ist nicht persönlich gemeint.« In einer blitzartigen Aktion schlug der Angreifer O'Shea beide Hände auf die Ohren. In der Sekunde, die dieser noch bei Bewußtsein blieb, glaubte er, ein Landungsschiff herunterkommen zu hören. Das Donnern der Triebwerke wurde lauter, als der Schlag die Luft an seinen Trommelfellen vorbei ins Mittelohr trieb. Als das Landungsschiff aufsetzte, lag O'Shea bewußtlos auf der Straße.

Rose trat zur Seite. O'Sheas Kopf prallte auf den Beton, aber Rose war sich sicher, daß er keine bleibenden Schäden davontragen würde. Er kniete neben ihm nieder und grinste, als er einen starken Puls fühlte.

»Sehr beeindruckend, geheimnisvoller Fremder.« Rose sah hinüber zu O'Sheas Freundin. Beim Verlassen der Bar waren die beiden zusammengewesen, aber als er Badicus angesprochen hatte, hatte sie sich in die Schatten zurückgezogen. Rose stand auf. Elaine trat vor ins schummrige Licht der Straßenbeleuchtung.

»Ihr Freund wird es überleben. Er dürfte in etwa einer Stunde aufwachen, aber wenn er so betrunken ist, wie es den Anschein hat, kann es auch länger dauern.« Rose behielt Elaine im Auge, als sie voll ins Licht trat. Sie hielt den rechten Arm seltsam angewinkelt. Zuerst hielt Rose das für eine ungewöhnliche Gangart, aber bei genauerem Hinsehen bemerkte er einen schmalen schwarzen Nadler. Sie preßte ihn so dicht an ihr blaues Kleid, daß Rose ihn in dem spärlichen Licht kaum sah. Er ließ die Schultern etwas sinken.

»Wie kommt es, daß es in einer Stadt mit Waffengesetz so verflucht einfach scheint, eine Knarre spazieren zu führen?«

Elaine lachte leise, aber die Waffe bewegte sich keinen Millimeter. »Gefährliche Zeiten wie diese erfordern extreme Maßnahmen. Ich bin sicher, Sie als Krieger werden das verstehen.«

»Ich habe O'Shea nicht verletzt. Sie können die Waffe runternehmen. Ich mußte ihn nur für ein, zwei Stunden außer Gefecht setzen.« Rose beobachtete die Waffe sorgfältig. Sie bewegte sich nicht.

»Ach, um O'Shea mach ich mir keine Sorgen. Eigentlich haben Sie mir meine Aufgabe etwas erleichtert.« Rose fühlte, wie sich sein Magen verabschiedete. Sein Adrenalinspiegel, der nach O'Sheas Sturz gesunken war, stieg wieder.

»Ihre Aufgabe?«

»Ja. Mister O'Shea war unterwegs zu einem furchtbaren Unfall. Natürlich hätte ich bis morgen früh gewartet, aber man kann nicht immer alles haben.«

»Sie sind nicht seine Freundin Elaine?« Rose hoffte, sie am Reden zu halten, aber darüber hinaus hatte er noch keinen Plan. Er haßte Nadler. Von allen Waffen, mit denen er je zu tun gehabt hatte, löste nur der Nadler diese irrationale Furcht in ihm aus. Er wußte, daß er nach einem Nadlertreffer auch nicht toter sein würde als nach dem eines Lasers oder einer althergebrachten Projektilwaffe, aber das spielte keine Rolle. Er haßte diese Waffe, und jetzt, wo sie auf ihn gerichtet war, erst recht.

»Oh, ich bin schon Elaine.« Sie kam mit vorsichtigen Schritten näher. Aus ihrer Position hatte sie die Bar, die hinter Rose lag, voll im Blick. »Man kennt mich auch als seine Freundin, aber vor allem bin ich ein Mädchen, das Geld braucht.«

»In der Bar schienen Sie wirklich etwas um O'Shea zu geben.« Rose hielt Elaine im Blick, sah abwechselnd auf die Waffe und in ihre Augen.

»Ich bin eine geborene Schauspielerin. Könnten Sie einen Kerl wie den tatsächlich mögen, geschweige denn *lieben?* Sehen Sie ihn sich doch nur an. Na los, sehen Sie ihn sich an.« Rose war ganz und gar nicht geneigt, die Augen von Elaine zu lassen, aber der Ton ihrer Stimme überzeugte ihn zu gehorchen. In seinem Innern explodierte er fast vor Energie. Sein Herz pumpte wie wild adrenalingesättigtes Blut durch die Adern, aber Rose zwang seine Muskeln zur Ruhe. Wenn es Zeit zu handeln war, und erst dann, würde er mit entspannten Muskeln schneller sein. Ein letzter Blick in Elaines Augen, und Rose drehte sich zu Badicus O'Shea um. Ein schneller Blick sagte ihm alles, was er wissen mußte. Neben dem bewußtlosen Körper des MechKriegers lag die Sunbeam-Laserpistole, die er zu ziehen versucht hatte. Rose bezweifelte, daß Elaine davon wußte. Sie hatte an O'Sheas rechter Seite gestanden, und die Pistole hatte er links getragen.

»Nun, könnten Sie so jemand tatsächlich lieben?« Rose hörte ihr nicht mehr zu. Elaines Stimme war schriller geworden, und er konnte die Entscheidung darin erkennen. Sie hatte sich eine Entschuldigung für den Mord an Rose zurechtgelegt und würde jeden Augenblick abdrücken.

Rose hechtete zur Seite, als Elaine zwei Schüsse auslöste. Der erste Schuß, der auf seine Brust gezielt war, traf ihn an der rechten Schulter. Er fühlte den Zug an der Jacke, als die Plastiknadeln ohne Schwierigkeiten die Nähte und die darunterliegende Haut zerfetzten. Der zweite Schuß zuckte an seinem Ohr vorbei. Als seine Finger die Sunbeam fanden, konzentrierte sich Rose wieder ganz auf Elaine. Entweder wußte sie nicht, daß er den Laser hatte, oder sie wollte bei ihrem nächsten Schuß ganz sichergehen. Sie hatte den Nadler direkt auf ihn gerichtet, aber den Abzug noch nicht durchgezogen. Rose riß die Sunbeam zu einem Verzweiflungsschuß hoch.

Er feuerte ohne zu zielen. Zum erstenmal, seit er die Highlanders verlassen hatte, betete er. Sein Hechtsprung hatte ihn völlig aus dem Gleichgewicht gebracht. Er lag auf der linken Schulter, hörte und fühlte das leise Stakkato des Nadlers, als die Plastiksplitter vom Pflaster abprallten und ihn am Brustkorb verletzten.

Er hatte die Pistole wieder in Position gebracht, gezielt und gefeuert, bevor er erkannte, daß Elaine bereits nach hinten kippte. Der zweite Schuß traf sie voll in die Brust und gab ihr noch einen zusätzlichen Stoß. Der Nadler fiel aus ihrer leblosen Hand, als ihr Körper zusammensackte.

Rose versuchte aufzustehen, aber die Schmerzen in Schulter und Brust stoppten ihn. Dann zwang er sich hoch. Er ging hinüber zu Elaine, die aus gebrochenen Augen zu ihm aufsah. Er legte einen Finger an ihren Hals und fand das Einschußloch seines ersten Treffers – genau unterhalb des Kinns. Bei seinem Schußwinkel vom Boden aus mußte der Laserstrahl ins Gehirn der Frau eingedrungen sein und sie augenblicklich getötet haben. Zwei Zentimeter weiter rechts, und Rose hätte sie verfehlt. Er nahm die Finger von der ausgebrannten Wunde. Es war kein Blut an ihnen. Hinter sich hörte er eine Männerstimme rufen und eine Frau aufschreien. Ohne sich umzudrehen, floh er in die Nacht.

11

Solaris City, Solaris

8. August 3054

»Lassen Sie mich rekapitulieren.« Der Mann hinter dem Schreibtisch beugte sich vor und starrte seinen Besucher an. Er zog die Schultern hoch wie ein Bär, der sein Territorium verteidigt, und bereitete sich darauf vor, seinen Besuch in die Mangel zu nehmen. »Sie haben ›zufällig‹ mitbekommen, daß einer meiner Piloten ausgefallen ist. Sie haben ›zufällig‹ gehört, daß ich einen vierten Piloten benötige, wenn ich den Kampf nicht aufgeben will. Sie sind ›zufällig‹ für O'Sheas Mech qualifiziert. ›Zufällig‹ kennen Sie Warwick. ›Zufällig‹ stehen Sie hier in meinem Büro und wollen ›zufällig‹ umsonst für mich kämpfen. Chromfeuer, Mann! Für wie blöd halten Sie mich?« Der Mann schlug donnernd beide Fäuste auf den Schreibtisch, als er aufstand. Das alte Holzmöbel knirschte unter den Schlägen, aber es blieb stehen. In den Augen des Mannes loderten Wut und Frustration, aber er hatte ein Heimspiel und dachte nicht daran, sich in die Ecke drängen zu lassen.

»Ich habe es nicht durch Dummheit zum Besitzer von vier BattleMechs gebracht. Ich weiß nicht, wer Sie sind, und im Augenblick ist mir das auch egal. Aber ich will wissen, wieso Sie hier sind und was mich daran hindern sollte, sie von Esmeralda auf die Straße befördern zu lassen. Glauben Sie ja nicht, sie würde das nicht schaffen. Sie ist die einzige andere Person, die O'Shea je besiegt hat.«

Der Besucher wartete einen Moment, um seinem beinahe zum Berserker gewordenen Gegenüber Gelegenheit zu geben, sich wieder in seinen Sessel fallen zu lassen. Carstairs streckte die Hand aus und stieß eine Zigarre, die verdächtig nach echtem Tabak roch, in einen Mundwinkel. Seine Augen forderten den Besucher heraus, etwas zu sagen. Hinter dem Sessel des Stallmeisters summte ein überlasteter und wirkungsloser Luftfilter. Der Besucher lehnte sich vor und legte beide Hände flach auf den Schreibtisch.

»Auch wenn es Sie nicht interessiert, Mister Carstairs: mein Name ist Jeremiah Rose.« Rose wartete ein paar Sekunden. Er wollte sehen, ob der Name eine Reaktion auslöste. Er hegte keinen Zweifel daran, daß Carstairs über alles, was seinem Piloten zugestoßen war, ebenso exakt informiert war wie über Jeremiahs Rolle dabei. Carsatairs blinzelte nicht einmal, als er Rose' Namen hörte. Der Bär – Rose fand kein anderes Bild für den riesenhaften Stallmeister – schob die Zigarre in den anderen Mundwinkel, sagte aber nichts. Plötzlich war Rose unsicher. Er zögerte etwas, bevor er weitersprach.

»In den letzten zwei Jahren habe ich im Draconis-Kombinat gegen die Clans gekämpft. Mehr als die Hälfte dieser Zeit war ich Kompanieführer. Vor fünf Monaten wurde meine Kompanie von kombinierten Elementen des Wolfclans zerschlagen. Ich bin der einzige Überlebende. Mein Mech war wie viele andere ein Einzelstück. Jetzt ist nicht mehr genug davon übrig, um eine Hundehütte zu bauen. Ich bin auf Solaris, um mir wieder einen Mech zu beschaffen.« Rose machte eine Pause, damit Carstairs verarbeiten konnte, was er gesagt hatte. Als der Stallmeister nicht augenblicklich explodierte, war Rose sicher, zu Ende sprechen zu können. Beherzt redete er weiter.

»Wie Sie ohne Zweifel wissen, sind immer weniger Mechs verfügbar. Sie reichen nicht einmal für erfahrene Veteranen wie mich. Meine letzte Einheit bot mir einen Stabsposten und einen Platz auf der Warteliste für eine Ersatzmaschine an. Ich stand auf Platz sechs der Liste, mit einer wahrscheinlichen Wartezeit von einem bis anderthalb Jahren. Das ist unannehmbar. Ich versuchte anderenorts einen Mech zu kaufen, aber selbst das mißlang. Nach den jüngsten Verlusten des Kombinats und des Commonwealth sind die Maschinen rar geworden. Schließlich war ich gezwungen, hierher nach Solaris zu kommen, um einen Mech zu erstehen, da dies die einzige Welt in einem Umkreis von einem Jahr Reisezeit ist, auf der tatsächlich mehr Mechs als Piloten zu finden sind. Jetzt muß ich feststellen, daß ich nicht einmal hier eine Maschine kaufen kann. Das Sprungschiff, auf dem ich reiste, hatte ein Treibstoffleck. Dieser Umstand verzögerte meine Ankunft auf Solaris um mehr als einen Monat. Noch eine Woche später, und ich hätte die Saison ganz verpaßt. Auch das ist unannehmbar. Ihre Lanze soll heute Abend im letzten Kampf der Spielzeit gegen Warwick antreten. Jaryl, ihre einzige Reservepilotin, wurde von jemand umgebracht, der offensichtlich für Warwick arbeitet. Die Verletzung von O'Sheas Mittelohr ist in achtzehn Stunden ausgeheilt, aber noch hat er eine PPK-mäßige Migräne, ein unaufhörliches Klingeln in den Ohren und den Gleichgewichtssinn eines Quartalsäufers. Es gibt nur einen Grund, warum O'Shea überhaupt noch lebt: Ich habe ihn erwischt, bevor Warwicks Meuchelmörderin es konnte.« Der Gedanke an die Heilpflaster unter dem Hemd und das Stechen an der linken Brustseite ließ Rose unbehaglich auf dem Stuhl hin und her rutschen.

»Und jetzt, Mister Carstairs, stehen Sie vor der Wahl. Sie können mein Angebot annehmen und mir erlauben, einen Platz in Ihrem Team zu erkaufen, damit ich an dem bevorstehenden Kampf teilnehmen kann, oder Sie können die reizende Miss Esmeralda anweisen, mich rauszuwerfen.« Rose lehnte sich zurück und wartete. Während Carstairs nachdachte, suchte Rose eine angenehmere Sitzposition. Im Laufe der Zeit würden seine Wunden verheilen, und die Narben würden sicher kaum auffallen, aber im Augenblick hatte er das Gefühl, jemand hätte einen Schwarm wütender Hornissen auf seine Brust und Schulter losgelassen. Er konzentrierte sich auf seine Atmung und versuchte, die Schmerzen auszublenden. Er schaffte es nicht einmal annähernd, bevor Carstairs sich anschickte zu antworten. Der Bär wedelte die graublaue Tabakwolke vor seinem Gesicht beiseite und beugte sich vor.

»Na schön, Mister Rose. Hier ist mein Angebot. Das ist ein einmaliges Geschäft. Entweder Sie nehmen an, oder Sie können verschwinden. Erstens: Sie kaufen mir O'Sheas *Dunkelfalke* ab. Auf die Art ist es für mich kein Verlust, wenn einer von Warwicks Kanonenhelden sie abschießt. Wenn Sie überleben, gehört der Mech oder was von ihm noch übrig ist Ihnen. Zweitens: Sie verzichten auf alle Bergungsrechte und Ihren Anteil des Preisgelds. Von den Bergungsrechten wußten Sie nichts, was? Normalerweise spielen sie hier auf Solaris kaum eine Rolle, aber heute nacht ist die Lage anders. Warwick und ich mußten uns verpflichten, den letzten Kampf wie eine echte Schlacht zu führen. Der Sieger bekommt alles. Wenn wir gewinnen, bekommen wir, soll heißen ich, die Rechte an den vier Mechs in Warwicks Lanze. Und wenn ich – soll heißen Sie – verliere? Dann brauchen Sie sich keine großen Sorgen um einen neuen Mech zu machen, und ich muß mich nach neuen Maschinen für meine Piloten umsehen.« Carstairs lehnte sich zurück und legte die riesigen Füße auf den Schreibtisch. Mit einem zufriedenen Seufzer blies er eine Reihe von Rauchringen in die schale Büroluft.

»Drittens.« Carstairs sah Rose zwischen den Füßen hindurch an. »Wenn Sie die Nacht überleben, erzählen Sie mir von Ihrer letzten Begegnung mit den Wölfen. Ich habe Gerüchte gehört, und jetzt möchte ich die

Wahrheit von jemand, der dabei war. Ich weiß, daß Sie bei keiner regulären Hauseinheit gekämpft haben, und ein Söldner sind Sie auf keinen Fall, jedenfalls noch nicht. Soweit ich das sehe, sind Sie entweder ComStar oder Clan, und außerdem ein seltener Vogel.« Carstairs grinste, als Rose die Augen aufriß. Rose war es immer logisch erschienen, daß man ihn als ehemaliges Mitglied der ComGuards erkannte, aber hier auf Solaris schien ihn jeder für einen Spion eines der Großen Häuser zu halten. Trotzdem kam es überraschend, die Wahrheit ausgesprochen zu hören. Rose hatte sich verraten, aber er antwortete nicht. Das Grinsen auf Carstairs' Gesicht wurde noch breiter.

»Also, kommen wir ins Geschäft?«

Jeremiah traf seine neuen Lanzenkameraden im unterirdischen Umkleideraum. Er stellte den schweren Koffer ab und beäugte sie mit derselben Vorsicht und demselben Mißtrauen, das er in ihren Gesichtern sah. Er konnte es ihnen nicht verübeln. Sie mußten aus einer scheinbaren Laune ihres Arbeitgebers heraus ihr Leben einem völligen Fremden anvertrauen. Jeremiah war in derselben Lage, aber aus freier Entscheidung. Er konnte sich die Wut, den Frust und die Angst vorstellen, die diese drei fühlen mußten. Er musterte die beiden Frauen und den Mann, die bereits ihre Kampfmontur und Kühlwesten angelegt hatten. Die Stille war praktisch greifbar, bis die größte der drei das Wort ergriff.

»Ich bin Esmeralda. Das sind Jackson und Little Mary. Das hier ist meine Lanze, und das sind meine Leute, egal, was der Blödmann Carstairs sagt. O'Shea hatte damit keine Probleme. Was ist mit dir?« Rose erwog seine Optionen. Normalerweise hätte die Arroganz und Feindseligkeit in der Stimme der Frau eine Konfrontation unausweichlich gemacht, aber jetzt mußte er ihre Befürchtungen entkräften, auch wenn er kein Vertrauen erwarten konnte.

»Ich habe es gehört und verstanden, Sir.« Esmeralda starrte ihn einen Augenblick wütend an und suchte in seinen Worten nach einer sarkastischen Note, dann nahm sie seine Antwort widerwillig an. Es war offenkundig, daß sie Rose nicht wirklich traute, aber sie führte trotzdem ihren Schlachtplan aus. »So sieht's aus, Leute. Die Hauptarena ist auf eine beinahe offene Konfrontation ausgelegt. In der Mitte stehen ein paar einstöckige Gebäude, aber es sind nicht viele, und sie sind nicht sonderlich stabil gebaut.«

»Woher wissen Sie das?« Alle Augen richteten sich auf Rose.

»Hör zu, Ace. Bevor ich in die Arena gehe, informiere ich mich. Wer das nicht tut, ist so gut wie tot. Wenn ich dir sage, daß es so ist, dann ist das so gut, als hättest du's von Gott persönlich gehört. Klar? Versucht nicht, auf die Gebäude zu klettern. Die Dächer halten nicht einmal Marys *Hornisse* aus, also bleibt weg davon. Rose, es heißt, du wirst ihr erstes Ziel. Du scheinst jemand echt verärgert zu haben. Die Buchmacher erwarten, daß du als erster flachliegst.«

»Ich weiß«, antwortete er trocken. »Ich hab auf dem Weg hierher bei einem vorbeigeschaut.« Esmeralda lächelte ihn mitleidig an.

»Wir werden versuchen, dich zu decken, aber...« Sie ließ die Worte verklingen. Offensichtlich hatte sie keine allzu großen Erwartungen, was Rose anging. Vielleicht, daß er ein paar der Anfangsschüsse abfing.

»Ich verstehe.« Er verstand nur zu gut. Jacksons Miene zeigte, daß er ebenfalls gegen Rose gewettet hatte.

»Okay, Munition fassen. Rose, ich möchte mit dir reden.« Little Mary und Jackson verschwanden ohne einen zweiten Blick in Richtung ihrer Mechs. Rose bewunderte, wie Esmeralda ihre Lanze im Griff hatte.

»Ich mach es kurz. Ich kenne dich genausowenig wie du mich. Das ergibt ein Problem. Egal, was O'Shea sagt, Warwicks Leute sind gut. Ich muß wissen, wie gut du bist, und zwar jetzt. Sieh mir in die Augen und beantworte eine Frage – wie gut bist du?«

Rose beugte sich vor, bis seine Nase beinahe an die Esmeraldas stieß. »Ich bin der Beste.«

»Toll«, erwiderte sie. »Ich hab einen zweiten Kai Allard geerbt. Hoffen wir, daß es reicht.« Wie ihre Teamkameraden vor ihr machte sich auch Esmeralda auf den Weg zu ihrer Maschine. Rose folgte ihr.

Als er aus dem Tunnel in die riesige Hangarhalle trat und seinen neuen Mech sah, erhellte sich seine Miene zum erstenmal seit Wochen in purer Freude. Er trottete über den Hallenboden und strich mit der Hand über den frischlackierten Fuß der Maschine. Dann ging er hinüber zum Gerüst und fuhr mit dem Aufzug zum Cockpit hoch. Dort angekommen, öffnete er die rückwärtige Luke und stellte vorsichtig seinen Koffer in die Kanzel, bevor er sich duckte und durch die dunkle Öffnung stieg. Die Kanzel war kleiner als in seiner Erinnerung, aber trotzdem hatte er beinahe das Gefühl, nach Hause zu kommen.

Wie sein Großvater und seine Mutter hatte auch Rose an den Kontrollen eines *Dunkelfalke* gelernt. Später war er auf einen schwereren Mech umgestiegen, aber der *Dunkelfalke* hatte immer einen ganz besonderen Platz in seinem Herzen gehabt. Vergeblich versuchte er, sich an das Gesicht seines Großvaters zu erinnern. Er war gestorben, lange bevor Rose seiner Heimat und den Highlanders den Rücken gekehrt hatte. Es wurmte ihn, daß er sich nicht besser erinnern konnte, aber dann schüttelte er das Gefühl ab. Hier schien ihm die Heimat gleichzeitig so nah und so weit entfernt. Er fragte sich, wie es Rianna wohl auf Outreach erging, und ob sie die Botschaften erhalten hatte, die er regelmäßig abschickte. Aber bei den Vorbereitungen zum Kampf traten die Gedanken an seine Familie schnell in den Hintergrund.

Mit der Leichtigkeit zahlloser Wiederholungen öffnete er den zerbeulten Koffer und zog ein einzelnes Teil heraus. Anschließend verschloß er den Koffer und sicherte ihn mit den daran befestigten Haltegurten. Er konnte fühlen, wie sich die Erregung in ihm aufbaute, als er sich auf die Pilotenliege legte und anschnallte.

Im Gegensatz zu den meisten Mechpiloten zog sich Rose nicht bis auf die Unterwäsche aus und legte anschließend die wuchtige Kühlweste an, die dazu diente, die Körpertemperatur des Piloten niedrig und ihn bei Bewußtsein zu halten. Statt dessen trug er einen einteiligen Overall, der eines der Geheimnisse seiner Leistungen war. Es handelte sich um einen Gefechtsanzug aus Sternenbundzeiten. Der Anzug war schon damals ein kleines Wunderwerk der Technik gewesen und von einem Krieger an den nächsten vererbt worden, bis Rose ihn erhalten hatte, zusammen mit dem Sternenbund-Neurohelm, den er jetzt aus dem Koffer holte. Helm und Anzug waren unbezahlbar, und Rose behandelte sie entsprechend. Sobald sie am Tag nach seiner Ankunft auf Solaris ausgeladen worden waren, hatte er sie in einem Banktresor deponiert. Während seiner Jugend bei den Highlanders hatte er derartige Technologie nicht gekannt, aber der Beitritt zu den ComGuards hatte ihm Zugriff auf Material gegeben, von dessen Existenz er sich zuvor nichts hatte träumen lassen. Genaugenommen gehörten ihm Helm und Anzug nicht, aber er hatte sie behalten dürfen, als er Terra verließ. Selbst in Verbindung mit dem minderwertigen Kühlsystem seiner neuen Maschine, das fünfzig bis sechzig Jahre alt wirkte, konnte er die subjektive Innentemperatur auf Werten halten, die mit einer Standardkühlweste unerreichbar waren.

Sein Helm war ein noch größeres Wunderwerk. Er bot eine bessere Übermittlung seines Gleichgewichtsempfindens an den riesigen Mech und arbeitete mit weit höherer Geschwindigkeit, so daß Rose mit seinem Kampfkoloß geradezu tanzen konnte. Er zog den Helm über den Kopf und befestigte ihn an den Schulterpolstern. Der Tanz konnte beginnen.

12

Solaris City, Solaris

8. August 3054

»Meine Damen und Herren, wir sind stolz Ihnen nun den Hauptkampf des Abends präsentieren zu dürfen, ein Lanzengefecht bis zum bitteren Ende zwischen den Kriegern des Carstairsstalles und den Kriegern des Warwickstalles. Von Norden betreten die Arena in Blau und Weiß die Krieger von Carstairs. *Hornisse, Quasimodo, Dunkelfalke* und *Kriegshammer.*«

Als die riesigen Tore sich öffneten und die Scheinwerfer seinen Mech aus dem Dunkel rissen, bekam Jeremiah die Arena zum erstenmal zu Gesicht. Esmeralda hatte mit der Beschreibung des winzigen »Dorfs« in der Mitte der Arena recht gehabt. In Gedanken ging er seine Waffen durch, während er gleichzeitig die taktischen Vorteile der kleinen Gebäudeansammlung durchdachte.

»Von Süden betreten in Purpur und Grau die Krieger von Warwick die Arena. *Speerschleuder, Tomahawk, Centurion* und *Streitroß.*«

Ein *Tomahawk* und ein *Streitroß?* In Jeremiahs Gedanken blitzten Warnlichter auf. Sie spiegelten die Warnleuchten auf den Kontrollen des *Dunkelfalke* wider.

»Entsprechend einer Privatvereinbarung zwischen beiden Stallmeistern wird der heutige Kampf ohne Einsatz von Fernwaffen durchgeführt. Dieses Gefecht wird hart und direkt entschieden, wie Sie es lieben. Und nun erkläre ich den Kampf für eröffnet.«

Rose wurde eiskalt. Kein MechKrieger stellte sich freiwillig dem Beil eines *Tomahawk.* Wenn möglich versuchte man, den vierundfünfzig Tonnen schweren Koloß auszuschalten, bevor er nahe genug herankommen konnte, um diese Waffe einzusetzen. Aber das war diesmal nicht drin. Gewicht und Schnelligkeit des *Streitroß* machten es in einem Nahkampf ebenfalls zu einem ernsthaften Gegner. In einem Gefecht, in dem den Maschinen alle Möglichkeiten offenstanden, boten die leichten Laser des *Streitroß* zu wenig Feuerkraft, um eine echte Bedrohung darzustellen, aber unter den gegebenen Umständen veränderten diese beiden Mechs die Chancen erheblich.

Jeremiah konnte Esmeralda fluchen hören, als das elektromagnetische Abschirmfeld fiel und er aus dem Tor sprintete. Er preßte auf den Auslöser der Langstreckenlafette, aber nichts geschah. Er überprüfte die Taktikanzeige und vergewisserte sich, daß der *Dunkelfalke* voll bestückt war. Jemand mußte die Steuerleitungen zur LSR-Lafette abgekoppelt haben. Er versuchte, die Munition durch die Rückenluken abzuwerfen, aber auch das blieb ohne Erfolg – wie er erwartet hatte. Die entsprechenden Kabel mußten dasselbe Schicksal erlitten haben. Dadurch hatte er keine Möglichkeit, die explosive Munition loszuwerden. Ohne Zweifel hatten die übrigen Teammitglieder die gleichen Probleme und kamen zu denselben Schlußfolgerungen.

Warwicks Leuten schien das nichts auszumachen. Wahrscheinlich hatten sie von der Vereinbarung gewußt. Je mehr Rose über die Umstände dieses Kampfes nachdachte, umso besorgter wurde er. Esmeraldas *Kriegshammer* hatte weder Unterarme noch Hände oder Sprungdüsen; bildlich gesprochen war er kaum mehr als ein langsamer Sandsack. Der Rest der Lanze verfügte zumindest über Arme, und Marys Mech war sprungfähig, ebenso wie sein *Dunkelfalke,* aber in punkto Tonnage, Bewegungsfähigkeit und reiner Geschwindigkeit sahen sie ziemlich alt aus, besonders gegen das *Streitroß*. Innerhalb von Sekunden war Jeremiah und Esmeralda klar, daß der Kampf praktisch vorüber war, noch bevor er begonnen hatte. Plötzlich kam ihre Stimme über die Funkverbindung.

»Herhören. Wir stehen bis zu den Knien im Guano. Sucht euch ein Ziel aus, und unterstützt einander irgendwie. Ich nehm mir das *Streitroß* vor, aber mehr als ein Unentschieden kann ich gegen ihn nicht schaffen. Der Rest liegt bei euch.«

Jeremiah spürte Bewunderung für seine Lanzenchefin. Sie wußte, daß ihr Mech für eine Prügelei am wenigsten geeignet war und wollte tun, was in ihrer Macht stand, bevor sie ausgeschaltet wurde. Er war zum selben Schluß gekommen, aber etwas später. Er versuchte Esmeralda im Auge zu behalten, während er sich ins Zentrum der Häusergruppe bewegte, aber der *Tomahawk* und die *Speerschleuder* hatten es auf ihn abgesehen. Er ignorierte die Sensoranzeigen und Datenschirme. Statt dessen konzentrierte er sich auf den Frontalschirm und bereitete seine Züge vor.

Der *Tomahawk* war eindeutig der bessere Nahkämpfer. Als die beiden näher kamen, nutzte der Pilot des *Tomahawk* den Rumpf der *Speerschleuder* als Deckung für die Bewegung seiner Arme, insbesondere des rechten, der im Beil endete. Aber als die *Speerschleuder* angriff, war der *Tomahawk* fast im gleichen Augenblick zur Stelle. Die *Speerschleuder* trommelte mit beiden Armen auf den Kopf des *Dunkelfalke* ein und versuchte, Rose durch Zertrümmern des Cockpits auszuschalten. Rose bewegte sich zur Seite und konnte den ersten Schlag abblocken, indem er den Unterarm seines Mechs hochriß. Der zweite Schlag traf die Schulter, Das Metall kreischte protestierend, und er fühlte den *Dunkelfalke* unter der Wucht des Schlages nach links kippen. Rose federte den Schlag ab und brachte den Mech fast in die Hocke. Fast glaubte er, die höhnische Freude des *Speerschleuder*-Piloten zu hören, als dieser glaubte, Rose' Mech mit dem ersten Angriff gefällt zu haben. Aber wenn es einen Aufschrei gab, dann einen der Frustration, als das linke Bein des *Dunkelfalke* nach vorne schoß und der schwere Metallfuß sich ins linke Knie der *Speerschleuder* grub.

Unter dem Tritt platzten ganze Panzerplatten ab, und das Gestänge krümmte sich, als das Gelenk gegen die Drehrichtung geknickt wurde. Myomerbündel wurden losgerissen, und ein blaugrüner Funkenschauer ging auf den Sand nieder. Rose wollte mit einem Schlag nachsetzen, aber das blinkende Beil des *Tomahawk* zwang ihn zum Rückzug. Trotz seiner schnellen Reaktion erfaßte das Beil einen Teil des rechten Torso und grub sich in das Metall, aber die Panzerung hielt.

Ein zweiter Beilhieb ging am Ziel vorbei, aber wieder wurde Rose von der beschädigten *Speerschleuder* abgedrängt. Ein Versuch, den *Tomahawk* zu umgehen, schlug fehl, weil der mit dem konstant umherschwingenden Beil zuzuschlagen drohte, sobald der *Dunkelfalke* in Reichweite kam. Die *Speerschleuder* schützte ihrerseits, obwohl angeschlagen, den Rücken des *Tomahawk*.

Rose wollte schon auf den *Tomahawk* zustürmen, als er endlich Hilfe bekam. Little Mary in ihrer *Hornisse* konnte die beiden Warwick-Mechs weiträumig umgehen und landete in der Nähe der *Speerschleuder*. Normalerweise stellte eine *Hornisse* für einen Mech dieses Typs keine Gefahr dar, aber der Pilot hatte gerade erst halbwegs die Kontrolle über das beschädigte Bein wiedererlangt, als Little Mary eintraf. Treten konnte er nicht, da jede Bewegung der Maschine von einem Funkenschauer begleitet wurde. Little Mary stürmte vor, und Rose täuschte einen Tritt auf das Bein des *Tomahawk* an. Das Beil zuckte herab, verfehlte den *Dunkelfalke* jedoch. Vom Schwung des Schlages wurde der *Tomahawk* nach vorne gerissen, und die flinke *Hornisse* konnte an ihm vorbeihuschen.

Little Mary rammte die beschädigte *Speerschleuder*,

die verzweifelt aus dem Weg zu humpeln versuchte, mit voller Fahrt. Ihre *Hornisse* krachte in die rechte Flanke der *Speerschleuder.* Das beschädigte Bein brach in Kniehöhe ab, als der Pilot versuchte, den Kampfkoloß aufrecht zu halten. Beide Mechs stürzten, als die kleinere Maschine die Balance verlor und auf die einbeinige *Speerschleuder* fiel.

Einen Augenblick lagen beide Mechs regungslos am Boden. Dann griff Rose den *Tomahawk* an, der in Richtung der beiden Stahlriesen losmarschierte. Der Fuß des *Dunkelfalke* schoß vor. Im selben Augenblick schwang das tödliche Beil des *Tomahawk* nach hinten und auf den Kopf von Rose' Mech zu. Beide Hiebe trafen gleichzeitig, aber der Unterschied im Resultat war dramatisch. Der Tritt beulte die Stahlkeramikplatten am Bein des *Tomahawk* ein, aber das Beil skalpierte den *Dunkelfalke.* Dessen gesamte Kopfpanzerung wurde zusammen mit allen Funk- und Sensoranlagen sauber abgeschnitten. Die Wucht des Schlages trieb den *Dunkelfalke* nach hinten. Rose konnte ihn noch zwei unbeholfene Schritte lang aufrecht halten, dann fiel seine Maschine auf den Rücken. Beim Aufprall fühlte er, wie die Wunde an seinem Brustkorb aufriß. Das Cockpit füllte sich durch den Kurzschluß des Funksystems mit Rauch, durch den grelle Funken flogen. Rose versuchte vergeblich, die Löschanlage in Betrieb zu nehmen. Als er nach dem Handlöscher greifen wollte, sah er auf den Hauptschirm.

Der *Tomahawk* stand über ihm. Das Beil zuckte herab. Rose konnte den *Dunkelfalke* gerade noch weit genug bewegen, um den Schlag mit dem schwergepanzerten Torso abzufangen. Er konnte den Aufprall fühlen, aber der Rauch war so dicht, daß er den Sichtschirm nicht mehr erkennen konnte. Er mußte den *Tomahawk* ignorieren und nach dem Feuerlöscher suchen. Das Beil fiel noch zwei weitere Male, bevor er die Flammen gelöscht und den Rauch soweit vertrie-

ben hatte, daß er etwas sehen konnte. Sofort fragte sich Rose, wozu er sich die Mühe noch gemacht hatte.

Die Frontpanzerung war durchschlagen. Die Konsole glühte unter den Warnlichtern auf wie Luthien an Silvester. Auf dem Hauptschirm sah er die Kühlflüssigkeit seines *Dunkelfalke* vom Beil des *Tomahawk* strömen. Sein Gegner setzte zum vierten Schlag an, als ihn Little Mary rettete.

Sie rammte den *Tomahawk* von hinten, stieß ihn über den am Boden liegenden *Dunkelfalke* und Gesicht voran auf den Arenaboden. Rose schaffte es, den Mech wieder auf die Füße zu bringen und dankte Gott, daß das Beil weder die Kreiselstabilisatoren noch den Reaktor des *Dunkelfalke* beschädigt hatte.

Mary setzte nach, aber als sie nahe genug heran war, um einen zweiten Angriff auf den *Tomahawk* zu starten, war dieser bereits aufgestanden. Das Beil hatte die längere Reichweite und trennte in einer flüssigen Bewegung den linken Arm der *Hornisse* ab, bevor es sich in deren Torso senkte. Der Tritt der *Hornisse* beschädigte das angeschlagene Bein des *Tomahawk* weiter, schien dessen Bewegungsfähhigkeit aber nicht zu beeinträchtigen. Little Mary stürzte schwer auf den Arenaboden, als der *Tomahawk* das Beil aus dem Torso ihrer Maschine zerrte.

Als der *Tomahawk* das linke Bein der *Hornisse* abtrennte, setzte Rose sich in Bewegung. Das Blut aus der Seitenwunde strömte über seinen Körper, aber er ignorierte die Schmerzen und konzentrierte sich ganz auf den *Tomahawk*. Die *Hornisse* versuchte aufzustehen, konnte aber nur hilflos strampeln, während der *Tomahawk* den Gnadenstoß vorbereitete.

Aber Rose schlug zuerst zu. Als das Beil nach hinten ausholte, trieb er die Mechfaust in den beschädigten Rücken des *Tomahawk*. Sie grub sich in die empfindlichen Schaltkreise und kam erst zum Stillstand, als das Gyroskop des Mechs an ihr in tausend Stücke zersprang. Augenblicklich froren sämtliche Gelenke des *Tomahawk* ein. Durch die Position des Beils im Übergewicht, wankte der Mech einen Augenblick, dann kippte er zur Seite.

Rose suchte das Schlachtfeld ab. Er war bereit, den Kampf fortzusetzen. Esmeralda und ihr *Kriegshammer* standen am anderen Ende der Arena in den Trümmern des *Streitroß*, gegen das sie gekämpft hatte. Der verbliebene Arm ihres *Kriegshammer* hatte den Rumpf des Warwick-*Streitroß* durchbohrt und damit offensichtlich dessen Gyroskop zerstört, aber die wiederholten Angriffe des *Streitroß* hatten ihren Mech das rechte Bein gekostet. Sie unternahm keinerlei Versuch, sich zu befreien. Hätte sie die PPK aus dem Torso des *Streitroß* gezogen, wäre ihr zerschlagener Kampfkoloß ohne Zweifel umgefallen.

Den *Quasimodo* und den *Centurion* zu finden, war etwas schwieriger. Die beiden waren in ein kleineres Gebäude gestürzt und hatten sich ineinander verkeilt. Der *Quasimodo* lag auf seinem Gegner und hielt den *Centurion* im Innern des Hauses fest. Solange sich der Carstairs-Mech nicht bewegte, saß der *Centurion* in der Falle. Als dessen Pilot sah, daß der *Dunkelfalke* noch funktionstüchtig war, signalisierte er seine Kapitulation.

Sekunden später ertönte die Stimme des Stadionsprechers aus den Lautsprechern der Arena, aber Rose war mit ganz anderen Problemen beschäftigt. Er hatte es geschafft. Er hatte einen Mech, und keiner seiner Lanzenkameraden war dabei ums Leben gekommen. Er öffnete den Gefechtsanzug, um die Blutung zu stillen. Während er das Pflaster auf die Wunde preßte, plante er seine weitere Zukunft. Jetzt konnte er an die Front zurückkehren und es den Invasoren heimzahlen – eine Abrechnung, die sie teuer zu stehen kommen würde.

13

Solaris City, Solaris

9. August 3054

Rose trat in Carstairs Büro und ließ sich in den Polstersessel vor dem Schreibtisch des Stallmeisters fallen. In den Stunden seit dem Kampf hatten die Schmerzen zugenommen, und selbst der kurze Fußmarsch hatte ihm den Atem geraubt. Er rieb sich die Seite und starrte Carstairs an.

»Sie halten nicht viel von Etikette, was, Rose? Die meisten Leute klopfen an, bevor sie in ein Büro stürmen.«

Der Mann schien nervös. Wahrscheinlich hatte er Angst vor Rose' Reaktion auf die heimlichen Manipulationen der beiden Stallmeister bei den Bedingungen des Mechgefechts. Aber was kümmerte das Rose? Er war nur aus einem Grund nach Solaris gekommen, und jetzt hatte er endlich, was er gesucht hatte – einen BattleMech.

Er zuckte die Schultern. »Ich dachte, ich hätte eine Einladung. Sie wollten doch den Rest meiner Geschichte hören.«

Carstairs entspannte sich, als er erkannte, daß Rose nicht gekommen war, um ihm eine Szene zu machen. »Allerdings, allerdings«, bekräftigte er, vielleicht eine Spur zu lebhaft. »Ich kann Ihnen sagen, Rose, nach einem Sieg fühle ich mich immer gut, aber heute... heute fühle ich mich so gut wie seit Jahren nicht mehr. Was für ein Kampf!«

Der Stallmeister stand auf und kam um den Schreibtisch. Er ging an Rose vorbei. Dieser hörte Eis in Gläser fallen und das Gluckern von Flüssigkeit.

»Ich wette, Warwick heult sich seine Schweinsäuglein aus«, triumphierte Carstairs und reichte Rose unaufgefordert ein Glas, als er wieder ins Blickfeld trat. Rose nahm den Drink kommentarlos entgegen und stellte ihn auf der Armlehne ab.

»Drehen Sie den Sessel herum, Rose. Ich möchte hier sitzen.« Rose wuchtete den Sessel herum, so daß er Carstairs auf der dazu passenden Couch sehen konnte.

»Haben Sie die Aufzeichnung gesehen?« Rose lächelte, sagte aber nichts. Er hatte keines der Bänder gesehen, aber er hatte mehrere Kommentatoren über den Kampf sprechen hören. Nach gängiger Ansicht war Carstairs ein Genie und sein Team unglaublich. »Ich habe in der letzten Stunde so viele Anrufe bekommen, daß ich den Stecker aus der Wand ziehen mußte.«

»Damit wären Sie ja dann wohl versorgt.« Rose hob das Glas und nippte. Wie jeder andere Schnaps, den er je probiert hatte, brannte sich der Drink den Weg hinab in seinen Magen, aber anstatt dann wie ein Bleigewicht dort liegenzubleiben, schien er sich aufzulösen und ein warmes Glühen zu hinterlassen. Überrascht starrte er das Glas an.

»Gut, das Zeug, was? Ich habe Kontakte im Montenegroviertel, über die ich ab und zu eine Flasche beschaffen kann. Ich hebe ihn für besondere Gelegenheiten auf. Heut abend habe ich eine Flasche entkorkt, als die Tore sich öffneten.« Rose nahm noch einen Schluck und genoß die Wärme, die sich in seinem Körper ausbreitete. Es war natürlich nur Einbildung, aber die Schmerzen in der Seite schienen nachzulassen.

»So, Mister Rose. Wie geht es jetzt weiter?«

»Ich verlasse Solaris morgen abend an Bord der Seidenwind, und mit Gottes Hilfe werde ich nie zurückkehren müssen.« Carstairs lachte und nahm einen langen Schluck.

»Ich kann es Ihnen nicht verübeln, Rose. Das ist kein Ort für die Schwachbesaiteten.«

»Die Schwachbesaiteten? Die Menschen hier benehmen sich wie wilde Tiere. Das Töten, die Gewalt, die Zerstörung, das ist alles, wofür sie leben.«

»Sie haben völlig recht, Rose. Aber es hat Ihren Zwecken ebenso genutzt wie meinen. Solaris ist notwendig, und ich möchte nirgendwo anders leben.« Rose zuckte die Achseln und nahm noch einen Schluck. Er würde diese Welt nie verstehen, aber Carstairs hatte recht. Sie hatte seinen Zwecken gedient.

»Also, Rose. Sie wollten mir etwas erzählen.«

»Ja, wie abgemacht.« Einen Moment dachte Rose über sein Geschäft mit Carstairs nach. In seiner Hast, an einen Mech zu kommen, hatte er zuerst den Eindruck gehabt, Carstairs ließe sich mit dem Bericht über den Tisch ziehen. In jenem Moment hatte er leichthin zugestimmt, aber jetzt, da es an der Zeit war, seine Erlebnisse zu erzählen, wünschte Rose, er hätte den Wünschen des Stallmeisters nicht so schnell nachgegeben. Seit seinem letzten Gefecht bei den ComGuards waren mehr als zwei Jahre vergangen. Seitdem hatte er nicht mehr über die Kämpfe auf Tukayyid gesprochen.

Inzwischen hatte Rose die Schuldgefühle und Frustration akzeptiert, die immer wieder in ihm aufstiegen, wenn er sich an die Ereignisse jenes schicksalhaften Kampfes erinnerte, aber trotzdem war der Schmerz frisch, von den Jahren unberührt geblieben. Er sah zu Carstairs hinüber und entschied, daß es, wenn überhaupt, dann nicht aus den Gründen, die der Stallmeister meinte, an der Zeit war, die Geschichte zu erzählen. Es hieß, eine Beichte erleichtere das Gewissen. Jetzt würde er herausfinden, ob das stimmte. Rose würde Carstairs alles erzählen, um zu sehen, ob es den Schmerz linderte. Er lächelte und prostete seinem Gegenüber zu.

»Ich mag Männer, die ihre Schulden bezahlen.« Rose leerte sein Glas und hob es in stummer Bitte. Carstairs stemmte sich von der Couch hoch und kehrte mit zwei vollen Gläsern zurück. Rose nahm einen Schluck und lehnte sich zurück.

»Wie Sie schon vermutet haben, bin ich ein ehemaliges Mitglied der ComGuards. Ich habe den größten Teil meines Erwachsenendaseins als Mitglied dieser Kampfeinheit verbracht und war dabei auf verschiedenen Welten des Draconis-Kombinats stationiert. Ich wünschte mir nicht viel mehr, als meinen Mech steuern zu dürfen, aber das Schicksal wollte es anders. Nach einigen Jahren als Mechpilot wurde ich nach Terra geschickt, um am Sandhurst Royal Military College die Kunst der Menschenführung zu erlernen. Drei Jahre später wurde ich als Offiziersadept der Einundneunzigsten Division, Vision der Worte, auf Luthien zugeteilt. In Begriffen der Inneren Sphäre entspricht das dem Rang eines Hauptmanns. Ich war noch auf Luthien, als die Clans die Innere Sphäre überfielen.

Was immer Sie gehört haben mögen, ComStar wußte ebensowenig über die Clans wie alle anderen. Wir sahen mit wachsender Frustration zu, wie die Clans tiefer und tiefer in den Steiner- und Kurita-Raum vorstießen. Wir drillten und warteten. Schließlich kam der Vorstoß zum Stehen, und wir glaubten, die Invasion sei zu Ende, aber wir trainierten weiter. Als die Angriffe weitergingen, fühlten die Truppen unter meinem Befehl beinahe eine Art Erleichterung. Ihre Anstrengungen hatten wieder einen Sinn. Dann erreichte uns die schlimme Nachricht, daß die Clanarmeen planten, Luthien anzugreifen. Endlich sollten wir Gelegenheit bekommen, die Frucht unserer Bemühungen unter Beweis zu stellen. Wir würden dem Draconis-Kombinat helfen, seine Zentralwelt zu verteidigen. Doch als die Invasoren eintrafen, erhielten die ComGuard-Einheiten den Befehl, in die Basis zurückzukehren. Wir hatten Erlaubnis, die ComStar-Anlagen zu verteidigen, durften die Clans jedoch nicht zum Kampf stellen. Ich saß über vierzehn Stunden in meinem Cockpit und hörte zu, wie die Draconier kämpften und starben. Ich erlebte die Ankunft der Kell Hounds und Dragoner mit. Ich saß da und schaute hinaus auf eine scheinbar friedliche Stadt, während wenige Kilometer entfernt Tausende starben. Damals war ich außer mir. Ich versuchte sogar, meinen Abschied einzureichen, aber Präzentor-Kommandant Brockton nahm ihn nicht an. Schließlich verhängte er Stubenarrest, um mich an der Abreise zu hindern. Drei Tage später war ich zu einer Welt namens Tukayyid unterwegs.

Heute erscheint das alles so ironisch. Auf der Reise glich ich einem eingesperrten Raubtier. Ich war so wild darauf, gegen die Clans zu kämpfen, daß ich bereit war, dafür meine eigenen Vorgesetzten zu anzugreifen. Sechs Monate später hatte ich Kämpfe erlebt, die für die meisten Menschen ein Leben lang gereicht hätten.«

Rose hob das leere Glas und wartete schweigend, während Carstairs nachschenkte. Monatelang hatte er vergebens versucht, das Sterben und die Kämpfe auf Tukayyid zu vergessen. Er hatte sich geweigert, mit irgend jemand darüber zu reden. Und jetzt erzählte er einem völligen Fremden praktisch seine Lebensgeschichte.

Rose seufzte schwer und rieb sich das Gesicht. War es der Alkohol, der ihn so redselig machte? Es hörte sich nach einer guten Entschuldigung an, aber Rose wußte, daß er die Trauer lange genug mit sich herumgetragen hatte. Unerwartet stieg eine der wenigen angenehmen Erinnerungen an seinen Vater in ihm hoch.

Eines Nachts waren die beiden auf dem Rückweg vom Mechwartungshangar gewesen. Rose war gerade zehn Jahre alt, aber er hatte es schon damals genossen, im Wartungshangar herumzutollen und ihn zu erforschen. In jener Nacht hatte sein Vater ihn zwischen den Servomotoren an einer der Hangarwände gefunden. Er war wegen irgendeiner Kindheitsenttäuschung zu Tode betrübt gewesen. Sein Vater hatte ihn einfach bei der Hand genommen und war mit ihm nach Hause gegangen, ohne ein Wort, bis sie an der Haustür angekommen waren. Dann hatte sich Cornelius Rose zu seinem Sohn umgedreht und gesagt: »Wenn etwas zu schmerzhaft ist, um es auszuhalten, erzähl jemand, daß es schmerzt. Wenn du das tust, gibst du den Schmerz weiter, und nur die Erinnerung an den Schmerz bleibt bei dir.« Ohne ein weiteres Wort hatte sein Vater die Tür aufgemacht und war ins Haus gegangen.

Vielleicht war Carstairs der ideale Zuhörer für diese Geschichte. Ein Fremder, den Rose nie wiedersehen würde. Sollte er mit den Toden leben. Menschliches Leid schien ihm nichts auszumachen. Eine Berührung an der Schulter riß Rose zurück in die Gegenwart. Carstairs stand über ihm. Rose nahm den Drink und erzählte weiter.

»Von dem Moment an, in dem die Clans landeten, rissen die Kampfhandlungen nicht mehr ab. Zunächst waren wir in den Dinjubergen stationiert. Ein wunderschönes Gebiet, das man sich nur schwer als Schlachtfeld vorstellen konnte. Wohin man blickte, das Panorama war bilderbuchmäßig. Die Schlacht begann am ersten Mai. Zuerst setzten die Nebelparder auf, und andere Elemente unserer Truppen nahmen sie fast augenblicklich unter Beschuß. Neben sechs Mechs umfaßte meine Einheit Panzer und Infanterieunterstützung, aber nach unserer Ankunft auf Tukayyid wurden die konventionellen Elemente als Teil der Planung von Präzentor Martialum Focht abkommandiert. Strategisch machte die Umgruppierung Sinn, aber taktisch schwächte sie uns. Wir waren gewohnt, als kombinierte Einheit zu kämpfen, und das machte uns zunächst Schwierigkeiten.

Sechs Stunden nach Beginn der Kämpfe brachen fünf Parder durch die anfänglichen Schlachtreihen, ein

Trio dieser verflucht schnellen *Ryoken*, unterstützt von zwei *Geiern*. Wir waren sechs zu fünf in der Überzahl und in der besseren Position, aber sie schienen uns überhaupt nicht ernst zu nehmen. Zwei der *Ryoken* griffen meinen *Shootist* an und eröffneten schon aus extremer Entfernung das Feuer. Die Piloten waren ausgezeichnete Schützen, aber auch ihre schweren Laser schafften meine Panzerung nicht, bevor wir zurückschossen. Jenkins in seinem *Schläger* und Hopper in seiner *Krabbe* unterstützten mein Laserfeuer mit PPKs und schweren Lasern. Als mich der erste *Ryoken* erreichte, war seine Panzerung dünn wie Papier, aber sie hielt noch. Ich schickte ein volles Magazin Urangranaten in seine Torsomitte, während Jenkins und Hopper sich auf den zweiten *Ryoken* konzentrierten. Aus der Bresche, die ich geschlagen hatte, flogen die Funken, und dicker Rauch quoll hervor. Explosionen schüttelten den Mech durch, aber er stürmte weiter auf mich zu. Ich wollte gerade noch einmal feuern, als die Maschine vor meinen Augen auseinanderfiel. Es war beinahe, als hätten wir die Fäden durchtrennt, die sie zusammenhielten.

Ich brach durch die Trümmer, um Jenkins und Hopper zu Hilfe zu kommen. Als ich aus der Rauchwand trat, die vom Ende des *Ryoken* zeugte, sah ich, daß Hopper den größten Teil des Feindfeuers abbekommen hatte. Die Panzerung seiner Maschine war kreuz und quer von den Schmelzspuren der Clanlaser überzogen. Ich feuerte im Laufen und traf den Ryoken am Bein, konnte ihn aber nicht von Hopper ablenken. Jenkins stieß an der rechten Schulter durch die Panzerung der Maschine. Eine bläulichweiße Qualmwolke stieg auf, wie sie in der Regel die Zerstörung eines Wärmetauschers auslöst, aber der Clanner feuerte weiter ausschließlich auf Hopper. Wir nahmen den Mech förmlich auseinander, aber der arbeitete sich unbeirrt auf die *Krabbe* zu. Selbst als Jenkins ihm schließlich den

Garaus machte, indem er mit den schweren Armen seines *Schläger* auf ihn einprügelte, feuerte der *Ryoken* noch ein letztes Mal und trennte der *Krabbe* den linken Arm ab.

In den meisten Gefechten wäre es das gewesen. Gegen eine doppelte Übermacht hätte jeder vernünftige Mensch gewendet und wäre geflohen. Aber nicht diese Typen. Die beiden *Geier* hatten den Rest meiner Einheit mit LSR beschossen und den verbliebenen *Ryoken* dabei als Beobachter eingesetzt. Trotz wiederholter Versuche hatte niemand den schnellen Mech getroffen, und die ArtillerieMechs waren gut hinter einem niedrigen Hügel versteckt.

Ich befahl Hopper zurückzubleiben, während Jenkins und ich die Flanke der beiden *Geier* angriffen. Als wir um den Hügel kamen, befahl ich dem Rest der Lanze zu stürmen.

Falls unsere Taktik die beiden überraschte, ließen sie sich zumindest nichts davon anmerken. Sie führten jeweils eine halbe Drehung aus und stellten sich mit dem Rücken zueinander auf. Jenkins und ich begannen mit einem der *Geier* ein Feuergefecht, während Morressy, Batteil und Tiegard sich um den zweiten und den verbliebenen *Ryoken* kümmerten. Raketen schossen auf uns zu, und wir erwiderten das Feuer. Mit abnehmender Entfernung setzte der *Ryoken* auch seine Laser ein, in der Hauptsache gegen den *Schläger.* Das war kein Kampf, das war ein Materialtest. Die beiden Clanpiloten blieben einfach stehen, wo sie waren, und feuerten auf uns, während wir sie zu erledigen versuchten.

Meine Innentemperatur kletterte rapide, und Jenkins konnte nur noch seine KSR abfeuern, als Tiegard einen der *Geier*-Piloten mit einem Gausstreffer am Kopf tötete. Irgendwann während des Gefechts vernichtete Batteil auch noch den dritten *Ryoken,* indem er eine Munitionsexplosion auslöste, aber ich habe nicht mitbekommen, wie der Mech ausgeschaltet wurde.

Ich bot den beiden verbliebenen Kriegern eine Chance zur Übergabe, aber sie reagierten nicht. Vielleicht haben sie mich gar nicht gehört. Tiegard brachte den letzten *Geier* mit einem Rückentreffer zur Strecke. Es schien alles so sinnlos. Wir hatten sie besiegt, aber sie zwangen uns, es zu beweisen, indem wir sie umbrachten.

Wir leckten noch unsere Wunden, als wir von einer zweiten Gruppe hörten, die in unsere Richtung vorstieß. Wir humpelten zurück in unsere Anfangsstellungen und versuchten, Hopper im nächsten Gefecht zu unterstützen. Und auch in dem darauf und dem danach. Diese Clanner kamen immer wieder, wie die Brandung, die gegen ein Ufer spült. Am Abend des ersten Tages hatten wir fünfzehn Clan-Mechs abgeschossen, aber keiner war so schwer auszuschalten wie die ersten beiden *Geier*.

Es wurde Nacht, und die Nachschublaster brachten neue Munition, aber wir blieben auf Posten. Batteil und ich reparierten, was zu reparieren war, aber abgesehen von einfachen Panzerungsschäden überstieg das meiste unsere begrenzten Möglichkeiten. Hoppers *Krabbe* sah aus wie ein einarmiges Übungsziel, und Morressys *Exterminator* humpelte schwer, weil ihm ein Clanner einen Fußaktivator durchtrennt hatte. Ich konnte kaum glauben, daß mein Mech nichts abbekommen hatte. Tiegard bezeichnete es als Omen, daß ich die Kämpfe überleben würde, aber ich lachte nur. Am nächsten Morgen gab sie mir einen Brief und bat mich, ihn erst zu öffnen, wenn sie tot war.

Wie reagiert man in so einer Lage? Diese Frau war zu dem Schluß gekommen, daß sie die Kämpfe nicht überleben würde, und der größte Teil der Einheit teilte ihre Einschätzung. Von diesem Moment an schien ich eine Einheit wandelnder Toter zu kommandieren, die davon überzeugt waren, daß ich als einziger überleben würde. Sie hatten sich aufgegeben und bündelten ihre ganze Kraft, um *mein* Überleben zu sichern. Wie verhält man sich in so einer Situation? Wie man mit jemand lebt, der schon weiß, daß er tot ist, lernt man nicht einmal in Sandhurst.

Am nächsten Tag blieben wir in unseren Stellungen und warteten. Fünfzehn Stunden später saßen wir immer noch in unserem Versteck und warteten darauf, daß die Parder über uns stolperten. Unsere Energie war auf das absolute Minimum runtergefahren, die Funkgeräte standen nur auf Empfang. Jeder einzelne Krieger war allein mit seinen Gedanken. Wir lauschten den Kämpfen und fragten uns, wann – und ob – wir den Angriffsbefehl erhalten würden, aber das Schicksal geht seine eigenen Wege. Als die Sonne hinter den Gipfeln unterging, erhielten wir Anweisung, unsere Position zu halten. Die Parder waren auf der Flucht, und es schien, als wollten sie ihre Stellungen im Gebirge aufgeben. Wenn die Front zerbrach, sollten wir nachstoßen und dafür sorgen, daß sie sich nicht neu gruppieren konnten. Es war kurz nach sieben, als der Marschbefehl kam.

Wir wurden durch das Tal in Richtung der im Rückzug befindlichen Parder beordert. Bald kamen wir an den Überresten zerbeulter und zerschlagener Mechs vorbei, Maschinen der ComGuards wie der Clans. Wir hatten gerade die Talsohle erreicht, als wir am anderen Ende eines ihrer riesigen Landungsschiffe abheben sahen. Die Außenlautsprecher nahmen den Lärm ferner Schußwechsel auf. Als wir näher kamen, konnten wir andere Elemente der ComGuards im Gefecht mit der Parder-Nachhut sehen. Meine Einheit stürmte vor und warf sich gegen die Parderlinie. Ich verlor fast augenblicklich alle außer Tiegard aus dem Auge.

Trotz des Drucks auf uns kämpfte ich wie ein Besessener. Ich schrie meine Gegner an und feuerte auf alles, was sich bewegte und Parderfarben trug. Erst setzte ich die Autokanone ein, aber meine Munition war bald erschöpft. Ich war wie ein Berserker. Und Tiegard war die ganze Zeit an meiner Seite, eiskalt, wo ich vor Blutdurst loderte.

Dutzende Male drohte die Parderlinie zu brechen, und jedesmal wendete einer ihrer Krieger die Bedrohung noch einmal ab. Landungsschiffe stiegen in den Himmel über uns und trugen die Parder außer Reichweite. Frustriert warfen wir uns auf die restlichen Verteidiger, aber sie hielten stand.

Schließlich verebbte selbst mein Blutdurst. Tiegard war noch immer neben mir. Ihr Mech war von Laserbreschen und Raketenkratern übersät. Wir sahen uns nach dem Rest der Einheit um und fanden schließlich drei der anderen, die sich um die Überreste von Morressys verkohltem *Exterminator* versammelt hatten. Ein Clantreffer hatte sich ins Herz der Maschine gebohrt, die Reaktorabschirmung zerschlagen und den Mann in der Kanzel darüber getötet. Wir standen wie betäubt, bis der Rückzugsbefehl kam und die Bergungstrupps eintrafen.

Morressy hatte recht gehabt. Er hatte die Schlacht nicht überlebt. Ich war geschockt. Ich hatte das erste Mitglied meiner Einheit im Kampf verloren. Aber den größten Schock versetzte mir Hopper. Als wir aus den Bergen abrückten, machte er eine Bemerkung über den Zustand meines Mechs. Obwohl ich die ganze Zeit mitten im Getümmel gesteckt hatte, hatte ich nur zwei Treffer eingesteckt. Ich schaltete auf das Kamerabild, das Hopper mir überspielte, und sah ein fast perfektes ›X‹ auf meiner Torsopanzerung, eingebrannt von zwei Laserstrahlen.«

14

Solaris City, Solaris

9. August 3054

Carstairs schnappte nach Luft und sprang auf. »Sie machen Witze.«

»Keineswegs.«

»Ich bin fast mein ganzes Leben in diesem Geschäft, und so etwas habe ich noch nie gehört. Das kann nicht Ihr Ernst sein. Ich brauche noch einen Drink.«

»Keinen mehr für mich.«

Carstairs verschwand hinter Rose' Rücken, kehrte aber schnell mit gefülltem Glas zurück. Als er sich wieder auf die Couch setzte, stand Rose abrupt auf.

»Sie wollen doch nicht schon gehen? Sie haben versprochen, mir die ganze Geschichte zu erzählen.«

»Nein, ich bin noch nicht weg«, beruhigte ihn Rose. »Ich muß mir nur die Beine vertreten.«

Carstairs hob die Beine auf die Couch und lehnte sich auf die Armstütze. Mit dem Glas vor der Brust bedeutete er Rose weiterzuerzählen.

»Vorher habe ich noch eine Frage. Wo ist Esmeralda heut nacht?«

»Was? Ich nehme an bei O'Shea. Er muß niedergeschlagen sein, daß er den Kampf verpaßt hat. Warum fragen Sie?«

»Nur so. Aus Neugierde.«

»Wo waren wir stehengeblieben?«

»Wir verließen die Berge und nahmen neue Stellungen ein, um den Rest der Nebelparder im Racicedelta zu stellen. Dreieinhalb Tage kämpften wir gegen Marschland, Sumpf, Ackerboden und Flußbett. Während dieser ganzen Zeit erlitt mein Mech nur leichte Schäden, die von den uns zugeteilten Techs zum größten Teil über Nacht repariert wurden. Trotz schwerer Kämpfe schien der größte Teil der Parder den Feldzug als beendet anzusehen. Sie griffen uns bei jeder sich bietenden Gelegenheit an, aber längst nicht mit der Verbissenheit wie in den Bergen. Sieben Tagen nach ihrer Landung verließen die Nebelparder Tukayyid wieder. Zu diesem Zeitpunkt waren auch die Novakatzen und Diamanthaie schon wieder verschwunden, aber an ihre Stelle war der Wolfsclan getreten. Was von meiner Einheit noch übrig war, wurde gegen die Wölfe in die Schlacht geworfen. Es gab noch andere Claneinheiten auf dem Planeten, aber nur die Wölfe und die Geisterbären konnten noch Erfolge gegen unsere Truppen verbuchen. Zum Zeitpunkt unserer Verlegung waren die Jadefalken abgefrühstückt und die Stahlvipern in die Enge gedrängt. Das Oberkommando hielt unsere Verluste geheim, aber wir wußten auch so, daß wir zumindest so viel einstecken mußten, wie wir austeilten. Wohin man blickte, versuchten provisorisch zusammengeflickte Maschinen die Stellungen zu halten. Noch bestand die Möglichkeit, daß wir die Welt an die verbliebenen Clans verloren, und die ComGuardisten kämpften, als stünden sie in der letzten, alles entscheidenden Schlacht um die Innere Sphäre.

In der Nacht des vierzehnten Mai wurde meine Einheit an einen Bergkamm parallel zum Verlauf der Pozoristuberge verlegt. Die Wölfe zogen sich auf ganzer Linie zurück, und wir sollten sicherstellen, daß sie nicht versuchten, nach Brzo zurückzukehren. In den Bergen hatte sich den ganzen Tag ein Gewitter zusammengebraut, und als es Nacht wurde, zogen die Wölfe sich ins Tiefland zurück. Kurz nach Mitternacht wurden wir von Sensorberichten aufgeschreckt. Batteil in seinem *Schwarzen Ritter* entdeckte sie zuerst. Als wir anderen sie orteten, hatte Batteil sie schon klassifiziert. Wir standen auf verlorenem Posten, sahen uns einer doppelten Übermacht gegenüber. Angesichts der technologischen Vorteile unserer Gegner tat ich, was jeder vernünftige Kommandeur getan hätte …«

Als Rose weitererzählte, liefen die Ereignisse wie bei einer Gefechtsaufzeichnung vor seinem inneren Auge ab. Die Hitze, das Feuer, der Rauch, die Funksprüche – er sah, hörte und fühlte alles wie damals …

»Zentrale von Station Drei-Sieben Bravo. Wir orten zahlreiche Mechs im Anmarsch. Zwei Sterne. Können Stellung nicht halten. Erbitte Erlaubnis zu Koordinaten Zulu Sieben-Sieben zurückzuweichen.«

»Haltet die Stellung, Bravo. Wir melden uns wieder.« Auf Rose' Konsole blinkte das Lämpchen des taktischen Kanals. Er schaltete um.

»GAZ in zwei Minuten, Adept. Wenn wir hier noch weg wollen, wird es Zeit.«

»Einen Moment noch, Tiegard. Ich habe die Zentrale dran.«

»Drei-Sieben Bravo, haltet die Stellung. Verstärkung ist unterwegs.«

»Zentrale, bitte um GAZ der Verstärkung.« Rose' Eingeweide verkrampften sich bei dem Gedanken an ein weiteres Gefecht.

»Bravo, GAZ ist zwanzig Minuten. Könnt ihr halten?«

»Negativ, Zentrale. Wir können uns nicht so lange halten.« Plötzlich erklang eine neue Stimme in der Leitung.

»Bravo, hier spricht Präzentor Luarca. Ihr wurdet dort eingesetzt, wo ihr steht, um die Stellungen zu halten, und beim Worte Blakes, ihr werdet sie halten oder dabei sterben.«

»Präzentor, in dreißig Sekunden werden weder deine Drohungen noch Blakes Worte irgendeine Bedeutung für uns haben. Entweder ziehen wir uns jetzt zurück, oder die Verstärkung wird uns nur noch die Letzte Ölung geben können.«

»Dann sei der Friede Blakes mit euch, Adept. Tut eure Pflicht.« Die Verbindung brach ab. Rose starrte auf die Sichtscheibe und beobachtete die ersten Clan-Mechs, als sie aus dem Wald traten und seine Stellung bemerkten. Ohne die Augen von der vordersten Maschine zu nehmen, schaltete er auf Einheitsfrequenz.

»Also dann, Leute. Wir bleiben und kämpfen. Verstärkung ist unterwegs, aber bis die hier ist, müssen wir sie aufhalten.«

»Dann ist das unser Ende.« Rose hörte die Endgültigkeit in Tiegards Stimme. »Das wird unser letztes Gefecht.«

»Überhitz nicht, Akoluthin. Wir werden Sie aufhalten, bis Verstärkung eintrifft.« Auf Rose' Taktikanzeige erschienen Kennziffern und Daten neben den aus dem Wald auftauchenden roten Punkten. Die meisten Clan-Maschinen schienen leicht bis mittelschwer zu sein, aber die hintersten drei Kampfkolosse waren noch nicht identifiziert. Rose beobachtete einen vorsichtig näher kommenden *Fenris*. Wahrscheinlich wußte der feindliche Pilot nicht einmal, daß Rose' mit Minimalenergie gefahrener *Shootist* auf der anderen Seite der Kuppe lauerte, bis der das Feuer eröffnete.

Rose eröffnete das Gefecht mit einem langen, sicheren Feuerstoß seiner Autokanone. In der Dunkelheit konnte er den Schuß nicht sehen, bis die ersten AK-Granaten auf der Fiberstahlpanzerung des *Fenris* detonierten. Die Explosionen tanzten am Bein des Mechs empor und stoppten an dessen Hüftgelenk. Aus dem zerbeulten Knie schossen Funken, aber der Pilot konnte die Maschine gerade noch aufrecht halten. Beide Arme drehten sich in Rose' Richtung, aber zwei azurblaue Elektronenblitze senkten sich aus den PPKs von Jenkins *Schläger* in das beschädigte Bein. Das Knie des *Fenris* gab nach, noch während der Mech mit allen vier Lasern auf Rose feuerte. Drei der Laser verfehlten ihr Ziel, aber der letzte Energiestrahl brach durch den Kopf des *Shootist*.

Rose' Kontrollkonsole flog auseinander, als die beschädigten Schaltkreise überlastet wurden. Metall- und Keramiksplitter prallten von seinem Neurohelm ab und zerfetzten den Gefechtsanzug. Rauch füllte das Cockpit und löste den automatischen Feuerlöscher aus. Dessen Halongas vertrieb allen Sauerstoff aus der Kanzel. Nur noch die Notleitung direkt in den Neurohelm lieferte Rose Atemluft.

Der *Shootist* wankte, blieb aber stehen. Als Rose' Sicht wieder klar wurde, sah er den Rest der Claneinheit aus dem Wald stürmen. Weit rechts, von Rose ein gutes Stück entfernt, waren zwei der flinken *Sprinter* zu sehen. Der *Fenris* lag zerstört am Boden, ein Opfer von Jenkins' Treffsicherheit.

»Zwei *Sprinter* brechen nach rechts aus. Batteil, sie kommen in deine Richtung.« Rose wartete auf eine Bestätigung, aber die kam nicht. Als die *Sprinter* über den Kamm verschwanden, überprüfte Rose sein Funkgerät. Er schien zu senden, aber niemand aus seiner Einheit antwortete. Die Clan-Mechs kamen näher. Dann erkannte er, was los war. Einer der OmniMechs mußte eine ECM-Ausrüstung besitzen, dessen starke Störsender die Kommunikation zwischen den ComGuard-Maschinen unterband. Rose suchte die Clanlinien nach dem wahrscheinlichsten Kandidaten ab und gab sie in den Computer ein. Die Computersuche erbrachte nichts. Er war auf sich gestellt.

»Es muß der *Schwarzfalke* sein«, stellte Rose laut fest. »Gute Panzerung, guter Schutz. Der *Schwarzfalke* muß es sein.«

Die Clan-Mechs schwärmten den Hang herauf. Normalerweise hätte Rose die Kuppe verteidigt und den steilen Hang als Deckung ausgenutzt. Aber diesmal war die Situation zu gefährlich. Der Störsender hinderte ihn daran, die Maßnahmen seiner Einheit zu koordinieren. Das durfte er nicht zulassen.

Rose feuerte im Laufen, aber nur der ER-Laser hatte die notwendige Reichweite für einen Treffer beim *Schwarzfalke,* der soeben seinen wuchtigen rechten Arm in Rose' Richtung gehoben und das Gaussgeschütz abgefeuert hatte. Nickeleisengeschosse schlugen in den Arm des *Shootist* und verursachten eine Funkenspur von Ellbogen bis Schulter. Eine Raketensalve flog über Rose hinweg. Der Clanpilot hatte die Entfernung falsch eingeschätzt.

»Das war's dann, Ace!« Rose lehnte sich in seinem Sitz nach vorne und schrie. Trotz der Vorzüge der Clantechnologie wußte Rose aus Erfahrung, daß der *Schwarzfalke* nur ein einziges schweres Gaussgeschütz mitführen konnte. Er stürmte vor. Halb rannte er, halb rutschte er den Hang hinunter. Wieder feuerte er den schweren Laser ab und brannte eine Spur quer über den Torso des *Schwarzfalke.* Die Freigabeanzeige des Lasers leuchtete grün auf, aber Rose drückte den Auslöser noch nicht durch.

Der *Schwarzfalke* stieß wieder den linken Arm in Rose' Richtung. Erneut hämmerte der Schuß in den beschädigten linken Arm des Ballermann. Auf der Konsole flammten rote Warnleuchten auf, als der Wärmetauscher an diesem Arm zusammenbrach. Die Innentemperatur des *Shootist* stieg, aber Rose schenkte es sich, auf die Wärmeskala zu schauen. Einer der Hauptvorteile dieses Mechs war seine geringe Hitzeanfälligkeit.

Als der Stahlriese den Fuß des Hügels erreichte, löste Rose die Autokanone aus. Zwanzig Explosivgranaten donnerten in die Torsomitte des *Schwarzfalke* und brachten ihn abrupt zum Stehen. Rose setzte mit einem Laserschuß nach. Der Clanpilot, dessen Maschine unter den Treffern schwankte, versuchte nach rechts auszuweichen. Rose sah mit grimmigem Lächeln zu, wie der *Schwarzfalke* den linken Fuß auf ein paar Steinbrocken setzte und das Gleichgewicht verlor, als diese wegrutschten. Der Mech krachte auf den Rücken, und eine KSR-Salve stieg senkrecht in den Himmel. Rose stürzte hinüber, da drehten sich ein *Thor* und ein *Fenris* zu ihm um. Er feuerte, ohne zu zielen, den ER-Laser auf den *Thor* ab. Seine Konzentration galt dem in Schwierigkeiten geratenen *Schwarzfalke.* Laserfeuer beantwortete seinen Schuß und bohrte sich in den rechten Fuß des *Shootist.*

Als Rose den *Schwarzfalke* erreichte, hatte der gerade sein Gleichgewicht wiedererlangt, wenn er auch noch nicht wieder auf den Beinen war. Das tödliche Gaussgeschütz drehte sich in Rose' Richtung, aber er schaffte es, in den toten Winkel zu kommen. Der rechte Arm seiner Maschine stieß das Gaussgeschütz beiseite, und als er die Faust in den Kopf des *Schwarzfalke* trieb, flogen die Gaussprojektile über den Kamm in die Wälder. Die Fiberstahlpanzerung beulte ein, gab aber nicht nach, und die Faust des *Shootist* wurde kurz vor dem Cockpit abgefangen. Der *Schwarzfalke* versuchte aufzustehen, aber Rose hielt ihn mit der linken Mechhand, die er gegen dessen Kopf preßte, unten. Der *Fenris* und der *Thor* kamen immer näher, konnten aber nicht auf Rose feuern, ohne ihren Kameraden im *Schwarzfalke* zu gefährden.

Rose blickte hinab auf den linken Arm seiner Maschine. Einen Augenblick fühlte er Mitleid für den unter der Panzerfaust gefangenen Piloten, dann feuerte er den in den Arm eingebauten Impulslaser ab. Ein kurzes rotes Flackern, und die Gegenwehr des *Schwarzfalke* war beendet. Kampflärm flutete in die Kanzel, als Rose von dem abgeschossenen Mech zurücktrat.

»Runter, Adept!« Ohne einen Augenblick des Zögerns duckte sich der *Shootist* hinter den *Schwarzfalke.* Laserfeuer des *Thor* und PPK-Feuer des *Fenris* zuckten um ihn herum, trafen aber nicht. Rose duckte sich noch tiefer und erwiderte das Feuer, wobei er sich auf den *Fenris* konzentrierte.

»Jenkins, Bericht!« Der *Fenris* wandte sich nach rechts und wollte Rose' Stellung umgehen, während der *Thor* ihn durch Laserbeschuß band.

»Durch die Bank mittlere Schäden, Adept. Wir halten den Kamm, aber durch deinen improvisierten Sturmangriff bist du abgeschnitten. Wir könnten dir folgen ...«

»Abgelehnt, Jenkins. Wenn ich diese beiden beschäftigen kann, bleiben sechs für euch. Werdet ihr damit fertig, bis Hilfe eintrifft?« Rose beobachtete die Schirme. Der *Fenris* lief am Rand seiner Kurzstreckenortung entlang. Noch eine Minute, dann würde Rose umzingelt und abgeschnitten sein.

»Können wir, falls sie uns nicht überrennen. Ich schätze, Sie wissen nicht, daß wir hier oben nur zu viert sind, weil wir so nah beeinander bleiben. Was ist mit dir?«

»Ich bin langsamer als diese Jungs und habe weniger Feuerkraft. Davon abgesehen sind wir etwa gleichstark. Rose Ende.« Er schaltete ab, hielt das Gerät aber auf derselben Frequenz. Er mußte sich konzentrieren. Leider gab ihm der *Thor* wenig Gelegenheit dazu. Der *Fenris* hatte seine Umkreisung fast beendet und mußte jeden Moment aus dem Wald brechen. Unfähig, sich in der verfügbaren Zeit einen besseren Plan auszudenken, ging Rose zum Sturmangriff auf den *Thor* über.

Immer wieder Haken schlagend, legte Rose die Entfernung so schnell wie möglich zurück. Innerhalb von Sekunden war er in Reichweite des schweren Lasers. Er gab einen langen Feuerstoß ab und wurde mit einem Treffer am rechten Arm des *Thor* belohnt. Der schwere Laser des gegnerischen Mechs erstarrte und kippte nach vorne. Feuer zerschmolz seine Hülle. Rose hatte mehr Glück als Verstand, das war ihm klar.

Trotzdem grinste er bei dem Gedanken, diesen Kampf möglicherweise überleben zu können. Er feuerte den schweren Laser und die mittelschweren Impulslaser. Die Torsopanzerung des *Thor* warf Blasen, aber der Mech wich und wankte nicht.

Rose war bis auf sechzig Meter an den *Thor* heran, als der Clan-Mech langsam den linken Arm hob. Rose wußte, daß er tot war. Sein Gegner zielte viel zu ruhig und gelassen. Rose war geradewegs in eine Falle gelaufen. Sein ohnehin mit Adrenalin vollgepumpter Kreislauf wurde noch weiter belastet. Das Herz schlug ihm bis zum Hals. Er biß die Zähne zusammen und setzte alles auf eine Karte. Seine einzige Chance lag darin, etwas zu tun, was der *Thor*-Pilot auf keinen Fall erwartete.

Als die Autokanone im linken Arm des *Thor* feuerte, warf sich der *Shootist* auf den Boden. Explosivgranaten schossen kreischend über Rose' Kopf hinweg, während sein Mech mit dem Kopf voraus über Fels und Stein rutschte. Der *Shootist* schlitterte und hüpfte auf den *Thor* zu und grub dabei eine breite Furche in den Boden. Metall wurde weggerissen, Schweißnähte platzten, seine Panzerung fiel ab. Über sich hörte Rose das schrille Singen der Autokanone, als der *Thor* eine unglaublich lange Salve abgab. Rose hatte noch nie erlebt, daß jemand so viele Granaten in so kurzer Zeit verfeuerte.

Er rollte die Maschine auf die linke Seite und löste den schweren Laser aus. Aus dieser kurzen Entfernung füllte der *Thor* den gesamten Zielbildschirm aus. Ohne nachzusehen, wo er getroffen hatte, richtete Rose den *Shootist* auf.

Als Rose die Autokanone abfeuerte, kam zum erstenmal die auf der Schulter montierte Raketenlafette des *Thor* ins Spiel. Die beiden Piloten versuchten, ihre übrigen Waffen zum Einsatz zu bringen. AK-Granaten und Raketen passierten sich in der Luft. Detonationen rissen den Torso des *Thor* auf und zertrümmerten dessen Innenleben. Gleichzeitig bemerkte Rose neue Schäden am bereits schwer mitgenommenen Torso seines *Shootist.* Ohne nachzudenken, stürmte er auf den *Thor* zu, hielt sich dabei aber, so gut es ging, von dessen linkem Arm mit dem Gaussgeschütz fern.

Als eine weitere Raketensalve die Panzerungsreste am Torso seiner Maschine absprengte, rammte Rose den *Thor.* Er fiel nach vorne in die Haltegurte, als die beiden Stahlkolosse aufeinanderprallten. Der linke Schulteraktivator des *Shootist* wurde zwischen den Maschinen zermalmt. Rose konzentrierte sich darauf, die Beine des Mechs in Bewegung zu halten, als ihm der *Thor* mit der rechten Faust einen Hieb in die linke Flanke versetzte. Der *Shootist* erbebte unter dem Aufprall, aber Rose gab nicht nach. Ein zweiter Schlag, und der Lauf der Autokanone barst, aber Rose konnte den OmniMech endlich umwerfen. Als der *Thor* kippte, riß er die kläglichen Überreste des Lasers mit. Ein Funkenfeuerwerk erhellte die Nacht und tauchte ihren Zweikampf in helles Licht.

Hinter Rose feuerte der *Fenris* seine PPK mitten in den Rücken des *Shootist.* Die Energie des Schusses verdampfte die Panzerung, drang aber nicht bis ins Innere des Mechs vor. Von der Wucht des Treffers nach vorne getrieben, stolperte Rose den Hang hinauf. Halb kriechend, halb laufend, stürzte er zum Kamm hinauf, wo der Rest seiner Einheit die Stellung hielt.

Oben angekommen, stockte Rose beim Anblick der Verwüstung der Atem. Jenkins' *Schläger* war von Raketentreffern und PPK-Feuer regelrecht zerrissen worden und lag vornüber vor Rose. Rauch und Dampf stiegen aus Löchern in seinem Rücken und verdeckten teilweise das im Torsoinnern wütende Feuer. Rose konnte die Hitze der Flammen noch aus fünfzig Metern Entfernung spüren.

Hoppers *Krabbe* stand neben Batteils kopflosem

Schwarzen Ritter. Der zerbeulte und schließlich vom Laserfeuer vernichtete Mech hielt einen der *Sprinter* in seiner einen verbliebenen Zange.

Rose überquerte die Hügelkuppe und rannte den Hang auf der anderen Seite hinab. Von dort drang Geschützfeuer an seine Außenmikros. Tiegard lebte offensichtlich noch, aber ihr Mech gab keine IFF-Kennung mehr ab. Als er durch die Felsen und Mechtrümmer rannte, erkannte er, daß seine Einheit sich tapfer geschlagen hatte. Zum erstenmal, seit er den Kamm erreicht hatte, blickte er auf die Kontrollen, um den verfolgenden *Fenris* auszumachen, dann erinnerte er sich, daß er die Funkanlage abgeschaltet hatte. Er schlug auf den Empfangsknopf. Seine Einheit war ohne ihn gestorben.

»Tiegard, halt durch. Ich komme!« Rose kämpfte gegen die aufkommende Scham an und konzentrierte sich darauf, Tiegard zu erreichen. Er umrundete einen einzelnen Felsen und sah ihren *Highlander* von drei Clan-Mechs umringt. Sie stand mit dem Rücken an einem Felsvorsprung. Der rechte Arm des *Highlander* war unterhalb der Schulter abgeschossen. Die verbliebenen Trümmerreste setzten mit jeder Bewegung Funken und Flüssigkeit frei. In der linken Mechhand hielt er die Überreste eines OmniMecharms. Der riesige Metallarm war so zerbeult, daß nicht mehr zu erkennen war, zu welcher Maschine er einmal gehört hatte.

»Ich bin da, Tiegard! Halt durch!« Rose rannte weiter, als der ihm am nächsten stehende OmniMech sich zu ihm umdrehte. Der noch unbeschädigte *Katamaran* stellte sich dem verbeulten *Shootist* entgegen und wartete.

»Vergiß es, Adept. Ich bin schon tot. Die Reaktorabschirmung ist praktisch hinüber. Die Strahlung hat mich längst umgebracht, mein Körper weiß es nur noch nicht.«

»Dann sterben wir zusammen.«

»Nein! Du mußt weiterleben. Für die anderen und für mich.« Der dem *Highlander* am nächsten stehende Mech, eine *Galeere,* setzte sich in Bewegung, während ein *Thor* Rose im Visier behielt. Tiegard hob die Keule und wartete. »Wir haben alle gewußt, daß du überleben würdest. Jetzt mach etwas daraus. Wirf dein Leben nicht für uns weg. Wir sind schon tot.« Ein Lämpchen auf der Funkanzeige leuchtete grün auf. Die Verstärkung war ganz in der Nähe, aber noch immer zu weit entfernt für Rose und Tiegard. Der *Katamaran* machte einen vorsichtigen Schritt nach vorne. Rose kämpfte die Tränen nieder. »Das kann ich nicht machen.«

»Doch, das kannst du, Adept, Sir, und du wirst es tun. Für uns.« Die *Galeere* kam in Reichweite, aber die Keule blieb oben. Tiegard löste sich in einem Funkenschauer von den Felsen. Im Licht dieses Feuerwerks sah Rose dunkle Schmierflüssigkeit aus einem der Mechbeine fließen.

»Du mußt überleben. Für mich, für Jenkins, für Morressy, für uns alle, die diese Welt nicht lebend verlassen werden.« Die *Galeere* warf sich nach vorne und rammte eine Faust in den Torso des *Highlander.* Das Skelett des BattleMechs knickte über der Faust zusammen und hielt sie fest, als die Reaktorabschirmung endgültig zusammenbrach. In einer neunzig Meter hohen Feuersäule verschwanden der *Highlander* und die *Galeere.*

Die Druckwelle ging über Rose hinweg und schüttelte seine Maschine durch, aber er ließ nicht zu, daß er stürzte. Der *Katamaran* stolperte vor und versuchte, die Geschütze auszurichten. Auf der anderen Seite der lodernden Lichtung sah Rose den am Boden liegenden *Thor* brennen. Er wälzte sich am Boden und versuchte vergeblich, die Flammen zu löschen. Rose feuerte auf den *Katamaran,* während hinter ihm der *Thor* und der *Fenris* auftauchten, gegen die er schon zuvor gekämpft hatte.

Rose blickte an dem *Katamaran* vorbei auf den Scheiterhaufen, der das Ende Tiegards und seiner restlichen Einheit markierte. Im Widerschein der Flammen konnte er die anrückenden ComGuard-Verstärkungen sehen, aber sie waren noch immer zu weit entfernt. Als der *Thor* und der *Katamaran* das Feuer eröffneten, schlug Rose auf den Auslöser der Rettungsautomatik.

Der *Shootist* klappte zusammen, als Explosivgranaten von hinten und PPK-Strahlen von vorne durch seinen Torso schlugen. Das Cockpit stieg hoch in den Himmel von Tukayyid und landete am Fuß des Bergkamms, weitab von den Clan-OmniMechs und den anrückenden ComGuardisten.

Als das Rettungsteam ihn fand, war Rose bereits ausgestiegen. In einer Hand hielt er seine Pistole, in der anderen einen Stapel Briefe.

15

Solaris City, Solaris

9. August 3054

Rose blieb stehen und drehte sich weg.

»Soviel zu meiner Geschichte.« Er atmete tief durch. Er war überrascht, wie tief ihn die Erinnerung an die Geschehnisse jener Nacht getroffen hatte. Nachdem er sich wieder einigermaßen im Griff hatte, wandte er sich an Carstairs. »Nachdem meine Schuld Ihnen gegenüber beglichen ist, werde ich gehen. Wenn das Schicksal gnädig ist, werde ich Sie nie wiedersehen, Mister Carstairs.« Rose wandte sich zur Tür, als Carstairs die Füße von der Couch schwang.

»Sie scheinen es ja sehr eilig zu haben, Rose.« Rose starrte den Stallmeister an, ohne stehenzubleiben. »Nehmen wir an, ich könnte Ihnen einen besseren Mech besorgen?« Rose blieb stehen, die Hand schon auf der Türklinke.

»Dachte ich mir, daß ich damit Ihre Aufmerksamkeit wecken kann.« Carstairs ging an die Bar und goß sich einen Drink ein. Rose hatte längst aufgehört mitzuzählen, aber die Flasche war fast leer.

»Warum sollten Sie?« Er hielt die Hand auf der Klinke, war zwischen dem Bedürfnis zu gehen und der unwahrscheinlichen Anziehungskraft eines zweiten Mechs hin- und hergerissen. Carstairs kicherte.

»Was Sie auch von mir denken mögen, Rose, ich bin ein Geschäftsmann. Sie sehen aus wie jemand, der bereit wäre, den Preis zu zahlen, den ich für einen bestimmten Mech verlange, der kürzlich in meinen Besitz gelangt ist.« Carstairs schob eine Hand in den Hosenbund und wippte auf den Fersen. Er grinste und sah Rose mit roten Augen an.

»Zu schön, um wahr zu sein. Adios, Carstairs.« Rose öffnete die Tür.

»Es handelt sich um das *Streitroß*«, meinte der Stallmeister, als Rose winkte und durch die sich schließende Tür trat. »Es ist nachgerüstet.« Rose' Hand schoß durch den schmaler werdenden Türschlitz. Er schob die Tür wieder auf und blickte Carstairs an.

»Wo ist der Haken?« Rose kehrte ins Zimmer zurück und ließ die Tür hinter sich zufallen. Wahrscheinlich sollte er zum Narren gehalten werden. Wenn das *Streitroß* tatsächlich zum Verkauf stand, mußte es ein Wrack sein.

»Es ist kein Haken an der Sache. Wenn Sie meinen Preis bezahlen, gehört es Ihnen. Ich könnte das Geld gebrauchen, um Mechs und Piloten einzukaufen, die besser zu meinem Stil passen.« Carstairs wanderte zurück zur Couch und ließ sich mit einem Seufzer hineinfallen. Er schwang die Beine hoch und deutete mit dem Drink auf Rose. »Sie glauben mir nicht.«

»Das haben Sie richtig erkannt.« Rose blieb in der Nähe der Tür. Plötzlich wollte er Carstairs nicht mehr nahe kommen. Er fühlte sich wie eine Fliege am Rand eines Spinnennetzes. »Sechs, in C-Noten«, bot er an und fiel etwas zusammen, als die Spannung aus seinen Schultern wich. Er war angetrunken und konnte nicht anders als lachen.

»Drei und Ihren Helm«, konterte Carstairs. Rose verging das Lachen.

»Niemals.«

Carstairs wedelte mit der Hand und verschüttete seinen Drink im ganzen Zimmer. »Ich hatte also recht. In dem Koffer war Ihr Neurohelm, und es ist ein guter Helm.«

Rose drehte sich um. Sein Sternenbund-Neurohelm war unbezahlbar, und Carstairs wußte es.

»Vier und den Gefechtsanzug.« Rose blieb wieder stehen.

»Drei-fünf in D-Noten und den Anzug.«

»Drei-acht in Credits.«

»Drei-sieben in Pfund.«

»Drei-acht in Credits. Das ist mein letztes Angebot.«

»Abschluß hier und jetzt.«

»Abgemacht.«

»Ich muß visiphonieren.« Rose ging mit weiten Schritten quer durch den Raum an Carstairs Sprechanlage. »Sandler? Ich bin's.« Carstairs warf Rose einen schnellen Blick zu, aber der hatte sich schon weggedreht. So sehr Carstairs sich auch anstrengte, etwas von dem Gespräch mitzubekommen, Rose' gedämpfte Stimme drang nicht bis zur Couch vor. Nach weniger als einer Minute war Rose fertig. »Ein Bote ist unterwegs. Sie werden ihn reinlassen müssen.«

»Kein Problem.« Carstairs erhob sich und ging zu seinem Schreibtisch. Er schob Rose beiseite und setzte sich.

»Was ist mit den Frachtpapieren?« Rose beugte sich über Carstairs' Schulter, als der die mittlere Schublade aufschloß.

»Sind zehn Minuten vor Ihnen aus der Arena hier eingetroffen.« Carstairs zog eine Sicherheitsmappe hervor und preßte den Daumen auf das Schloß. Er sah zu Rose hoch und blockierte mit dem Körper dessen Sicht auf den Inhalt der Mappe. »Wo ist der Anzug?«

»Ich hole ihn. Machen Sie die Papiere fertig.« Rose ging zur Tür. »Und vergessen Sie meinen Boten nicht. Er wird wahrscheinlich vor mir eintreffen.« Ohne aufzublicken, winkte Carstairs ihn hinaus.

Zwanzig Minuten später war Rose wieder da, einen Seesack über der Schulter. Gerade als er ankam, blieb ein Voltex Cruiser neben ihm stehen, und ein Fenster senkte sich. Aus seinem Büro konnte Carstairs eine schlanke Hand sehen, die Rose einen Plastikumschlag überreichte. Er verschwand in der Jacke des MechKriegers. Der Wagen fuhr wieder davon.

Als Rose in das Büro zurückkehrte, hielt er den Umschlag in der einen Hand und den Seesack in der anderen. »Ein garantierter Scheck über drei komma acht Millionen C-Noten. Und ein leicht benutzter Gefechtsanzug.« Rose ließ den Umschlag auf Carstairs Schreibtisch fallen und zog den Gefechtsanzug hervor. Er warf ihn auf die Couch. »Eine Besitzurkunde, wenn ich bitten darf.«

Carstairs lehnte sich nach hinten und schob Rose ein zweiseitiges Dokument zu. »Unterschrift und Daumenabdruck unten links. Meine stehen schon rechts.« Rose warf sich den Seesack über die Schulter und kritzelte mit dem angebotenen Stift eine unleserliche Unterschrift aufs Papier. Dann warf er den Stift zurück und preßte den linken Daumen auf den dafür vorgesehenen Kasten. Das Papier wurde etwas wärmer, aber es blieb kein sichtbarer Abdruck zurück. Wenn nötig, konnte er unter UV-Licht überprüft werden.

Carstairs trennte die Seiten bewußt langsam, während Rose versuchte, nicht allzu ungeduldig zu wirken. Er studierte die Kopie und reichte sie Rose, der nur einen kurzen Blick darauf warf.

»Lesen Sie Ihre Verträge nicht durch?«

»Nur, wenn ich es für nötig erachte.« Rose faltete die Urkunde und steckte sie ein. »Sie würden mich nicht übers Ohr hauen. Sie sind ein Geschäftsmann.«

»Was, wenn ich es doch täte?« Carstairs grinste, als er das Papier in eine Schreibtischschublade steckte. »Was würden Sie dann tun? Ich könnte einen Meuchelmörder vor der Tür postiert haben.«

»In dem Falle würde Inspektor Viets sie dabei ertappen, wie Sie versuchen meine Leiche verschwinden zu lassen.«

»Inspektor Viets?«

»Von der VC-Polizei in Black Hills. Wir sind befreundet.«

»Sie bluffen.«

»Und Sie spintisieren. Sie sind ein Geschäftsmann, erinnern Sie sich?«

Draußen hielt ein zerbeulter Hermes Rover an. »Ich werde abgeholt«, stellte Rose fest und schaute aus dem Fenster, als eine zierliche Frau ausstieg und sich an die offene Tür lehnte.

»Was ist mit Ihrem neuen Mech? Wie werden Sie ihn zum Raumhafen schaffen?«

»Ich habe schon in der Arena angerufen und mich als der neue Besitzer vorgestellt. Gegen entsprechende Bezahlung liefert man ihn mir gerne am Raumhafen an. Ich habe für einen Platz im Mechhangar gesorgt.«

»Na gut, Rose. Sie haben gewonnen. Aus reiner Neugierde. Wo haben Sie das Geld her?«

»Wo bekommt man auf dieser gottverlassenen Welt schon Geld her? Ich habe auf die Kämpfe gewettet.« Rose öffnete die Bürotür und sah sich noch einmal um. »Ich habe meine gesamte Barschaft darauf verwettet, daß Jeremiah Rose den Kampf überlebt.«

Eine Stunde später verabschiedete sich Rose von Inspektor Viets und schaute an dem häßlichen Apartmentblock hoch, den Badicus O'Shea sein Zuhause nannte. Er hatte Glück gehabt, daß Viets ihn erkannt hatte, als er nach einem Taxi gewunken hatte, und bereit gewesen war, ihn zu kutschieren. Mama hat schon immer gesagt, mit Glück kommt man weiter als mit Können, dachte er, und wahrscheinlich hatte sie recht. Er stieg die drei Treppen zu O'Sheas Wohnung hoch und klopfte an die verstärkte Tür. Beim dritten Klopfen flog die Tür auf und gab das ausdrucksstarke Gesicht des Wohnungsinhabers frei.

»Wer hämmert da mitten in der Nacht an meine Tür?« herrschte O'Shea ihn an. Sein Vollbart versteckte zahllose Fakten und Furchen, aber Rose wußte, daß es Lachfalten waren.

»Mein Name ist…«

»Jeremiah Rose.« Esmeralda tauchte neben Badicus auf und musterte Rose mit kalter Verachtung.

»Also du warst das.« Ohne auf eine Antwort zu warten, packte Badicus Rose an den Jackenaufschlägen und zerrte ihn ins Innere der kleinen Wohnung. Mit einer Handbewegung stieß er ihn quer durchs Zimmer auf das Sofa. Rose wollte aufspringen, aber O'Shea setzte nicht nach. Anscheinend war es doch kein Angriff gewesen, wie Rose zunächst vermutet hatte. Stattdessen schlug der Riese die Tür zu und ließ sich auf das andere Ende des Sofas fallen. Die Erschütterung setzte sich bis zu Rose fort, aber das krachende Sofagestell schien die Mißhandlung durch O'Shea gewohnt zu sein.

»Da draußen hast du den Eindruck gemacht, etwas von deinem Geschäft zu verstehen«, stellte O'Shea fest. Seine Blicke wanderten von Rose zu Esmeralda, die etwas hinter ihm stand, und wieder zurück. Rose zuckte die Achseln und hob die Arme.

»Natürlich hat dich das Beil fast erwischt. Schade, daß ich nicht da war. Mich hätte der Schlag weit verfehlt.« Esmeralda schnaufte und ließ sich auf das einzige andere Sitzmöbel im Zimmer fallen, einen durchgewetzten Liegestuhl.

»Das Beil hätte dir den Kopf an der Schulter abgetrennt, O'Shea. Und ich wäre jetzt damit beschäftigt, deine Bestattung zu organisieren. Ich habe noch nie jemand so schnell auf einen Angriff reagieren sehen.« Peinliches Schweigen erfüllte den Raum, als O'Shea und Esmeralda Rose anstarrten.

»Ich wollte dir das zurückbringen.« Rose griff in den Seesack und zog ein in Öltuch gewickeltes Päckchen heraus. Er reichte es O'Shea. »Tut mir leid, daß ich dir so mitspielen mußte, Badicus O'Shea. Meine Wünsche haben meinen Verstand ausgeschaltet. Dafür entschuldige ich mich.«

O'Shea packte das Päckchen aus und fand seine Laserpistole. »Ich dachte, ich hätte sie verloren.« Er hielt die Sunbeam beinahe liebevoll und untersuchte sie ausführlich, als sähe er sie zum erstenmal.

»Sie war so sorgfältig gesäubert und poliert, daß ich sofort gesehen habe, wieviel sie dir bedeutet. Ich möchte mich noch mal entschuldigen.« O'Shea sah von seiner Pistole auf und blickte Rose an.

»Na ja, das macht zwar nicht wett, was du mir angetan hast, Rose, aber ich bin froh, sie zurückzuhaben. Essy kann dir bestätigen, daß ich niemandem lange böse sein kann.«

»Das ist eine verfluchte Lüge. Der Kerl vergißt nichts.«

»Soweit ich das gehört habe, hast du mir das Leben gerettet.«

»Ich hatte dich vor diesem Flittchen gewarnt, O'Shea, aber nein.« Esmeralda rollte mit den Augen und schüttelte den Kopf. O'Shea versuchte beschämt dreinzuschauen, hatte aber wenig Erfolg damit. Wieder breitete sich Schweigen aus, bis Esmeralda das Wort ergriff.

»Also, Mister Rose, was machen Sie hier?« Rose sah die Herausforderung in ihren Augen, genau wie vorher in der Arena. Aber diesmal war er vorbereitet.

»Aus zwei Gründen. Erstens wollte ich mich bei O'Shea entschuldigen und ihm sein Eigentum zurückgeben, und zweitens wollte ich dir einen Vertrag anbieten.« Esmeraldas Augen zuckten, aber sie sagte nichts. Badicus warf ihr einen schnellen Blick zu, dann wandte er sich an Rose.

»Was meinst du mit einem Vertrag?«

»In etwas über sechzehn Stunden werde ich diesen Dreckklumpen hoffentlich für immer verlassen. Ich bin unterwegs zur Dragonerwelt Outreach, um eine Söldnertruppe für den Kampf gegen die Clans aufzubauen. Ich brauche einen Lanzenführer, und ich möchte die Stelle Esmeralda anbieten.« O'Shea starrte

Rose mit offenem Mund an. Esmeralda bewegte keinen Muskel.

»Was ist mit meinem Mech?«

»Du hast einen eigenen Mech?« Rose war verblüfft. Damit hatte er nicht gerechnet.

»Was denkst du, wessen Mech ich in die Arena gelenkt habe, einen von Carstairs Mülleimern? Soweit kommt es noch.« Rose verstummte einen Augenblick und rechnete.

»Ich bezahle den Transport deines Mechs nach Outreach. Von da aus ist der Transport Teil des Vertrags. Du wirst eine Offizierin mit allen Rechten und Privilegien sein.«

»Eine von wie vielen?«

»Ich, meine Stellvertreterin, du und ein weiterer Lanzenführer.«

»Noch gibt es deine Einheit nur auf dem Papier, richtig?« Rose erwog ein Notlüge, aber er entschied sich dagegen. Esmeralda war zu mißtrauisch.

»Stimmt. Meine Stellvertreterin ist schon auf Outreach und wirbt Leute an, aber ich habe seit meiner Ankunft hier auf Solaris keinen Kontakt mehr mit ihr gehabt.«

»Du mußt ein reicher Mann sein, Jeremiah Rose. Wie kannst du dir das alles leisten?«

»Um die Wahrheit zu sagen: Ich kann es nicht. Wenn du einschlägst, wirst du an den Einnahmen beteiligt. Vor dem Kampf war ich praktisch pleite, aber durch etwas Wettglück habe ich jetzt genug für den Flug und kleinere Unkosten, wenn wir ankommen. Wir werden uns keine lange Wartezeit auf einen Vertrag leisten können.«

»Ich werde Offizierin, hast du gesagt?«

Rose grinste, aber nur in Gedanken. Sie hatte also doch einen Schwachpunkt.

»Ich brauche die Antwort, bevor ich wieder gehe, ja oder nein. Wir haben so schon kaum genug Zeit, das

Ticket zu kaufen und den *Kriegshammer* zu verladen.« Wieder wurde es still, als Rose und O'Shea Esmeralda ansahen. Sie saß eine ganze Weile da, den Kopf in Gedanken auf die Brust gesenkt, ohne sich der Blicke der beiden bewußt zu werden.

»Ich komme mit«, antwortete sie schließlich und sah Rose an. »Ich bin eine Närrin, mich darauf einzulassen, aber ich komme mit.«

»Ich auch.« Rose sah sich verwirrt zu Badicus um.

»Tut mir leid, Badicus, aber ...«

»Du bist mir was schuldig, Rose. Essy kann für meine Fähigkeiten bürgen, und ich hab Geld. Ich bin bereit, für einen Platz in der Einheit zu bezahlen, wenn ich in Essys Lanze komme.« Rose war noch völlig perplex. Nach dem wenigen, was er über Badicus O'Shea wußte, war er gut, aber einen völlig Fremden aufzunehmen, war riskant, dumm oder sogar beides. Er blickte hinüber zu Esmeralda, die wortlos nickte.

Jetzt war es an Rose, schweigend nachzudenken. Er hatte sich in der Vergangenheit immer auf seine untergebenen Offiziere verlassen. Jetzt war nicht der Zeitpunkt, das zu ändern.

»Hast du auch einen Mech?« O'Shea ließ den Kopf hängen.

»Nein.«

»Gut. Die Transportkosten hätte ich nicht auch noch bezahlen können.« Der Riese riß den Kopf hoch. Rose blickte in seine strahlenden Augen und grinste. »Du kannst den *Dunkelfalke* haben, den du die letzten Monate schon gesteuert hast.« Er klatschte in die Hände und stand auf. »Und ich werde wohl lernen müssen, ein umgebautes *Streitroß* zu führen.«

16

Harlech, Outreach

24. September 3054

Endlich hatten Rose, Esmeralda und Badicus Outreach erreicht. Die Reise an Bord der *Seidenwind* war Rose endlos erschienen. Obwohl es sich um einen Zivilfrachter handelte, konnte das Landungsschiff mit allen Unannehmlichkeiten und Unbequemlichkeiten aufwarten, für die Militärschiffe berüchtigt waren. Überfüllung, ein völlig überlastetes Lüftungssystem, miserable Beleuchtung – und das waren noch die geringsten Mängel, die Rose hätte aufzählen können.

Seine Begleiter schienen die Reise besser überstanden zu haben, aber das lag daran, daß sie die meiste Zeit in den Wartungshallen bei ihren Mechs zugebracht hatten. Zuerst hatte Rose zu helfen versucht, aber Esmeraldas Fähigkeiten gingen weit über seine Gesellenkünste hinaus.

Sie hatten auch versucht, das *Streitroß* in Ordnung zu bringen, aber Esmeralda hatte beim Kampf in der Arena zu gute Arbeit geleistet. Um das abgetrennte rechte Bein wieder anzusetzen, brauchten sie schwere Ausrüstung, die an Bord des Landungsschiffes einfach nicht verfügbar war. Natürlich war es peinlich, den Mech auf Outreach in Einzelteilen auszuladen, aber Rose war nicht ernsthaft besorgt. Wenn sie erst die richtige Ausrüstung hatten, würde es nur ein paar Tage dauern, bis der Kampfkoloß wieder einsatzbereit war.

Während Esmeralda und Badicus das Ausladen der anderen Mechs überwachten und Termine im Wartungshangar für Rose' *Streitroß* vereinbarten, bemerkte Rose Rianna und Angus, die sich, gefolgt von zwei Männern, dem Tor näherten. Während des Flugs der

Seidenwind ins Systeminnere hatten Rose und Rianna mehrmals über Funk miteinander gesprochen, aber sie hatte die beiden mit keinem Ton erwähnt.

Die beiden Männer waren offensichtlich Zivilisten. Alles an ihnen, von ihrer Kleidung bis zu der Art, wie sie sich durch die Menge bewegten, deutete auf ein Leben hinter einem Schreibtisch hin, beschützt von einem möglichst weit entfernten Militär. Wenn das seine möglichen Arbeitgeber waren, mußte Rose sich fragen, ob er nicht im falschen Geschäft war. Er nahm sich zusammen, setzte eine höfliche Miene auf und trat vor.

»Jeremiah, schön, dich zu sehen«, begrüßte ihn Rianna. Auch sie hatte eine geschäftliche Miene aufgesetzt. Statt sich zu umarmen, schüttelten sie nur die Hände. Dann wandte sich Rose an Angus.

»Guten Tag, Kapitän«, meinte Angus und reichte Rose die Hand. Aus seinem Mund klangen die drei Worte schon wie eine Rede, aber der junge Mann zog sich sofort in den Hintergrund zurück. Er schien jede Art von Öffentlichkeit zu meiden und hielt sich immer zurück, wenn Rose in der Nähe war. Rianna zuckte darüber nur die Schultern und stellte fest, daß sich seine Haltung ins Gegenteil verkehrte, wenn er erst an Bord seines Mechs war. Im Cockpit der *Valkyrie* war Angus unter Garantie in vorderster Reihe zu finden. Seine Taktik war eine Mischung aus Schnelligkeit und Hinterlist. Wenn der junge Krieger sich weiter so vielversprechend hervortat, plante Rose, ihn der Hetz-Lanze zuzuteilen, möglicherweise als ihr Kommandeur.

»Jeremiah, darf ich dir Mister Wilkins und Mister Hoffbrowse vorstellen? Sie haben nachdrücklich darauf bestanden, in einer Angelegenheit von beiderseitigem Interesse mit dir zu sprechen.« Rianna warf ihrem Bruder ein schräges Lächeln zu, das keiner der beiden Zivilisten sehen konnte. Entweder hatten sie sich nicht abschütteln lassen, oder sie hatten verlangt, Rose persönlich zu sprechen. Auf jeden Fall hielt Rianna nicht viel von diesem Treffen.

»Meine Herren, ich bin Jeremiah Rose. Vielleicht können wir uns an einen etwas privateren Ort zurückziehen, um zu reden?« Ohne auf eine Antwort der verdutzten Männer zu warten, steuerte er einen nahen Warteraum an. Er legte einen Arm um Riannas Schultern und zog sie ein paar schnelle Schritte weiter.

»Was soll das?« fragte er im Flüsterton.

»Sie sind seit fast sieben Monaten auf Outreach und finden keine Einheit. Sie bieten einen Ein-Jahres-Kontrakt, Garnisons- und Kaderdienst. Kein Kommandeur, der einigermaßen richtig im Kopf ist, zeigt das mindeste Interesse.«

Rianna hatte recht. Auch wenn er noch neu im Söldnergeschäft war, wußte Rose, daß bei einem Ein-Jahres-Kontrakt dieser Art höchstwahrscheinlich die Kosten höher sein würden als der Gewinn. Bis eine Einheit nach Ableisten ihrer Kontraktzeit wieder auf Outreach ankam, stand sie in aller Regel knapp vor dem Bankrott, besonders bei einem Kontrakt ohne Bonusklauseln.

»Warum reden wir dann überhaupt mit ihnen?«

»Zum einen glauben sie, die Clans könnten ihre Welt überfallen. Und zum anderen enthält der Kontrakt, den sie anbieten, ein paar interessante Einzelheiten. Ich dachte mir, du hörst es dir besser selbst an und triffst dann deine Entscheidung.«

Als sie den Warteraum erreicht hatten, deutete Rose auf zwei Sitzplätze. Wie die meisten Zivilisten akzeptierten die beiden seine Wahl ohne einen weiteren Gedanken. Rose bemerkte, daß Angus in gewisser Entfernung gefolgt war und sich nun hinter den Zivilisten aufbaute. Der schlanke junge Mann war kaum angetan, sie einzuschüchtern, selbst wenn sie ihn bemerkt hätten, aber er war in einer guten Position, sollte es zu Schwierigkeiten kommen.

»Kapitän Rose, wenn Sie gestatten, werde ich mich kurz fassen.« Das schien Rose eine ausgezeichnete Idee, und er stimmte zu. »Mister Wilkins und ich sind als gewählte Vertreter des Planeten Borghese hier.« Hoffbrowse machte eine Pause und wartete, bis Rose zu erkennen gab, daß ihm der Name etwas sagte. Der kleine Planet Borghese lag im Steiner-Teil des Vereinigten Commonwealth, dicht an der Grenze zur Besatzungszone der Jadefalken. »Aus Gründen, die uns unbekannt und auch unbegreiflich sind, hat das Oberkommando des Vereinigten Commonwealth beschlossen, auf unserer Welt keine Garnison zu etablieren. Wegen unserer Nähe zur Clanfront haben wir uns entschlossen, die Sache selbst in die Hand zu nehmen und eine Söldnereinheit zum Schutz unserer Welt anzuheuern.«

Während Hoffbrowse weiterredete, studierte Rose ihn sorgfältig. Der Mann benahm sich noch immer wie ein Zivilist, aber er war mehr, als er zu sein vorgab.

»Mister Wilkins und ich haben versucht, eine Söldnereinheit von etwa Kompaniegröße zur Verstärkung unserer planetaren Streitkräfte anzuheuern, bis wir das Vereinigte Commonwealth von seinem Irrtum überzeugen können. Was unserer Meinung nach nicht länger als ein Jahr in Anspruch nehmen dürfte. Wir möchten Ihre Einheit verpflichten. Standardbezahlung. Sie stellen Ihren eigenen Transport nach und von Borghese.«

Rose hatte geglaubt, daß die beiden verzweifelt waren. Umso weniger hatte er eine so knappe Ansprache erwartet. Er ließ die Stille unangenehm lange andauern. Mister Wilkins schien kurz vor der Explosion zu stehen, als Rose endlich antwortete. »Gentlemen, ich weiß Ihr Angebot zu schätzen, aber bevor ich eine Entscheidung treffe, muß ich die Sache erst mit meinem Stab besprechen. Das werden Sie sicher verstehen. In der Zwischenzeit können Sie meiner Stellvertreterin sicher weitere Einzelheiten über Borghese liefern?«

Hoffbrowse nickte, und Wilkins zog eine Diskette aus der Jacke. Rianna nahm sie wortlos entgegen und steckte sie in eine Beintasche. »Die Diskette enthält unsere Adresse auf Outreach. Wir sind dort jederzeit zu erreichen. Bitte lassen Sie uns Ihre Antwort so schnell wie möglich zukommen. Wir sind sehr besorgt um die Sicherheit unserer Welt.«

Rose verabschiedete die beiden mit einem Händedruck, dann sah er ihnen hinterher, wie sie durch das überfüllte Ankunftsgebäude abzogen. Als sie schließlich außer Sicht waren, drehte er sich zu Rianna um und setzte sich in Richtung Hauptausgang in Bewegung. »Also, wie sieht es aus?«

»Sie haben alle respektablen Einheiten auf Outreach angesprochen, aber niemand ist interessiert. Ich habe ein bißchen nachgeforscht und erfahren, daß Borghese wenig anzubieten hat, was die Welt für Söldner oder Clans interessant macht. Die Bevölkerung ist recht klein, und der Planet ist wirtschaftlich autark. Das ist es auch schon. Das erste Angebot war lächerlich, aber selbst nach guten Verhandlungen könnte eine Einheit, die dort festsitzt, nur gerade so eben Gewinn machen. Ich hätte sie abblitzen lassen, ohne dir lästig zu fallen, aber sie bieten auch unbegrenzten Zugang zu ihren Anlagen für Wartung und Nachrüstung an. Und im Fall eines Gefechts hätten wir die kompletten Bergungsrechte.«

»Wie sind sie gerade auf uns gekommen?« fragte Rose, während sie Angus zu einem kleinen Wagen auf der anderen Straßenseite folgten.

Ohne extra dazu aufgefordert worden zu sein, klemmte sich Angus hinters Steuer, während Jeremiah und Rianna sich nach hinten setzten.

»Na, wir sind so ziemlich ihre zweitletzte Hoffnung. Als erstes haben sie sich an Einheiten mit gutem Ruf gewandt, aber die haben ihnen die kalte Schulter gezeigt. Danach kamen die neuen Einheiten dran – mit ähnlichem Erfolg. Wir fallen unter ›neue Einheit auf Suche nach dem ersten Auftrag‹. Wenn wir auch ablehnen, werden sie sich wohl oder übel an die Einheiten mit schlechtem Ruf machen.«

»Sie sind nicht allzu versessen darauf, sich ein Rudel Wölfe ins Gehege einzuladen, was?«

»Nein, aber sie sind entschlossen, eine Einheit anzuwerben, und weit sind sie nicht mehr davon entfernt.«

Rose blickte aus dem Fenster auf die vorbeigleitende Stadt und versuchte sich darüber klarzuwerden, was ihn an Hoffbrowse störte. Offensichtlich war Angus zu den Wartungshangars unterwegs, um Esmeralda und Badicus abzuholen.

»Wie sieht unsere Lage ansonsten aus?« fragte Rose und kehrte wieder in die Gegenwart zurück.

»Wir sind von der Söldnerprüfungs- und Vertragskommission anerkannt, aber wie die meisten neuen Einheiten haben wir nur eine C-Klassifizierung. Das ist nicht allzu gut, aber wenn wir bei unseren ersten Aufträgen Erfolg haben, kann sich das schnell bessern. Angus und ich durften erst neue Leute rekrutieren, nachdem wir anerkannt waren. Das hat uns ziemlich zurückgeworfen, aber trotzdem konnten wir mit einigen unabhängigen MechKriegern erste Gespräche führen. Wir haben ein paar als zweifelhaft aussortiert, und andere, weil sie keinen eigenen Mech haben. Und dann waren da noch zwei Typen, die schlicht und einfach nicht normal waren.« Sie verstummte und warf Angus im Rückspiegel einen Blick zu. Er bemerkte es, sagte aber nichts. Rose brach das Schweigen.

»Wie viele bleiben da noch?«

»Sechs mögliche, von denen ich aber nur zwei als ernste Kandidaten einschätze.«

Rose schüttelte den Kopf und massierte sich den Nasenrücken, als er über die Zahlen nachdachte. »Wann bekomme ich sie zu sehen?«

Riannas Miene hellte auf. »Heute abend noch. Ich

habe in stündlichem Abstand Gespräche arrangiert, das erste in ...« Sie blickte auf die Uhr. »... zwei Stunden. Aber als positive Note habe ich uns für übermorgen einen Platz auf dem Dragoner-Manövergelände gesichert. Dort können wir einander dann besser kennenlernen. Meinst du, bis dahin ist alles soweit?«

Rose überlegte. »Wahrscheinlich schon. Das *Streitroß*, das ich von diesem Dieb Carstairs bekommen habe, war ein Haufen Schrott, aber Esmeralda und Badicus arbeiten schon daran, seit wir von Solaris aufgebrochen sind. Ich wußte, daß es ein riskantes Geschäft war, als ich zusagte. Der Mech ist nicht so schlimm zugerichtet, wie ich befürchtet, aber er ist auch nicht so gut in Schuß, wie ich gehofft hatte. Esmeraldas *Kriegshammer* und der *Dunkelfalke* sollten jetzt fertig sein. Ich denke, zwei Tage müßten reichen, um das *Streitroß* hinzubekommen und die beiden anderen Mechs durchzuchecken.«

»Gut. Wir werden gegen eine Einheit namens ›Gargoyles‹ antreten, und sie ...«

»Was? Soll das heißen, das wir bei unserem ersten Manöver schon gegen eine andere Einheit antreten müssen? Wessen Idee war das?« Rose wußte die Antwort, als ihn seine Schwester wütend anstarrte.

»Meine, Kapitän. Anders wären wir nicht auf das Gelände gekommen, und ohne auf das Gelände zu kommen, können wir unsere Geschütze nicht ausprobieren, was ein Manöver reichlich witzlos machen würde. Übrigens solltest du besser den Laser umschnallen, den du in deinem Köfferchen mit dir rumträgst. Auf diesem Planeten trägt jeder eine Waffe.«

Rose hatte schon oft gehört, daß Harlech, die Hauptstadt von Outreach, ein rauhes Pflaster war. Und nach dem, was Rianna ihm erzählte, stimmten die Gerüchte. Der Ort hatte den Spitznamen Wolf City. Plötzlich erschien ihm dieser Beiname ausgesprochen unheilschwanger.

Die drei legten den Rest der Strecke schweigend zurück. Als sie den Wartungshangar erreichten, stellte Rose seine Begleiter kurz vor und ließ Angus dann bei Esmeralda und Badicus zurück. Esmeralda hatte genau den fähigen und lautstarken Führungsstil, den Angus gewohnt schien. Die drei würden bis spät in die Nacht arbeiten müssen, um alles fertig zu bekommen, aber daran ließ sich nichts ändern. Auch wenn sie noch nicht im Feld standen, hatte ihn dieselbe Spannung erfaßt, und den anderen Mitgliedern der Einheit schien es nicht anders zu gehen.

Rianna fuhr ihn zurück ins Hotel und fungierte in den sechs Stunden, die Rose an diesem Abend mit Einstellungsgesprächen zubrachte, als seine Assistentin. Sie machten nur drei Kandidaten ein Angebot. Die beiden, die Rianna als ernste Bewerber erachtet hatte, erbaten sich Bedenkzeit, entschieden sich schließlich jedoch gegen den Beitritt.

Die Akte des dritten Kandidaten enthielt nur ein Fragezeichen. Rianna grinste, als Rose danach fragte. Sie erklärte, daß der Mann ein halber Psychopath war, aber eine ausgezeichnete Laufbahn beim 3. Lyranischen Heer vorweisen konnte.

Zunächst stießen Rose die Persönlichkeit des Mannes und seine Weigerung, auf einen anderen Namen als Eber zu reagieren, ab. Aber je mehr sie redeten, desto deutlicher erkannte er, daß Eber ehrlich, fähig und ein sehr ungewöhnlicher Charakter war. Außerdem stellte sein *Zeus* eine willkommene Bereicherung der Einheit dar.

Als das Wartungsteam am frühen Morgen eintraf, stellte Rose ihnen das neueste Mitglied der Einheit vor, bevor er sie ins Bett schickte. Er arbeitete sich weiter durch die Akten möglicher Kandidaten, bis die Sonne aufging und die Einstellungsgespräche weitergingen.

17

Harlech, Outreach

25. September 3054

Am Abend seines zweiten Tages auf Outreach hatte Rose außer der Werbehalle und seinem Hotelzimmer noch kaum etwas von Harlech gesehen. Riannas und Angus' Vorarbeit der vergangenen Wochen war so ziemlich ausgereizt. Am späten Nachmittag war Rose klar, daß keiner der restlichen in Frage kommenden Kandidaten seinerseits Interesse an den Black Thorns hatte. Seine Einheit war einfach zu neu, um für erfahrene Piloten attraktiv zu sein.

Er verließ die Halle gerade zu einem verspäteten Mittagessen, als sich ihm ein kleiner, dunkelhaariger Mann näherte, der offensichtlich ein Gespräch suchte.

»Verzeihen Sie, aber sind Sie Kapitän Rose?«

Rose setzte ein höfliches Gesicht auf. Er hatte den Mann Stunden vorher die Werbehalle betreten sehen, aber er hatte angenommen, er wäre nach dem Durchsehen der Angebote wieder gegangen. »Ja, der bin ich. Kann ich Ihnen helfen?«

Die Reaktion des Mannes überraschte Rose. Er nahm den Kapitän beim Arm. »Ich bin ein MechKrieger auf der Suche nach einer Einheit. Ich dachte mir, wir könnten vielleicht darüber reden.« Der Mann sah sich um. »Hier ist nicht der richtige Ort. Vielleicht beim Essen? Ich kenne ein ruhiges Fleckchen am Raumhafen.«

Rose' gesunder Menschenverstand warnte ihn davor, diesem Mann zu vertrauen, aber er war neugierig geworden. Deshalb nickte er, und die beiden zogen los.

Sein Begleiter hatte einen eigenen Wagen und bestand darauf, selbst zu fahren, was Rose ganz recht war. Der Mietwagen der Einheit war unterwegs zum Wartungshangar. Rianna wollte bei den letzten Arbeiten am *Streitroß* helfen.

Der Mann fuhr schweigend, was Rose Gelegenheit gab, ihn sich näher anzusehen. Er war kaum größer als einen Meter fünfzig. Rianna hätte ihn überragt – von Eber ganz zu schweigen. Trotz des dichten Verkehrs schien der Mann auf den Stadtstraßen problemlos voranzukommen. Mehrmals drehte er sich zu Rose um, sagte aber nichts, was Rose auch ganz recht war. Als sie auf den Parkplatz eines kleinen Chinarestaurants fuhren, hatte Rose genug gesehen, um sicher sagen zu können, daß der Mann tatsächlich ein MechKrieger war. Er steuerte den Wagen mit präzisen und effizienten Bewegungen, wie es nur ein Krieger konnte.

Die beiden betraten das Restaurant und wählten einen Tisch in einer der hinteren Nischen. Rose saß nur ungern mit dem Rücken zur Tür, aber er hatte keine andere Wahl, da sein Begleiter wortlos auf dem gegenüberliegenden Stuhl Platz nahm. Im Geiste zuckte er die Achseln und setzte sich ihm gegenüber. Gerade als Rose zu glauben begann, daß er geträumt haben mußte, als er sein Gegenüber in der Halle reden gehört hatte, erschien eine Kellnerin und nahm dessen Bestellung entgegen. Da Rose weder eine Speisekarte hatte, noch des Mandarin mächtig war, gab er ihr durch Gesten zu verstehen, daß er dasselbe wollte. Dann endlich begann sein Begleiter zu reden.

»Sie sind ein geduldiger Mann, Kapitän. Eine höchst wünschenswerte Eigenschaft bei einem Kommandeur.«

Rose nahm das Kompliment mit einem Nicken entgegen. Wenn er schon Zuhörer sein sollte, wollte er die Rolle auch ausspielen.

»Mein Name ist Ajax. Ein ruhmreicher Name, den ich hoffnungsvollen Eltern verdanke. Sie nahmen wohl an, er werde mich inspirieren, ein ebenso großer Krieger zu werden wie der alte terranische Held. Ich fürchte, ich habe ihre hehren Träume nicht erfüllt. Da ich vor kurzem meine Position – aber nicht meinen BattleMech – verloren habe, kam ich nach Outreach, um bei einem Kommandeur von Ehre und Können zu dienen.«

»Und Sie halten mich für so einen Mann?«

»In der Tat, aber ich sehe, daß Sie es nicht verstehen.« Ajax verstummte, als die Kellnerin mit zwei Schüsseln zurückkehrte, in denen breite Nudeln in einer dampfenden, aromatischen Brühe schwammen. Ajax nahm seinen Löffel und sprach weiter.

»Ich besuche die Werbehalle seit mehr als drei Wochen. Angus und ich haben uns mehrmals über Sie und die Einheit, die Sie aufzubauen planen, unterhalten. Nach dem, was er mir gesagt hat, glaube ich, gut in Ihre Planung zu passen. Ich halte Sie außerdem für einen Kommandeur, dem ich zu folgen bereit wäre.« Er machte eine Pause.

»Sie müssen sich für einen ausgezeichneten Menschenkenner halten«, stellte Rose fest, woraufhin Ajax erfreut nickte. »Aber ich sollte sie wahrscheinlich warnen. Das wenige, was Angus von mir weiß, hat er von meiner Schwester erfahren, dem ersten Offizier der Einheit, und sie kennt mich kaum.«

»Aber beide vertrauen ihnen.«

Rose dachte kurz nach, dann gestand er sich ein, daß es stimmte. »Sie haben recht, aber ich bin mir nicht sicher, warum.«

»Wegen der Stärke Ihrer Persönlichkeit? Charisma? Vielleicht aufgrund göttlicher Fügung. Ich weiß es auch nicht, Kapitän. Aber ich habe das Ergebnis gesehen. Sie sind als potentielle Kompanie aufgeführt. Sie haben mit drei Mitgliedern begonnen und die Größe der Einheit innerhalb von zwei Tagen verdoppelt.« Ajax hob die Hand. »Ich weiß, das würden Sie als Ergebnis der Planung Ihrer Schwester, Ihrer Stellvertreterin, abtun. Aber es ist trotzdem Ihr Erfolg. Außerdem wurden sie von der Borghese-Delegation angesprochen.«

Rose verschluckte sich und griff hastig nach der Serviette, bevor er sich noch lächerlicher machte.

»Es besteht kein Grund zur Besorgnis, Kapitän. Ich war bei Angus, als die Borgheser dort eintrafen. Die Zivilisten stellten sich vor, bevor ich mich verabschieden konnte.«

Rose rang nach Atem. Er hatte schon angenommen, daß die beiden Männer wahrscheinlich so unvorsichtig wie die meisten Zivilisten waren, aber die beiläufige Art, in der sie ihre Geschäfte abwickelten, war beinahe kriminell. Jeder Gedanke daran, einen Kontrakt mit Borghese einzugehen, den Rose möglicherweise gehabt haben mochte, verflog wie der Dampf seiner Suppe.

Ajax wartete eine gebührende Zeit, um Rose Gelegenheit zu geben, sich zu sammeln, dann sprach er weiter: »Ich möchte Ihrer Kompanie meine Dienste offerieren.« Er griff in seine Schultertasche und zog eine Diskette hervor. »Hier ist eine Kopie meiner Personalakte. Sie endet vor drei Monaten. Wenn Sie Zeit und Interesse haben, kann ich Ihnen eine kurze Zusammenfassung liefern.«

»Bitte fahren Sie fort.« Rose legte den Löffel beiseite und entspannte sich. Er wollte sich auf die Geschichte seines Gegenübers konzentrieren, um sich an sie zu erinnern, wenn er später seine Entscheidung traf.

»Ich wurde im Kriegerhaus Hiritsu der Konföderation Capella aufgezogen. Mein ganzes Leben hatte ich nur einen Wunsch: für Haus Hiritsu zu kämpfen. Mehr wollte ich von meinem Leben nicht. Ich war zehn Jahre bei Haus Hiritsu, und in dieser ganzen Zeit hatte ich schwere Probleme. Von Beginn an waren Ehre und Ruhm, wie ich sie erwartet hatte, kein

Thema. Es gab nur Haß auf das Vereinigte Commonwealth und Hanse Davion. Wir fochten in Begegnungen aller Art und nahezu ausschließlich gegen Davion. In den Kämpfen beobachtete ich meine Lanzenkameraden, wie sie sich unter völliger Mißachtung ihres Lebens auf ihre VC-Gegner warfen. Viele von ihnen fielen, und ich nehme an, daß die meisten es darauf anlegten. Mit achtundzwanzig war ich der Älteste in meiner Lanze. Trotz neuer Rekruten waren wir ständig unterbesetzt. Schließlich konnte ich nicht mehr hassen. Um meiner Seele willen mußte ich mich von Hiritsu lossagen. Outreach war nahe, und ich konnte mit geringen Schwierigkeiten hierher fliehen.«

Rose blickte den Mann an und fragte sich, was er hatte tun müssen, um aus seinem Kriegerhaus zu entkommen. Rose hatte noch nie eines der berühmten capellanischen Kriegerhäuser in Aktion gesehen, aber er wußte von ihrer Tradition fähiger MechKrieger und wilder Kämpfer. Von allen Kriegerhausmitgliedern wurde fanatische Hingabe an das himmlische Amt des capellanischen Kanzlers erwartet, auf dem Schlachtfeld ebenso wie im übrigen Leben. Den Liao-Raum zu verlassen, mußte enormen Mut und gewaltige Opferbereitschaft verlangt haben.

Rose betrachtete Ajax mit sorgfältig neutraler Miene. Innerlich jedoch hatte er seine Entscheidung bereits getroffen. Wenn die Angaben des Kriegers stimmten, würde er ihn mit Freuden in die Black Thorns aufnehmen. »Morgen drillen wir zum erstenmal als Einheit. Können Sie, wenn ich Sie verpflichte, mit uns trainieren?«

»Ich muß Ihnen leider mitteilen, daß dies nicht möglich ist, Kapitän.«

Rose war überrascht. Er hatte verstanden, daß Ajax einen eigenen Mech besaß, und angenommen, daß dieser sich hier auf Outreach befand. Er runzelte fragend die Stirn.

»Es ist mein Mech, Kapitän. Als ich Haus Hiritsu verließ, nahm ich ihn mit, obwohl er zweifelsohne rechtmäßiges Eigentum des Hauses war. Da ich kein Dieb bin, war ich verpflichtet, meinen vorgesetzten Offizier von meinem Handeln in Kenntnis zu setzen.«

»Ich verstehe.«

»Bevor ich No Return verließ.«

»Soll das heißen, daß Sie Ihrem vorgesetzten Offizier mitgeteilt haben, daß sie mit ihrem Mech den Planeten verlassen wollten, bevor sie es in die Tat umgesetzt haben?«

Ajax nickte ernst.

»Ein Wunder, daß Sie noch leben«, kommentierte Rose trocken.

»Es ist kein Wunder, Kapitän. Mein Commander hielt die Information einen Tag zurück.« Ajax' Augen blickten in eine unbestimmte Ferne. »Sie war ebenso wie ich eine Überlebende früherer Tage. Ich hatte bereits das System verlassen, als Hausmeister York es erfuhr. Jetzt aber fühle ich das Bedürfnis, eine möglichst große Entfernung zwischen mich und Haus Hiritsu zu bringen. Daher verhalte ich mich etwas geheimnisvoll. Und aus ebendiesem Grund kann ich meinen Mech nicht öffentlich zur Schau stellen. Es tut mir leid.«

»Was für einen Mech führen Sie, Ajax, daß er Haus Hiritsu soviel Mühe Wert wäre?«

»Mein Mech ist ein moderner *Rabe*«, erwiderte der Krieger. Rose pfiff durch die Zähne. »Neben der neuesten Bewaffnung verfügt er über eine Beaglesonde und Wächter-ECM-Anlage.«

Rose rieb sich das Kinn und überlegte, welche Rolle ein solcher Mech in seiner Kompanie spielen konnte. »Ich werde Ihnen sagen, was ich tun kann. Ich werde Rianna eine Standardüberprüfung Ihrer Dienstakte ausführen lassen. Wenn alles in Ordnung ist, erwarte ich Sie heute abend gegen acht in meinem Hotel, damit ich sie dem Rest der Einheit vorstellen kann. Kommen Sie morgen mit und sehen Sie uns zu. Beim ersten Training dürfen Sie fernbleiben. Inzwischen muß ich jedoch zum Wartungshangar, um nach meinem BattleMech zu sehen. Würden Sie mich fahren?«

Ajax nickte, und Rose griff etwas schneller als der Capellaner nach der Rechnung. Er bezahlte schweigend, und die beiden gingen zum Wagen. Ajax war bei dieser Fahrt ebenso schweigsam wie bei der ersten, und Rose fragte sich, ob das Fahren ihn möglicherweise an das Steuern eines Mechs erinnerte und dasselbe Verhalten in ihm auslöste wie im Gefecht. Er hatte noch keine Antwort auf diese Frage gefunden, als Ajax plötzlich vor dem Wartungshangar anhielt.

»Bis heute abend, Kapitän.« Rose schüttelte Ajax zum Abschied die Hand. Er sah dem davonfahrenden Wagen einen Augenblick hinterher, bevor er in die riesige Wartungshalle ging. Obwohl ihn sein Begleiter unmittelbar vor dem Haupteingang abgesetzt hatte, brauchte Rose fast eine halbe Stunde, bis er das *Streitroß* erreichte.

Schon bevor er angekommen war, konnte er sehen, daß die Dinge sich nicht so entwickelten, wie er es gehofft hatte. Die riesige Maschine hing noch immer an einem langen Lastkran, der an Trageschienen unter der Decke der Halle entlangfahren konnte. Die letzten Vorbereitungen für die Anbringung des Mechbeins waren im Gange, aber Esmeralda war in eine hitzige Diskussion mit einem Dragoner-Tech verwickelt. Rianna stand neben ihr, ohne etwas zu sagen. Am verkniffenen Mund seiner Schwester und der Art, wie sie die Arme vor der Brust verschränkt hatte, erkannte Rose, daß sie kurz vor einem Wutausbruch stand.

Die drei Männer der Einheit hielten sich zurück und schienen bereit, die Konfrontation Esmeralda und Rianna zu überlassen. Am Fuß des *Streitroß* lehnten

drei weitere Dragoner-Techs. Rose legte einen Schritt zu, um Schlimmeres zu verhindern.

»Rianna!«

Ria riß den Kopf hoch, aber Esmeralda kümmerte sich nicht um Rose. Sie stritt weiter mit dem Tech, einem Mann mittleren Alters, während Rianna zu Rose kam und knapp außer Hörweite bei ihm stehenblieb.

»Dieser verdammte Dragoner will *uns* klarmachen, wie man das Bein wieder anbringt«, erklärte sie. »Das hat mich in Rage gebracht, und dann hat sich Esmeralda auch noch eingemischt.« Rose fragte sich, ob das alles war, aber sie standen so nahe bei dem Dragoner, daß weitere Fragen warten mußten. Esmeralda war vernünftig genug, den Mund zu halten, als Rose neben sie trat. Nachdem er seiner Einheit zugenickt hatte, wandte er sich an den Tech.

»Wie ich gehört habe – von der anderen Seite des Hangars –, gibt's hier ein Problem.« Rose lächelte den Mann höflich an, aber seine Blicke waren alles andere als freundlich.

»Sir, diese Frauen hindern uns daran, das Bein wieder anzubringen. Statt dessen muß ich mich hier mit ihnen über das korrekte Verfahren für die Wiederbefestigung des abgetrennten Mechbeins herumstreiten.« Rose bewunderte die Ruhe des Mannes. Trotz Esmeraldas Beschimpfungen war sein Ton geschäftsmäßig. Rose sah die MechKriegerin fragend an. Sie nahm sich einen Augenblick Zeit, ihre Gefühle unter Kontrolle zu bringen, bevor sie antwortete.

»Kapitän, diese Techcrew wollte das Bein ohne Belastungsprüfung der Hüftverankerung wieder befestigen.«

»Weil die unnötig ist«, fuhr der Tech fort, »da der Schaden auf den Hauptstützschaft unterhalb der Verankerung begrenzt ist.«

»Und ich sage Ihnen«, warf Esmeralda ein, wobei ihre Stimme wieder lauter wurde, »daß sie sehr wohl nötig ist. Ich muß es wissen. Schließlich hab ich das verfluchte Bein überhaupt erst abgerissen!«

Der Tech zuckte unwillkürlich zurück, als Esmeralda ihn anherrschte. Rose wollte gerade die Belastungsprüfung anordnen, als sich eine zweite Gruppe näherte.

»Gibt es Schwierigkeiten, Tech Bailee?«

Bei den Neuankömmlingen handelte es sich um einen Dragonerhauptmann mit Begleitung. Obwohl Rose auf Outreach neu war, erkannte er die Insignien auf der Jacke des Mannes als die des Gamma-Regiments. Esmeralda starrte den Offizier an, und in ihren Augen funkelte eine wortlose Herausforderung.

»Nur eine Meinungsverschiedenheit über ein kleines technisches Detail, Sir. Kein Grund zur Besorgnis.«

Rose sah zu, wie die beiden Dragoner einander anstarrten. Bailee hatte es nicht geschafft, Esmeralda abzuwimmeln, aber er war auch nicht gewillt, dem Offizier den Sieg zuzugestehen, der ihm nicht gelungen war. Rose hoffte, der allzu forsche junge Offizier würde weitergehen, aber als er Esmeraldas Blicke auffing, war ihm klar, daß diese Hoffnung vergebens war.

»Vielleicht kann ich helfen.« Der Hauptmann trat neben Bailee, aber seine Blicke hingen allein an Rianna, und seine Augen leuchteten. Man brauchte keine Gedanken lesen zu können, um zu wissen, was in seinem Kopf vorging. »Schließlich verdient eine solche Schönheit das Beste, was Wolfs Dragoner anzubieten haben.« Mit öligem Charme reichte er Rianna die Hand, aber Esmeralda unterbrach ihn.

»Dann sei ein guter Junge und hol es. Wir könnten jemand gebrauchen, der Ahnung hat.« Rose hörte ein lautes Prusten hinter sich. Er brauchte sich nicht umzudrehen, um zu wissen, daß Eber sich vor Lachen krümmte. Bailee schluckte und schaffte es, seine Miene neutral zu halten, aber an seiner geballten Faust konnte Rose erkennen, daß es ihn einige Mühe kostete. Selbst die Begleiter des Hauptmanns schmunzelten.

»O, was für eine dumpfe Stimme.«

»O, was für ein dumpfer Schädel«, antwortete Esmeralda. Rose schob sich hastig zwischen die beiden. Sie starrten einander an. In den Blicken des Hauptmanns stand offener Haß, in denen Esmeraldas offene Belustigung.

»Hauptmann, das ist wirklich nicht notwendig. Wir hatten uns gerade verständigt.«

»Stimmt. Wir Dragoner haben sehr gut verstanden. Ihr Unruhestifter bringt eure verbeulten Schrotthaufen her, um sie von den besten Techs der Inneren Sphäre reparieren zu lassen und von den besten Kriegern zu lernen.« Er deutete herablassend auf Rose' Maschine. »Und dann wagt ihr noch, uns zu beleidigen.« Er verlagerte seine Aufmerksamkeit von Rose auf Esmeralda. »Ihr seid Kanonenfutter. Eine Ablenkung für die Clans, bevor sie gegen die wahren Krieger der Inneren Sphäre antreten müssen.«

Die Antwort kam von Ria. »Bevor oder nachdem die Dragoner uns genauso verraten, wie sie ihre eigenen Clannerbrüder hintergangen haben?«

Rose hörte die Worte, aber er konnte nicht glauben, daß Rianna sie tatsächlich gesagt hatte. Nichts konnte einen Dragoner so beleidigen wie Zweifel an der Loyalität seiner Einheit. Rose hörte, wie sich die sechs Männer unter seinem *Streitroß* auf einen Kampf vorbereiteten. Der Hauptmann schien bereit, den erstbesten niederzuschlagen, der ihm vor die Fäuste kam, aber Bailee legte ihm die Hand auf die Schulter.

»Bitte, Sir. Nicht hier.«

Der junge Hauptmann schüttelte die Hand ab und starrte Rose an. »Wo sonst? Sie würden es nicht wagen, sich uns im Feld zu stellen.«

»Träum weiter.«

Rose unterbrach. »Hauptmann, wir sind morgen auf

dem Übungsgelände gegen eine Einheit namens ›Gargoyles‹ eingeteilt. Vielleicht möchten Sie deren Platz einnehmen?«

Zunächst schien der Hauptmann Rose nicht zu hören, aber dann leuchteten seine Augen auf. »Das kann nicht Ihr Ernst sein. Sie wollen tatsächlich gegen uns kämpfen? Wir werden Sie pulverisieren.«

»Möglich, aber auf dem Übungsgelände werden wir es überleben und können uns hinterher entschuldigen.« Rose bewegte keinen Muskel. Er versuchte so ruhig und gelassen wie möglich zu bleiben. Nach einigen angespannten Sekunden beruhigte sich der Dragoner-Hauptmann.

»Einverstanden. Eine meiner Lanzen wird gerade überholt, aber vermutlich werden zwei Lanzen reichen.«

»Aber ...«

»Das ist akzeptabel«, stieß Rose aus und unterbrach seine Schwester. »Bis morgen.«

Der Hauptmann verabschiedete sich erst gar nicht. Er drehte sich um und marschierte davon, dicht gefolgt von seinen Männern. Bailee schob die Mütze nach hinten und atmete auf. Mit einem Kopfschütteln kehrte er zu seiner Techcrew zurück und machte sich an die Belastungsprüfung. Rose' Einheit versammelte sich um ihn. Auf Esmeraldas Gesicht stand ein breites Grinsen.

»Worüber, zum Teufel, freust du dich?« knurrte er sie an.

»Wir werden diesen Fatzke in den Boden rammen, und ich hab mir gerade ausgemalt, wieviel Spaß mir das machen wird.« Zur Bekräftigung ihrer Worte grub sie den Daumen in die offene Handfläche.

»Nicht so hastig«, brachte Rose sie auf den Boden der Tatsachen zurück. »Wir werden mit einer Einheit, deren Mitglieder noch nie zusammen gekämpft haben, gegen das Beste antreten, was die Innere Sphäre aufzubieten hat. Wir haben es auf jeden Fall mit einer zahlenmäßigen und wahrscheinlich auch mit einer kampfkraftmäßigen Übermacht zu tun. Und nur für den Fall, daß ihr das vergessen habt: Für sie ist das ein Heimspiel.« Er verstummte und blickte sich unter seinen Teamgefährten um. Ihre Mienen verdüsterten sich, als sie erkannten, worauf sie sich da eingelassen hatten.

»Das ist der Ernst der Lage«, fuhr Rose fort. »Aber noch sind wir nicht geschlagen.« Ein vorsichtiges Lächeln nahm den Platz des vormaligen breiten Grinsens auf den Gesichtern der MechKrieger ein, als er weitersprach. »Morgen werden wir Gelegenheit haben, unsere Legende zu begründen. Rianna, ich habe möglicherweise einen neuen Rekruten. Laß seine Daten überprüfen. Wenn sie in Ordnung sind, haben wir unser siebtes Mitglied, aber macht euch deswegen keine Hoffnungen. Selbst wenn er beitritt, kann er morgen nicht mitkämpfen. Esmeralda, du hast doch bestimmt eine Karte des Geländes.« Ein Raubtiergrinsen bestätigte seine Vermutung. »Du wirst zusammen mit Badicus einen Angriffsplan ausarbeiten. Wir werden nicht untätig abwarten, was unsere Gegner machen. Angus und Eber, ihr bleibt hier und sorgt dafür, daß unsere Mechs einsatzbereit sind.« Rose blickte auf die Uhr. »Wir treffen uns um Punkt sieben im Hotel, um unsere endgültige Taktik festzulegen.«

Rianna räusperte sich. »Und du?«

»Du wirst mich zum Raumhafen bringen. So wichtig diese Übung morgen auch sein mag, ich muß mit Käpten McCloud an Bord der Bristol reden. Wenn Sie Teil der Einheit wird, stehen wir gut da. Wenn nicht, wird man sehen. Wir müssen uns langsam nach einem Kontrakt umsehen, nicht nur nach Rekruten. Wenn noch Zeit dafür bleibt, werde ich auch versuchen, etwas über den Stutzer herauszufinden, den wir gerade beleidigt haben. Vielleicht wissen wir dann, womit wir es zu tun haben werden.«

Rose sah sich noch einmal unter seinen Leuten um. Jetzt, wo sie einen Plan hatten, war ihre alte Zuversicht wieder da, diesmal hoffentlich gewürzt mit einem Schuß Realismus. »Was ist? Steht nicht rum. Wir haben einen Kampf zu gewinnen.«

18

Harlech, Outreach

26. September 3054

»Thorn Eins hier. Empfangen mich alle?«

Rose wärmte sein *Streitroß* noch auf, aber er hatte sich entschlossen, das Schweigen früher als normal zu brechen, um dem Rest des Teams Zeit zur Abstimmung zu geben. Fünf Stimmen bestätigten seine Meldung.

Während er das System durchcheckte, stieg Rose' Begeisterung für seine Maschine. Er hatte sie zwar noch nie vorher geführt, aber er vertraute auf seine jahrelange Erfahrung. Am frühen Morgen war die Lanze als Einheit über einen genau markierten Weg aus dem Wartungshangar und den Stauhallen des Raumhafens abmarschiert. Zum erstenmal seit über einem Jahr hatte Rose den Sonnenaufgang aus der Kanzel seines Mechs gesehen, und in ihm war ein Gefühl der Wehmut aufgestiegen.

Er hatte Rianna erlaubt, die Führung zu übernehmen. Hauptsächlich, weil sie den Weg kannte, aber auch, um die Einheit auf dem Marsch besser beobachten zu können. Alle Maschinen bewegten sich glatt, aber die von Angus war bei weitem die eleganteste. Seine gleich rechts neben Rianna marschierende *Valkyrie* zeichnete sich durch eine seidige Leichtigkeit der Bewegung aus, die zu erreichen die meisten Piloten ein Leben lang brauchten.

Auf dem Übungsgelände machten sich Dutzende von Dragoner-Techs über die Maschinen her. Sie brachten Sensoren, Anzeigen und Inhibitoren an, damit die Mechs gegeneinander antreten konnten, ohne sich zu zerstören. Das System war teuer im Betrieb und nicht annähernd so gut wie ein echter Kampf, aber es war das Beste dieser Art, was Rose außerhalb ComStars je gesehen hatte. Immer, wenn ein Mech den Vorbereitungsbereich verließ, führte der Pilot eine Reihe von Tests durch, um die Instrumente für die Dragoner, die das Gefecht überwachten, zu eichen. Rose benutzte diese Zeit, mehr über seine Maschine zu erfahren.

Im Gegensatz zu den Vorstellungen der meisten Zivilisten war jeder Mech ein Einzelstück. Neben den ohnehin vorhandenen Unterschieden zwischen den verschiedenen Mechtypen entwickelte jede dieser Maschinen mit der Zeit eine Art Persönlichkeit, und ein wichtiger Faktor bei der Schwierigkeit, sich an einen neuen Mech, egal welchen Typs, zu gewöhnen, bestand darin, diese subtilen Eigenheiten des Systems zu erkennen.

Wie alle *Streitrösser* war auch Rose' Maschine äußerst schnell, besonders, wenn man ihr Gewicht von achtzig Tonnen berücksichtigte. Hinzu kam, daß sie einhundertfünfzig Meter weit springen konnte, für einen überschweren Mech eine phänomenale Distanz. Bevor er diese achtzig Tonnen Metall in die Lüfte schleuderte, wollte Rose den Mech aber erst noch sehr viel besser kennenlernen. Dieses *Streitroß* war ursprünglich auf Luthien gebaut worden, und sämtliche Kontrollen waren japanisch beschriftet gewesen. Die Anbringung englischer Beschriftungen war das erste gewesen, was Rose nach dem Abflug von Solaris gemacht hatte.

Die Bewaffnung des *Streitroß* war annehmbar, aber nicht überwältigend. Der Torso enthielt eine Shigunga-Langstreckenraketenlafette, die in weniger als zwei Sekunden zwanzig Raketen abfeuern konnte. Die Raketen wurden von einem Artemis-IV-Feuerleitsystem gesteuert. Dies sicherte, besonders in den Händen eines erfahrenen Bordschützen wie Rose, eine ausgezeichnete Erstschlagskapazität.

Zur Unterstützung der LSR besaß der Mech vier über Torso und Arme verteilte mittelschwere Impulslaser. Diese konnten zwar viel Energie freisetzen, aber ihre begrenzte Reichweite machte einen effektiven Einsatz schwierig. Das *Streitroß* war gut gepanzert, aber nicht darauf ausgelegt, sich mit anderen schweren oder überschweren Mechs zu prügeln. Seine Stärke war nicht Ausdauer, sondern Schnelligkeit.

Rose' Gedanken wurden durch ein Krachen in den Lautsprechern unterbrochen. Irgendwo im Dragoner-Kommandobunker hatte ein Tech für die letzten Anweisungen seine Frequenz überlagert. Nach Beginn des Manövers würde das nicht mehr vorkommen.

»Black Thorns, hier Wolf Alpha Eins. Planmäßiger Abmarsch in drei Minuten. Unsere Sensoren zeigen alle Systeme grün und Geschütze abgedämpft. Für dieses Gefecht sind drei Stunden angesetzt. Entsprechend der Vereinbarung besteht das Gefechtsziel im simplen Überleben. Ich erinnere alle Teilnehmer daran, daß die einzige Regel für diesen Kampf in dem Verbot eines physischen Kontakts zwischen gegnerischen Mechs besteht. Davon abgesehen, können Sie das Gelände nach Belieben ausnutzen. Wolf Alpha Eins Ende. Viel Glück, Black Thorns.«

Das werden wir brauchen, dachte Rose.

Esmeralda hatte herausgefunden, daß ein kleiner Ort von zwölf Gebäuden etwas über fünfundzwanzig Kilometer von ihrem Startpunkt das wichtigste Geländemerkmal des Übungsfelds darstellte. Für sich genommen war das noch keine schlechte Nachricht, aber Rose hatte von Käpten McCloud erfahren, daß ihre Gegner den Beinamen ›Asphaltcowboys‹ trugen. Unglücklicherweise hatte er in der kurzen Zeit sonst nichts über die Einheit in Erfahrung bringen können.

Als er und seine Leute sich am frühen Abend zusammengesetzt hatten, um ihre Strategie zu besprechen, waren ihre Chancen vor seinen Augen zusammengeschrumpft. Als er sie gegen Mitternacht ins Bett geschickt hatte, war sich Rose insgeheim darüber klar gewesen, daß ein Sieg am heutigen Tag ausgeschlossen war. Bestenfalls ließ sich ein Unentschieden herausholen.

Er nahm letzte Einstellungen an seinem Gefechtsanzug und Neurohelm vor und dachte daran, was für ein Narr Carstairs gewesen sein mußte zu glauben, Rose würde tatsächlich etwas derartig Wertvolles aufgeben. Hätte Rose keinen Reserveanzug besessen, hätte er den ersten niemals weggegeben, egal für welchen Mech. Die fortschrittliche Technik dieses Anzugs war für einen Kämpfer viel zu wertvoll. Als er zufrieden war, öffnete er einen Sprechkanal.

»Thorn Eins hier. Bereitmachen zum Ausrücken. Ajax, bist du da?«

»Ich bin hier, Kapitän.«

»Ist McCloud bei dir?«

»Ich bin hier, Rose.« Ajax und McCloud würden den Kampf vom Kommandobunker aus verfolgen. Über das gesamte Gelände verteilte Sensoren lieferten ihnen zusammen mit Beobachtungssatelliten einen erstklassigen Überblick. McCloud hatte sich zwar noch nicht offiziell verpflichtet, aber zusammen mit Ajax hatte sie eine perfekte Möglichkeit, das Gefecht zu überwachen, und die Analysen und Kritik der beiden waren für die Nachbesprechung von enormer Bedeutung.

In einem echten Gefecht hätte Rose darauf bestanden, daß seine Einheit ständig in Kontakt mit dem Befehlsstand blieb. Bei den meisten ComGuard-Missionen wäre das ein vorgeschobener Befehlsposten oder aber der Regimentskommandeur gewesen. Falls er McCloud überreden konnte, sich der Einheit anzuschließen, hoffte er, das Landungsschiff als Befehlsstand verwenden zu können.

»Black Thorns, auf mein Kommando ausrücken.

Manöver Zero Eins gemäß Planung. Funkstille bis Feindkontakt.«

Rose stellte sich an die Spitze der Truppe und sah sich nach hinten um. Jetzt saßen die Piloten einsam in ihren Kanzeln und rangen mit ihren Gefühlen. Es war schwierig, diesen Zustand einem Zivilisten zu erklären, aber für Rose zeichnete er sich immer durch eine beinahe überirdische Gelassenheit aus, als säße er im Auge eines Wirbelsturms. Die Planungszeit war vorüber, nun mußte er die vorbereiteten Manöver nur noch der Situation entsprechend ausführen. Die kurze Zeit verstrich schnell. Dann meldete sich Ajax.

»Grünes Licht, Kapitän. Sie können ausrücken.« Ohne zu antworten, setzte sich Rose in Bewegung. Rianna und Angus übernahmen schnell die Spitze und liefen den übrigen Mechs voraus. Als sie dreihundert Meter vor Rose waren, wurden sie langsamer und hielten die Distanz zum Rest der Gruppe.

Entsprechend ihrer Planung hielt sich Rose in der Mitte der übrigen Mechs, flankiert von Eber und Esmeralda. Badicus übernahm die Rückendeckung und suchte in regelmäßigen Abständen das Gelände nach möglichen Gegnern ab. Die riesigen Füße der Black-Thorn-Mechs fraßen die Kilometer.

Nach zehn Minuten bogen die beiden Mechs der Vorhut scharf nach links ab und gingen auf einen neuen Kurs, der sie um den kleinen Ort herumführte. Die vier übrigen Maschinen folgten ihnen, aber Badicus und Esmeralda tauschten die Plätze. Jetzt war Eber dem Dorf am nächsten, und der *Dunkelfalke* beschützte die abgewandte Flanke. Nach einer halben Stunde hatte die Einheit das Dorf hinter sich gelassen. Sie bewegten sich mit gleichmäßiger Geschwindigkeit auf den Startpunkt der Dragoner zu. Während der Haupttrupp stehenblieb und Angus sich zum Frontalschutz aufstellte, rückte Rianna in ihrem *Feuerfalke* weiter vor.

»Sechs Spuren schneller Bewegung«, meldete sie.

»Die tiefen Eindrücke deuten auf schwere oder überschwere Maschinen hin. Eventuelle leichtere Spuren wurden von der Nachhut ausradiert. Du hattest recht, Kapitän. Sie sind mit Höchstgeschwindigkeit in den Ort gerannt.«

»So weit, so gut. Wir halten uns an unseren Plan und folgen ihnen.«

Rianna eilte zurück an die Seite der *Valkyrie*. Die beiden Kampfkolosse führten die Einheit auf den Spuren der Dragoner zurück zum Dorf. Diesmal jedoch blieben die beiden leichteren Mechs dabei im Schußfeld der folgenden schwereren Maschinen. Sie brauchten eine Stunde, bis der Ort auf ihrer Langstreckenortung auftauchte. Die Spuren führten noch immer geradewegs hinein.

Rianna und Angus blieben stehen und warteten auf die anderen. Rose winkte Esmeralda mit einer Geste der riesigen Hand des *Streitroß* nach vorne. Der *Kriegshammer* war zwar leichter als seine Maschine, aber die am schwersten bestückte Maschine der Einheit, und er wollte sie so früh wie möglich in die Schlacht werfen.

Esmeralda übernahm die Führung. Die übrigen Black Thorns folgten ihr etwas abgesetzt. Nach achthundert Metern durchbrach sie die Funkstille.

»Bingo! Zwei Ziele hinter Gebäude Nummer sechs.« Ohne auf Antwort zu warten, rannte sie los. Der Rest der Einheit folgte ihr mit Höchstgeschwindigkeit. Als sie bis auf dreihundert Meter heran waren, hatte Rose' Ortung sechs Dragoner-Mechs erfaßt. Sie waren zu einem klassischen Hinterhalt zwischen den Gebäuden des Ortes aufgestellt, aber zum Glück der Thorns suchten sie in der falschen Richtung nach ihrem Gegner.

Rose rückte weiter vor und erkannte, daß die Dragoner sich nicht die Mühe gemacht hatten, für Rückendeckung zu sorgen. Im Sichtschatten der Gebäude gelang es den Black Thorns, bis auf zweihundert Meter an ihre Gegner heranzukommen, bevor der erste Dragoner sich bewegte.

Rianna löste die Sprungdüsen aus und ritt auf deren Flammenstrahlen auf das Dach des nächsten Hauses. Von dort hatte sie einen erstklassigen Schußwinkel auf einen *Kreuzritter,* einen der beiden ihr am nächsten stehenden BattleMechs der Asphaltcowboys. Als sie beide Sunbeam-Laser auslöste, landete auch Angus' *Valkyrie* neben ihrer Maschine. Auf minimale Distanz hätten beide Laser leichte Treffer erzielen müssen, aber der zweite Schuß ging vorbei. Rose sah den Dragoner-*Kreuzritter,* dessen linker Torso von simuliertem Laserschaden gezeichnet war, das Feuer erwidern. Zwei LSR-Salven schossen auf das Dach zu, während Angus den Mech ebenfalls unter Beschuß nahm. Die LSR detonierten rund um Riannas *Feuerfalke* und schleuderten Trümmer hinab auf die Straßen. Riannas Mech wankte, aber sie bekam ihn schnell wieder unter Kontrolle und sprang vom Dach, gerade als der zweite Dragoner die Luft mit geladenen Elektronen füllte. Angus folgte Rianna tiefer in die Stadt.

Rose verlor die beiden leichteren Mechs schnell aus der Sicht und konzentrierte sich auf den *Kreuzritter.* Ohne anzuhalten, löste er die Raketenlafette aus und beobachtete zufrieden, wie die LSR vom Artemissystem gelenkt ganze Brocken aus der von Rianna angeknackten Panzerung sprengten. Esmeralda setzte mit zwei PPK-Volltreffern nach, und der *Kreuzritter* wich wankend zurück. Die Infrarotanzeige für den Dragoner-Mech zuckte in den roten Bereich, als die Hauptcomputer des Übungsgeländes einen Reaktortreffer konstatierten. Der Dragoner verlor das Gleichgewicht, und der *Kreuzritter* kippte nach hinten außer Sicht.

Esmeralda wollte die sich bietende Öffnung ausnutzen, aber der zweite Dragoner stampfte in einem fabrikneu glänzenden *Zeus* in Sicht, um seinen gestürzten Kameraden zu beschützen. Jetzt griff auch Eber in den Kampf ein und deckte sein Dragoner-Gegenstück mit Autokanone und Langstreckenraketen ein. Badicus war währenddessen auf das kurz vorher von Rianna und Angus freigemachte Dach gesprungen und feuerte auf die Flanke des *Zeus.* Esmeralda hatte eben das nächste Gebäude erreicht, als die Dragoner-Verstärkungen eintrafen.

An der Spitze des Gegenangriffs stand ein eiförmiger *Giftzwerg,* gefolgt von einem *Vernichter* und einem *Schütze* in der Dragoner-Variante. Rose toste das Blut in den Ohren, als die beiden 100-Tonnen-Mechs ins Geschehen eingriffen.

»Eber, seitlich ums Haus.« Rose hoffte, daß Eber zugehört hatte, während er nach Deckung suchte und eine weitere Raketensalve auf den *Zeus* abfeuerte. Esmeralda hielt den Dragoner-*Zeus* zwischen sich und den beiden anderen überschweren Maschinen, aber das hatte nur zur Folge, daß die sich statt dessen Rose zum Ziel nahmen.

Der *Vernichter* hob beide Arme und feuerte alle vier Autokanonen. Die Bündelgranaten verteilten sich hinter der Mündung wie Schrotkugeln und prasselten auf Rose' Maschine ein. Die gesamte rechte Seite des *Streitroß* wurde beschädigt, als die Treffer in Arm, Bein und Torso schlugen. Die Inhibitoren traten in Funktion, und für einen Augenblick erstarrte das rechte Bein unter der Wucht der tödlichen Salve. Rose wurde in die Gurte geworfen, als das *Streitroß* stolperte. Er hatte den Mech noch nicht wieder unter Kontrolle, als der *Giftzwerg* mit beiden PPKs feuerte.

Beide Schüsse trafen den linken Arm des *Streitroß.* Sie bohrten sich durch die Panzerung und in das darunterliegende Skelett. Erst einige Zeit später bemerkte Rose, daß der mittelschwere Armlaser zerstört war. Dieser zweite Angriff war zuviel gewesen. Rose verlor den Kampf gegen die Schwerkraft. Das *Streitroß* machte noch einen Schritt, dann kippte es um. Er war sicher, für ihn sei der Kampf vorbei, aber dann gab Esmeralda ihm Deckung. Aus weniger als dreißig Meter Entfernung tauschte sie eine Salve mit dem *Vernichter* aus, während Rose sich wieder aufrichtete.

Der *Giftzwerg* hielt das *Streitroß* weiter unter Beschuß, während Rose die Maschine auf die Beine brachte. Badicus wollte das Feuer des überschweren Mechs abziehen, aber dessen Pilot ignorierte ihn. Um die Dragoner in den engen Straßen des Dorfes zu halten und ihre Schußwinkel einzuschränken, mußten Rose und Esmeralda vor ihren drei überschweren Gegnern die Stellung halten. Der *Schütze* feuerte nach oben auf Badicus, dessen *Dunkelfalke* vom Dach aus den beschädigten *Zeus* beschoß. Rose' *Streitroß* hatte nahezu die gesamte Panzerung verloren, als sich das Schlachtgeschick wendete.

Ein wilder Kampfschrei gellte über die Funkverbindung, als Eber eine Seitengasse herabgestürmt kam und die Dragoner an der rechten Flanke packte. Der schwer angeschlagene *Zeus* wurde mit Raketen und Lasern zerfetzt. Gleichzeitig landeten Rianna und Argus auf der gegenüberliegenden Straßenseite und feuerten auf den beschädigten *Kreuzritter*. Die beiden leichteren Maschinen zerstörten in einem Hagel von Lasertreffern aus nächster Nähe die Reaktorabschirmung des Dragoner-Mechs, und der *Kreuzritter* flog auseinander. Die Gewalt der simulierten Explosion wurde von den Gebäuden die Straßen hinab kanalisiert und erfaßte die beiden Angreifer und den ganz in der Nähe stehenden *Giftzwerg*.

Die beiden Thorn-Mechs blitzten rot auf und verschwanden von Rose' Schirm. Die Explosion war auch ihr Ende. Die Gebäude verstellten ihm die Sicht, aber Rose wußte, daß die beiden Mechs von den Myomerinhibitoren zur Bewegungslosigkeit verdammt waren. Auf dem Hauptschirm blinkte der *Giftzwerg* kurz rot auf, dann kehrte er wieder zur normalen Farbe zurück, allerdings hatte er den rechten Arm verloren. Rose feuerte die restlichen Waffen auf den beschädigten Mech ab und wurde mit computergenerierten Detonationen im rechten Torso belohnt.

Ajax meldete sich über den offenen Kanal. »Thorn Eins, die beiden fehlenden Dragoner-Mechs nähern sich mit großer Geschwindigkeit. Thorn Drei, hinter dir!«

Rose riskierte einen Blick auf den Seitenschirm und sah zwei schnelle Mechs hinter Eber auftauchen. Als der *Zeus* sich umdrehte, um der neuen Bedrohung zu begegnen, stellte der noch unbeschädigte *Schütze* das Feuer auf Badicus ein und zielte auf den Rücken des *Zeus*.

»Esmeralda, den *Schütze!*« Rose wankte vor und schaltete die Zielerfassung auf den *Vernichter* um. Der *Kriegshammer* hievte sich schwer hinkend um den in der Drehung begriffenen überschweren Mech. Rose feuerte alle Waffen auf den *Vernichter* ab und stoppte ihn in der Bewegung. Wieder kamen die Arme hoch, um das Feuer zu erwidern und fetzten in einem Funkenregen die letzten Panzerreste vom Rumpf des *Streitroß*.

Rose riskierte einen Blick auf die Ortung, um nach Eber zu sehen, aber der *Zeus* war schon Geschichte. Im Kreuzfeuer des Schütze und zweier mit MASC ausgerüsteter *Steppenwölfe* war die überschwere Maschine förmlich zerrissen worden. Badicus sprang vom Dach und lief in den Ort, dicht gefolgt von beiden *Steppenwölfen*. Rose rechnete sich für ihn keine großen Chancen aus, aber er konnte ihm nicht helfen. Der *Vernichter* bereitete die nächste Salve vor. Rose wußte, daß er den nächsten Angriff nicht überleben konnte, deshalb konzentrierte er sich ganz darauf, noch eine letzte Breitseite anzubringen.

Im selben Moment, in dem Rose feuerte – sicher,

damit seine letzten hastigen Treffer anzubringen –, löste sich Esmeralda vom *Schütze* und feuerte in den Rücken des *Vernichter.* Dessen Rückenpartie flog auseinander, während Esmeraldas *Kriegshammer* von den Lasertreffern des *Schütze* zur Seite geworfen wurde. Der *Vernichter* war schwer gepanzert, aber einer *Kriegshammer*-Breitseite konnte er nicht standhalten. Fast die gesamte Reaktorabschirmung wurde weggefetzt und das Gyroskop schwer beschädigt.

Rose und Esmeralda wußten beide, daß sie in einem echten Gefecht niemals nahe genug herangekommen wäre, um einen solchen Schaden anzurichten. Diesmal hatte sie das nur geschafft, weil Nahkampfattacken für beide Seiten verboten waren. Sie hatte den Geist der Regeln verletzt, ohne den Wortlaut zu brechen. Der *Vernichter* kippte nach vorne, fing sich aber schnell wieder und griff Esmeralda an. Rose wußte, daß der *Kriegshammer* von den beiden Dragoner-Mechs zerstört werden würde, aber darauf, was als nächstes geschah, war er nicht vorbereitet.

Mit erstaunlicher Geschwindigkeit brachte der *Vernichter* den linken Arm herum und hieb den *Kriegshammer* in die Brustpartie. Die Inhibitoren des überschweren Mechs dämpften den Schlag, aber trotzdem wurde die Panzerung des *Kriegshammer* eingedrückt. Rose schrie wütend auf und stürzte sich auf den Dragoner-Mech, aber Esmeralda war schneller.

Aus der Hüfte trieb sie die rechte PPK des *Kriegshammer* geradewegs in den Kopf des *Vernichter* und spießte dessen Cockpit in einem Rauch- und Funkengewitter auf. Rose rannte weiter, aber er wußte, es war zu spät, um die Vergeltung aufzuhalten. Das *Streitroß* schaffte noch zwei Schritte, bevor die Dragoner-Techs alle verbliebenen Mechs erstarren ließen.

Der *Verteidiger* war der einzige Mech, der sich noch bewegte. Mit einem durch Mark und Bein gehenden metallenen Kreischen schlug er die PPK beiseite, die seinen Kopf durchbohrt hatte. Dann kippte der Mech senkrecht nach hinten in das nächste Gebäude. Bewegungsunfähig mußte Rose zusehen, wie das Haus über dem riesigen Kampfkoloß einstürzte und dessen Kopf und Schultern unter Stein und Mörtel begrub.

19

Harlech, Outreach

26. September 3054

Rose lehnte sich an die kühle Marmorwand und beobachtete den Rest seiner Einheit. Ein beiläufiger Blick auf die Uhr erbrachte, daß sie seit mehr als zwei Stunden in diesem kahlen Raum irgendwo in Wolf Hall festgehalten wurden. Bei einigen von ihnen neigte sich die Geduld dem Ende zu, aber die Thorns schafften es, ihren Ärger zu schlucken und nicht aneinander auszulassen.

Sie hatten den Nahkampf, der einen der Dragoner ins Krankenhaus befördert hatte, nicht begonnen, aber je länger es dauerte, desto unsicherer wurde er. Seine Einheit befand sich auf der Heimatwelt der Dragoner. Sie übte auf Dragonergelände. Ihre Mechs standen in Dragoner-Wartungshangars. Sie kämpften mit Dragoner-Schiedsrichtern. Theoretisch hatten sie nichts zu befürchten, aber wenn die Dragoner den Black Thorns die Schuld gaben, wer in der Inneren Sphäre sollte das anzweifeln? Dem Ruf von Wolfs Dragonern konnte es keinen Abbruch tun, wenn zwei ihrer Lanzen ein einzelnes Mal von einer unbekannten Söldnertruppe besiegt wurden, aber für die Black Thorns bedeutete es das Überleben. Das Ergebnis des Gefechts würde in der Werbehalle ausgehängt werden, wo es alle möglichen Auftraggeber sehen konnten. Die Nachricht von einem derartigen Sieg würde ihnen ohne Zweifel helfen, einen Kontrakt zu bekommen, wie er ihn sich erhoffte.

Zehn Minuten nach dem Sturz des *Vernichter* in das Gebäude war eine MedEvak-Einheit der Dragoner aufgetaucht, dicht gefolgt von einer Kompanie Sicherheitstruppen. Mehrere Mechs umringten die regungslosen Thorns, während ein *Dunkelfalke* und ein *Grashüpfer* mit ihren riesigen Metallhänden den *Vernichter* aus den Trümmern zogen.

Zu Rose' Überraschung hatte der Pilot noch gelebt, ja, er war sogar noch bei Bewußtsein gewesen, als er vom Sanitätshubschrauber abgeholt wurde. Die Sicherheitseinheit hatte Rose und seine Kompanie unter der Leitung des *Grashüpfer* zurück zum Startbereich eskortiert, wo ihre Mechs abgeschaltet worden waren. Rose hatte versucht, sich mit den anderen zu verständigen, aber die Dragoner hatten jeden Funkverkehr gestört und jeden Kontakt der Piloten untereinander unmöglich gemacht.

Außerhalb der Maschine hatte Rose seine Leute angewiesen, sich ruhig zu verhalten, als sie von Dragoner-Infanterie mit Lasergewehren umringt worden waren. Obwohl die meisten von ihnen selbst bei einem Trainingskampf wie diesem bewaffnet gewesen waren, wären sie für die gepanzerten Dragoner keine Gegner gewesen. Wie Vieh waren die Thorns in einen Panzerwagen getrieben und direkt nach Wolf Hall gefahren worden. Kaum hatten sich die Türen des Wagens hinter ihnen geschlossen, als die übrigen Rose mit wütenden Fragen überschütteten, die er allerdings sofort unterbunden hatte, indem er einen Finger über die Kehle zog.

Er hatte eine sofortige Gerichtsverhandlung, formelle Anklage oder etwas Ähnliches erwartet, was ihm Gelegenheit gegeben hätte, sich zu verteidigen, aber die Wachen hatten die Thorns einfach wortlos hier abgeliefert. Zwanzig Minuten später waren McCloud und Ajax ebenfalls ins Zimmer gestoßen worden, und die Tür hatte sich zum bisher letzten Mal geschlossen.

Zu diesem Zeitpunkt hätte Rose Fragen beantwortet, aber jetzt waren die Black Thorns in dumpfes

Schweigen versunken. Ohne es auszusprechen, waren sie übereingekommen, ihre Gefangenschaft stumm abzuwarten, zumindest, solange sie sich im Hauptverwaltungsgebäude der Dragoner befanden. Ajax hatte die Stimmung sofort erfaßt und sich auf einer langen Bank gegenüber Rose niedergelassen. Seitdem hatte er keinen Laut von sich gegeben. Rachel McCloud hingegen war eine Sache für sich.

Als sie den Raum betreten hatte, war Rose die Wut in ihren Augen nicht verborgen geblieben. Vermutlich war sie vor allem auf die Dragoner wütend, weil die sie zusammen mit den Söldnern eingesperrt hatten. Aber ihren Blicken nach zu urteilen, gab sie auch Rose die Schuld. Sie hatte sich auf den Holzstuhl neben der Tür fallen lassen. Ihre Blicke waren eine offene Herausforderung an jeden, der es wagen sollte, sich ihr zu nähern. Die Black Thorns ließen sie in Ruhe.

Rose hatte vorgehabt, McCloud Gesellschaft zu leisten, aber ein eisiger Blick ihrerseits hatte ihm klar gemacht, wie unerwünscht er war. Er verstand ihre Beziehung kein bißchen besser als zuvor, wußte nicht einmal, ob sie noch eine Beziehung hatten. Sie war höflich gewesen, als er sie aufgesucht hatte, aber nicht mehr. Er wußte, daß sie sich wieder Sorgen darum machte, eine Fracht zu finden, aber wenn sie für den Angriff auf die Dragoner die Mitschuld bekam, sanken die Chancen auf einen profitbringenden Auftrag für sie auf Null. Rose entschloß sich, mit einem klärenden Gespräch zu warten, bis sich die Lage gebessert hatte.

Er blickte sich um und musterte seine Leute. Eber lag auf dem Boden, den Kopf auf der Kühlweste, und schlief. Selbst im Schlaf machte er noch eine beeindruckende Figur. Rianna war zuerst durch den Raum gewandert, aber schließlich hatte sie sich auf eine Bank fallen lassen und versuchte sich seitdem in Entspannungsübungen. Angus war wie immer an ihrer Seite.

Esmeralda und Badicus teilten die Bank mit Ajax, aber selbst nach zwei Stunden konnte Rose ihre Stimmung nicht einschätzen. Aber diese Art der Behandlung schien ihnen nicht neu zu sein.

Rose verlagerte das Gewicht und fühlte das Leder des Holsters über seinen bloßen Oberschenkel scheuern. Den Laser hatten sie ihm gelassen, ebenso das Stiefelmesser. Zeugte das vom Selbstbewußtsein der Dragoner oder von ihrer Arroganz? Während er noch darüber nachdachte, öffnete sich der schwere Riegel der Tür. Sieben Köpfe drehten sich zum Eingang. Eber reckte sich und richtete sich in eine sitzende Position auf. Seine Kühlweste lag jetzt auf seinem Schoß. Die rechte Hand war von der Tür aus nicht zu sehen, aber Rose bemerkte, daß sie auf dem Holster lag. Während er sich mit der Linken den Schlaf aus den Augen rieb, löste die Rechte die Sicherungsschnalle.

Als die Tür sich öffnete, kam ein Sicherheitsbeamter der Dragoner ins Zimmer und nahm neben der Tür Aufstellung. An der leichten Bewaffnung des Mannes erkannte Rose, daß er nur zur Demonstration da war. Wichtig war allein der zweite Mann, der den Raum betrat. Er war klein von Statur, aber der dunkelhäutige Dragoner hatte eine Ausstrahlung, die seine mangelnde Körpergröße leicht wettmachte. Er musterte einen Thorn nach dem anderen. Auf Eber blieben seine Blicke einen Moment hängen. Rose stand auf und trat ihm gegenüber.

Der Dragoner streckte die Hand aus. Rose trug sich mit dem Gedanken, die Geste zu ignorieren, aber dann entschied er sich, in seiner Position auf Beleidigungen zu verzichten. Höflichkeit unter Streß schien Leute, die dazu nicht fähig waren, grundsätzlich zu verärgern und den Respekt derer zu sichern, die sie ebenfalls zeigten. Als die beiden einander die Hände schüttelten, erkannte Rose, daß sein Gegenüber zur letzteren Kategorie zählte. Er betrachtete die Uniform des Dragoners. Ein Offizier der Infanterie. In ihrer momentanen Lage konnte das nur …

»Major Brubaker, ich dachte schon, die Dragoner hätten uns vergessen.«

Brubaker neigte den Kopf und sah zu Rose auf. »Kaum, Kapitän Rose.« Rose nickte lächelnd. Er war ein Muster an Höflichkeit. »Wie Sie sich wohl denken können, haben wir Sie wegen der Aktionen Ihrer Einheit auf dem Trainingsgelände festgehalten.«

Keine Entschuldigung. Das war typisch für einen Dragoner. Und erst recht für einen Infanteristen im Gespräch mit einem MechKrieger.

»Ich verstehe. Ich nehme an, wir können jetzt gehen?« Rose hob beide Augenbrauen und setzte seine freundlichste Miene auf.

Major Brubaker kaute einen Moment auf der Unterlippe. Rose wartete höflich auf Antwort.

»Nach näherer Betrachtung der Holovids haben wir entschieden, daß Hauptmann Hawkens die Gefechtsregeln verletzte, als er auf den *Kriegshammer* einschlug.« Rose hörte ein scharfes Zischen hinter sich. Wahrscheinlich Esmeralda, die unwillkürlich den Atem angehalten hatte. Brubaker hielt den Blick fest auf Rose gerichtet und ignorierte die Ablenkung. »Hauptmann Hawkens wird überleben und möglicherweise aus der Erfahrung lernen, wenn ich auch Zweifel habe, was seine weitere Karriere angeht. Falls es für Sie eine Bedeutung hat: Die Feldschiedsrichter haben beide Seiten disqualifiziert.« Rose war keineswegs überrascht. Natürlich kümmerten sie sich vor allem um die eigenen Leute, selbst wenn diese die Regeln verletzten. »Als Chef des Kontraktkommandos habe ich ihren Bericht jedoch verworfen und Ihre Einheit zum Gewinner der Begegnung erklärt.« Rose nickte dankbar, weil er seiner Stimme vor Überraschung nicht traute. Zu seiner noch größeren Überraschung sprach Brubaker weiter.

»Was immer Sie von Wolfs Dragonern glauben mögen, wir dulden ein Benehmen, wie Hauptmann Hawkens es heute nachmittag gezeigt hat, keineswegs. Er hat den *Kriegshammer* zuerst attackiert und dabei offensichtlich auf das Cockpit gezielt. Hätte sein Schlag besser getroffen, läge er jetzt unter Mordanklage im Sicherheitstrakt des Hospitals. Ihre Vergeltung ändert nichts an der Tatsache, daß Hauptmann Hawkens als erster die Regeln verletzt hat. Damit hat sein Team das Gefecht automatisch verloren.« Rose war beeindruckt. Die Dragoner lebten nach denselben Standards, die sie von den übrigen Söldnern hier auf Outreach verlangten.

Brubaker hatte die Augen nicht von Rose genommen, als er sprach, aber seine Stimme war laut genug, um im ganzen Raum gehört zu werden. Er wußte ebenso wie Rose, daß der Kampf sehr leicht anders hätte ausgehen können, und daß in jenem Fall Esmeralda im Hospital oder sogar in der Leichenhalle hätte liegen können. Jetzt drehte er sich einen halben Schritt zur Seite und sah hinüber zu Angus und Rianna.

»Die Vernichtung des *Kreuzritter* mit einer einzigen Salve war sehr beeindruckend.«

Rianna wurde rot und lächelte schüchtern. »Danke.«

»Ich fürchte, Sie mißverstehen mich. Ich habe keineswegs gemeint, daß Ihre Aktion gut war, nur reißerisch. Sich ins Schwert des Gegners zu stürzen ist in den seltensten Fällen vernünftig.«

Rose' Schwester lief tiefrot an, und Brubaker drehte sich wieder zu Jeremiah um. »Kapitän Rose, Oberst Parella wird äußerst verärgert sein, wenn er erfährt, was Sie mit einer seiner Lanzen gemacht haben.« Mit einem Nicken verließ der Major das Zimmer.

Sie konnten also gehen, und Rose ließ sich nicht lange bitten. Trotzdem kam ihm McCloud noch zuvor. Als ein Sicherheitswagen sie am Startbereich absetzte, dämmerte es schon. Rose versammelte seine Einheit um einen der enormen Füße des *Streitroß*.

»Jetzt, wo wir allein sind, können wir endlich entspannen. Wir haben noch ein paar Stunden Wartungsarbeit zu absolvieren, bevor wir zur Nachbesprechung kommen. Aber macht euch keine falschen Hoffnungen. Im Einsatz wird es anders laufen. Ich will nur absolut sichergehen, daß uns niemand belauscht. Schafft die Mechs zurück in den Hangar, macht sauber und kommt in drei Stunden zum Abendessen in mein Zimmer. Das könnt ihr als Befehl ansehen.«

Rose wandte sich an Rachel McCloud. »Ich weiß, daß ich Ihnen nichts befehlen kann, Käpten, aber ich würde es begrüßen, wenn Sie sich uns anschließen.« McCloud schenkte sich eine Antwort. Zum erstenmal in seinem Leben war Rose froh, daß Blicke nicht töten können.

Drei Stunden später platzte McCloud in Rose' Hotelzimmer. Der Rest der Einheit war über die Suite verteilt und verputzte gerade die letzten Reste des von Ajax besorgten Essens. Rose schloß die Tür und ging zurück zu seinem Platz. Die Black Thorns hatten die rapide Verschlechterung ihrer Situation diskutiert, als der Empfang ihn von der Ankunft McClouds in der Lobby unterrichtet hatte. Es hatte Rose einige Mühe gekostet, sich an die Suite zu gewöhnen, die er als »Zimmer« zugeteilt bekommen hatte, auch wenn dies ein Privileg des Einheitskommandeurs war. Sie bestand aus Besprechungszimmer, kleinem Büro, Bad, Schlafzimmer und Küche. Hier hätte die ganze Einheit logieren können, und schon mehr als einmal hatte eines ihrer Mitglieder nach einer nächtlichen Besprechung auf dem Sofa übernachtet. Rose hatte sich erst mit der teuren Suite abgefunden, nachdem Rianna ihn darauf hingewiesen hatte, daß sie gleichzeitig als Büro der Einheit dienen konnte. Gäste in einer der Hotelsuiten waren für Besucher nur nach Nachfrage durch die Rezeption zu sprechen. Jetzt allerdings schien es, als würde das Zimmer nicht mehr allzulange ein Problem darstellen.

»Gute Abend, Käpten«, begrüßte Rose McCloud. »Ich nehme nicht an, daß es sich um einen Höflichkeitsbesuch handelt.«

McCloud starrte ihn wütend an, und Rose holte die letzte Garnele aus dem Pappkarton. Er fragte sich, wie er dieser Frau jemals hatte näherkommen können und was ihre Haltung ihm gegenüber so grundlegend verändert hatte. »Wir sind gerade unsere Möglichkeiten durchgegangen, als Sie kamen. Es sollte nicht mehr lange dauern, und da ich den Eindruck habe, daß Sie mit denselben Schwierigkeiten kämpfen, ist es vielleicht ganz gut, daß Sie hier sind. Esmeralda.«

Rose nahm sich eine halbleere Flasche dunkles Bier und lehnte sich zurück. Esmeralda strich sich das Haar aus dem Gesicht. »Wie man so sagt: Wir haben die Schlacht gewonnen, aber den Krieg verloren. Auch wenn es noch keiner der Zivilisten spitz bekommen hat, stehen wir so ziemlich an der Spitze der Dragoner-Abschußliste. Die Offiziere sind nur gezwungen höflich, und die Mannschaften behandeln uns mit offener Ablehnung. Hawkens war ihnen möglicherweise ein Schmerz im Arsch, aber sie halten zusammen. Ihre jüngsten Schwierigkeiten haben sie vermutlich zusammengeschweißt. Wie viele Herausforderungen haben wir inzwischen bekommen? Von acht verschiedenen Dragoner-Einheiten?«

»Neun«, antwortete Badicus. »Wenn du den Panzerzug mitrechnest.«

»Zwölf.« Alle drehten sich zu Rianna um, die nur mit den Schultern zuckte. »Heute nachmittag habe ich in meinem Zimmer drei weitere gefunden.«

»Kurz gesagt: Ihr habt die Dragoner beleidigt, und ich muß dafür bezahlen.« Rose machte sich klar, daß er Rachel zum erstenmal an diesem Tag hatte etwas sagen hören. Ihre Stimme war noch immer himmlisch.

»Darf ich daraus schließen«, begann er vorsichtig, »daß diese Behandlung sich nicht auf uns beschränkt?«

»Nein. Die *Bristol* und ihre gesamte Besatzung werden mitgeteert.« McCloud warf die Arme hoch. »Nicht, daß sich irgend etwas nachweisen ließe. Sicher, manche Techs sind beleidigend, aber Techs dieser Sorte gibt es massenhaft. Ersatzteile, die vorher verfügbar waren, sind plötzlich unauffindbar, aber so etwas kommt vor. Servicemannschaften haben keine Zeit mehr ... Inspektionen dauern länger ... Formulare lassen auf sich warten ...«

»... Kosten liegen etwas über dem Voranschlag und so weiter und so fort. Schon gut«, schloß Rose die Aufzählung ab. »Wir sind in Harlech offenbar nicht mehr willkommen. Wir müssen die Dinge zum Bessern wenden, solange wir noch eine Chance dazu haben. Wenn wir noch viel länger warten, werden wir gar keine Optionen mehr haben. Also, was machen wir? Rianna, wie sieht es mit einem Kontrakt aus?«

»Schlecht. Das einzige Angebot bis jetzt ist das von Borghese. Ich rede jeden Tag mit der Delegation, aber bisher konnte ich sie hinhalten. Aus irgendeinem Grund scheinen sie einen Narren an uns gefressen zu haben. Sie haben die Suche nach einer anderen Einheit aufgegeben, bis wir unsere Entscheidung treffen. Wenn wir ihn wollen, gehört der Kontrakt uns.«

»Haben wir noch irgend etwas anderes in Aussicht, auch wenn es nur vage ist?«

Rianna runzelte die Stirn und rieb sich die Augen: »Nichts. Ein paar längere Garnisonsaufträge sind im Bereich des Möglichen, aber die Chancen stehen nicht gut. Es gibt zu viele zerschlagene Einheiten, die von den Frontlinien zurückkehren und mit Freuden einen bequemen Garnisonsjob annehmen.«

»Können wir irgendwas als Subunternehmer einer anderen Einheit bekommen?« fragte Eber. Rose starrte ihn überrascht an. Er war erstaunt, daß der Riese an diese Möglichkeit gedacht hatte, die ihm selbst gar nicht in den Sinn gekommen war.

»Es liegt nichts vor. Ein Teil der größeren Einheiten bieten qualifizierten Einheiten Jobs an, aber in der Regel sind das keine echten Subunternehmerverträge. Wir wären in einem Langzeitvertrag gefangen und kämen nicht wieder raus.« Eine Weile blieb alles stumm.

»Lösen wir uns auf?« Es war Angus, der die Frage stellte, aber niemand sah hoch. Rose hatte Angst, die Frage könnte den Tod seiner neuen Einheit bedeuten. Er beschloß, darauf gar nicht erst zu antworten. Er hatte mit allen Anwesenden Verträge, aber gegen ihren Willen konnte er sie nicht führen. Besser, die Sache jetzt auszutragen. Wieder überraschte Eber Rose, indem er als erster reagierte.

»Ich habe gesagt, ich mache mit, und das habe ich ernst gemeint. Außerdem wird es gerade erst interessant.« Er stand langsam auf, nahm Haltung an und salutierte. Ohne auf eine Antwort zu warten, packte er einen der Essenskartons und setzte sich wieder.

»Ich gehe nicht, es sei denn, ich werde rausgeworfen«, erklärte Esmeralda nach einer kurzen Pause. Auch sie stand auf und salutierte. Als sie sich wieder setzte, erhob sich Badicus. »Ich habe bis jetzt mitgemacht und wüßte nicht, warum ich plötzlich aufhören sollte.«

Als nächster erhob sich Ajax und stellte mit formellem Liao-Gruß fest: »Auch wenn ich ein unerprobtes Mitglied dieser Einheit bin, hoffe ich, ebenso ehrenvoll zu dienen wie der Rest.« Er verneigte sich leicht aus der Hüfte und setzte sich.

Rianna erhob sich und Angus folgte ihr. Beide salutierten auf klassische *Highlander*-Manier. »Wir sind Familie. Die Frage erübrigt sich.«

Rose atmete wieder gleichmäßig und versuchte, Ruhe auszustrahlen. Insgeheim schwor er, sich dieser Loyalität würdig zu erweisen. Er stand langsam auf und salutierte seinerseits. Dann sah er hinüber zu Rachel McCloud.

»Käpten, ich weiß, daß Sie sich Sorgen um Ihr Schiff und seine Besatzung machen. Ich kann das verstehen, aber ich kann nicht ungeschehen machen, was passiert ist, so unfair das Ergebnis für Sie auch sein mag. Ich kann Ihnen nur versprechen, daß ich die Situation so erträglich mache wie möglich. Wir brauchen die Dienste eines guten Landungsschiffs mit erfahrener Besatzung. Sie kennen uns, Sie kennen mich. Ich werde tun, was in meiner Macht steht, damit Ihr Schiff und Ihre Besatzung versorgt sind.«

McCloud betrachtete Rose einen Augenblick, dann senkte sie den Kopf und dachte nach.Die Black Thorns beobachteten sie. Nach langen Minuten warf sie den Kopf zurück und sah Rose mit glänzenden Augen an. »Gott weiß, daß ich eine Närrin bin, aber ich nehme an. Mit jeder Stunde, die ich länger auf diesem Planeten verbringe, komme ich näher an einen Start ohne Ladung. Ihr seid das beste Geschäft, das ich zur Zeit machen kann. Aber ich muß die Sicherheit meiner Crew garantieren. Ihr werdet meine Leute schützen, wenn wir die Clanfront erreichen.«

Rose grinste, und seine Leute taten es ihm gleich.

»Ich habe den Eindruck, daß wir außer auf Borghese nirgends erwünscht sind – und wie es der Zufall will, zieht es mich genau dorthin«, stellte er munter fest.

»Besser, als hier rumzuhängen«, stimmte McCloud zu und erwiderte sein Lächeln.

»Ria, ruf die Borgheser an. Sag Ihnen, die Black Thorns sind unterwegs.«

TEIL II

20

Houston, Borghese

13. Dezember 3054

Der Flug nach Borghese war genauso trostlos, wie Rose es befürchtet hatte. Das Leben an Bord eines Landungsschiffes war für die transportierten Truppen immer langweilig. Die Schiffsbesatzung machte die ganze Arbeit, und von den Söldnern wurde nur erwartet, daß sie der Crew aus dem Weg gingen. Auf dem Flug von Outreach zum Sprungpunkt hatte ein wütender Käpten McCloud Rose einige Male auf die Brücke gerufen, damit der seine Leute aus dem Weg schaffte. Schlammstampfer waren in der Enge eines Landungsschiffes ganz und gar nutzloser Ballast.

Schließlich schlossen die Raumfahrer und die Söldner eine Art Waffenstillstand, der Rose und seinen Leuten mehr Freiheit an Bord des Schiffes und der Crew weniger Sorgen garantierte. Nach dem ersten Sprung spielte sich an Bord eine gewisse Routine ein. Alle sechs bis acht Tage mußte die *Eisenhand,* das Sprungschiff, das die *Bristol* transportierte, haltmachen, um mit seinem riesigen Sonnensegel den Antrieb aufzuladen. In dieser Zeit konnten Rose und seine Söldner im Laderaum an ihren Mechs arbeiten. Normalerweise hätte es dort Platzprobleme gegeben, aber da die *Bristol* Outreach viel früher als geplant hatte verlassen müssen, waren ihre Frachträume kaum gefüllt.

Wenn das Kearny-Fuchida-Triebwerk voll aufgeladen war, teilte der Sprungschiffkapitän den Landungsschiffen mit, daß es Zeit zum Sprung ins nächste System ihrer Route war. Daraufhin wurde die Ausrüstung verstaut, und die Insassen der *Bristol,* Raumfahrer und Söldner, schnallten sich für den Nullzeitsprung durch den Hyperraum zu einer dreißig Lichtjahre näher an ihrem Ziel gelegenen Sonne an. Nach dem Sprung machten sich die Raumfahrer wieder an ihre Arbeit, und die Söldner kehrten in den Laderaum zurück.

Die Unterbringung war ebenso großzügig bemessen wie der Platz im Laderaum. Jedes Mitglied der Black Thorns hatte seine eigene Kabine, ein an Bord von zivilen wie militärischen Landungsschiffen unerhörter Luxus. Die Söldner waren begeistert wie junge Kadetten.

Da es an Bord keine regulären Tag- und Nachtperioden gab, gestattete Rose den Söldnern zu arbeiten, wann es ihnen paßte. Einmal in der Woche, meist kurz vor einem Sprung, hielten sie regelmäßige Besprechungen in der Messe ab. Bei diesen Besprechungen wurden sie alle über das Ergebnis der Wartungsarbeiten in Kenntnis gesetzt.

Rose hatte noch keinen MechKrieger gefunden, der nicht wenigstens bis zu einem gewissen Maße selbst an seiner Maschine arbeitete. Selbst Haustruppen, deren Mechs Eigentum des Nachfolgerfürsten waren, in dessen Diensten sie standen, arbeiteten daran, ihre Mechs so zuverlässig und bequem wie möglich zu machen. Unabhängige Einheiten und Piloten, die selbst Eigentümer ihrer Mechs waren, waren berühmt für ihre Bastelwut. Bei Eber, dessen BattleMech seit Generationen Familieneigentum war, grenzte die Hingabe, mit der er an seinem Koloß herumfuhrwerkte, ans Anomale.

Als kleine Einheit konnten sich die Black Thorns die Dienste eines eigenen Techs nicht leisten. Rose hoffte, eines Tages eine große Einheit mit komplettem Hilfsstab zu führen, aber noch mußte jeder Krieger sich persönlich um die Wartung seines Mechs kümmern. Wenn die Aufgabe zu groß war oder über die Fähigkeiten des Piloten hinausging, teilte Rose andere Teammitglieder zu seiner Unterstützung ein. Glücklicherweise hatte er mehrere Krieger mit ausgezeichneten Techfähigkeiten unter Vertrag.

Rianna hatte eindeutig die breiteste formale Ausbildung, aber ein großer Teil davon hatte herzlich wenig mit den Arbeiten zu tun, die notwendig waren, um einen sechzig Jahre alten BattleMech nach zahllosen Gefechten in Gang zu halten. Eber andererseits war ein Quell von Informationen über das Umgehen beschädigter Schaltkreise und die Reparatur im Kampf beschädigter Bauteile. Zusammen mit Esmeralda hielten die beiden die vier übrigen Söldner während des kompletten Arbeitszyklus beschäftigt.

Rose bestand darauf, selbst an seinem Mech zu arbeiten. Damit wollte er einerseits ein Vorbild geben; doch er legte auch größten Wert darauf, alles über sein *Streitroß* zu erfahren, bevor er es in die Schlacht führen mußte. Sein Beispiel schien den gewünschten Effekt zu haben. Beim letzten Sprung der *Eisenhand* nach Borghese waren alle sieben Mechs in ausgezeichneter Verfassung. Sie waren nach dem von Rianna ausgearbeiteten Schema lackiert und numeriert, und Rose mußte zugeben, daß seine halbe Kompanie allerhand hermachte. Genug, hoffte er, um die planetaren Machthaber von Borghese zu beeindrucken. Wenn die Söldner nicht an ihren Mechs arbeiteten, studierten sie, was sie im Scherz ihre Spielpläne nannten.

Rose hatte anhand seiner Erfahrung bei den ComGuards eine Serie von Manövern erarbeitet, die es der Einheit gestatteten, sich mit einem Minimum an Befehlen und Konfusion aufzustellen und zu bewegen. Ursprünglich hatte er das System für eine ganze Kompanie ausgearbeitet, aber es hatte nicht lange gebraucht, das Handbuch auf die Bedürfnisse der kleineren Einheit zurechtzustutzen. Er hatte die Einheit in drei Halblanzen eingeteilt. Die HetzLanze bestand aus

Angus' *Valkyrie* und Ajax' *Rabe.* Rianna und Rose stellten die KommandoLanze, während Esmeraldas *Kriegshammer,* O'Sheas *Dunkelfalke* und Ebers *Zeus* die KampfLanze formten.

Die Einheit hielt in regelmäßigem Abstand Besprechungen ab, während derer Rose einzelne Mitglieder der Einheit abfragte, welche Manöver bei einer bestimmten Aktion von ihnen erwartet wurden. Nachdem sie sich ein-, zweimal vor ihren Kameraden lächerlich gemacht hatten, trugen die Söldner ihre Handbücher ständig bei sich und fragten sich gegenseitig ab. Am Ende der Reise waren es die Black Thorns, die Rose mit Situationen und Befehlen testeten.

Rose verbrachte einen beträchtlichen Teil seiner Zeit bei seinem Mech, aber trotzdem war er in der Freizeit häufig bei der Delegation von Borghese oder bei Rachel McCloud zu finden. Leo Wilkins erwies sich, obwohl er Zivilist war, als angenehmer Gesellschafter, aber Hoffbrowse hatte auf Rose die Wirkung eines starken Schlafmittels. Beide Männer waren gut über die Lage auf Borghese informiert und betrachteten es als ihre Pflicht, Rose alles beizubringen, was sie wußten. Entgegen Hoffbrowse' entschiedenen Bemühungen konzentrierte sich Rose nur auf die Hauptpunkte und ignorierte die meisten Details.

»Ich brauche nicht jede Einzelheit über den Planeten zu wissen«, erklärte Rose seinem Gegenüber wiederholt. »Hauptsache, ich kenne jemanden, der sie weiß.« Trotzdem fand Rose viel mehr über Borghese heraus, als er eigentlich geplant hatte.

Über 80 Prozent der planetaren Oberfläche Borgheses waren von Wasser bedeckt. Die Welt besaß einen einzigen Kontinent, und der war kleiner als Australien, wo die ComGuards auf Terra trainiert hatten. Angesichts so wenig nutzbarer Landfläche hatten die ersten Siedler sich für ihren Unterhalt dem Meer zugewandt, aber das schlug sie mit plötzlich aufkommenden Stürmen und gewaltiger Brandung zurück. Schließlich hatten die Siedler aufgegeben, und die Bevölkerung hatte sich auf niedrigem Niveau stabilisiert. Borgheses zehn Millionen Einwohner waren hauptsächlich in der einzigen Industrie des Planeten beschäftigt, dem Meerjungfernfang.

Bei diesen Kreaturen handelte es sich nicht wirklich um Meerjungfrauen, aber der von den frühen Siedlern für diese Fischart gefundene Name hatte sich durchgesetzt. Wegen der Stürme war der Fischfang auf küstennahe Gewässer beschränkt, aber Meerjungfern galten auf vielen Welten als Delikatesse und brachten gutes Geld. Jeder Fischer, der es schaffte, die Händler zehn Jahre oder länger zu beliefern, konnte sich mit einem kleinen Vermögen zur Ruhe setzen.

Die einzige Großstadt auf Borghese war Houston. Diese weitläufige Metropole an der Südküste beherbergte mehr als 60 Prozent der Weltbevölkerung. Die restlichen Orte waren meist Kleinstädte oder, und das war der häufigere Fall, kleine lockere Dorfverbände aus Häusern, die zufällig in der Nähe anderer Höfe erbaut worden waren. Der Boden war auch für den Anbau mehrerer, ursprünglich terranischer Hybridfeldfrüchte geeignet, hauptsächlich Bohnen-, Mais- und Weizenarten. Dadurch war auch eine begrenzte Viehzucht möglich.

Nach dem Studium der von Hoffbrowse gelieferten Informationen kam Rose zu dem Schluß, daß Borghese noch immer von Pionieren dominiert wurde, die sich weigerten zu glauben, daß es etwas Besseres als ihr Leben geben konnte. Der Planet war völlig autark, aber das war auch schon das einzig Gute, was man über ihn sagen konnte. Andererseits, überlegte Rose, war das unter den vorherrschenden Bedingungen möglicherweise schon eine ganze Menge.

Wenn er endlich überzeugt war, genug für einen Tag

geleistet zu haben, wanderte Rose in der Regel in die Crewquartiere, um sich nach McCloud umzusehen. Er würde ihr die Hilfe, die sie ihm auf Northwind geleistet hatte, nie vergessen, aber nach ihrem Wiedersehen auf Outreach hatte sich irgend etwas verändert. Rachel schien ein ganz anderer Mensch. Trotz ihrer früheren Vertrautheit bestand sie darauf, Distanz zu halten. Er war sicher, daß er ihre persönliche Beziehung möglicherweise bis zum endgültigen Bruch belastet hatte, als er sie und ihr Landungsschiff in das Dragonerfiasko mit hineingezogen hatte.

Die lange Reise nach Borghese schien ihre Wut auf Rose jedoch gedämpft zu haben, und gegen Ende der Reise war sie wieder so, wie er sie kannte. Oder zumindest so, wie sie gewesen war, als er ihr auf der Reise von Terra nach Northwind zum erstenmal begegnet war.

Als die *Bristol* sich vom Sprungschiff löste und mit dem neuntägigen Flug ins Systeminnere begann, überflog Rose die eintreffenden Berichte von Borghese. Als die neun Tage um waren, glaubte er, einen guten Überblick über das politische Klima der Welt zu haben, aber was er erfahren hatte, gefiel ihm gar nicht. Wenn die Nachrichtensendungen recht hatten, wurden die Söldner keineswegs mit offenen Armen willkommen geheißen. Mehrmals während der letzten Etappe des Fluges sprach Rose Wilkins darauf an, aber der Zivilist weigerte sich standhaft, ihm irgendwelche weitergehenden Informationen über die Lage zu liefern.

»Jetzt, da wir wieder im Borghese-Raum sind, muß ich Sie bitten auf eine offizielle Antwort des Herrscherrats zu warten«, erklärte Wilkins. Bevor die *Bristol* ins System von Borghese gesprungen war, hatte Wilkins sich förmlich überschlagen, Rose alles zu liefern, was dieser verlangte. Zwei Stunden, nachdem McCloud die offizielle Anflugmeldung an die Hafenbehörden von Borghese abgeschickt hatte, war Wilkins dann abrupt mit Stummheit geschlagen. Rose brauchte nicht erst bei McCloud nachzufragen, um zu wissen, daß der Mann eine Nachricht von seinen Vorgesetzten erhalten hatte. Er war angewiesen worden, den Mund zu halten. Noch während die *Bristol* sich dem Raumhafen von Houston näherte, wußte er, daß hier irgend etwas faul war.

Als die *Bristol* aufsetzte, konnte Rose außerhalb des Landefelds Demonstranten sehen. Auf ihren Transparenten wurden Rose und seine ›Killersöldner‹ aufgefordert, wieder zu verschwinden. Die Demonstranten waren nicht besonders zahlreich, aber aus den Nachrichten wußte Rose, daß sie mit ihrer Meinung nicht allein standen. Sein Team hatte das Landungsschiff noch nicht verlassen, und schon mußte er die erste Entscheidung treffen. Eine Entscheidung, die ohne Zweifel das Thema der gesamten Mission festlegen würde.

Bei Mechtruppen war es Sitte, ein Landungsschiff in Paradeformation zu verlassen, jedenfalls auf einem sicheren Raumhafen. Häufig wurde die Ankunft einer neuen Einheit mit Musik und Zeremoniell gefeiert, bei dem der Schutz eines Gebietes offiziell von einer Einheit auf die andere oder von Zivilbehörden auf die neu eingetroffene Einheit überging. Schon als die Bristol noch weit über dem Raumhafen hing, war Rose die Abwesenheit der typischen Zuschauertribünen aufgefallen. Er griff nach dem Sprechgerät und wählte Wilkins' Kabine an.

»Ja?« Wilkins klang wie ein Mann in Eile.

Rose machte sich nicht die Mühe, seinen Namen zu nennen. »Sie haben doch gesagt, daß unser Kontrakt vom Herrscherrat akzeptiert wird, richtig?«

»Ja. Die Vereinbarung, die wir abgeschlossen haben, ist entsprechend der Vereinbarung mit der Söldnerprüfungs- und Vertragskommission bindend, aber der Herrscherrat hat in allen Fragen, die Sicherheit und

Schutz des Planeten betreffen, das letzte Wort. Er muß den Vertrag ratifizieren, bevor Sie offiziell angeworben sind.«

Rose hatte Wilkins diese Frage schon mindestens dreimal vorher gestellt, aber nie mehr als eine halbe Antwort bekommen. Jetzt hörte er: »Warten Sie auf den Herrscherrat.«

»Schön. Sagen Sie mir nur, wo der Herrscherrat zusammentritt.«

»Im RatsPavillon. Er liegt am anderen Ende der Ratsallee. Wenn Sie den Landeanflug beobachtet haben, müssen Sie die Säulenallee gesehen haben. Sie ist ziemlich beeindruckend.«

»Danke.« Rose beendete das Gespräch. Er *hatte* die von Säulen flankierte Prachtstraße und das riesige weiße Gebäude an deren Ende gesehen. Die Allee führte geradewegs vom Raumhafen zum Regierungssitz. Gott mochte den Borgehesern helfen, wenn es je zu einer überraschenden Invasion kam. Der Angreifer hätte einen Mech in der Halle des Ratsgebäudes geparkt, bevor die Ratsmitglieder überhaupt mitbekamen, daß er gelandet war. Rose wählte Esmeraldas Nummer.

»Laß aufsatteln, Essy«, befahl er, als Esmeralda sich meldete. »Wir marschieren in die Stadt.«

»Bist du sicher? Wir scheinen freundliche Opposition zu haben.«

»In drei Minuten will ich alle Piloten in ihren Mechs sehen.« Rose machte eine Pause. »Mach eine Übung daraus.« Er grunzte und packte sein Holster, als er die Verbindung unterbrach.

Er schnallte das Holster um, während er den Gang hinablief. Die Raumfahrer waren alle auf den oberen Decks beschäftigt, deshalb warf er jede Vorsicht über Bord und rannte, so schnell er konnte. Als Kommandeur der Einheit hatte Rose eine Kabine ein Deck über dem Rest der Einheit, aber in derselben Entfernung von den Mechhangars. Am Ende des Gangs schlug er auf den Türöffner und duckte sich unter dem schnell nach oben gleitenden Schott hindurch. Ohne sich umzusehen, schlug er auf die Druckplatte und trat in den Hangar. Unmittelbar vor ihm führte eine Treppe hinab, aber er ignorierte sie. Statt dessen schwang er die Beine über die beiden Geländer und rutschte hinunter aufs Deck. Als er den Boden erreichte, öffnete sich gerade das Schott auf der anderen Seite des Hangars, und Ajax führte den Rest der Einheit herein. Er riß die Augen auf, als er sah, daß Rose den Hangar als erster erreicht hatte.

Rose grinste zu ihm hinüber und rannte zu seinem Mech. Er kletterte die Kettenleiter zu den Handsprossen am Torso hinauf und holte die Leiter ein. Während sie im unteren Torso des *Streitroß* verschwand, kletterte Rose weiter. An der Schulter des Mechs hielt er kurz an und sah sich um. Die anderen kletterten ebenfalls an ihren Maschinen empor. Ajax würde sein Ziel wahrscheinlich als erster erreichen, da er erstens flink war und zweitens einen relativ niedrigen Mech besaß.

Rose ging um den Kopf des *Streitroß* herum und kroch durch die Luke in dessen Hinterkopf. Er schloß und verriegelte die Luke, dann ließ er sich auf die Pilotenliege sinken. Aus der Halterung über dem Hauptsichtschirm zog er den Neurohelm herunter und senkte ihn auf die Schultern. Jetzt konnte er mit der Startsequenz beginnen. Der Reaktor wurde hochgefahren, und die Lichter an den Kontrollen erwachten zum Leben.

»Autorisationsüberprüfung.« Rose liebte die Stimme seines neuen Mechs, auch wenn er das niemals zugegeben hätte. Manche Piloten legten den Sprachmodulator ihrer Maschine lahm, weil sie sich von der Computerstimme abgelenkt fühlten, aber Rose hatte auch bei den ComGuards immer Wert auf diese zusätzliche

Informationsquelle gelegt. Die Stimme des *Shootist* war hart und emotionslos gewesen, aber das *Streitroß* schnurrte geradezu. Als er den Mech übernommen hatte, war das System ausgeschaltet gewesen, aber kurz vor dem Sprung nach Borghese war es Rose gelungen, den Modulator wieder in Gang zu setzen und mit Warntexten für verschiedene feindliche oder bedrohliche Aktionen zu programmieren. Jetzt hörte er die Computerstimme zum erstenmal außerhalb der Testreihen.

»A rose by any other name«, begann Rose.

»... is still a rose«, vervollständigte der Computer. »Sieh dich vor der Rose vor ...«

»... und fürchte ihre Dornen.«

»Identität bestätigt. Willkommen an Bord, Kapitän.«

Rose öffnete den Befehlskanal. »Thorns, Meldung.«

»Hetzer Zwo bereit.« Rose war nicht überrascht, als Ajax sich als erster meldete.

»Hetzer Eins bereit.« Daß Angus als zweiter seine Klarmeldung gab, überraschte ihn sehr wohl. Der Junge klang nicht einmal außer Atem.

»Kämpfer Eins bereit.« Esmeralda bewegte die Arme des *Kriegshammer* und schwenkte die riesigen PPKs durch den Hangar.

»Kommandant Zwo bereit. Erbitte sofortige Ausschiffungserlaubnis von Landungsschiff.« Rose machte sich nicht die Mühe zu antworten. Als sein Erster Offizier kümmerte sich Rianna um Detailfragen wie das Öffnen der Hangartore, während Jeremiah die Truppen durchcheckte.

»Kämpfer Drei bereit.« Blieb nur noch Badicus. Rose wartete. Die Hangartore glitten langsam auf.

»Kämpfer Zwo bereit, sozusagen. Primärsichtschirm reagiert nicht.«

Rose schüttelte den Kopf und sah hinüber zu dem bewegungslosen *Dunkelfalke*. Die Sichteinheit war unmittelbar nach dem Kampf auf Solaris ausgefallen.

Rose hatte sie auf dem Weg nach Outreach zweimal ausgetauscht, und als sie unterwegs nach Borghese bei der Überprüfung erneut versagte, hatte Eber sie völlig neu zusammengebaut.

»Umschalten auf Sekundärsystem. Bestätige Optik.«

»Sekundär bestätigt. Aber rennt mir nicht weg. Ich hätte verdammte Schwierigkeiten, euch wiederzufinden.« Das war keine Übertreibung. Der kleinere Schirm war mit 60 % Bildgröße nur etwa halb so groß wie der Hauptschirm, und darauf übersah man schon mal was. In einem Gefecht war er ein Vorteil, aber niemand wünschte sich, auf ihn angewiesen zu sein, schon gar nicht bei engen Manövern.

»Tore sind offen. Bereit zum Ausschleusen.«

Die Stimme seiner Schwester ließ nicht den Hauch von Anspannung erkennen. Sie klang kühl und sachlich. Hoffentlich konnte sie das durchhalten.

»In Zweierreihe, Thorns. HetzLanze, an die Spitze. Kommandant Zwo folgt mittig. Kämpfer Eins zusammen mit Kämpfer Zwo am Schluß. Versuch, ihm zu helfen. HetzLanze, wir marschieren die Hauptstraße hinunter. Marschiert weiter, bis ihr vor dem größten weißen Gebäude steht, das ihr je gesehen habt.«

Der *Rabe* und die *Valkyrie* bewegten sich die Rampe hinab. Die beiden waren ein hübsches Paar. Beim Einmarsch in die Stadt legte Rose Wert darauf, daß die Kolonne Eindruck machte. Rianna verließ das Schiff allein, und Eber trat an Rose' rechte Seite. Esmeralda und Badicus schlossen sich ihnen an.

Als das *Streitroß* die Rampe hinabstieg, fiel zum erstenmal Sonnenlicht auf die neue Lackierung. Mit Ajax' Hilfe hatte sich Rianna für Rot und Schwarz als Primärfarben der Einheit entschieden. In Anbetracht des Einheitsnamens erschien Rose diese Wahl passend. Außerdem war die Kombination beeindruckend kontrastreich. Alle Mechs waren mit den gleichen Farben bemalt, aber jede in einem eigenen Muster. In Verbindung mit den Grau- und Silbertönen von Schiff und Raumhafen war der Effekt enorm.

Rose folgte seiner Schwester über das Landefeld und durch die Haupttore. Zulieferwagen und Frachtlaster gaben den Weg frei, als sich die Marschkolonne an den Empfangsgebäuden vorbei zur Ratsallee bewegte. Zehn Minuten später sorgten die Black Thorns dort für ein Verkehrschaos. Sämtliche Wagen fuhren an die Seiten, um die Mechs passieren zu lassen. Wahrscheinlich hatten alle Bürger von Houston schon einmal BattleMechs gesehen, aber Rose gestattete sich einen Moment des Stolzes, als die Zivilisten ihren Alltagstrott unterbrachen und zu den stählernen Giganten hochstarrten. Das *Streitroß* ging um die Wagen herum, gelegentlich stieg es auch über sie hinweg. Bei der geringen Geschwindigkeit der Einheit brauchten sie dreißig Minuten, um den RatsPavillon zu erreichen.

»Halbmondformation. Standardgebäudeschutz.« Rose trat vor, und die Thorns stellten sich um ihn auf. Während das *Streitroß* auf das Gebäude blickte, hatte sich der Rest der Einheit zur Straße umgedreht. Rose schaltete die Außenlautsprecher ein.

»Hier spricht Kapitän Jeremiah Rose von der Söldnereinheit Black Thorns. Wir haben einen bindenden Kontrakt, bestätigt von der Söldnerprüfungs- und Vertragskommission auf Outreach, und wir verlangen eine sofortige Ratifikation.«

Ein paar Minuten geschah überhaupt nichts. Rose drehte die Außenmikrofone auf und lehnte sich zurück. Nach einer Vietelstunde erschien ein breitschultriger Mann am Kopf der Eingangstreppe. Er trug ein elegantes Jackett mit Weste. Rose nahm an, daß er es mit einem der Ratsmitglieder zu tun hatte, vielleicht sogar mit dem Vorsitzenden. Als er das Gesicht des Borghesers mit der Kamera näher heranholte, erkannte er eine perfekte Haltung und die Miene eines Mannes, der es gewohnt war, Befehle zu geben. Das *Streitroß* stand am Fuß der Treppe, und so saß Rose nur wenig höher als der Ratsherr stand. Als der Mann zu sprechen begann, tat er dies trotz der Größe und Entfernung des Mechs mit normaler Stimme.

»Ich bin Ratsvorsitzender Zenos Cooke. Wir haben Sie erwartet, Kapitän Rose. Wenn Sie die Freundlichkeit hätten, mich zu begleiten, können wir beginnen. Der Rat ist vor zwei Stunden zu einer Krisensitzung zusammengetreten.« Der Ratsvorsitzende drehte sich um, dann stockte er. »Ihren Mech müssen Sie natürlich draußen lassen.« Ohne auf eine Antwort zu warten, verschwand Zenos Cooke im Innern des Gebäudes.

21

Houston, Borghese

13. Dezember 3054

Rose schaltete das *Streitroß* ab und folgte Cooke. Der Rest der Black Thorns hielt weiter vor dem Gebäude Wache. Sie blieben über Rose' Funksprechgerät mit ihm in Verbindung. Er bezweifelte, daß es nötig sein würde, sie anzufunken, aber das Gerät beruhigte ihn.

Der RatsPavillon war von innen ebenso beeindruckend wie von außen. Wände, Boden und Decke waren sorgfältig eingepaßt und vermittelten den Eindruck, nahtlos ineinander überzugehen. Im Innern bemerkte Rose eine Handvoll Wachtposten, aber sie schienen hauptsächlich Repräsentationszwecken zu dienen. Sie nahmen Haltung an, als Rose eintrat, aber entweder hatte er die Genehmigung, das Gebäude zu betreten, oder sie pflegten unbekannte Besucher nicht anzuhalten. Er schüttelte den Kopf, als er den Hauptkorridor entlang auf ein riesiges Doppelportal zuging. Diese Borgheser hatten eine militärische Ausbildung noch viel dringender nötig, als er geglaubt hatte.

Am Ende des Gangs wurde Rose endlich von zwei bewaffneten Posten gestoppt. Aber als er gerade stand, zog einer der beiden eine der großen Türen auf, und der andere nahm Haltung an. Rose murmelte ein Dankeschön und trat ein.

Vor Rose öffnete sich die Ratskammer, ein Saal, der von einem halbrunden Tisch mit neun Stühlen beherrscht wurde. Tisch und Stühle befanden sich unter einer Kuppel auf einer Empore. Von Rose' Blickpunkt aus wirkten die um den Tisch versammelten Ratsmitglieder vom Rest des Saals abgehoben, aber das war sicher beabsichtigt. Zahlreiche Assistenten wuselten mit Papieren und Disketten um den Tisch. Zenos Cooke setzte sich gerade auf den Mittelplatz und betrachtete den Computermonitor vor sich.

Rose fühlte sich so ähnlich wie Daniel in der Löwengrube. Er machte sich auf den Weg den kurzen Mittelgang hinab zur Empore. In diesem Teil des Saales war die Decke sehr viel tiefer, und er hatte das Gefühl, einen Tunnel entlangzugehen. Zu beiden Seiten des Ganges waren leere Sitzplätze aufgereiht. Er bemerkte mehrere Trividkameras, die jedoch ausgeschaltet waren. Krisensitzungen des Rates waren offensichtlich nicht öffentlich. Rose ließ die letzte Sitzreihe hinter sich und trat in das Licht der Scheinwerfer unter der Kuppel. Es war wie der Schritt in eine andere Welt.

Acht Augenpaare starrten Rose an, als er ins Licht trat. Zenos hatte ihn schon vorher beobachtet. Er hatte ihn bereits bemerkt, als er den Gang herabkam, während die übrigen Ratsmitglieder weiter ihren Geschäften nachgegangen waren. Rose stieg die sechs Stufen zur Empore hinauf und trat ins Zentrum des Halbkreises. Die Unterhaltungen der Ratsmitglieder verstummten, als die Männer und Frauen den Söldner betrachteten. Er hatte nur kurze Zeit im Cockpit des *Streitroß* verbracht, aber im Vergleich zu den Regierungsspitzen von Borghese wirkte er schäbig. Ein Gefechtsanzug konnte kaum als korrekte Kleidung für eine Regierungsaudienz angesehen werden, schon gar nicht, wenn deren Mitglieder alle derart elegant ausstaffiert waren.

»Kapitän Rose, ich habe die Ehre, Sie auf Borghese willkommen zu heißen.« Zenos Cooke lächelte, und Rose war überzeugt von der Ehrlichkeit der Begrüßung, bis ihm einfiel, daß er es mit einem Politiker zu tun hatte.

»Danke, Herr Vorsitzender.« Rose erwiderte das Lächeln, doch bei ihm fiel es nicht annähernd so freundlich aus.

»Kapitän Rose, stimmt es, daß Sie Mechs vor dem RatsPavillon haben aufmarschieren lassen?« Zenos rollte mit den Augen und stöhnte. Rose drehte sich zu dem Fragesteller um.

Sein erster Gedanke war *Geier,* aber er dachte dabei an den Vogel, nicht an den Mech gleichen Namens. Der Ratsherr, der ihn angesprochen hatte, war ein kleiner Mann mit riesiger Nase und weiten Augen. Seine Stimme krächzte, aber sie hatte eine gewisse Autorität, die Rose immer mit Adel in Verbindung gebracht hatte. Der Mann schien über achtzig Jahre alt zu sein, sein Gesicht war ein Netz aus Falten und Furchen. Rose kannte die Namen aller Ratsmitglieder, aber nicht deren Gesichter oder Ansichten.

»Das ist korrekt.« Rose hielt seine Stimme frei von allen Emotionen. Er wollte sich ganz auf Fakten beschränken.

»Warum?« Rose überlegte, ob er dem Fragesteller direkt antworten sollte, aber dann richtete er sich doch an den gesamten Rat.

»Vor mehreren Monaten boten mir Agenten Ihrer Regierung einen Garnisons- und Kaderkontrakt an. Meine Söldnereinheit hat dieses Angebot schlußendlich akzeptiert und auf dem Planeten Outreach die entsprechenden Dokumente unterzeichnet.« Rose machte eine Atempause, sprach aber schnell weiter, als der Geier Anstalten machte, ihn zu unterbrechen. »Entsprechend diesem Kontrakt habe ich mit dem Einsatz meiner Truppen begonnen. Mechs sind im Frachtraum eines Landungsschiffes nicht viel wert. Trotz der fehlenden Begrüßung am Raumhafen habe ich beschlossen, zum Regierungssitz vorzustoßen und mich meinerseits vorzustellen. Nachdem dies nun geschehen ist, muß ich wissen, wo meine Einheit untergebracht werden soll.« Rose versuchte, seiner Stimme einen leicht beleidigten Tonfall zu geben, aber falls ihm dies gelang, ließ keines der Ratsmitglieder sich etwas anmerken. Als er zu Zenos Cooke hinübersah, lächelte dieser.

»Über Ihre Unterbringung und deren Notwendigkeit ist noch nicht entschieden«, erklärte der Geier.

Cooke rollte wieder mit den Augen. »Herr Crenshaw, Sie übertreten Ihre Kompetenzen«, stellte er fest. Crenshaw verstummte, aber Rose sah ihm an, daß die Diskussion noch nicht beendet war.

»Muß ich daraus auf Zweifel an meinem Kontrakt schließen?« Rose formulierte es als Frage, aber es war eine Feststellung. Ein ernstes Kopfnicken bestätigte seine Worte. »Vielleicht kann mir das jemand erklären?«

»Und ob wir das erklären können.« Alle Augen richteten sich auf Crenshaw, der von seinem Platz aufgestanden war. »Cookes Männer sind ohne Zustimmung des Rates nach Outreach geflogen. Sie haben ohne Befugnis einen Kontrakt abgeschlossen, und dadurch ist er illegal und wertlos. Du hast einen verdammt langen und verdammt nutzlosen Umweg gemacht, Sohnemann.«

Ein lautes Krachen hallte durch die Kuppel. Rose riß den Kopf herum und erwartete, in Cookes Hand einen Hammer zu sehen. Aber der Vorsitzende hämmerte mit bloßen Fingerknöcheln auf die hölzerne Tischplatte. Rose unterdrückte das Verlangen, seine Hände zu massieren. So harte Schläge mit bloßer Hand mußten ziemlich schmerzhaft sein.

»Herr Crenshaw, in Anbetracht der ernsten Lage, in der wir uns befinden, habe ich völlig im Rahmen meiner Befugnisse als Vorsitzender dieses Rates gehandelt. Ich habe, wie vom Gesetz verlangt, zwei Mitglieder des Rates von meiner Entscheidung unterrichtet und die notwendigen Unterlagen bei der Ratsschreiberin hinterlegt. Frau Hillerman, wurden alle Papiere pflichtgemäß hinterlegt und fehlerfrei ins System eingespeist?« Cooke stellte die Frage, ohne den Blick von Crenshaw abzuwenden.

»Das wurden Sie, Herr Vorsitzender.«

»Dann haben Sie, Herr Crenshaw, *keinen* Anlaß, sich zu beschweren.« Abgesehen von der Tatsache, daß du ausmanövriert und abgeschossen worden bist, ergänzte Rose in Gedanken.

Crenshaw schien eine Erwiderung auf der Zunge zu liegen, aber er hielt sich zurück. Er nickte Cooke nur mit wuterfülltem Blick zu und setzte sich ohne ein weiteres Wort.

»Herr Vorsitzender, ich stimme zu, daß Sie jedes Recht hatten, eine Delegation nach Outreach zu schikken. Aber nun, wo der Kontrakt vorliegt, müssen wir über seine Ratifizierung abstimmen.«

Diese neue Herausforderung wurde mit ruhiger Stimme vorgetragen. Rose sah die junge Sprecherin an. Sie war eindeutig das jüngste Mitglied des Rates. Rose schätzte ihr Alter auf Mitte Dreißig, zwei bis drei Jahrzehnte jünger als die übrigen Regierungsmitglieder. Sie blickte Rose an, aber er konnte in ihrem Gesicht nichts über ihre Ansicht zur laufenden Diskussion lesen.

»Genau, Cooke. Wenn die Mehrheit diesen Fetzen Papier ablehnt, schicken wir den Burschen nach Hause und kümmern uns selbst um unsere Probleme.«

Rose ging es langsam auf die Nerven, wie Crenshaw über ihn redete. Er wollte etwas erwidern, aber die junge Frau war schneller.

»Wir reden jetzt seit zwei, fast drei Stunden darüber. Natürlich sind die Clans ein Problem, aber sie bedrohen uns nicht.«

»Noch nicht«, unterbrach Cooke.

»Die Frontlinien sind stark befestigt«, fuhr sie fort, ohne sich anmerken zu lassen, ob sie Cookes Einwurf zur Kenntnis genommen hatte. »Selbst wenn sich das Vereinigte Commonwealth entschlossen hat, Borghese keine Garnison zuzuteilen, wie wir es erhofft hatten, was kann uns eine halbe Kompanie nützen, wenn die Clans tatsächlich angreifen?«

Rose sah dem Streit der beiden zu. Cooke wurde wütend, und jedes einzelne seiner Worte war emotionsgeladen. Seine Gegnerin hatte sich bisher noch in der Gewalt, aber auch ihre Beherrschung zeigte erste Risse. Der Rest des Rates schien zufrieden, die Argumentation diesen beiden überlassen zu können.

»Sie kann einen enormen Unterschied machen. Ohne sie müssen die Vereinigten Streitkräfte unsere Welt zurückerobern. Mit einer wie auch immer organisierten Verteidigung, einer Verteidigung von der Art, wie sie Rose und seine Leute etablieren werden, können wir ihnen sichere Landezonen liefern. Ohne sie würden die Clans unsere Welt überrennen, und außerdem gilt das ohnehin nur für eine Invasion. Was ist mit einem Überfall? Die Miliz hat keine Chance gegen diese OmniMechs.«

»All das hat nur eine Bedeutung, wenn uns die Clans angreifen, aber das werden sie nicht, weil wir unterhalb der Waffenstillstandslinie von Tukayyid liegen.«

»Wir liegen oberhalb der Linie und sind ein Angriffsziel.«

»Sie sind *auf* der Linie und wollen den Clans nicht den Eindruck vermitteln, daß Sie Freiwild sind.« Alle Köpfe wandten sich dem Neuankömmling zu, der denselben Mittelgang herabspaziert kam, über den Rose zur Empore gekommen war. Rose drehte sich ebenfalls halb um, aber nur so weit, daß er den Ratsvorsitzenden noch im Auge behielt. Die körperlose Stimme sprach weiter, während ihr Besitzer näher kam.

»Bei einer Invasion haben Sie keine Chance, bei allem Respekt vor dem Mann, der da vor Ihnen steht. Aber bei einem Überfall, nun, das ist eine andere Geschichte.« Ein Paar Stiefel traten ins Licht. »Wenn die Clans sich entschließen, Borghese zu überfallen, könnten dieser Mann und seine Truppen einen entscheidenden Unterschied machen.« Das Licht stieg an den Hosenbeinen des Mannes empor. Offizielle VC-Uniformstiefel und -hosen, dachte Rose. »Ich frage also noch einmal: Wollen Sie dieses Risiko eingehen? Ich kenne den Mann nicht, ebensowenig seinen Preis, aber wenn die Clans ernsthaft einen Überfall planen, werden Sie ihn brauchen.« Der Mann trat ganz ins Licht. »Und Sie können mir glauben: Die Clans machen immer ernst.«

Rose drehte sich ganz zu dem Sprecher um. Er war über zwei Meter groß und breitschultrig, mit schlanken Hüften. Er trug die MechKriegerunform des Vereinigten Commonwealth, aber seine Haltung war die eines Generals. Sein dichtes braunes Haar und der Vollbart waren sauber gestutzt, aber sie verliehen ihm trotzdem eine wilde Note, die seinem Aussehen noch einen besonderen Schliff gab. Wie Rose trug er eine Laserpistole, aber bei ihm war das Holster um den rechten Oberschenkel geschnürt.

»Salander Morgain. Ich wußte gar nicht, daß Sie in der Stadt sind.« Der Respekt in Cookes Stimme gefiel Rose gar nicht, ebensowenig die Art, wie Morgains Auftreten den Rat plötzlich beruhigt hatte.

»Herr Vorsitzender. Ich muß mich für meinen dramatischen Auftritt entschuldigen. Ich wurde aufgehalten.« Rose hoffte, daß seine Leute etwas damit zu tun hatten.

»Hauptmann ...«

»Bitte, Herr Vorsitzender. Ich bin nur noch Zivilist.« Rose' Gedanken überschlugen sich. Ein jüngst pensionierter MechKrieger in den besten Jahren. Er wirkte nicht behindert, aber welche andere Erklärung konnte es bei jemand, dem alle mit solchem Respekt begegneten, für einen vorzeitigen Ruhestand geben?

»Nun gut, Herr Morgain. Wenn Sie darauf bestehen. Wir haben Sie gebeten, vor dem Rat zu erscheinen, um uns von den Clans zu berichten. Wir sind alle über

Ihre Leistungen gegen die Stahlvipern und Jadefalken im Bilde.«

Morgain kam die Stufen hoch und stellte sich neben Rose. Er nickte ihm höflich zu und wandte sich dann zum Rat. Rose folgte seinem Beispiel.

»Wir haben darüber diskutiert, ob es vernünftig wäre, den Kontrakt mit dem Mann zu ratifizieren, den Sie hier sehen: Kapitän Jeremiah Rose, Kommandeur der Söldnereinheit Black Thorns.« Morgain reichte Rose die Hand und schenkte ihm ein freundliches Lächeln. Rose erwiderte den festen Händedruck, konnte sich aber seinerseits kein Lächeln abringen. »Wir hatten gehofft, Ihre Meinung vor dem Eintreffen von Kapitän Rose hören zu können, aber nachdem Sie nun beide hier sind ...« Cooke breitete die Arme aus und zuckte die Achseln.

»Herr Vorsitzender, wenn der Kapitän nicht hier stünde, würde ich dasselbe sagen. Wir müssen mit allem, was wir zur Verfügung haben, gegen die Clans kämpfen. Ich weiß, ich war lange fern von Borghese, und ich hatte Angst, die Menschen hier würden mich und das Werk vergessen, daß mein Vater und ich hier begonnen haben. Sie können sich meine freudige Überraschung vorstellen, als ich bei meiner Rückkehr feststellte, daß dem nicht so ist. Als mein Vater in diesem Rat saß, hat er Selbstvertrauen und Voraussicht immer hochgehalten. Herr Crenshaw, Sie waren ebenfalls im Rat, als viele seiner Ideen ratifiziert wurden. Borghese muß bereit sein, sich gegen Feinde zu verteidigen, die unsere kostbaren und lebenswichtigen Rohstoffe stehlen wollen.«

Einige Ratsmitglieder nickten zustimmend. Wer war dieser Kerl? Und was war sein Vater gewesen, außer Ratsmitglied?

»Sie würden also gegen sie kämpfen?« Die Frage kam von der jungen Frau, aber sie schien die Antwort schon zu kennen.

»Fräulein de Vilbis, auch wenn ich nicht mehr beim Militär bin, würde ich, wenn ich sonst keine Möglichkeit hätte, noch mit bloßen Händen gegen sie kämpfen.« Morgain machte eine Pause, und Rose glaubte, die Andeutung eines Lächelns zu sehen. »Aber natürlich würde ich es erst einmal mit dem *Marodeur* versuchen.« Die Ratsmitglieder lachten, und Rose wußte, daß die Entscheidung gefallen war.

»Ich bin nach Borghese zurückgekehrt, um mich nach all dem, was ich von seiten der Clan-Invasoren erlitten habe, hier zu erholen, aber ich könnte und würde nicht untätig zusehen, wie sie die schönste Welt der Inneren Sphäre vernichten.«

Rose starrte den Herrscherrat an, aber aus dem Augenwinkel beobachtete er Salander Morgain. Die Rede war glatt vorgetragen worden und sehr gut angekommen. Rose hoffte, nur einen begnadeten Redner vor sich zu haben. Der Mann hatte etwas an sich, das ihm nicht gefiel, aber er konnte nicht genau sagen, was. Neid? Rose hatte immer geglaubt, über einer derartigen Regung zu stehen.

»Herr Vorsitzender, ich bitte um eine Abstimmung. Ratifizieren wir den von Kapitän Rose eingegangenen Kontrakt, wie er von Herrn Wilkins vorgelegt wurde?« Rose beobachtete Fräulein de Vilbis. Sie war durch Morgains leidenschaftlichen Vortrag völlig überzeugt worden.

»Es wurde eine Abstimmung beantragt. Alle, die für die Annahme des Kontrakts mit Kapitän Rose votieren, bitte ich um ein lautes und vernehmliches Ja.« Gedämpfte Zustimmung klang durch den Saal. »Gegenstimmen?« Stille. »Der Antrag ist angenommen.« Cooke grinste, und der Rest des Herrscherrats schien sich zu entspannen. »Willkommen auf Borghese, Kapitän Rose. Lassen Sie mich Ihnen Ihr Quartier zeigen.«

22

Houston, Borghese

14. Dezember 3054

Den nächsten Tag verbrachte Rose damit, seine Leute und ihr bescheidenes Gepäck in ihr neues Quartier zu bringen. Und neu bedeutete in diesem Fall: noch unbewohnt. Die Ziegelsteinbauten der kleinen Garnison waren stabil, aber nicht gerade anziehend. Zusätzlich zur Kaserne, die einen Schlafraum für zwölf Personen und zwei separate Offiziersunterkünfte umfaßte, gab es eine Messe, ein Vorratsgebäude, einen Befehlsstand und – als krönenden Abschluß – ein Mech-Wartungshangar mit Platz für sechs Maschinen. Cooke bedeutete Rose, daß ein zweiter Hangar geplant war, aber das störte ihn nicht. Das Lager war perfekt.

Das Söldnerlager war durch Stacheldraht von den Zivilisten abgeschirmt, die sich regelmäßig zu Demonstrationen versammelten, aber nicht so abgelegen, daß die Mechkrieger sich isoliert vorkamen. Außerdem verfügten sie über einen kleinen Stab von Einheimischen für alltägliche Arbeiten wie Kochen, Putzen und generelle Unterhaltsarbeiten, sowie eine Handvoll Milizionäre als Torwachen und für den Befehlsstand. Rose war klug genug, den Wachen ohne Beweis ihrer politischen Neigungen nicht zu vertrauen, aber ihre Dienste machten es erheblich einfacher, das Lager zu betreten und zu verlassen. Obwohl das Gefühl, willkommen zu sein, nicht Teil des Kontrakts war, erkannte Rose schnell, daß jemand dies gegen den Widerstand anderer Fraktionen durchzusetzen versuchte.

Nachdem er einen Dienstplan aufgestellt und sich eingelebt hatte, bat Rose um einen Termin beim Ratsvorsitzenden. Zu seiner Überraschung bot Cooke ihm an, ihn noch am selben Abend zu einem Gespräch abzuholen. Bei seinen bisherigen Kontakten mit planetaren Beamten hatte Rose diese in den seltensten Fällen auch nur höflich, geschweige denn zuvorkommend erlebt. Als die Limousine des Vorsitzenden durch das Haupttor fuhr, übergab Rose den Befehl an Rianna und ging dem Wagen entgegen. Die nächste Überraschung erwartete ihn, als Cooke persönlich ausstieg.

»Herr Vorsitzender, was für eine Überraschung. Ich hatte nicht erwartet, daß Sie persönlich vorbeikommen.«

Cooke strahlte ihn an und reckte sich. Dann schüttelte er Rose' Rechte. »Ach, ab und zu bin ich ganz froh, aus dem Büro zu kommen. Ein schöner Tag, nicht wahr?«

Rose mußte ihm zustimmen. Es war sogar ein herrlicher Tag. In Houston war Frühling, und das Wetter war mild. Eine sanfte Brise wehte vom Meer herüber und verlieh der Luft einen leicht salzigen Geschmack. Auf Borghese war der Frühling eine sehr kurze Jahreszeit. Schon bald würde der schwülheiße Sommer den Menschen die Kraft aus dem Leib saugen.

»Gefällt Ihnen die Anlage?« frage Cooke mit einer weiten Geste, die das gesamte Lager umfaßte.

»Sehr. War das Ihre Idee?« Cooke nickte und schaute hinüber zu dem Wartungsverschlag, in dessen Schutz Esmeralda und O'Shea am Primärsichtschirm des *Dunkelfalke* arbeiteten. »Und das Hilfspersonal?«

»Von meinem Stabschef persönlich ausgesuchte Leute. Sie sind loyal, aber egal, wo sie herkommen, Sie sollten sich nicht darauf verlassen, daß Sie einen ernsten Angriff abwehren können. Ich dachte mir, sie könnten sich als nützlich erweisen, ohne im Weg zu sein.«

Rose nickte. »Danke. Bis jetzt leisten sie gute Arbeit.« Rose und Cooke schauten hinüber zu den Wartungsverschlägen. Das Gespräch war versandet. Plötzlich schlug sich Cooke auf den Schenkel.

»Haben Sie schon gegessen?«

Rose dachte einen Augenblick nach und stellte plötzlich fest, daß er den ganzen Tag noch nichts gegessen hatte. Als Kommandeur einer Einheit, selbst einer so kleinen wie der Black Thorns, gab es mehr als genug zu tun. Er schüttelte den Kopf.

»Gut. Fahren wir in die Stadt. Das läßt uns Zeit zum Reden.« Cooke öffnete die hintere Tür der Limousine und stieg ein. Rose folgte, und das Fahrzeug setzte sich in Bewegung. Als der Fahrer den Wagen zwischen den Hochhäusern entlangsteuerte, fragte Cooke: »Leben Sie sich ein?«

Rose nickte. »Es entwickelt sich alles sehr zufriedenstellend. Das Lager könnte nicht besser liegen. Es ist nahe am RatsPavillon und Raumhafen, liegt aber nicht auf direkter Linie zwischen beiden. Wenn ich die Standortwahl hätte treffen müssen, hätte ich einen ähnlichen Ort gewählt.«

Cooke gluckste. »Ich fasse das als Kompliment auf. Ich hoffe, Sie sind bald bereit für den aktiven Dienst.«

Rose ließ sich Zeit, bevor er antwortete. In Cookes Stimme lag ein gewisses Drängen, und er wollte erst den Grund dafür erfahren. »Geht irgend etwas vor sich, das unsere unmittelbare Aufmerksamkeit verlangt?«

Cooke sah aus dem Fenster. »Nichts Außergewöhnliches. Ein paar der Ratsmitglieder wollen vom ersten Tag an Leistung sehen. Sie heizen die Medien an, und was immer Sie tun können, um gegenzusteuern, wäre für Ihre Lage sehr hilfreich.«

»Von Ihrer eigenen ganz zu schweigen?« fügte Rose hinzu.

Cooke grinste. »Sind Sie heimlich Politiker?« Rose schüttelte den Kopf. »Na, jedenfalls haben Sie recht. Crenshaw und seine Kumpane haben es auf meinen

Posten abgesehen, und das ist jetzt eine weitere Gelegenheit für sie, mich als unfähig hinzustellen. Sofern Sie kein Wunder liefern.«

»Wie einen Clanangriff?«

»Wie irgend etwas, das Ihre Bezahlung rechtfertigt.« Cooke drehte sich um und blickte Rose direkt an. »Ein kleiner Überfall würde genügen, ohne Sachschaden.«

Rose war sich halb sicher, daß der Mann es ernst meinte, aber er wollte die Antwort gar nicht wissen. Deshalb ließ er die Sache auf sich beruhen. Er brauchte einfach mehr Informationen. »Vielleicht sollten Sie von Anfang an erzählen.«

Cooke rieb sich mit beiden Händen über das Gesicht und stieß die Luft zwischen den Zähnen aus. »Na gut. Ich werde von vorne erzählen. Wie Sie wohl wissen, ist Borghese, was Landoberfläche und Bevölkerung angeht, nicht gerade groß. Der Planet hat Terragröße, aber es gibt einfach zuviel Wasser hier, als daß wir für irgendwen von besonderem Nutzen sein könnten. Wir hatten einige Garnisonen, erst Steiner, dann VerCom, aber die meisten Einheiten betrachten Borghese als eine Art Erholungsurlaub. Das ist auch verständlich. Wir bieten kein ernsthaftes militärisches Ziel, und wir produzieren nicht genug, um das Kombinat zu einem Überfall aus wirtschaftlichen Beweggründen zu reizen. Alles in allem verlief das Leben für uns, die wir das Glück hatten, hier geboren zu werden, friedlich. Wir brauchten uns keine Sorgen um den Krieg zu machen. Ein paar junge Burschen gingen zum Militär, aber die leisteten ihren Dienst fern der Heimat ab. Wir haben eine Miliz, aber ohne jemand beleidigen zu wollen, sie verdient kaum den Namen. Sie ist nun mal auf Katastrophenschutz spezialisiert, nicht auf Militäreinsätze. Alles lief hervorragend, bis die Clans auftauchten.«

Cooke blickte aus dem Fenster und redete mit seinem Spiegelbild, während der Wagen durch die von

Menschenhand geschaffenen Schluchten der Innenstadt glitt. Rose war zufrieden, daß er nun offensichtlich die ganze Geschichte hören würde.

»Eine Zeitlang benutzte VerCom Borghese als Sammelpunkt für Truppen, die an die Clanfront weiterverschifft wurden. Etwa ein Jahr lang war es hier ziemlich spannend, dann waren die Clans zu dicht herangekommen, und der Sammelpunkt wurde weiter nach hinten verlegt.« Cooke lächelte in Gedanken an vergangene Zeiten. Wahrscheinlich hatte er damals seine Macht aufgebaut oder zumindest gefestigt. »Wir waren damit beschäftigt, uns auf die Invasion vorzubereiten, als die ComGuards die Clans auf Tukayyid zum Stehen brachten. Bis dahin sah es aus, als ob Borghese Schauplatz einer großen Schlacht werden würde, aber jetzt dürfte es dazu nicht mehr kommen.« Die Erleichterung stand ihm ins Gesicht geschrieben.

»Anfangs waren alle begeistert, aber nur bis wir erkannten, daß die VerComs nicht hierbleiben und uns verteidigen wollten. Soweit ich es beurteilen kann, gibt es einfach zu viele militärische Ziele an der Clangrenze. Da wird einer weniger wichtigen Welt wie Borghese kaum Gewicht beigemessen. Sie haben wahrscheinlich Zugang zu besseren Karten als ich, aber grundsätzlich stellt sich die Lage so dar: Wenn es den Clans gelingt, an den VC-Grenzbefestigungen vorbeizukommen, liegt Borghese auf dem Präsentierteller.«

Cooke hatte recht. Rasalgethi wurde von der 6. Lyranischen Garde und den Blue Star Irregulars verteidigt. Die würden den Clans einige Zeit zu schaffen machen, selbst wenn sie die Welt nicht halten konnten. Auch Tomans war sicher. Dort standen zwei Regimenter der Kell Hounds und Barbers Marodeure. Mit der Kampferfahrung der Hounds und den 100-t-Mechs der Marodeure als Abschreckung war ein Angriff der Clans unwahrscheinlich. Die beiden einzigen anderen

Planeten an der Clanfront in Sprungentfernung von Borghese waren Crimond und Pandora.

Pandora war eine Festung. Normalerweise wurde der Planet vom Ausbildungsbataillon der örtlichen Militärakademie verteidigt, aber vor kurzem waren zusätzlich zwei Regimentskampfgruppen dorthin verlegt worden, die 4. Davion Guards und die 10. Vereinigte-Commonwealth-RKG. Pandora war eher Sprungbrett einer Invasion als deren Ziel.

Blieb noch Crimond. Von den vier besiedelten Planeten an der Clangrenze war er am schwächsten verteidigt. Die derzeit nur von zwei Regimentern beschützte Industriewelt hatte sich im vergangenen Februar als lockendes Ziel für die Stahlvipern erwiesen. Nur das rechtzeitige Eintreffen von Wolfs Dragonern hatte den Angriff abgewehrt. Sollte Crimond jemals genommen werden, wäre Borghese in ernster Gefahr.

Wegen des derzeitigen technologischen Standes der Inneren Sphäre reisten Sprungschiffe grundsätzlich von einem bewohnten System ins nächste. Sollte der Sprungantrieb in einem unbesiedelten Sonnensystem versagen, war die Besatzung so gut wie tot, und kein Raumfahrer war bereit, dieses Risiko auf sich zu nehmen. Eine starke Grenzverteidigung war sinnvoll bei Kriegen zwischen den Nachfolgerstaaten, aber Rose wurde plötzlich klar, daß es den Clannern wahrscheinlich gleichgültig war, wie oft sie springen mußten, solange sie ihr Endziel erreichten. Borghese lag nur zwei Sprünge von Stahlviper- und Jadefalken-Systemen entfernt. Wenn die Invasoren bereit waren, ihre Sprungschiffe in unbewohnten Systemen aufzuladen, konnten sie in weniger als dreißig Tagen nach Verlassen ihrer Heimatbasis auf Borghese stehen. Plötzlich spürte Rose einen Kloß im Hals.

»Meine Sorge ist, daß die Clans an den VerCom-Linien vorbeispringen und dann Borghese und andere Welten hinter der Front angreifen. Und wenn ich sage die Clans, meine ich vor allem die Jadefalken.« Rose' Respekt vor Cooke wuchs. Der Politiker teilte Rose' unausgesprochene Furcht, im Gegensatz zum Vereinigten Commonwealth. »Mit Borghese als Basis könnten sie die Frontlinie seitwärts aufrollen. Auf diese Weise wären die Welten links und rechts entlang der Waffenstillstandslinie Freiwild, ohne daß der Vertrag gebrochen würde. Deshalb habe ich Wilkins losgeschickt, eine Söldnereinheit anzuheuern, selbst wenn er nur eine kleine finden würde. Wenn die Clans je erfahren, wie schwach unsere Verteidigung ist, wird Borghese auf ihrer Liste möglicher Angriffsziele ganz nach oben rutschen.«

Wäre er in der Rolle des Clan-ilKhans gewesen, hätte Rose dieselben Überlegungen angestellt. »Und da komme ich ins Spiel.«

»Genau. Falls die Clans eine Einheit herschicken, um Borghese auszukundschaften, müssen Sie sie stoppen.«

Rose setzte sich auf und wollte etwas erwidern, aber Cooke hob die Hand. »Bevor Sie antworten, habe ich noch etwas zu sagen. Ich weiß, die Clans haben noch nie eine Welt vorher ›ausgekundschaftet‹. Sie rücken en masse an und hämmern jeden Widerstand nieder. Falls es dazu kommt, erwarte ich nicht, daß Sie und Ihre Leute sinnlos ihr Leben opfern.«

Das war beruhigend. Rose hatte auch nichts dergleichen geplant, aber es war schön zu wissen, daß derjenige, der die Rechnungen bezahlte, es genauso sah.

»Aber die Clans stehen jetzt vor einer neuen Situation. Möglicherweise müssen sie ihre Taktik an die veränderte Lage anpassen, und das beinhaltet mögliche begrenzte Überfälle.«

Rose dachte über die Möglichkeit neuer Clantaktiken nach. Auf Tukayyid hatten sie ihre Anpassungsfähigkeit bewiesen, aber dort waren sie zum erstenmal aufgehalten worden. Die beiden Niederlagen der

Clans gegen die Draconier und das Vereinigte Commonwealth im Jahre 3050 auf Wolcott und Twycross zählte Rose nicht. Die Dracs hatten die Invasoren zwar zurückgeschlagen, aber mit einer Finte. Rose hatte nichts gegen diese Taktik, wenn sie notwendig war, aber seiner Ansicht nach hatten die ComGuards bewiesen, daß sie als einzige militärische Streitmacht den Clans in einer offenen militärischen Konfrontation Paroli bieten konnten.

Der Vertrag von Tukayyid verbot den Clans, über eine durch diese Welt gedachte Linie vorzurücken, aber er sagte nichts über Angriffe oder gar planetare Invasionen oberhalb der Waffenstillstandslinie aus. Und diese Angriffe kamen mit wachsender Häufigkeit. Cookes Einwand klang gar nicht so dumm, und Rose nickte zustimmend. Aber trotzdem hatte er noch Probleme. »Selbst wenn es sich nur um einen Überfall handelt, können wir ohne Hilfe der Miliz keinen echten Widerstand leisten.«

»Ich weiß. Wir brauchen Training, und das schnell. Als die VerComs hier waren, brauchten wir uns nicht um die Verteidigung zu kümmern. Das erledigten sie schon für uns. Und vorher hatten wir keinen Grund zur Sorge. Jetzt haben wir einen Grund und niemanden, der uns beschützt.« Rose erinnerte sich, wie schwierig es gewesen war, erwachsen zu werden. Jetzt stand die gesamte Bevölkerung dieses Planeten vor diesem Problem.

»Die Hauptaufgabe ist also zunächst einmal die militärische Ausbildung«, stellte er fest. »Dafür habe ich die Leute. Wir werden die Zusammenarbeit der Milizführer und Unterstützung von ihrer Verwaltung benötigen.«

»Das kann ich arrangieren.«

Rose war froh, daß der Ratsvorsitzende seinen Bitten und Vorschlägen aufgeschlossen gegenüberstand. Das machte die Aufgabe leichter.

»Wenn das Training erst einmal angelaufen ist«, fuhr er fort, »wird vielleicht auch der Widerstand gegen uns nachlassen. Das wäre angenehm, auch wenn ich mich darauf nicht verlassen werde. Übrigens, wie groß ist der Widerstand gegen uns?«

Cooke knirschte mit den Zähnen, und Rose wußte, daß ihm die Antwort nicht gefallen würde. »Es hat hitzige Diskussionen über Ihre Anstellung gegeben, auch noch nach der Ratifizierung Ihres Kontrakts. Was die Bevölkerung angeht, nun, die Mehrheit steht hinter Ihnen, aber es ist eine schweigende Mehrheit. Die lautstarken Gegner haben sich vor den Toren Ihres Lagers niedergelassen. Sie schlagen eine Menge Krach, aber sie repräsentieren nicht die Meinung des Volkes. Im Rat dagegen sieht es ganz anders aus. Momentan besteht er aus zwei Fraktionen. Der Einfachheit halber werde ich sie als meine und Crenshaws Fraktion bezeichnen. Meine aus vier Mitgliedern bestehende Gruppe will die Clans mit allem bekämpfen, was wir haben. Das wird teuer werden, aber es muß sein. Crenshaw und Konsorten meinen, wir sollten ohne Gegenwehr kapitulieren und Borghese von den Clans besetzen lassen. Das wäre besser für den Planeten, aber ein Schlag für das Vereinigte Commonwealth.«

»Der Rat hat neun Mitglieder. Welche Seite trifft die Entscheidungen?«

»Wir treffen sie zusammen, oder keiner von uns trifft sie.«

Rose sah ihn fragend an, und Cooke lachte. »Fräulein Jessica Ann de Vilbis ist das Zünglein an der Waage. Sie weigert sich resolut, einem der beiden Lager beizutreten, und war in den letzten sechs Entscheidungen zu Clans und Innerer Sphäre dreimal auf unserer und dreimal auf Crenshaws Seite. Momentan versucht Fräulein de Vilbis ihre Pflicht Borghese gegenüber mit der Pflicht dem Commonwealth gegenüber in Einklang zu bringen.« Er schüttelte den Kopf und fletschte die Zähne. »Sie ist eine verdammt sture Person und viel zu jung, um im Rat eine so entscheidende Rolle zu spielen.«

Rose überlegte. Die Bevölkerung stand hinter ihm, auch wenn sie sich bedeckt hielt. Der Rat konnte sich so oder so entscheiden, was seine Unterstützung anging. Hoffentlich waren das alle schlechten Neuigkeiten. Gab es überhaupt gute?

»Womit können wir arbeiten?«

Cooke dachte nach. »In der Hauptsache motorisierte Infanterie mit ein paar veralteten Panzern und Truppentransportern. Die Topeinheit – was nicht viel heißt – ist das Grünteam.«

Rose konnte sich ein Lachen nicht ganz verkneifen. »Hübscher Name.«

Cooke zuckte die Achseln. »Ich habe ihn mir nicht ausgedacht. Die Grünen haben zwei Hubschrauberstaffeln mit je einem Schwarm Abfangjäger. Der größte Teil des Verteidigungshaushalts der letzten drei Jahre ist dafür draufgegangen, ihre neuen *Ripper* zu bezahlen.«

Rose hielt nicht viel von Kampfhubschraubern, aber das hatte er mit den meisten MechKriegern gemeinsam. Hubschrauber ließen sich trotz aller Verbesserungen in der Panzerung zu leicht abschießen. Selbst ein einziger leichter Mech wäre ihm lieber gewesen, aber er mußte nehmen, was da war. »Gut, dann fangen wir mit ihnen an. Ich nehme nicht an, daß es außer Morgain noch andere pensionierte MechKrieger auf dieser Welt gibt.« Rose konnte den Mann noch immer nicht leiden, obwohl er drei Tage Zeit gehabt hatte, seinen irrationalen Widerwillen zu überwinden.

»Nur Salander Morgain und seine Leute.«

»Und seine Leute?« Weitere gute Neuigkeiten. Es gab eine unabhängige Mecheinheit auf Borghese.

»Ja. Als Morgain aus dem aktiven Dienst ausschied, kamen einige seiner alten Lanzenkameraden mit. Sie wohnen seit drei Monaten auf Gut Morgain.«

»Wie viele?« Rose versuchte, ruhig zu bleiben.

»Fünf, Morgain eingeschlossen. Ich bin ihnen bei ihrer Rückkehr begegnet, aber seitdem haben sie das Gut nicht verlassen.« Rose war erleichtert. Zumindest brauchte er keine Angst zu haben, daß sie ihn behinderten.

»Besteht eine Chance, daß sie beim Planen der Verteidigungsmaßnahmen mitmachen, wenn es nötig wird?«

»Da bin ich sicher, aber ich bezweifle, daß Morgain – außer angesichts eines Clanangriffs – kämpfen würde.« Das paßte Rose sehr gut.

»Morgain und seine Leute kehrten nach Borghese zurück, während Wilkins und Hoffbrowse auf Outreach waren. Der Rat hat ihnen sofort Ihre jetzige Rolle angeboten, aber er lehnte ab.«

»Aus einem bestimmten Grund?«

Cooke zuckte die Achseln, eine Geste, die Rose allmählich auf die Nerven ging. »Er deutete eine Art dauerhaften Schaden an, den ihm die Clans zugefügt haben, ging aber nicht näher darauf ein. Ich habe auch nicht nachgefragt.«

»Aber er spielt immer noch eine wichtige Rolle in der Ratspolitik«, hielt ihm Rose mit leicht verkrampfter Stimme entgegen. Salander Morgains Präsenz machte ihm zu schaffen.

»Das ist, fürchte ich, eine Erblast seines Vaters.« Falls Cooke sich von Rose' Bemerkung beleidigt fühlte, ließ er es sich nicht anmerken. »Renaldo Morgain war ein außergewöhnlicher Mann, und obwohl er seit fünfzehn Jahren tot ist, erinnert man sich an ihn. Salander ist ein integraler Bestandteil dieser Erinnerung. Er ist der einzige Überlebende aus Renaldos Familie, und bei der Beerdigung seines Vaters hat er einen großen Eindruck hinterlassen.«

»Ich nehme an, sein Vater hatte dem durchschnittlichen Ratsherrn etwas voraus.«

»Allerdings. Im 4. Nachfolgekrieg war er eines der jüngsten Ratsmitglieder. Irgendwie gelang es ihm, nationale Aufmerksamkeit zu erringen. Im Krieg von 3039 schaffte er dann den Sprung in den Ratsvorsitz.«

»Hört sich beachtlich an.« Das meinte Rose ernst. Der aalglatte Stil des jüngeren Morgain gefiel ihm gar nicht, aber er respektierte jeden, der dazu beigetragen hatte, die Bevölkerung von Borghese durch den Wahnsinn von zwei Kriegen zu bringen.

»Das war er«, stimmte Cooke zu. Plötzlich schien er in Gedanken weit weg. »Ich bin nicht sicher, ob sein Sohn ihm nahekommt, aber das könnten wohl nur wenige.«

Rose nickte und suchte nach einer Möglichkeit, die ins Melancholische abgedriftete Stimmung zu heben. Er sah aus dem Fenster und bemerkte, daß die Limousine zum dritten Mal am selben Gebäude entlang fuhr. Anscheinend betrachtete Cooke den Wagen als den sichersten Gesprächsort.

»Es würde wohl keinen Schaden anrichten, wenn Sie Morgains Hilfe suchten, aber wahrscheinlich wäre es Zeitverschwendung.«

»Nichts unversucht lassen, das ist mein Motto. Jedenfalls eines meiner vielen Mottos«, erklärte Rose.

»Wie sie wollen.«

Genauso hatte Rose es auch geplant. Was irgend jemand sonst meinte oder tat, konnte ihn nicht weiter berühren. »Aber es gibt etwas, wobei Sie mir helfen können.«

»Heraus damit«, meinte Cooke. »Ich werde sehen, was ich tun kann.«

»Ich brauche für eine gewisse Zeit einen Hubschrauber mit Besatzung. Ich will mir ein besseres Bild von dem Kontinent verschaffen, und meine Mechs sind dazu nicht beweglich genug. Drei Monate dürften reichen.« Wahrscheinlich würde Rose die Maschine länger brauchen, aber später konnte das bestimmt einfacher ausgehandelt werden.

»Das müßte sich einrichten lassen.«

Rose verkniff sich ein Grinsen. In den ersten Monaten konnte sich ein Hubschrauber als unbezahlbar erweisen. »Gut«, stellte er fest. Dann sah er Cooke mit gespieltem Ernst an. »Bekommen wir heute noch etwas zu essen, oder fahren wir so lange um den Block, bis diesem Gefährt der Sprit ausgeht?«

23

Houston, Borghese

12. Juni 3055

Die nächsten sechs Monate über hatten die Black Thorns alle Hände voll zu tun. Als Stellvertretende Kommandeurin koordinierte Rianna die Ausbildung mit dem Grünteam. Obwohl dessen Schwarm- und Staffelführer allesamt älter waren als sie, kam Rianna gut mit ihnen aus, was Rose angenehm überraschte. Um die tatsächliche Ausbildung kümmerten sich vor allem Esmeralda, Badicus und Ajax.

Esmeralda berichtete, daß die Grünen schon die Grundlagen der Mechabwehr beherrschten, allerdings waren ihre Taktiken zum größten Teil hoffnungslos veraltet. Infanterie gegen Mechs einzusetzen, war nie eine gute Idee. Wenn das Grünteam eine Überlebenschance haben sollte – ganz abgesehen von einer Chance, ein ihm zugeteiltes Ziel auszuschalten –, war hartes Training notwendig.

Esmeralda, Badicus und Ajax waren ein gutes Team, und schon bald hallte das Ausbildungszentrum der Miliz vom Lärm der Scheinkämpfe wider. Rose und die anderen Söldner konnten aus eigener Erfahrung bestätigen, welche Ansprüche Esmeralda an ihre Leute stellte. Die Grünen jedoch schienen unter den harten Anforderungen und schwierigen Übungen geradezu zu gedeihen. Ajax und Badicus führten Mechs, dienten als Berater und assistierten Esmeralda dabei, das Grünteam auf den neuesten Stand zu bringen.

Angus verbrachte die meiste Zeit damit, Rianna in der Basis zu helfen. Wenn er im Lager nicht gebraucht wurde, arbeitete er ebenfalls mit Esmeralda. Zunächst fiel es Rose schwer, eine bestimmte Aufgabe für den jungen Mann zu finden, aber schlußendlich erwies sich das als ganz gut. Trotz seiner stillen Art hatte Angus enormes Führungspotential. Er hatte keine Angst davor, auch schwierige Entscheidungen zu fällen, wenn kein anderes Mitglied der Black Thorns verfügbar war. Diese Fähigkeit, schnelle, richtige Entscheidungen zu treffen, sicherte das störungsfreie Funktionieren der Einheit ebenso wie Riannas Fähigkeit, die Logistik von Training und Einheitsversorgung zu meistern.

Rose verbrachte die meiste Zeit der beiden ersten Monate außerhalb des Lagers. In Begleitung Ebers legte er in den ersten sechzig Tagen, die er den Hubschrauber zur Verfügung hatte, fast achtzigtausend Kilometer zurück. Er hätte es vorgezogen, Ajax oder Angus mitzunehmen, aber mit ihrer Erfahrung waren sie besser bei den Ausbildungs- und Hilfsarbeiten in Houston aufgehoben. Eber kannte sich zwar mit Reparaturarbeiten und Mechführung aus, hatte jedoch keine Begabung, dieses Wissen weiterzugeben. Zunächst hatte Rose gefürchtet, seine ganze Zeit mit einem hinterwäldlerischen AgroMechjockey verbringen zu müssen, aber Eber erwies sich als überraschend gebildet.

Wenn Rose gelegentlich nach Houston zurückkam, ließ er sich kaum im Lager sehen. Die meisten Nächte verbrachte er bei Rachel McCloud. Er war entschlossen, die Beziehung am Leben zu erhalten. Als Kommandeur der stärksten Militärtruppe auf Borghese war Rose prominent. Es dauerte nicht lange, und Rianna mußte auch einen Terminkalender für seine gesellschaftlichen Verpflichtungen anlegen. Rose versuchte, mindestens einmal pro Woche in Begleitung von Rachel McCloud irgendwo zu erscheinen, um den versammelten Gästen den Grund für die Anwesenheit seiner Einheit zu erklären. Trotzdem war die wachsende Akzeptanz der Black Thorns vor allem auf

Rachel zurückzuführen. Sie hatte zwar zu Beginn keinen sonderlichen Enthusiasmus für die Mission auf Borghese gezeigt, aber mit der Zeit hatte sich das geändert. Außerdem fiel es ihr erheblich leichter, mit der gesellschaftlichen Elite auszukommen. Rose wußte nicht viel über ihren Hintergrund, aber allmählich machte sich der Verdacht in ihm breit, daß die Parties und Empfänge, zu denen sie eingeladen wurden, für sie nicht neu waren.

Gegen Ende des zweiten Monats auf Borghese stellte Rose zufrieden fest, daß sich die Dinge weit besser entwickelten, als er erwartet hatte. Die Demonstranten waren noch immer am Haupttor und würden wohl auch bis zum Ende des Kontrakts dort bleiben. Neben der Straße war ein kleines Zeltlager entstanden, aber Rose hatte sich damit abgefunden. Immerhin verhielten sich die Demonstranten größtenteils ruhig und gesittet.

Salander Morgain tauchte immer häufiger im Lager auf und freundete sich schnell mit Rianna an. Ohne daß Rose es wußte, sahen die beiden einander auch in der Freizeit. Alle anderen Thorns wußten davon, aber niemand sagte Rose etwas, weil die Situation harmlos schien. Außerdem hielten die meisten Söldner ihren Kommandeur für übertrieben besorgt um seine Schwester. Esmeralda hielt auch nicht viel von Morgain, aber sie zog es vor, selbst ein Auge auf Rianna zu werfen, statt Rose mit hineinzuziehen.

Als der Sommer auf Borghese seine heißeste Phase erlebte, geriet auch Rose in hitzige Wallungen. Innerhalb von drei Tagen erfuhr er, daß Rianna etwas mit Salander Morgain hatte, der Hubschrauber zurückbeordert wurde und Eber sich eine Lungenentzündung eingefangen hatte. Im ersten Fall war es ohnehin nur eine Frage der Zeit gewesen, bis es herauskam. Rianna hatte sich wie ein Teenager aufgeführt, was zwar ihrem Alter entsprach, aber nicht ihrer Rolle in der Einheit. Rose war außer sich, aber seine Wut bekam vor allem der Rest der Thorns zu spüren, weil sie ihm nichts gesagt hatten. Seine Aufmerksamkeit wurde jedoch schnell anderweitig benötigt, als ein Major der Miliz mit einer schriftlichen Anordnung für die Rückgabe des Hubschraubers erschien.

Rianna hielt den Major hin, während Rose versuchte, Zenos Cooke zu erreichen. Als sich beides als vergeblich herausstellte, vergewisserte Rianna sich beim Oberkommando der Miliz, daß die Anordnung echt war, und winkte den Mann ungeduldig weiter. Der Hubschrauber flog dreißig Minuten später ab. Rose war noch damit beschäftigt, eine neue Flugmöglichkeit zu organisieren, um die Aufklärungsarbeit zu Ende bringen zu können, als ihn Angus beiseite zog.

»Eber ist krank, Sir. Wir sollten ihn in ein Krankenhaus schaffen.«

Auf der Fahrt ins Krankenhaus machte Rose sich Vorwürfe, weil er es soweit hatte kommen lassen. Eber hatte sich während einer ihrer Reisen eine Erkältung eingefangen, sie aber nicht auskuriert. Auf späteren Reisen hatte sich sein Zustand verschlechtert, aber Eber hatte sich der Krankheit widersetzt. Er war einfach zu robust gewesen, um sich von einem Virus bremsen zu lassen. An diesem Morgen hatte Angus ihn jedoch mit hohem Fieber vorgefunden. Eber verbrachte die nächsten zehn Tage in der Klinik.

Ohne einsatzfähigen Assistenten und Hubschrauber machte Rose sich zum Herrscherrat auf und stellte einen förmlichen Antrag auf einen Helfer und ein Ersatzflugzeug. Er war nicht allzu überrascht, als der Rat mit der entscheidenden Stimme von Fräulein de Vilbis ablehnte. Die Überraschung kam am nächsten Morgen, als ein leichter Flugscout vom Typ *Frettchen* im Innenhof des Lagers landete. Rose, Rianna und Angus, die drei einzigen Thorns auf dem Gelände, versammelten sich um die Maschine, als der Pilot ausstieg. Er zog auf dem Weg zu den Söldnern den Flughelm vom Kopf und schüttelte die längste blonde Mähne, die Rose je gesehen hatte. Er steckte die Handschuhe in den Helm und reichte Rose die Hand.

»Kapitän Rose, mein Name ist Antioch Bell. Ich soll Ihnen bei Ihren Erkundungen helfen.« Rose ergriff die dargebotene Hand und erwiderte das warme Lächeln.

»Hat der Rat seine Entscheidung revidiert?«

Der Pilot grinste. »Nicht, daß ich wüßte. Ich arbeite für Salander Morgain.«

»Salander hat Sie geschickt?« fragte Rianna, und jetzt erst schien Antioch sie zu bemerken.

»Ja, gnä' Frau. Sie müssen Rianna sein.« Er streckte die Hand aus. »Salander hat viel von Ihnen erzählt.«

Rianna fühlte Rose' wütende Blicke, und ihr breites Lächeln verschwand. »Freut mich, Sie kennenzulernen, Mister Bell. Wenn Sie mich jetzt entschuldigen wollen.« Dann drehte sie sich auf dem Absatz um und stampfte wütend zurück in den Befehlsstand. Rose sah ihr nach. In der Zwischenzeit machte Angus sich leise mit Bell bekannt.

»Schwestern.« Rose schüttelte den Kopf, und Bell grinste.

»Ich hab auch zwei. Ich werde die Frauen nie verstehen, selbst wenn sie mein Fleisch und Blut sind.«

Rose dachte über Bells Worte und über seine Anwesenheit im Lager nach. »Mister Bell, ich weiß Ihre und Mister Morgains Geste zu schätzen, aber ich fürchte, ich muß ablehnen. Ich kann nicht mit gutem Gewissen eine zivile Maschine annehmen.«

»Tja, Kapitän Rose, wenn das hilft, Ihr Gewissen zu erleichtern: Das *Frettchen* da drüben setzt seit fünf Jahren nur noch Staub an. Und das wird auch so bleiben, wenn Sie das Angebot ablehnen. Und Zivilist bin ich auch nicht gerade. Ich habe sieben Jahre bei der 26. Lyranischen Garde gedient.«

»Wirklich?«

»Jetzt arbeite ich für Morgain. Ich habe einen Kontrakt unterzeichnet, als ich die Garde verlassen habe.« Rose konnte dem Mann am Gesicht ablesen, daß er sein Verhalten als die natürlichste Sache der Welt ansah.

»Und die anderen Krieger auf dem Gut?«

»Mehr oder weniger die gleiche Geschichte. Aber eigentlich bin ich nicht zum Plaudern gekommen. Soll ich wieder zurückfliegen, oder wollen wir ein bißchen auf Erkundungsflug gehen?«

Rose musterte den Mann. Er war etwa so alt wie Rose, schien sich aber sehr viel leichter damit zu tun, was um ihn herum vorging. Alles an ihm deutete auf ein offenes Leben ohne Geheimnisse hin. Rose bezweifelte, daß dieser Mann irgend etwas vor ihm zu verbergen suchte, und fragte sich kurz, ob er Salander Morgain möglicherweise falsch eingeschätzt hatte. Er sah hinüber zum Hubschrauber.

»Können Sie das Ding wirklich fliegen?«

Bells Miene hellte auf. »Klar. Ich bin kein Kampfpilot, aber die Gefechtsbestückung ist eh aus der Kiste entfernt worden, als die Miliz sie an Morgain verkaufte. Solange wir keine Kunstflugmanöver versuchen, müssen Sie sich keine Sorgen machen.«

Rose überlegte. Das war nicht gerade eine begeisterndes Leistungszeugnis, aber die gewonnene Zeit war sicher das Risiko wert. Er warf einen schnellen Blick hinüber zu Angus. Der zuckte nur die Schultern.

»Ich hole nur meine Karten.« Fünfzehn Minuten später waren sie in der Luft.

Rose und Bell brauchten weitere drei Wochen, um die Arbeiten abzuschließen. Das *Frettchen* war nur eine Zwei-Mann-Maschine, und der Flugkomfort hielt sich in Grenzen. Bell war ebenso redselig wie Eber, hatte jedoch weniger Interessen. Trotzdem waren ihre drei

Wochen sehr produktiv, und Rose kam zu dem Schluß, daß ein weiterer langer Flugtag nördlich der Stadt ausreichen würde, seine Planung zu vervollständigen. Sie waren auf dem Weg zurück ins Lager, als ihn Antioch bei seinen Aufzeichnungen unterbrach.

»Funkspruch für Sie.« Rose griff nach dem Kopfhörer. Normalerweise trug er kein Komset, wenn die Maschine in der Luft war. Er saß zwar in einer anderen Abteilung des Hubschraubers als Bell, aber das Interkomsystem machte die Verwendung von ›Kopfklemmen‹, wie Bell sie nannte, überflüssig. Rose legte den Kopfhörer an, hob den Daumen, und Bell schaltete um.

»Kapitän Rose, hier spricht Ratsvorsitzender Cooke.« Rose erstarrte. Die Verwendung formeller Titel kündigte im allgemeinen nichts Gutes an. »Sie befinden sich auf dem Weg zum Lager?«

Unwillkürlich nickte Rose. »Das stimmt.«

»Bitte ändern Sie den Kurs sofort zum Landeplatz des RatsPavillons.«

»Stimmt etwas nicht, Vorsitzender?«

»Das können wir am Boden besprechen, Kapitän. Cooke Ende.« Die Verbindung wurde unterbrochen, und Rose starrte hinaus in den Abendhimmel. Er nahm den Kopfhörer ab und sprach ins Interkom. »Ich nehme an, Sie haben mitgehört.« Bell hob den Daumen. »Ist der Kurs korrigiert?« Wieder der Daumen. Rose lehnte sich zurück.

»Hört sich nicht nach Krieg an, aber nach Ärger«, sinnierte er. »Können Sie das Lager anfunken? Ich glaube, ich würde es vorziehen, wenn uns Rianna und Esmeralda am Pavillon erwarten.«

Als das *Frettchen* aufsetzte, standen Rianna, Esmeralda und Zenos Cooke auf dem Landeplatz. Rose sprang aus der Maschine, bevor der Rotor sich zu drehen aufgehört hatte, und rannte hinüber. Nachdem er den beiden Frauen zugenickt hatte, wandte er sich an Cooke.

»Wir sind in Schwierigkeiten«, erklärte der Ratsvorsitzende. »Petr Ivaars, mein wichtigster Vertrauter im Rat, wurde heute Nachmittag unter Anklage der Umweltverschmutzung und Preistreiberei festgenommen. Angesichts dieser Beschuldigungen ist er zurückgetreten.« Die Gruppe ging durch die Hintertür ins Innere des Gebäudes, und Cooke brauchte nicht mehr zu schreien, um gehört zu werden. Nachdem sich die Türen hinter ihnen geschlossen hatten, rückte er seinen Kragen zurecht und sprach weiter. »Wir haben eine Krisensitzung des Rates einberufen, und auf dem Weg hierher ...« Cooke stockte, und Rose bereitete sich auf das Schlimmste vor. »... kam Amanda Hillerman bei einem Autounfall ums Leben.«

Die Gruppe ging schweigend weiter, während Rose zu verarbeiten versuchte, was Cooke ihm erzählt hatte. Plötzlich ging ihm ein Licht auf. Zwei der vier Mitglieder von Cookes Fraktion waren aus dem Rennen. Rose hatte keine Ahnung von den politischen Gebräuchen auf Borghese, aber wahrscheinlich würde Ivaars seine Position nicht zurückbekommen, selbst wenn er freigesprochen wurde.

»Sie sind weg vom Fenster«, stellte er mit ernster Stimme fest.

»Noch nicht. Meine Amtszeit dauert noch fünf Monate, aber ich habe wenig Chancen auf eine Wiederwahl. Jetzt muß der Rat zunächst zwei neue Mitglieder wählen.« Sie kamen an eine Doppeltür, die Cooke frustriert aufstieß. Unter dem Hallen der gegen die Wände schlagenden Türflügel sprach er weiter. »Anschließend werden sie sich daran machen, die politische Grundlinie zu ändern. Sie werden nicht gegen die Clans kämpfen, wenn sie kommen.«

»Was ist mit der Bevölkerung? Sie haben gesagt, die Menschen lehnen die Clans ab.«

Cooke schüttelte den Kopf. »Crenshaw wird eine Medienkampagne starten. Den Clans ihren Schrecken nehmen und die Schwächen des Vereinigten Commonwealth überbetonen. Wenn es vorbei ist, werden sich die Leute auf die Clans freuen und sich fragen, wie die Innere Sphäre ohne sie überlebt hat.« Er lachte freudlos. »Die meisten werden nicht einmal merken, daß sie manipuliert worden sind.«

»Es hat schon angefangen«, stellte Rianna fest. Überrascht blieben Rose und Cooke stehen und drehten sich zu ihr um. »Ich habe mir die Nachrichtensendungen angesehen. Die Clans werden als unüberwindlich dargestellt. Die meisten Bilder zeigten zerstörte VerCom-Mechs und die Ruinen umkämpfter Städte. Es sah schon immer düster aus, aber bis heute nacht war es nicht so schlimm.«

Rianna brauchte keine Aufforderung weiterzusprechen. Währenddessen lief Cooke langsam rot an. »Die Bilder, die heute gezeigt wurden ... Ich habe mir gleich gedacht, daß sie mir bekannt vorkamen. Als Sie die Medien erwähnt haben, habe ich mich erinnert. Die Bilder stammten von der Schlacht um Twycross. Ich erinnere mich aus der Zeit an der Akademie daran. Damals waren sie nicht öffentlich zugänglich.«

»Das heißt, sie sind entweder gerade freigegeben worden, oder irgendwer hat ausgezeichnete Beziehungen«, meinte Cooke. »Wurden sie als Archivmaterial identifiziert?«

»Nein.«

»Dann ist es klar«, stellte Rose fest. »Wenn die Sache sauber gewesen wäre, hätte man das nicht unterschlagen.«

Cooke rieb sich das unrasierte Kinn. »Kapitän Rose, Sie werden bald äußerst unbeliebt sein. Ich kann auf Zeit spielen, aber früher oder später wird Crenshaws Fraktion gewinnen. Das heißt, kein Widerstand, wenn die Clans sich entschließen, Borghese einzunehmen.«

»Was ist bei einem Überfall?« fragte Esmeralda.

»Wenn sie bedrohlich genug aussieht, könnte eine

einzelne Lanze den ganzen Planeten übernehmen«, antwortete Cooke.

»Sie machen Witze.«

»Biota und Volders sind ohne einen Schuß gefallen«, erinnerte Rose.

»Aber die waren beide bedroht.«

»Auf eine Bevölkerung, die glaubt, die Clans würden sie alle umbringen, können schon zwei Mechs sehr bedrohlich wirken.«

Esmeralda schnaufte angewidert. Cooke drehte sich zu ihr um.

»Das dürfen Sie glauben, Gnädigste. Sie sind eine Kriegerin. Ihnen mag Tod und Vernichtung wenig ausmachen, aber das hier ist eine Welt von Fischern und Bauern. Das sind keine Kämpfer. Wenn sie sich bedroht fühlen, werden sie sich dem ersten Clanner ergeben, den sie sehen.«

Esmeralda war von der Intensität dieser Aussage schockiert, aber sie erholte sich schnell wieder. Rose blockte ihren wütenden Wortschwall ab, indem er zwischen sie und Cooke trat.

»Wir haben schon verstanden, Herr Vorsitzender«, meinte er und starrte Esmeralda nieder. »Wie steht es mit einer Gegenoffensive?«

Cooke sah Rose an, als hätte der Söldner den Verstand verloren.

»Crenshaw wird die Leute dahingehend beinflussen, daß sie die Clans akzeptieren«, erläuterte Rose. »Sie müssen sie vom Gegenteil überzeugen. Noch haben Sie Morgain. Wenn sein Ruf wirklich so toll ist, wie Sie sagen, könnte er den Meinungsumschwung bremsen, wenigstens für eine Weile.«

Cooke nickte, und seine Augen zeigten kurz neues Feuer. »Wir werden abwarten müssen.«

»In der Zwischenzeit machen wir uns auf den Weg zurück ins Lager. Rianna, Alarmstufe Gelb.« Rose wandte sich an Esmeralda.

»Sorg dafür, daß die Mechs augenblicklich ausrücken können. Bis wir wissen, wie ernst die Lage ist, müssen wir improvisieren und uns auf das Schlimmste vorbereiten.«

Cooke sah auf die Uhr, dann gestikulierte er aufgeregt. »Ich komme schon eine halbe Stunde zu spät zu der Sitzung, die ich selbst einberufen habe.« Er lief den Gang hinab, aber nach ein paar Schritten machte er noch einmal halt. »Vielleicht sollten Sie ihre Landungsschiffbesatzung von der Entwicklung unterrichten. Sie gilt als Teil Ihrer Einheit.«

»Der Vorsitzende hat recht«, meinte Rose zu den beiden Frauen. »Ihr fahrt zurück ins Lager. Ich werde Antioch bitten, mich direkt zum Raumhafen zu fliegen.«

24

Houston, Borghese

12. Juni 3055

Wie sich herausstellte, war McCloud besser auf den politischen Umschwung vorbereitet als Rose. Die Laderäume der *Bristol* wurden bereits für einen Flug nach Cameron beladen. In zwei Tagen wollte Rachel McCloud mit ihrem Schiff Borghese verlassen. Rose bezweifelte, daß sie je zurückkehren würden.

Es gab keine tränenreiche Abschiedszene, nur die harte Wirklichkeit. Rachel verdiente ihr Geld damit, Waren aus einem System in ein anderes zu transportieren. Rose hatte einen Kontrakt, sie nicht. Die Wartungskosten der *Bristol* waren zu hoch, als daß sie auf einer Welt hätte bleiben können, auch wenn sie die Kompanie mochte. Rose bot ihr eine Stellung als Einheitstransport für die Black Thorns an, aber sie lehnte ab. Die Einheit verdiente nicht einmal genug, um die langfristige Wartung ihrer BattleMechs sicherzustellen. Wie wollte sie da die Kosten eines Landungsschiffes decken?

Nachdem er Rachel das Versprechen abgenommen hatte, am nächsten Abend zu einem Abschiedsessen ins Lager zu kommen, ging Rose von Bord. Das schien ihm das mindeste, was er tun konnte. Als er die Rampe hinabging, bemerkte er Antioch, der an einem Gabelstapler lehnte, obwohl Rose ihn beim Aussteigen aufgefordert hatte, nach Hause zu fliegen. Rose ging über den verlassenen Platz zu ihm. Mit einem Seufzer lehnte er sich ebenfalls an den Gabelstapler.

»Harte Zeiten.« Antiochs Feststellung klang wie eine Frage. Rose antwortete nicht, und Bell sagte nichts mehr. Schließlich hielt Rose es nicht länger aus und stieß sich mit der Schulter ab.

»Wissen Sie, was ich nicht verstehe?« fragte Rose. »Mich. Ich versteh mich nicht. Ich lerne jemand kennen, der mir wirklich wichtig ist, und alles läuft, wie es soll.« Rose drehte sich um und starrte die Rampe empor in den leeren Laderaum des Schiffes. »Ich muß sie verlassen, aber wir gehen ohne Streit auseinander. Ich schicke ein paar ComStar-Botschaften, und ein paar Monate später treffen wir uns wieder. Es ist nicht mehr dasselbe, aber ich sage mir, das liegt an der Trennungszeit.« Rose ließ sich wieder gegen den Gabelstapler fallen und starrte weiter die Rampe hoch. »Auf der Reise hierher läuft es wieder besser, und ich fange an zu glauben, daß die Beziehung dauerhaft sein wird.« Er verstummte.

»Und was verstehen Sie daran nicht?« fragte Bell.

»Wenn wir an Bord des Schiffes sind, ist alles großartig. Wir reden und lachen, und alles ist okay. Aber kaum bin ich ausgestiegen, vergesse ich, daß sie existiert. Ich meine, ich denke an sie, häufiger als gut ist, aber ich habe kaum die Zeit, mit ihr zu reden oder ihr zu sagen, was ich fühle.«

»Vielleicht, weil gar nichts da ist«, meinte Bell leise.

Rose starrte ihn an und suchte im schummrigen Licht nach einer Spur von Spott. Aber selbst in der Dunkelheit konnte er erkennen, daß es Bell ernst war.

»Ja, vielleicht haben Sie recht. Aber warum macht es mir dann so zu schaffen, daß sie abfliegt?«

»Ich kenne Sie erst ein paar Tage, aber ich mag Sie«, erklärte Bell zögernd. »Wenn es Ihnen nichts ausmacht, möchte ich Ihnen einen Rat geben.« Rose war nicht sicher, ob er wirklich hören wollte, was sein Begleiter zu sagen hatte, aber die Beurteilung seiner Lage aus einem anderen Blickwinkel konnte ihm vielleicht weiterhelfen.

»Wenn Sie nicht wollen, daß sie abfliegt, dann sagen Sie ihr das. Geben Sie ihr wenigstens die Gelegenheit, nein zu sagen.«

»Ich habe ihr eine Stellung bei der Einheit angeboten.«

Bell schüttelte den Kopf. »Das ist nicht dasselbe. Das war ein Angebot an das Landungsschiff und dessen Kapitän. Nicht an die Frau. Das ist etwas anderes.«

Rose war das eigentlich auch klar, aber er konnte sich nicht überwinden, es zuzugeben. Mit Tiegard war es genauso gewesen. Auch das hatte etwas Besonderes dargestellt, aber bei Rachel war es anders. Sie war kein Mechjockey und keine Kriegerin. Rachel sah das Leben völlig anders, und genau das fand Rose so hinreißend. Unglücklicherweise konnte er ihr seine Gefühle ebensowenig eingestehen wie Tiegard.

»Gehen wir«, murmelte er, als er die Warnlichter am Kopf der Rampe aufleuchten sah. Während die beiden Männer zurück zum *Frettchen* gingen, wurde die Rampe in den Schiffsrumpf gezogen. Rose konnte es nicht sehen, aber er hörte das Hallen der Schotten, als sie für die Nacht geschlossen wurden. Ihr Klang hatte etwas Endgültiges, das ihn bis ins Lager verfolgte.

Auf der anderen Seite der Stadt, in Crenshaws Zweitwohnung, war die Stimmung erheblich fröhlicher. Crenshaw hatte einen Gast in seinem Arbeitszimmer, und er bemühte sich redlich, ihn zu unterhalten. Nach Cookes vorzeitigem Verlassen der Ratsbesprechung hatte ihn Crenshaw in Gedanken verflucht und sich dann entschieden, nicht auf sein Landgut zurückzufahren, sondern in der Stadt zu bleiben. Als der Rat sich gerade auflöste, war sein Gast erschienen, und Crenshaw hatte ihn eingeladen, ohne daß die übrigen Ratsmitglieder es bemerkten.

Er lächelte und bot seinem Besucher einen weiteren Brandy an. Den habe ich extra von Andro einfliegen lassen, dachte er verärgert, und dieser Kerl kippt ihn weg wie Bier. Schon als der Bursche damals vor der Ratsversammlung erschienen war, hatte Crenshaw gewußt: Salander Morgain war ein blasser Schatten seines berühmten Vaters.

»Schmeckt er?« Crenshaw gelang es, seinen Abscheu zu verbergen. Er war seit Jahren in der Politik. Kaum jemand konnte seine wahren Gefühle deuten.

Salander Morgain nickte. Der Brandy wärmte ihn auf eine Weise, wie er es noch bei keinem anderen Alkohol erlebt hatte. Davon mußte er sich einen Vorrat zulegen. Crenshaw lächelte und setzte sich in einen anderen Sessel. Seine Bewegungen waren die eines jungen Mannes – weit jünger, als sein Aussehen vermuten ließ.

Morgain trat die Gelegenheit vor Augen, bei der er Crenshaw zum erstenmal begegnet war. Selbst als Knabe hatte er schon etwas Bösartiges an diesem Mann wahrgenommen. Es lag unter der Oberfläche und wartete auf eine Gelegenheit hervorzukriechen. Sein Vater hatte Crenshaws Ambitionen zügeln können, ebenso wie die übrigen Ratsvorsitzenden. Nur Cooke schien nichts vom wahren Wesen dieses Mannes zu ahnen. Jetzt war die Bestie frei, und er konnte sie in Crenshaws Augen erkennen, als der zu reden begann.

»Salander, ich will nicht um den heißen Brei herumreden. Wir stehen am Vorabend eines historischen Tages. Eines Tages, der als jener Tag in die Geschichte Borgheses eingehen wird, an dem wir den rechten Weg einschlugen.«

Salander war erstaunt. Crenshaw glaubte den Schwachsinn tatsächlich, den er von sich gab.

»Sie wissen, im Rat stehe ich in Opposition zu Zenos Cooke?«

Morgain nickte und nippte an seinem Brandy. Das war allgemein bekannt.

»Sie wissen auch, daß ich mich nicht gegen eine Claninvasion wehren würde, sollte es dazu kommen.«

Morgain zögerte, dann nickte er. Er hatte es schon

immer gewußt, aber das Leuchten in Crenshaws Augen war entnervend. »Man handelt Sie als den Führer einer Pro-Clan-Fraktion. Die Medien nennen sie die Behüter, wenn ich mich recht erinnere.«

Crenshaw schnaufte. »Populistisches Geschwafel. Der Name ist ebenso unwichtig wie meine Rolle in dieser Fraktion. Aber ich unterstütze ihre Ziele. Dieser dumme Krieg gegen die Clans darf Borghese nicht erreichen. Ich bin entschlossen, das mit allen notwendigen Mitteln zu verhindern.«

Morgain nickte noch einmal. Crenshaw lehnte sich vor und stützte die Ellbogen auf die Knie. »Verstehen Sie, was ich damit sagen will?«

Morgain nickte weiter, dann fing er sich. Die Bewegung war ein Reflex gewesen, bis er Crenshaws Blick begegnete. Der alte Mann machte keine Witze. Der MechKrieger schluckte den Rest Brandy und stellte das leere Glas vor sich auf den Tisch. Er lehnte sich vor, ebenso wie Crenshaw.

»Ich verstehe. Ich habe gegen die Clans gekämpft und weiß, wozu sie fähig sind. Auch ich würde alles tun, um zu verhindern, daß dieser Krieg Borghese erreicht.«

Crenshaw entspannte sich. Morgain war auf seiner Seite. Er lächelte und tätschelte dem jüngeren Mann das Knie. »Wie Ihr Vater. Sie lieben Ihre Heimat.« Was für eine Lüge, dachte er bei sich. Das einzige, was diesen Burschen interessiert, sind Macht und Geld.

Crenshaw lehnte sich zurück und bedeutete Morgain, sich nachzuschenken. Während der MechKrieger sich bediente, sprach Crenshaw weiter. »Allem zum Trotz, was dieser Narr Cooke schon angerichtet hat, können wir einen Krieg vielleicht noch verhindern. Kann ich dabei auf Ihre Hilfe zählen?« Crenshaw kannte die Antwort schon, aber wenn er Morgain dazu brachte, es auszusprechen, würde sie ihm mehr wie seine eigene Idee vorkommen.

»Natürlich. Wie kann ich Ihnen helfen?«

Crenshaw unterdrückte ein Lächeln, als Morgain sich mit bis an den Rand gefülltem Schwenker in seinen Sessel sinken ließ.

»Der Rat kontrolliert die Miliz. Wenn jemand mit Krieg droht, kann der Rat jedem schießwütigen Hitzkopf Zügel anlegen. Da ich den Rat kontrolliere – oder es nach den morgigen Ernennungen tun werde –, kann ich die Miliz bremsen. Aber ...«

»Aber die Söldner«, unterbrach Salander.

Crenshaw biß sich auf die Lippen. Er haßte Unterbrechungen. Er lächelte verkniffen und sprach weiter. »Aber die Söldner stehen außerhalb meiner Kontrolle. Ich habe schon mehrfach mit Rose zu reden versucht, aber er weigert sich, mich außerhalb der Ratssitzungen zu treffen. Wenn die Clans vor Ablauf seines Kontrakts eintreffen, wird er mit Sicherheit gegen sie kämpfen.« Crenshaw gab seinen Worten Zeit zu wirken.

»Die Clans wären dann zum Gegenschlag gezwungen, und wer weiß, wohin das führen kann«, stieß Morgain aus. Crenshaw nickte ernst.

»Wir müssen ihn aufhalten.« Crenshaw nickte weiter, und Morgain setzte sein halbvolles Glas ab. Er blickte Crenshaw an, wollte etwas sagen, dann stockte er erstaunt. »Dafür brauchen Sie mich. Ich bin der einzige, der Rose aufhalten kann.«

Crenshaw ging seine Optionen durch. Morgains Feststellung traf den Punkt nicht genau, aber sie kam ihm nahe genug. Er sah den jungen MechKrieger an und entschloß sich, etwas zurückhaltender vorzugehen als ursprünglich geplant.

»Sie sollen Rose nicht aufhalten. Ich hoffe, daß es soweit gar nicht erst kommt. Wir Behüter brauchen jemand mit militärischem Hintergrund, der unsere Sache unterstützt. Sie sind alles andere als zurückhaltend mit ihrer Meinung darüber, was zu tun ist, wenn die Clans kommen. Obwohl ich nicht immer

Ihrer Ansicht war, habe ich doch immer Ihre Überzeugung respektiert. Aber bedenken Sie die Konsequenzen des Widerstands. Zerstörungen, wie Sie sie selbst gesehen haben, als Sie für die Vereinigten Commonwealth-Streitkräfte gekämpft haben. Wünschen Sie sich das für Ihre Heimat? Könnten Sie damit leben, mit dem Wissen, daß diese Zerstörungen und diese Toten hätten verhindert werden können?«

Crenshaw beugte sich vor und spießte Morgain mit seinen Blicken auf. Lange Sekunden verstrichen. Dann schüttelte der jüngere Mann den Kopf.

»Natürlich könnten Sie das nicht. Ich verstehe, wieviel Ihnen die Heimat bedeutet, mein Sohn. Sie brauchen nur die Politik der Widerstandslosigkeit zu unterstützen, die ich nächste Woche im Rat einbringen werde. Wenn Sie als erster Privatmann Ihre Zustimmung zu diesem Plan erklären, werden die Massen folgen. Sie werden ein Held sein.«

Morgain legte das Gesicht in beide Hände, Crenshaw erkannte, daß der MechKrieger den Köder geschluckt hatte. Jetzt wurde es Zeit, den Fang einzuholen.

»Genau wie Ihr Vater.« Morgains Kopf flog hoch. Crenshaw wußte, daß Salander nach einem Indiz für ein Täuschungsmanöver suchte, aber unerfahren und angetrunken wie er war, war er leicht zu täuschen. Morgains Augen verrieten Crenshaw alles, was er wissen wollte.

»Was ist mit der Ausrüstung der Söldner?« Morgain versuchte seine Stimme unbeteiligt klingen zu lassen, aber er versagte kläglich. »Jemand wird die Verantwortung dafür übernehmen müssen.«

»Ich kann mir niemand vorstellen, der dafür qualifizierter wäre als Sie. Mir und den anderen Mitgliedern meiner Gruppe bedeuten die Maschinen nichts. Betrachten Sie sie als Ihr Eigentum.« Crenshaw konnte praktisch die Credit-Zeichen in Salanders Augen blitzen sehen. Er stand auf und streckte die knochige Hand aus.

»Freut mich, Sie an Bord zu wissen, Hauptmann Morgain. Wir können Sie gebrauchen.«

Morgain sah zu der Hand auf. Er stand langsam auf und schüttelte sie.

»Wenn es Ihnen nichts ausmacht. Für einen alten Mann wie mich ist es schon spät. Mein Chauffeur kann Sie zurück zu Ihrem Landgut fahren. Wenn Sie möchten, können Sie unterwegs schon mal ein Nickerchen machen.«

Crenshaw klingelte dem Butler, der den Chauffeur weckte, damit er die Limousine vorfuhr. Crenshaw sah dem Wagen nach, bis er außer Sicht war. Dann kehrte er in sein Arbeitszimmer zurück, wo ein anderer Mann es sich auf Morgains Platz bequem gemacht hatte.

»Haben Sie es gehört?« fragte er und ließ sich in seinen Sessel fallen.

»Ich habe es gehört.«

Crenshaw betrachtete seinen Gesprächspartner, der eine extrem gelangweilte Miene zur Schau stellte. Der Mann legte die Fingerspitzen aufeinander und stützte sein Kinn darauf.

»Wir sollten heute nacht noch zuschlagen.«

Crenshaw schüttelte den Kopf. »Das wäre zu früh. Wenn von Ihrer Seite irgend etwas schiefgeht, könnte das morgen die Ratsentscheidung beeinflussen. Warten Sie bis morgen nacht. Bis dahin habe ich die Kontrolle über den Rat.«

Der Mann klopfte sich mit den Fingern ans Kinn. Crenshaw sah, daß ihm der Gedanke nicht gefiel, aber schlußendlich würde er ihn akzeptieren.

»Der junge Morgain hat sich genauso verhalten, wie Sie es vorhergesagt haben.«

Zum erstenmal an diesem Abend lachte Crenshaw aus vollem Herzen. »Danke, aber das war wirklich nicht schwer zu prophezeien. Nachdem Sie die Wahrheit über seine Militärlaufbahn herausbekommen hatten, brauchte ich das nur mit dem zusammenzuzählen, was ich bereits von ihm wußte. Habgier und Minderwertigkeitsgefühle, was für eine erbärmliche Kombination.«

»Wir sollten uns vorsehen, damit niemand etwas über Morgains Vergangenheit herausfindet. Wenn man auf Borghese je erfährt, daß er wegen Schmarzmarktgeschäften unehrenhaft entlassen wurde, würde seine Glaubwürdigkeit auf Null sinken.«

»Niemand weiß das besser als ich«, stimmte Crenshaw zu und rieb sich die Augen. »Glücklicherweise kennen nur Sie, ich und die Militärverwaltung auf Tharkad die Wahrheit. Und keiner von uns wird sie hinausposaunen. In der Hinsicht sind wir sicher. Außerdem braucht Morgain nur ein paar Monate glaubwürdig zu sein. Wen interessiert, was danach aus ihm wird?«

Crenshaws Gegenüber runzelte die Stirn, dann nickte er. Eine Weile saßen die beiden sich schweigend gegenüber, dann stand Crenshaw auf. »Ich gehe schlafen«, kündigte er mit einem Gähnen an.

Als sein Gast sich nicht rührte, machte Crenshaw sich auf den Weg zur Tür. »Und, Hoffbrowse, schließen Sie ab, wenn Sie gehen.«

25

Houston, Borghese

13. Juni 3055

Wie Zenos Cooke prophezeit hatte, wurden die neuen Ratsmitglieder von Crenshaw und seinen Gefolgsleuten ausgewählt. Die endgültigen Ersatzleute konnten nur durch Volksabstimmung bestimmt werden, aber der Rat durfte bis zu diesem Zeitpunkt Vertreter ernennen. Wegen ihrer kurzen Amtszeit genügte dazu eine einfache Mehrheit.

Der erste Kandidat schien ein Mann der Mitte. Obwohl Calvin Washington mehr für seine üppigen Feste bekannt war als für seine politischen Ansichten, entschied Cooke, daß er einen besseren Anwärter nicht zu erwarten hatte. In seiner Antrittsrede versprach Washington, hart zu arbeiten, auf die Menschen zu hören, die er im Rat vertrat, und jede Entscheidung sorgfältig abzuwägen. Er wurde ohne Gegenstimme gewählt.

Der zweite Mann traf im selben Wagen wie Crenshaw ein. Er erklärte bereits in seiner ersten Rede, ein Behüter zu sein. Trotz heftigen Widerspruchs von Cookes Seite, wählte der Rat Ermando Rashimaln mit fünf zu zwei Stimmen. Als Washington noch vor Crenshaw der Ernennung zustimmte, wußte Cooke, daß er übertölpelt worden war. De Vilbis enthielt sich der Stimme. Das war erlaubt, aber sehr ungewöhnlich. Die Wähler erwarteten von ihren Repräsentanten, daß sie über die Sachfragen abstimmten, nicht untätig dabeisaßen und nur zuschauten.

Am späten Nachmittag vertagte sich der Rat, um den neuen Mitgliedern Gelegenheit zu geben, sich mit der anliegenden Situation vertraut zu machen. Cooke gab sich in dieser Hinsicht keinen Illusionen hin, aber er konnte nichts tun. Er war zwar noch immer der Vorsitzende, doch der Rat entschied die meisten Fragen mit einfacher Mehrheit. Cookes bevorzugte Stellung gestattete ihm gelegentlich, die Ratsentscheidungen zu beeinflussen, aber mit Crenshaws neuem Einfluß würde das sehr viel schwieriger werden.

Als die Mitglieder den Kuppelsaal verließen, warf Cooke Crenshaw seinen mörderischsten Blick zu. Der alte Mann lächelte nur. Er versuchte denselben Blick bei Washington, mit ähnlichem Ergebnis. Washington war augenscheinlich dumm und unaufmerksam. Crenshaw war das ganz und gar nicht.

Rose erhielt die Nachricht bei den Vorbereitungen für McClouds Abschiedsessen. Der Rest der Söldner wußte, wie schwer ihn Rachels Abflug traf, aber niemand, nicht einmal seine Schwester, wußte, was er dazu sagen sollte. Schließlich entschieden sie, ihn allein zu lassen. Wenn er Hilfe brauchte, würde er sich schon melden.

Rachel McCloud traf pünktlich um neunzehn Uhr ein. Aus unerforschlichen Gründen hatte Antioch Bell darauf bestanden, sie abzuholen. Die unvermeidlichen Demonstranten waren in letzter Zeit sehr viel aktiver geworden, aber Bell brachte den Wagen mit minimalem Ärger durch ihre Reihen. Rose war sicher, daß das Essen superb war. Ihr einheimischer Koch war ein Künstler auf seinem Gebiet. Aber seine Gedanken waren nicht bei der Mahlzeit. Er saß auf seinem Platz und starrte McCloud an, lauschte dem Tischgespräch, ohne sich einzumischen. Der Kommunikator meldete sich, als gerade der Nachtisch aufgetragen wurde.

Rianna stand auf, aber Rose war schneller. Er durchquerte den kleinen Raum, nahm den Hörer und wollte sich melden, aber der Anrufer unterbrach ihn. Rose wurde bleich, als er hörte, was sein Gesprächspartner zu sagen hatte.

Ajax reagierte als erster und rannte zur Tür, noch bevor Rose aufgelegt hatte. Rose folgte ihm hastig und gab im Laufen seine Befehle.

»Achtung, Thorns! Wir haben Schwierigkeiten am Raumhafen.« Der Rest des Teams drängte sich zur Tür, während Ajax bereits zu seinem Mech sprintete. Da sie sich in Alarmstufe Gelb befanden, waren alle in Gefechtskleidung oder hatten ihre Ausrüstung griffbereit. Rachel blieb mit ruhiger Miene sitzen.

»Was ist los, Jeremiah?«

Der Rest der Söldner stürzte aus der Tür. Ein Teil rannte direkt zu den Mechs, der Rest zur Kaserne. Eber, der als letzter den Raum verließ, zog mit einer Hand die Tür hinter sich zu. In der anderen hielt er eine Apfel im Schlafrock. Rose atmete tief durch.

»Terroristen greifen den Raumhafen an. Ihr Ziel scheint die *Bristol* zu sein. Deine Crew versucht sie abzuwehren, aber es sieht nicht gut aus.«

Rose hatte Wut und Frustration erwartet, aber er schaffte es kaum, sich rechtzeitig zu ducken, als McCloud ein schweres Glas nach ihm warf.

»Du Bastard! Du hattest mir ihren Schutz garantiert!« Ohne auf eine Antwort zu warten, stürmte sie um den Tisch. Rose ging in die Hocke und bereitete sich auf den Angriff vor, aber der kam nicht. Als McCloud die Eingangstür passierte, schwang diese plötzlich auf. Rachel konnte nicht mehr ausweichen. Mit voller Geschwindigkeit rannte sie gegen die Tür, knallte mit dem Kopf auf das massive Holz und flog zurück.

Eber, der in der Tür stand, sah hinüber zu Rose und versuchte zu grinsen. »Was Besseres ist mir so schnell nicht eingefallen.« Der Riese lugte um die Tür, als Rose über die am Boden liegende und nach Atem ringende McCloud stieg, deren linkes Auge bereits zuschwoll. Ihre Verletzungen wirkten schlimm, aber sie würde in wenigen Minuten wieder auf den Beinen sein.

»Also, ich an deiner Stelle würde mich jetzt dünne machen. Es sei denn, du erwartest, daß sie freiwillig noch mal gegen die Tür rennt, wenn sie erst wieder aufstehen kann.«

Rose blickte hinüber zu Eber und dann zu McCloud. Hin und her gerissen deutete er auf den Koch. »Hol zwei Wachen. Sorgt dafür, daß sie hierbleibt, bis wir zurück sind.«

McCloud versuchte aufzustehen. Ihr offenes Auge fixierte Rose. »Wenn es sein muß, setzt euch auf sie drauf«, rief Rose, »aber sie darf das Lager nicht verlassen.«

Mit diesen Worten war er aus der Tür, Eber dicht auf den Fersen. Als er das Cockpit seines *Streitroß* erreichte, war Ajax' *Rabe* bereits zum Haupttor unterwegs. Angus folgte kurz darauf, und der Rest der Kompanie schloß zu den Scoutmechs auf. Als er durch das Tor donnerte, sah Rose, daß die Demonstranten Verstärkung bekommen hatten. Sie schrien auf die Mechs ein, als sie vorbeistürmten. Steine prallten von der Panzerung des *Streitroß* ab, und einen Augenblick hatte Rose Angst, einer der Demonstranten könnte bei einem sinnlosen Versuch, die Kampfkolosse aufzuhalten, unter einem der Mechfüße zertreten werden. Zum Glück kam es nicht soweit. Die Menge hielt sich von der Straße fern, und bald hatten die Black Thorns sie hinter sich gelassen und waren unterwegs zum Raumhafen.

Ajax und Angus bildeten die Vorhut. Schnell hatte Ajax die anderen Maschinen hinter sich gelassen, und Rose beschloß, ihn nicht zurückzurufen. Der Capellaner würde vor dem Raumhafen kaum auf Gegenwehr treffen, und seine Schnelligkeit konnte sich als Glücksfall erweisen.

Als der Rest der Thorns eintraf, hatte Ajax die *Bristol* bereits mit den leistungsstarken Ortungssystemen des *Rabe* abgetastet. Die Beaglesonde in der Nase des Mechs liefert ein düsteres, aber akkurates Bild.

Die Terroristen hatten sich anscheinend als Wartungsarbeiter verkleidet Zugang zum Schiff verschafft. Rose konnte unter dem herabgefahrenen Schott von Laderaum Drei ihren beschädigten Gabelstapler erkennen. Neben dem Fahrzeug lagen zwei Körper, aber es war zu dunkel, um sie als Freund oder Feind zu identifizieren.

Rose' *Streitroß* kam neben dem *Rabe* zum Stehen, der hinter einem Vorratsschuppen vor den Geschützen des Landungsschiffs in Deckung gegangen war.

»Wie sieht's aus, Ajax?« Rose spähte über den Schuppen, sah aber nur die obere Hälfte der *Bristol*.

»Sie schlossen gerade die Ladeluken, als ich eintraf. Anscheinend hat die Crew sie eine Weile aufhalten können, aber nicht lange genug. Die beiden auf dem Gabelstapler habe ich erwischt, aber der Rest hat es ins Schiff geschafft.«

Während Rose ihm zuhörte, schwenkte das oberste Geschütz des Landungsschiffs in ihre Richtung. Der Lauf senkte sich, stoppte aber weit über dem Kopf des *Streitroß*. Wegen des annähernd kugelförmigen Rumpfes der *Bristol* war die Plazierung der Geschütze ein Problem gewesen. Die Konstrukteure hatten sich schließlich durchgerungen, vor allem die obere Hemisphäre zu schützen, da sie bei einem Kampf stärker gefährdet war. Am Boden lieferte diese Geschützanordnung einem Landungsschiff der *Union*-Klasse guten Schutz gegen Luftangriffe. Für die Verteidigung gegen Bodentruppen verließ sich das Schiff auf die Mechs, die es normalerweise transportierte. Momentan befanden sich die Thorns unterhalb der Hauptgeschütze und mußten nur mit den unteren Laserkanonen rechnen, wenn sie das Landungsschiff stürmten.

Rose hatte zwei Möglichkeiten. Er konnte seiner Einheit befehlen, das Schiff zu stürmen und so stark zu beschädigen, daß es nicht mehr starten konnte. Oder sie konnten bleiben, wo sie waren, und zusehen, wie es verschwand. In beiden Fällen war die *Bristol* für McCloud verloren. Sie würden nie in der Lage sein, die Reparaturkosten für einen derartigen Schaden zu bezahlen, noch war damit zu rechnen, daß die Entführer das Schiff irgendwann freiwillig zurückgaben. Er brauchte nicht lange, um zu einer Entscheidung zu kommen.

»Hier spricht Kommandant Eins. Wir stürmen das Landungsschiff. Feuer auf nächstgelegene Landestütze konzentrieren. Wenn wir eine davon abbrechen, verzichten sie vielleicht auf einen Startversuch.«

Noch während Rose sprach, begann es unter dem Heck der *Bristol* rot zu glühen. Rauch wogte unter dem gewaltigen Schiff hervor, und ein dumpfes Grollen drohte den Söldnern das Gehör zu rauben.

»Ajax! Sie haben doch angeblich gerade erst die Schotten dicht gemacht!« Wenn das stimmte, hätte Rose zehn bis fünfzehn Minuten haben müssen, bevor die Entführer die Triebwerke hätten hochfahren und einen Start versuchen können. In dieser Zeit hätte er alle vier Landestützen abschießen können. Statt dessen befand sich das Schiff unmittelbar vor dem Abheben.

»Bewegung, Bewegung, Bewegung!« Ohne sich nach seiner Lanze umzusehen, stürmte Rose um die Ecke des Wartungsschuppens und rannte auf die *Bristol* zu. Als er die erste LSR-Salve abfeuerte, sah er die Landestützen ausfahren. Die Triebwerke hatten bereits einen Teil der dreieinhalbtausend Tonnen Gewicht übernommen, und der auf den Stützen lastende Druck ließ nach. Qualm wogte über das *Streitroß* und hüllte dessen untere Rumpfhälfte völlig ein. Wieder feuerte Rose auf die nächstgelegene Landestütze. Um ihn herum beschoß der Rest der Black Thorns die Stütze mit PPKs und schweren Lasern. Rose arbeitete sich näher heran. Das Donnern der Schiffstriebwerke wurde lauter. Trotz abgeschalteter Außenlautsprecher war der Lärm ohrenbetäubend.

Das Schiff legte sich leicht zur Seite, und eine der Stützen hob vom Boden ab. Als Rose wieder auf die nächstgelegene Stütze schoß, feuerte die *Bristol* zurück. Drei rote Strahlbahnen zuckten aus der Geschützbatterie und trafen das *Streitroß* an der Brustpartie. Panzerplatten lösen sich auf und flossen in Sturzbächen zu Boden, als die Hitze der Laserstrahlen den Fiberstahl über dem Reaktor des Kolosses verflüssigte. Aus dem Gleichgewicht geworfen, machte Rose einen Schritt rückwärts, um den Mech zu stabilisieren.

Er wußte augenblicklich, daß er kippen würde. Normalerweise hätten die Treffer nicht ausgereicht, ihn umzuwerfen, aber die Druckwelle des Starts war zu viel für den Mech. Dichter Rauch wallte über den Sichtschirm, als das *Streitroß* unter den Qualmwolken verschwand. Der Mech fiel hart auf den rechten Ellbogen. Panzerplatten brachen ab, und Rose wurde in die Gurte geschleudert. Als die Maschine wieder stand, war die *Bristol* bereits in der Luft. Er versuchte vorzustürmen, um auf die ungeschützten Triebwerke zu feuern, aber die Hitze war zu groß.

Als die Wärmeskala des *Streitroß* in den roten Bereich schoß, schlug er auf den Vetoknopf und sah frustriert zu, wie die *Bristol* höher stieg. Esmeralda feuerte die PPKs ihres *Kriegshammer* hinter ihr her, aber der Kampf war verloren. Er machte sich nicht einmal mehr die Mühe, seine Langstreckenraketen abzufeuern.

»Black Thorns von Kommandant Eins. Um mich gruppieren.« Rose trat aus dem schnell verfliegenden Rauch und führte seine Einheit zurück zur Basis. Er suchte noch nach Worten, um McCloud zu erklären, was geschehen war, als er das Haupttor in den zerschmetterten Angeln hängen sah.

Neben dem Postenhäuschen konnte Rose die reglosen Gestalten zweier Wachtposten sehen. Durch die Fenster der Kaserne und der Messe leuchteten züngelnde Flammen. Zunächst glaubte Rose noch, der schwerer befestigte Befehlsstand sei unbeschädigt geblieben, aber als er den im Torso montierten Suchscheinwerfer des *Streitroß* einschaltete, sah er, daß Türen und Fensterverschläge von MG-Feuer durchsiebt waren. Er holte die Eingangstür mit der Kamera näher heran und stellte fest, daß sie nicht aufgebrochen worden war. Er sah keine Anzeichen schwerer Fahrzeuge oder Mechs, aber die konnten leicht hinter dem Befehlsstand oder im Wartungshangar lauern. Als er durch den zerstörten Eingang stürmte, bemerkte er, daß die Demonstranten am Eingang verschwunden waren.

»Hier Kommandant Eins. Etwaige Fahrzeuge vernichten. Paßt auf Fußvolk auf. KampfLanze – Mechhangar. HetzLanze – Umfeld. Rianna, du bleibst bei mir.«

Rose führte seine Schwester zum Befehlsstand und suchte unterwegs nach Hitzequellen. Es war beinahe unmöglich, auf dieser Seite des Lagers ein Fahrzeug zu verstecken, aber auch ein einzelner Infanterist mit einem Raketenwerfer, möglicherweise mit einem Infernowerfer, konnte eine Menge Schaden anrichten. Nach angespannten Sekunden der Suche wollte Rose das Lager schon für verlassen erklären, als er den azurblauen Lichtblitz eines PPK-Schusses bemerkte.

Er wirbelte herum und sah einen zivilen Geländewagen aus dem Mechhangar schießen. Esmeralda hatte den Wagen aufgescheucht und trieb ihn jetzt zum Haupttor. Das Fahrzeug schleuderte um die Ecke der lodernden Kaserne. Aus dem offenen Laderaum flogen zwei Raketen auf den *Kriegshammer* zu. Esmeralda feuerte noch einen PPK-Blitz ab, aber das wild schlingernde Fahrzeug entging dem Beschuß, während seine beiden Raketen den Kopf des *Kriegshammer* trafen.

Rose versuchte einen Treffer zu landen, aber der

Wagen verschwand in der Deckung des Befehlsstands. Als er hinter dem Gebäudes auftauchte, fuhr er in gerader Linie auf das Eingangstor zu. Rose feuerte hastig beide Armlaser, aber die Strahlbahnen schlugen links und rechts neben dem Wagen ein. Er wollte gerade nachsetzen, als Ajax auftauchte.

Der *Rabe* kam hinter der Messe hervor und verfolgte das fliehende Fahrzeug. Rose setzte auch das *Streitroß* in Bewegung, aber der *Rabe* wurde von den Vogelbeinen des kleinen Mechs immer schneller angetrieben und erreichte sein Ziel zuerst. Als der Wagen vor der ersten Kurve auf der Straße abbremste, feuerte Ajax seine KSR-6er-Lafette. Irgendwer schrie über offene Leitung eine Warnung, aber Rose konnte die verängstigte Stimme nicht identifizieren. Fünf der sechs Raketen durchbohrten das Fahrzeug von der Seite, als es sich in die Kurve legte. Von Masseträgheit und der Wucht der Detonationen getrieben, schloß der Wagen die Drehung ab und rutschte über die Böschung. Die niedrigen Gebäude zwischen dem Wrack und dem *Streitroß* nahmen Rose die Sicht, aber die abschließende Explosion ließ keinen Zweifel an Ajax' Treffsicherheit.

Ajax setzte nach, um den Abschuß sicherzustellen und nach Überlebenden Ausschau zu halten, dann meldete er den Tod aller vier Fahrzeuginsassen. Kaum war Ajax fertig, meldete Esmeralda, daß der Mechhangar feindfrei war. Angus und Rianna gaben gleichlautende Meldungen durch. Allerdings hatten sie einige tote Lagerwachen gefunden, zusammen mit den Leichen von Angreifern. Damit blieb nur der Befehlsstand. Rose drehte um und schaltete die Außenlautsprecher ein.

»Hier spricht Kapitän Rose von den Black Thorns. Öffnen Sie die Türen des Befehlsstands und kommen Sie mit erhobenen Händen heraus. Das Gebäude ist umstellt.« Rose wartete und lauschte den Flammen,

PAV.

wie sie das Messegebäude verzehrten. Nach einer Weile schwang die Tür auf.

Ins Freie trat Rachel McCloud mit einem schweren *Zeus*-Gewehr. Das acht Kilogramm schwere Scharfschützengewehr wirkte in ihren kleinen Händen wie eine Kanone, aber sie stützte es auf die Hüfte. Rose mußte grinsen, als er sie so sah. McCloud war ein Abbild von Selbstvertrauen und Kampfkraft, bis sie plötzlich in der Türöffnung zusammenbrach. Er holte ihr Bild näher heran. Ihre Haare waren blutverschmiert.

»Kommandant Eins an alle. Wir müssen hier weg, solange noch Zeit ist. Ich weiß nicht, wer das Lager angegriffen hat, aber ich möchte wetten, sie kommen zurück. Ohne die Unterstützung des Rates müssen wir davon ausgehen, daß wir auf uns gestellt sind. Kämpfer Eins und Drei, Geländeschutz. Kämpfer Zwo, aus dem Mechhangar bergen, was immer du kannst. Wenn möglich, für externen Transport vorbereiten. Munition und Panzerung haben Vorrang. Hetzer Zwo, Patrouille vor dem Tor. Halt Augen und Ohren weit offen und melde dich, wenn sich irgend etwas nähert. Wenn es auch nur entfernt feindselig erscheint, Feuer frei. Kommandant Zwo, Hetzer Eins, absteigen und Befehlsstand ausräumen. Wir rücken in dreißig Minuten aus, Leute, also beeilt euch.« Als das Feuer die Kaserne völlig einschloß, wurde Rose plötzlich übel. Das Äußere des Gebäudes bestand aus Stein und Metall, aber sein Inneres wurde ein Raub der Flammen.

»Tut mir leid um eure persönliche Habe.« Es war ein schwacher Trost, und Rose wußte es, aber was sollte er sagen? Alles, was die Black Thorns besessen hatten, war dort in der Kaserne gewesen. Jetzt war es zerstört.

Rose starrte in die Flammen. Er hatte einen furchtbaren Fehler begangen. Er hätte wissen müssen, daß es unmöglich war, den Angriff auf das Landungsschiff abzuwehren, und einen Teil der Einheit in der Basis lassen sollen. Jetzt war das Lager vernichtet, und seine Krieger hatten nur noch die Kleider am Leib und den Mech unter dem Hintern. In Anbetracht der jüngsten Ereignisse konnte er die Schuld an dieser Misere niemand anderem geben als sich selbst.

Wut stieg in ihm auf und drohte ihn zu zerfressen, als er auf Rachel McClouds bewußtlose Gestalt hinabsah. Er biß die Zähne zusammen und zwang die Wut in eine neue Form. Sie wurde zu einem Entschluß. Rose schwor sich, ein solches Debakel nie wieder zuzulassen. Von nun an würde er den Schutz seiner Einheit über alles andere stellen, selbst über den Kontrakt. Er schüttelte sich und kehrte in die Wirklichkeit zurück, aber sein Schwur schien ihm in Herz und Hirn eingebrannt.

»Noch neunundzwanzig Minuten, Thorns, dann sind wir ganz auf uns gestellt. Beeilt euch mit dem Aufräumen.« Rose blockierte die Kontrollen des *Streitroß* und kletterte zu Boden, den Medpack über der Schulter. Als erstes würde er sich um Rachel kümmern. Dann würden sie die Stadt verlassen, und erst dann konnte er sich Gedanken darüber machen, wie die Black Thorns aus diesem Schlamassel heil herauskommen konnten.

Wenn die Einheit erst wieder Raum zum Atmen hatte, würden sie entscheiden, wie sie sich an den Terroristen rächen konnten, die ihnen die Bristol gestohlen und das Lager zerstört hatten. Rose konnte es kaum erwarten.

26

Houston, Borghese

14. Juni 3055

Der Redner blickte auf seine Notizen, und die Kamera fuhr ein Stück heran. Salander Morgain hatte immer die Meinung vertreten, daß es nur darauf ankam, geradewegs in die Kamera zu schauen und selbstbewußt aufzutreten. Natürlich wußte er, daß dies allein nicht genügte. Es lief nicht immer so wie geplant, aber bis jetzt hatte er Glück gehabt. Er warf noch einen Blick auf die Notizen, die Crenshaws Stab für ihn vorbereitet hatte, und schob sie dann unter das Rednerpult.

Zu seiner Rechten sah er Crenshaw verärgert die Hand vors Gesicht schlagen, aber Morgain lächelte nur und sah zur Kamera hoch. Sein Timing war perfekt. Das rote Aufnahmelämpchen leuchtete, und die Kamera erfaßte seine gesamte Bewegung. Dadurch erweckte er den Eindruck tiefer Besorgnis, den die Zuschauer augenblicklich erkannten, auch wenn seine Bedeutung noch unklar war.

»Mitbürger von Borghese, mein Name ist Salander Morgain.« Er hatte sich entschlossen, mit einer bescheidenen Vorstellung zu beginnen. Die Menge mochte das. »Heute abend möchte ich Sie bitten, mir einen Moment Ihrer kostbaren Zeit zu widmen, damit ich über ein Thema zu Ihnen sprechen kann, das uns allen große Sorgen bereitet: die Clans.« Morgain hielt seine Stimme bewußt neutral. Noch sollten seine Zuhörer keine Schlüsse ziehen können. »Seit sie in der Inneren Sphäre aufgetaucht sind, haben sich diese Fremden aus den Tiefen des Alls als eine konstante Quelle der Furcht und übelster Vorahnungen erwiesen.« Morgains Stimme wurde lauter und kräftiger.

»Ihre Waffen, ihre Technologie und ihre Gefechtstaktik hat die Verteidiger ganzer Welten mit beinahe verächtlicher Leichtigkeit beiseite gefegt.« Seine Stimme wurde leiser, fast flüsterte er. »Ich weiß es, weil ich auf einigen dieser Welten war und zusehen mußte, wie meine Lanzenkameraden in einem aussichtslosen Kampf ihr Leben gaben.« Er senkte den Blick, schüttelte den Kopf. Als er wieder in die Kamera sah, leuchteten seine Augen wieder.

»Als ich nach Borghese zurückkehrte, geschah das in der Hoffnung, die Gewalttätigkeit des Soldatenlebens hinter mir zu lassen. Ich habe gehofft, auf meiner Geburtswelt in Frieden leben zu können. Heute weiß ich, daß mir das nicht vergönnt ist. Die Sprungschiffe der Clans sind nur zwei Wochen von hier entfernt. Zwei Wochen.« Wieder schüttelte er den Kopf. »Trotzdem hat sich das Vereinigte Commonwealth entschieden, unsere Welt nicht zu verteidigen. Seine Regimentskampfgruppen sind ringsum aufgestellt, aber für Borghese ...« Morgain machte eine Pause und breitete die Hände aus »... gibt es nichts. Was sollen wir tun?« Morgain blickte in die Kamera. »Beim Militär habe ich gelernt, daß es nur drei mögliche Reaktionen gibt, wenn man dem Feind gegenübersteht. Man kann weglaufen.« Zum erstenmal in seiner Rede lächelte Morgain. »Unglücklicherweise ist das für Borghese nicht durchführbar. Man kann kämpfen.« Sein Lächeln verschwand abrupt. »Wieder fürchte ich, daß das nicht möglich ist. Wenn wir nur die geringste Erfolgschance hätten, würde ich unsere Kräfte persönlich in die Schlacht führen, aber unsere Anstrengungen wären vergebens. Die Clans sind übermächtig. Von den Ver-Commies verlassen, haben wir keine Hoffnung, ihnen zu widerstehen. Damit bleibt uns nur die dritte Möglichkeit: Kapitulation.«

Morgain packte das Pult und redete langsamer weiter. »Das ist kein Wort, das man leichtfertig in den

Mund nimmt. In meiner gesamten militärischen Laufbahn habe ich niemals kapituliert, und bis vor kurzem hätte ich nicht im Traum daran gedacht, diese Möglichkeit auch nur in Betracht zu ziehen. Aber ein weiser Ratgeber änderte meine Meinung zu diesem Punkt mit einer simplen Frage: »Du willst kämpfen, aber um welchen Preis?« Was sollte ich darauf antworten? Sollte ich sagen: Ich werde kämpfen, bis die Welt, die ich liebe, von den Invasoren verwüstet ist? Ich werde kämpfen, während Tausende in einem ausweglosen Krieg ihr Leben lassen? Ich werde noch einmal kämpfen und die Schrecken, die ich auf Kobe und Thun erlebt habe, über meine Heimat bringen?« Morgain stockte, überwältigt von seinen Gefühlen. »Das konnte ich nicht. Ich kann nicht gegen die Clans kämpfen, wenn sie nach Borghese kommen, und ich flehe Sie an, sich meiner Überzeugung anzuschließen und auf jeden Widerstand zu verzichten. Ich habe ...«

Rose drückte den Pause-Knopf des Wiedergabegeräts und sah Zenos Cooke an. Die beiden Männer saßen in Cookes Landhaus, obwohl sich Rose bewußt war, daß er hier nicht mehr lange sicher sein würde. Während Rose mit dem Ratsvorsitzenden diskutierte, hielten die übrigen Black Thorns rund um die Villa Wache. Die beiden Männer hatten sich die offizielle Aufzeichnung der Ratssitzung desselben Tages angesehen. Salander Morgains Rede war Teil der Sitzung gewesen. Gegen Cooks Einwände hatte der Rat beschlossen, Morgain zum Volk sprechen zu lassen, um dessen Ängste wegen der Clanbedrohung zu beschwichtigen. Cooke war gezwungen gewesen, dem sorgfältig vorbereiteten Spektakel beizuwohnen, und betrachtete es jetzt in derselben verzweifelten Stimmung wie am Nachmittag.

»Ich nehme an, er redet noch eine Weile so weiter?« Cooke nickte grimmig. Seit dem Angriff auf das Lager der Black Thorns waren zwei Tage vergangen, und keiner der beiden Männer hatte seitdem viel geschlafen. Rose schien die Belastung auszuhalten, Cooke nicht.

»Mit Morgain auf ihrer Seite werden die Behüter die Mehrheit hinter sich bringen. Jetzt werden sie sich nicht mehr gegen die Clans wehren, was ich auch sage oder tue.«

»Was ist mit uns?« Rose stellte die Frage so neutral wie möglich, aber Besorgnis und auch eine Spur Angst schlichen sich in seine Stimme.

»Möchten Sie es von ihm hören?« Cooke deutete auf das eingefrorene Gesicht Salander Morgains auf dem Bildschirm. Rose schüttelte den Kopf.

»Die Kurzversion hört sich etwa so an: Sie sind eine Gefahr für Borghese und seine Bewohner. Niemand weiß, warum Sie Ihr Lager zerstört oder die Demonstranten ermordet haben, aber daß Sie es getan haben, ist erwiesen. Wenn Sie sich nicht den Behörden stellen, werden Morgain und seine Leute Jagd auf Sie machen, wahrscheinlich mit Unterstützung der Miliz.«

Rose wollte auflachen, aber dazu war die Lage zu ernst. Er fürchtete, die offiziellen Berichte würden Morgains Darstellung unterstützen.

»Eine Milizstreife kam zufällig am Lager vorbei, als Sie abzogen, aber unter den Demonstranten, die Sie ermordet haben, gab es keine Überlebenden. Die Streife hat Sie in nordwestlicher Richtung verfolgt, war aber zu schwach bewaffnet, um Sie zu stellen. Man hat Ihre Spur verloren, als Sie nördlich von Houston den Garrison überquerten.«

Das war Angus' Idee gewesen. Die Thorns waren in den breiten, aber seichten Fluß gewatet und im Schutze der Nacht fast zwanzig Kilometer stromaufwärts marschiert. Erst weitab der Zivilisation hatten sie das Wasser wieder verlassen. Seitdem waren sie auf der Flucht. Zwei Tage lang hatten sie Menschen und Ortschaften gemieden. Trotz des Risikos, daß Crenshaw und seine Helfershelfer sie in Cookes Villa suchen könnten, hatten Angus und Ajax die Gruppe auf Rose' Drängen dorthin geführt. Jetzt war Rose froh, daß er darauf bestanden hatte. Ohne Cookes Unterstützung waren die Thorns völlig vom Rest der Welt abgeschnitten.

»Was ist mit der *Bristol?*« Rose wußte, daß ihm die Antwort nicht gefallen würde, aber er mußte es wissen.

Cooke stöhnte. »Die *Bristol* hat ohne Starterlaubnis unter dem Befehl von Käpten McCloud vom Raumhafen abgehoben. Da weder die rechtlichen Formalitäten erledigt noch die Fracht oder die Liegegebühren bezahlt waren, ist sie zum Piratenschiff erklärt worden.«

»Wurde das ans Vereinigte Commonwealth gemeldet?«

»Das weiß ich nicht. Ich nehme es an, aber das ist Sache des Hafenmeisters. Mit so etwas kommt der Rat nicht in Berührung.«

»Dann haben wir einen Punkt, an dem wir ansetzen können.« Cooke starrte Rose an, als sei der verrückt geworden.

»McCloud war in unserem Lager, als die *Bristol* startete. Sie hat den größten Teil der letzten achtundvierzig Stunden bewußtlos im Cockpit von Ebers *Zeus* gelegen. Sie wurde beim Angriff auf das Lager verletzt. Wir konnten sie nicht zurücklassen, und Ebers Cockpit bietet den meisten Platz. Der Diebstahl der *Bristol* muß etwas mit Crenshaw und den Behütern zu tun haben. Das heißt, sie können das Landungsschiff nicht wirklich zum Piratenschiff erklären, sonst würden sämtliche VC-Schiffe der Umgebung Jagd darauf machen. Dieses Schiff ist in einer bestimmten Mission unterwegs. Dazu muß es reisen können. Haben Sie eine Idee, wohin es geflogen ist?«

Cooke verneinte. »Es ist in ungewöhnlichem Winkel Richtung Nadirsprungpunkt geflogen, hat dann plötzlich einen neuen Kurs eingeschlagen, im 90-Grad-Winkel zu ihrem bisherigen, und ist verschwunden.«

»Piratensprungpunkt.«

Cooke nickte. »Das Sprungschiff hat vermutlich schon gewartet.« Piratenpunkte wurden gelegentlich als alternative Sprungpunkte eines Systems benutzt, aber nur von besonders geschickten oder verzweifelten Sprungschiffkapitänen. Sie senkten die erforderliche Reisezeit eines Landungsschiffs zu seiner Zielwelt und zurück erheblich, brachten das Sprungschiff aber in große Gefahr. Da sich ihre Lage durch die Bewegung der Planeten zueinander ständig veränderte, konnte die kleinste Fehlberechnung das Sprungschiff und die mitgeführten Landungsschiffe im Wechselspiel der Schwerkraftfelder beim Wiedereintritt in den Normalraum buchstäblich zerreißen.

»Aber wenn Sie Druck machen, können wir ihren Plan, wie immer er auch aussehen mag, möglicherweise behindern. Zwingen Sie sie, den Diebstahl zu melden, und passen Sie auf, was passiert. Ich möchte wetten, daß sie das nicht zulassen werden.«

Cooke rieb sich das stopplige Kinn und erinnerte so Rose daran, daß er ebenfalls dringend eine Rasur nötig hatte. Er unterdrückte das Gefühl, sich kratzen zu müssen, und wartete auf Cookes Antwort.

»Ich könnte wohl einen gewissen Druck ausüben«, meinte Cooke nachdenklich. »Als Vorsitzender habe ich noch immer einen gewissen Einfluß, und ich sollte ihn wohl einsetzen, solange er nicht völlig verloren ist. Crenshaw rafft alles an sich, was er in die Finger bekommt.« Rose' Funkgerät fiepte viermal und schnitt Cooke das Wort ab.

Rose sprang auf. »Wir bekommen Gesellschaft. Ich habe nur etwa zwanzig Minuten, deswegen muß ich mich verabschieden.«

Cooke stand ebenfalls auf und reichte ihm die Hand. »Das könnte unsere letzte Begegnung gewesen sein,

Rose. Ich werde tun, was ich kann, aber meine Machtbasis zerbröckelt. Sie können mich nicht absetzen, aber sie können mir jeden politischen Einfluß nehmen. Und dann liegt die Entscheidungsgewalt bei Crenshaw. Viel Glück mit Morgain und seiner Bande. Er hat einen Ruf zu verteidigen, deshalb wird er hart zuschlagen.« Rose nickte.

»Ich werde mich vorsehen. Verlassen Sie sich darauf.«

»Wo wollen Sie jetzt hin?«

Rose zuckte die Schultern. »Weiß ich noch nicht. Ich konnte die Karten einladen, die Eber und ich in den letzten Monaten erstellt haben, und vermutlich werden wir mit ihrer Hilfe etwas finden.« Rose klang nicht sehr optimistisch, aber beide Männer wußten, daß die beste Chance der Black Thorns darin lag, die fast menschenleere Wildnis im Nordwesten des Kontinents zu erreichen.

»Viel Glück, Kapitän. Ich weiß, das hilft nicht viel, aber es tut mir leid, daß ich Sie in diesen Schlamassel gebracht habe.«

Rose nickte und ging zur Tür. Er fühlte ähnlich, was die Mitglieder seiner Einheit anging. An der Tür überlegte er sich, daß es genügte, wenn einer von ihnen diese Verantwortung auf sich nahm.

»Machen Sie sich keine Sorgen um uns, Mister Vorsitzender. Wir werden schon eine Lösung finden. Ihr Kontrakt war ein ehrbares Angebot. Es ist nicht Ihre Schuld, was daraus wurde.« Er ging nicht darauf ein, wessen Schuld ihre katastrophale Lage war. Sie kannten beide die Antwort.

Rose verließ den Raum. Er konnte nur hoffen, daß Cooke ihnen irgendwie Hilfe zukommen ließ, während Rose mit den Black Thorns untertauchte. Sonst waren ihre Überlebenschancen gleich Null.

27

Zedernal, Borghese

14. Juli 3055

Rose führte den Rest der Thorns in die Wildnis Borgheses – weite Ebenen, die allmählich in die mäandernden Flüsse und Zedernwälder übergingen, denen dieses Gebiet seinen Namen verdankte. Im Geiste dankte Rose den ersten Siedlern dafür, daß sie die terranischen Bäume angepflanzt hatten, die sich im reichen Borgheser Boden prächtig entwickelt und jahrhundertelang praktisch ungehindert ausgedehnt hatten.

Die ersten beiden Wochen waren relativ eintönig. Sie rückten nachts weiter und lagerten tagsüber unter den Zedern. Nahrungsmittel waren kein Problem. Sie hatten Rationen für einige Wochen aus den Notvorräten im Mechhangar mitgenommen. Rose hatte keine Ahnung, warum sie gerade dort eingelagert worden waren, aber er war froh über den Fehler.

McCloud wechselte zwischen den Cockpits der verschiedenen Piloten, reiste aber nie bei Rose mit. Sie hatte die Nachricht von der Entführung der *Bristol* nicht gerade ruhig aufgenommen und war zu demselben Schluß wie Rose gekommen: Jemand in ihrer Crew hatte das Schiff verraten. Am Ende der ersten Woche redeten sie und Rose wieder miteinander, aber das war auch alles. Rose fand es nur natürlich, daß Sie ihm die Schuld für den Verlust ihres Schiffes gab. Immerhin hatte er versprochen, es zu beschützen.

Während die Söldner durch Zedernal marschierten, überwachte Rianna den zivilen Funkverkehr. Die Thorns wurden tatsächlich von der Miliz und Morgains Lanze gejagt, aber ihre Verfolger waren noch über hundert Kilometer entfernt. Die politischen Grabenkämpfe im Herrscherrat machten Schlagzeilen, und Cookes Position wurde immer prekärer. Die *Bristol* und ihre Besatzung gerieten über die Jagd auf die Black Thorns schnell in Vergessenheit, und Rose konnte nur raten, was Cooke in dieser Hinsicht unternahm.

Angus und Ajax hörten den militärischen Funkverkehr ab, hatten aber nichts zu berichten. Abgesehen von mehreren *Ripper*-Kampfhubschraubern, die sie am Himmel sichteten, tauchten keine Verfolger auf. Es schien, als könnten sie sich weiter verstecken, bis sich herausstellte, ob Cookes Anstrengungen Erfolg hatten. Am folgenden Morgen jedoch wurden sie entdeckt.

Kurz vor Sonnenaufgang durchquerte die Einheit einen der in diesem Gebiet häufigen Flüsse. Sie riskierten jedesmal eine Entdeckung, wenn sie den Schutz der Bäume verließen, aber sie konnten es sich nicht leisten, vom Wasser eingeschlossen zu werden. Deshalb überquerten sie häufig irgendwelche Flüsse. Keiner von ihnen war sonderlich tief, so daß sich die Suche nach Furten erübrigte. An diesem Tag waren Angus und Ajax bereits am gegenüberliegenden Ufer angekommen. Mit drei kurzen Pfeiftönen meldete Ajax, daß die Beaglesonde nichts geortet hatte.

Badicus' *Dunkelfalke* watete zuerst ins Wasser, gefolgt von Esmeralda in ihrem *Kriegshammer*. Gerade als Ebers *Zeus* in den Fluß steigen wollte, schoß ein Luftkissenfahrzeug den Strom herauf. Das schrille Singen der Triebwerke kündigte den Schweber erst an, als dieser schon unmittelbar vor der nächsten Flußbiegung war. Er flog über der Flußmitte und geradewegs auf Badicus zu.

Der bis zum Hüftgelenk in den Fluten stehende *Dunkelfalke* drehte sich um. Er hob eine riesige Mechhand, und Rose war sicher, daß Badicus feuern wollte. Aber der Schweberpilot dachte nicht daran, sich einfach abschießen zu lassen. Er riß das Steuer hart nach

PAV.

links, und die Maschine rutschte rückwärts auf den *Dunkelfalke* zu. Abrupt veränderte sich das Geräusch der Propeller, der Schweber blieb stehen und fiel ins Wasser. Als das Heck die Wasseroberfläche berührte, bäumte sich das Luftkissenboot auf und drohte umzukippen. Eine Sekunde hing es in der Luft, dann fiel es in einer gewaltigen Wasserfontäne zurück. Der Pilot warf die Hubpropeller wieder an, und der Schweber raste flußabwärts davon.

Rose bezweifelte, daß Badicus ein ausreichend guter Schütze war, um den Schweber im Anflug zu treffen. Der plötzliche Halt hatte Rose überrascht und Badicus sicher ebenfalls. Als die Maschine wendete, erwartete Rose einen Schuß des Kriegers, aber der *Dunkelfalke* stand nur im Wasser und sah dem Schweber hinterher. Rose und die übrigen Mitglieder der Einheit konnten das Luftkissenboot sehen, aber Badicus war der einzige mit einer Chance, das kleine Gefährt zu treffen. Und anstatt zu feuern, hatte er die Maschine entkommen lassen. Rose konnte es nicht fassen.

Der Anblick von Ajax, der den Schweber einzuholen versuchte, riß Rose in die Wirklichkeit zurück. Aber nicht einmal der *Rabe* konnte die schnelle Maschine noch erreichen. Während des gesamten Zwischenfalls hatte niemand etwas gesagt. Rose erinnerte sich an seinen Befehl, Funkstille zu halten. Er öffnete einen Sprechkanal.

»Okay, Thorns. Was war das?«

»*Ground Hawk* Mark Zwo.«

»Bist du sicher, Badicus?« Rose kochte vor Wut auf den Mann, weil er den Schweber hatte entkommen lassen, und er gab sich keine Mühe, es zu verbergen.

»Ja, Sir. Der Mark Zwo ist ein unbewaffneter Scoutschweber. Er ist aus Polymerkunststoff gebaut und stark abgeschirmt, deswegen konnte Ajax ihn nicht orten.«

Rose knirschte mit den Zähnen. Ohne Zweifel gab

der Pilot ihre momentane Position an die gesamte Miliz weiter. Es war höchste Zeit, das Gebiet zu verlassen. »HetzLanze, setzt euch in Bewegung. Es ist mir egal, wohin. Wir müssen innerhalb der nächsten zwei Stunden so weit wie möglich von hier weg. Kampf Zwo, umschalten auf Komm Drei.« Rose schaltete auf Komm Drei um und sicherte die Leitung. Jetzt hatte er eine Privatverbindung mit O'Shea. Im Grunde war es ihm egal, ob die übrigen Thorns mithörten, aber er wollte sich Badicus unter vier Augen vornehmen. Als O'Shea sich meldete, ließ Rose seinem Ärger freien Lauf.

»Du hast genau eine Chance, mir zu erklären, warum du die gesamte Einheit in Gefahr gebracht hast, O'Shea. Eine Chance, das Vertrauen zu rechtfertigen, das ich in dich gesetzt habe, also streng dich an.«

Rose hörte mehrere Sekunden gar nichts, während die Mechs der Einheit unter der Führung von Angus und Ajax durch den Wald stampften. Die Einheit kam schnell voran, aber ihre Spur war kaum zu übersehen.

»Die Maschine war unbewaffnet, Sir«, setzte Badicus zögerlich an. »Ich konnte nicht auf ein unbewaffnetes Fahrzeug feuern.«

Rose explodierte. »Zum Teufel, Kerl, du hast gerade die gesamte planetare Miliz, von fünf BattleMechs ganz zu schweigen, auf uns angesetzt, und du willst nicht auf einen unbewaffneten Schweber feuern, der allen erzählen wird, wo wir stecken?«

»Allerdings nicht, Sir. Ich werde nicht auf ein unbewaffnetes Fahrzeug feuern, und ich bin nicht einmal sicher, ob ich auf einen Schweber Mark Eins geschossen hätte.«

»Und warum, zum Teufel, nicht?«

»Sir, ich habe Monate meines Lebens mit den Männern verbracht, die jetzt Jagd auf uns machen. Esmeralda und Ajax sind in der gleichen Lage. Wie können Sie an einem Tag mit Menschen arbeiten und sie am nächsten wie Feinde behandeln?«

Rose unterdrückte einen Wutausbruch. Der Schweber hätte aufgehalten werden müssen, aber im Hinterkopf hatte er sich dieselbe Frage auch schon gestellt. Er hatte geschworen, die Bevölkerung von Borghese zu verteidigen, und jetzt konnte er gezwungen werden, auf sie zu schießen. Daß es sich dabei um einen Akt der Selbstverteidigung handeln würde, machte nicht viel Unterschied. Als er sich das klarmachte, schwand seine Wut.

»Du hast wahrscheinlich recht«, erklärte er. »Als Einheit ebenso wie als einzelne Krieger haben wir geschworen, diese Leute zu beschützen. Der Gedanke behagt mir ebensowenig wie dir, aber wir müssen uns zuallererst um uns selbst sorgen. Als du den Schweber hast entkommen lassen, hast du die gesamte Einheit in Gefahr gebracht. Es war nicht fair, daß du diese Entscheidung treffen mußtest, aber jetzt ist es geschehen, und wir anderen haben darunter zu leiden. Denk auch mal daran, wenn du dich das nächstemal entscheidest. Weggetreten.«

Rose unterbrach die Verbindung und marschierte stumm weiter. Er verließ sich ganz auf die Führung der HetzLanze. Eine Stunde später, als die Einheit plötzlich die Richtung änderte, war er immer noch in Gedanken. Angus marschierte auf ihren Spuren zurück und gab den Vorsprung auf, um eine falsche Spur zu legen. Rose kam zu einer Entscheidung und öffnete einen Kanal.

»Thorns, hier spricht Kommandant Eins. Wir stehen vor einem interessanten Problem. In ein paar Stunden werden wir Kontakt mit der Miliz haben. Menschen, zu deren Schutz wir angetreten sind, werden versuchen, uns zurück nach Houston zu bringen. Nachdem sie unser Lager niedergebrannt und die *Bristol* gestohlen haben, können wir uns wohl alle vorstellen, welche Behandlung uns bei unserer Rückkehr erwartet.« Er machte eine Pause, um seine Worte wirken zu lassen. »Wir können nicht ewig weglaufen. Früher oder später müssen wir uns der Miliz und Salander Morgains Mechs stellen. Das bedeutet Kampf und Tote. Das können wir nicht verantworten. Deshalb werden wir folgendes tun. HetzLanze, ihr haltet sie so lange wie möglich fern. Je länger wir auf der Flucht sind, desto mehr Chancen hat Cooke, uns in Houston Hilfe zu beschaffen. Das bedeutet ständige Bewegung, kaum Schlaf und kein Raum für Fehler. Wir bleiben zusammen und zwingen sie, uns weiter zu jagen. Wenn es ihnen dann schließlich gelingt, uns einzukesseln, ergeben wir uns und sehen, welche Chancen wir in Houston haben.« Rose verstummmte. Er hatte nichts hinzuzufügen. »Fragen?«

Die Lautsprecher schwiegen, und die Einheit bewegte sich weiter.

Die nächsten acht Tage verschwammen für Rose und seine Einheit zu einem unbestimmten Nebel. Unter der abwechselnden Führung von Angus und Ajax nutzten sie jedes natürliche Hindernis aus, das sie finden konnten. Rose' und Ebers Erkundungsflüge lieferten ihnen Informationen, die der Miliz entweder nicht zur Verfügung standen oder die sie nicht ausnutzen konnte.

Einige Male wurden die Söldner von den *Rippern* der Miliz oder Salanders Mechs in die Enge getrieben. Bei drei Gelegenheiten sahen sie sich Langstreckenbeschuß durch die Infanterie ausgesetzt, aber keine der Granaten kam auch nur in ihre Nähe. Die Laser der Ripper waren gefährlicher, aber in der Deckung der dichten Zedernwälder boten die Mechs den Piloten kein gutes Ziel. Der Laserbeschuß endete schließlich am sechsten Tag, als ein Fehlschuß die Bäume traf und einen Waldbrand verursachte.

Die Verfolger sahen sich zu ihrer Verärgerung gezwungen, einen Teil ihrer Kräfte zur Bekämpfung des Feuers abzuziehen. Aber der Waldbrand behinderte sie nicht in dem Maße, wie Rose es gehofft hatte. Die Miliz war wirklich speziell für den Einsatz bei zivilen Notfällen ausgebildet. Während sich ein kleinerer Teil der Truppen um das Feuer kümmerte, trieb die Hauptstreitmacht die Thorns weiter vor sich her. Die *Ripper* hielten auch weiter Ausschau nach ihnen, aber mit dem Beschuß aus der Luft war es vorbei.

Als am neunten Tag die Sonne aufging, wußte Rose, daß seine Einheit nicht mehr lange so weitermachen konnte. Schlafmangel und die unablässige Anspannung hatten die Kraft und den Willen der Söldner zu stark beansprucht. Nur McCloud schien noch über Energie zu verfügen. Rose bemerkte, daß die Mechpiloten nach einem Tag mit McCloud bemerkenswert gut gelaunt waren. Nachdem sie darauf bestand, auch einen Tag in seinem Cockpit zu verbringen, verstand er, warum.

Durch die Funkstille waren die Piloten den ganzen Tag mit ihren Gedanken allein, und die Ängste, Hoffnungen und unerfüllbaren Wünsche nagten an ihrem Selbstvertrauen. McClouds Anwesenheit lenkte die Krieger von ihren Sorgen ab und gab ihnen etwas Positives, auf das sie sich konzentrieren konnten. Rose hatte keine Ahnung, wie sie bei den anderen Piloten war, aber bei ihm war sie fast wie in alten Zeiten. Sie lachten und erinnerten sich an die Monate im Raum, in denen sie ganze Tage zusammen verbracht hatten. Am Ende des Tages fühlte sich Rose besser als je zuvor seit Verlust der *Bristol*, und auch McCloud schien guter Dinge. Als sie bei einer ihrer seltenen Rasten aus der Kanzel stieg, hatte sie ihm sogar den Verlust ihres Schiffes verziehen.

Schließlich aber verlangte die Müdigkeit ihren Tribut. Achtundvierzig Stunden nach seinem letzten Gespräch mit McCloud saß Rose im *Streitroß* und betrachtete seine schlafende Einheit. Zu Anfang hatten die Piloten draußen auf dem Boden geschlafen, aber jetzt waren sie gezwungen, die Nacht in ihren Mechs zu verbringen, für den Fall, daß die Miliz oder Morgains Leute früher als erwartet eintrafen. Rose dachte über die Schlinge nach, die sich langsam zuzog.

Die Milizkommandeure schienen erkannt zu haben, daß die Black Thorns einem Kampf auswichen, und hatten ihre Leute vor und neben der Einheit aufgebaut. Während die Miliz die Söldner festhielt, schloß Morgain mit seiner Lanze den Kessel. Wenn sie sich mehr als zehn Kilometer in eine Richtung bewegten, mußten sie sich durch eine Verfolgereinheit schlagen.

Rose hielt den Blick auf der Langstreckenortung und beobachtete, wie die fünf Wärmequellen, die sein Computer schon längst als Mechs identifiziert hatte, vorsichtig näher kamen. Er schaltete das Funkgerät ein und weckte den Rest der Truppe, als grünes Licht einen Anruf auf einem anderen Kanal meldete. Er hatte die Hoffnung auf eine Mitteilung von Cooke, mit dem er sich auf diesen Kanal für mögliche Gespräche geeinigt hatte, längst aufgegeben, aber trotzdem schaltete er um.

»Hier Rose.«

»Guten Morgen, Kapitän Rose.« Rose brauchte keine Identifikation. Er erkannte die Stimme Salander Morgains auf der Stelle. Er hatte keine Zeit, sich zu fragen, woher Morgain von dieser Frequenz wußte, aber es war ihm sofort klar, daß dies nichts Gutes bedeuten konnte.

»Mister Morgain. Oder muß ich Hauptmann sagen?«

Rose glaubte, leises Lachen über die Leitung zu hören, bevor Morgain antwortete. »Hauptmann, wie in meinen Armeezeiten.« Rose streckte die Hand aus und speiste Morgains Signal in den offenen Kanal. Jetzt konnten ihn alle Black Thorns hören, auch wenn nur Rose antworten konnte.

»Kapitän Rose, es ist meine Pflicht, Sie zur sofortigen Kapitulation Ihrer Einheit aufzufordern. Als rechtmäßiger Repräsentant der planetaren Regierung von Borghese bin ich autorisiert, Ihre Kapitulation anzunehmen und Ihnen zu versichern, daß Sie nach Ihrer Rückkehr nach Houston mit einer fairen Behandlung rechnen können.«

»Was ist mit der Anklage gegen uns?«

Morgain schien von der Frage überrascht und ließ sich Zeit mit der Antwort. »Sie werden wie jeder Bürger dieser Welt vor einem ordentlichen Gericht zur Verantwortung gezogen werden. Angesichts der ernsten Natur der Anschuldigungen wird die Verhandlung wahrscheinlich vor dem Herrscherrat stattfinden.«

»Und die Anklage gegen Käpten McCloud?«

Auf diese Frage war Morgain vorbereitet und antwortete sofort. »Alle Anklagepunkte gegen Kapitän McCloud wurden fallengelassen.«

»Was?«

»Nach Rückkehr der *Bristol* ...«

»Die *Bristol* ist wieder auf Borghese?«

Das Funkgerät blieb stumm. Einen Augenblick glaubte Rose, Morgain falsch verstanden zu haben. Dann leuchtete ein drittes Lämpchen auf dem Funkgerät auf. Das konnte nur McCloud sein, die ihn sprechen wollte. Er ignorierte den Anruf und wartete auf Morgains Antwort.

»Wenn man es genau nimmt, muß die Antwort auf diese Frage nein lauten, Kapitän Rose. Aber die *Bristol* befindet sich in unserem System und sollte morgen wieder auf Borghese eintreffen.«

»Also hat Zenos Cooke Sie davon überzeugen können, daß die Crew keine Piraten sind?«

»Im Gegenteil, Kapitän Rose, der verstorbene Ratsvorsitzende Cooke hatte nichts damit zu tun. Die *Bristol* ist unter dem Kommando ihres Ersten Offiziers aus freien Stücken zurückgekehrt.«

»Cooke ist tot?«

»Unglücklicherweise.« Rose konnte Morgains Stimme anhören, daß der MechKrieger grinste. »Er starb letzte Nacht in seinem Büro im Ratspavillon. Anscheinend war es Selbstmord. Die Medien dürften jeden Moment davon erfahren.«

Rose hätte den Mann am liebsten über die Funkleitung erwürgt. Morgain war zu selbstsicher. Er schien überzeugt, alle Antworten zu haben.

»Sie lügen, Morgain. Cooke hätte nie Selbstmord begangen.«

Morgain schnaufte verächtlich. »Was wissen Sie denn, Rose. Sein Abschiedsbrief erklärt zweifelsfrei, warum er seiner erbärmlichen Existenz ein Ende gemacht hat. Er hatte Angst vor der neuen Ordnung auf Borghese. Er konnte die Veränderung nicht verkraften.«

Rose kannte die Antwort bereits, aber er stellte die Frage trotzdem. »Welche neue Ordnung?«

»Die neue Ordnung, die mit der *Bristol* kommt. Sie geleitet ein Landungsschiff der Clans auf unsere Welt. Die Jadefalken werden formell die Kapitulation Borgheses annehmen und den Planet als ihre neueste Eroberung verbuchen.«

Rose hörte die Worte, aber er weigerte sich, sie zu glauben. Cookes schlimmster Alptraum war wahr geworden, und die Bevölkerung Borgheses trug die Schuld daran. Es hatte nicht gereicht, auf die Clans zu warten. Sie hatten sie eingeladen, ihre Welt zu erobern.

»Sie sind ein Überläufer, nicht wahr, Morgain?«

Wieder brauchte Rose die Antwort gar nicht erst abzuwarten. Morgain wußte zuviel für einen einfachen Hauptmann, besonders so weit im Feld. Cooke war ermordet worden, um jede politische Opposition gegen die Clans auszuräumen. Wenn Rose kapitulierte, gab es keinerlei Widerstand gegen die Falken mehr. Borghese würde keine Möglichkeit zur Verteidigung mehr haben und gezwungen sein, sich zu ergeben. Plötzlich wurde Rose noch etwas klar. Die Miliz konnte weder von Cookes Tod noch von der bevorstehenden Ankunft der Clans etwas wissen. Sie wurde hier draußen kaltgestellt. Wenn sie Houston erst erreicht hatten, würde die Stadt bereits fest in der Hand der Jadefalken sein.

»Morgain, fahren Sie zur Hölle mitsamt Ihren Behütern. Sie sind genauso schlimm wie die Clans, die Sie unterstützen, vielleicht noch schlimmer, weil Sie hier geboren wurden und Borghese jetzt an die Invasoren ausliefern.«

Falls Morgain sich die Mühe machte zu antworten, hörte Rose es nicht mehr, weil er die Verbindung unterbrach. Die Leitung zu den Thorns blieb jedoch offen.

»Ihr habt den Mann gehört, Black Thorns. Morgain steht auf Seiten der Clans. Wir können wohl mit ziemlicher Sicherheit annehmen, daß die Miliz nicht ahnt, was hier vor sich geht, aber das wird sich bald ändern.« Auf dem Ortungsschirm sah er Morgains Lanze vorrücken. »Wenn die Miliz erkennt, daß sie zum Narren gehalten wurde, wird sie sich wahrscheinlich auf unsere Seite schlagen.« Aber Morgain hatte natürlich nicht vor, der Miliz die Gelegenheit dazu zu geben. Wenn die Black Thorns erst vernichtet waren, konnte Morgains Lanze die Miliz zwingen, die Clan-Invasion hinzunehmen. Wie, um seine Überlegungen zu bestätigen, rückte die Miliz von drei Seiten gegen die Thorns vor.

»Morgain versucht uns von allen Seiten zu bedrängen. Bis die Miliz erkennt, daß wir die Guten sind, hat sie schon geholfen, uns auszuschalten. Auf das Gefecht gegen die feindlichen Mechs vorbereiten. Von der Miliz fernhalten und nicht, ich wiederhole, nicht auf Milizeinheiten feuern. Kommandant Zwo und Hetz-Lanze bleiben hinten. Flanken angreifen, wenn sie sich öffnen.«

Plötzlich erinnerte sich Rose an McCloud. Sie befand sich im Cockpit des *Rabe* und damit ausgerechnet an Bord des leichtesten Mechs der Einheit. »Hetzer Zwo. Du hast einen Passagier?«

»Roger.«

»Die Sicherheit des Passagiers hat absoluten Vorrang, Hetzer Zwo. Hast du verstanden?«

»Roger, Kommandant Zwo. Ich habe verstanden.« Gut, dachte Rose. Ich bin nicht sicher, daß ich es verstehe.

Noch während Rose seine Anweisungen gab, schlossen Morgains Mechs zu ihnen auf. Obwohl in der Unterzahl, sahen sie sich offenkundig in der besseren Position. Und mit der Unterstützung durch die Miliz hatte Morgain wahrscheinlich recht. Jetzt wurde es Zeit für die Black Thorns, ihr Geld zu verdienen und sich und der Bevölkerung von Borghese zu beweisen, daß sie kämpfen konnten.

Während die Thorns in Position gingen, wurden Morgains Maschinen schneller. Als sie bis auf vier Kilometer heran waren, befahl Rose seiner Einheit auszurücken. Jetzt ging es in die Schlacht.

28

Zedernal, Borghese

14. Juli 3055

Esmeralda und Eber standen im Zentrum der Black-Thorn-Formation, flankiert von Rose und O'Shea. Rose beobachtete auf dem Ortungsschirm, wie die Entfernung zwischen ihnen und ihren Gegnern kleiner wurde, und suchte zugleich zwischen den Zedern nach Morgains Mechs. Der dichte Wald versprach einen Nahkampf. Rose bewegte die Arme des *Streitroß*. In diesem Gefecht würden Nahkampfattacken und schiere Masse die Entscheidung bringen.

Als die Distanz unter einen Kilometer geschrumpft war, bemerkte Rose das Aufblitzen von Metall im Licht der aufgehenden Sonne. Das mußte ein Battle-Mech sein, aber die Bäume verbargen seine Silhouette. Morgains Kampfkolosse veränderten im Vorrücken die Position. Aus dem anfänglichen Pulk formierte sich ein Keil, dessen Spitze geradewegs auf Esmeralda und Eber wies. Rose hatte keinen Zweifel, daß an der Spitze des Keils die schwerste Maschine in Morgains Truppe marschierte. Vor ihnen stieg der Boden etwas an. Auf dem Ortungsschirm sah Rose, daß Morgain auf der anderen Seite am Fuß des Hangs wartete.

»KampfLanze, Angriff!« Die vier Mechs donnerten den Hügel hinauf. Sie versuchten, sich eine erhöhte Position mit allen damit verbundenen taktischen Vorteilen zu sichern. Sein *Streitroß* war die schnellste der Maschinen. Rose erreichte die Hügelkuppe kurz vor dem Rest der Lanze. Er senkte das Fadenkreuz über die erste Silhouette, die er sah. Es war der zweite Mech der Formation auf seiner Seite. Das Artemis IV bestätigte die Zielerfassung, und Rose löste eine Raketensalve aus. Erst als die Geschosse aus den Abschußrohren flogen, nahm er sich die Zeit, seine Gegner genauer zu betrachten.

Ein glänzender *Pirscher* stand an der Spitze von Morgains Keilformation. Die reflektierende Bemalung dieses Mechs hatte Rose' Aufmerksamkeit erregt. Der Mech drehte sich nicht einmal um, sondern marschierte ungerührt weiter auf die Hügelkuppe zu, über die jeden Moment Esmeralda kommen mußte.

Rose' erstes Angriffsziel war ein *Kampftitan.* Der Computer des *Streitroß* identifizierte ihn als ein Modell neuerer Bauart, aber das war unmöglich zu überprüfen, denn der Mech war von den Langstreckenraketen in Rauch und Flammen eingehüllt, die auf Kopf und Schultern eingeschlagen waren. Der Pilot brachte die PPK hoch, aber die Schüsse verfehlten das *Streitroß.* Die einschlagenden Raketen behinderten Morgains Mann.

Der letzte Mech auf Rose' Seite des Keils war eine *Banshee.* Rose erkannte auch ohne Hilfe des Computers das Modell 5S; die Zwillingsgeschützläufe genügten. Irgend etwas an der Art, wie sich dieser Mech bewegt, wirkte vertraut, aber Rose konnte ihn nicht sofort einordnen, und für längere Überlegungen blieb ihm keine Zeit. Der *Kampftitan* hatte sich erholt und feuerte auf das *Streitroß,* während dessen Raketenlafette nachgeladen wurde.

Der grellblaue Partikelblitz traf Rose' Mech voll im Torso und sprengte die Panzerung in ionisierten Bruchstücken davon. Dann stieß eine rubinrote Laserlanze aus dem linken Torso des *Kampftitan* und bohrte sich in die rechten Gliedmaßen des *Streitroß.* Rose kämpfte um die Kontrolle über seinen Mech. Schnell hatte er die Gewalt wiedererlangt und löste eine weitere Raketensalve aus.

Geleitet vom Artemis-Feuerleitsystem und Rose' sanfter Hand schlug auch diese Salve in Kopf und Schultern des Kampfkolosses ein. Der Pilot des *Kampf-*

titan mußte gehörig durchgeschüttelt werden. Trotz der dicken Panzerung des Mechs mußte er die Auswirkung der nur zwei Meter von seinem Sitz entfernt einschlagenden Raketen spüren. Rose setzte sich den Hang hinab auf den *Kampftitan* und die *Banshee* zu in Bewegung, gerade als Esmeralda und Eber die Hügelkuppe erreichten. Auf der anderen Seite der Schlacht sah Rose kurz einen PPK-Blitz aufleuchten. Offensichtlich hatte Badicus ebenfalls einen Gegner gestellt.

Praktisch im selben Augenblick feuerten beide Seiten im Zentrum der Kampflinien alles ab, was sie hatten. Der *Pirscher* und der *Todesbote* zu seiner Rechten nahmen jeweils einen anderen Mech aufs Korn. Esmeralda und Badicus dagegen konzentrierten sich beide auf den *Pirscher.* Auf die kurze Entfernung zwischen den Maschinen waren Treffer beinahe garantiert.

Der *Todesbote* feuerte sämtliche Waffen ab, und jeder Schuß war ein Treffer. Sein Pilot setzte voll darauf, daß Eber diese Breitseite nicht überleben konnte, denn die Innentemperatur des *Todesbote* stieg innerhalb von drei Sekunden in kritische Bereiche. Eber mußte zwei PPK-Treffer im oberen Torso und einen dritten am rechten Arm einstecken. Die Laser und Raketen setzten dem rechten Arm des *Zeus* noch weiter zu und sprengten die Panzerung von dessen linkem Knie. Unter diesem Bombardement hatte Eber keine Chance, die Gewalt über seinen Mech zu behalten. Der *Zeus* wurde herumgewirbelt und stürzte krachend nach links. Der unbeschädigte *Todesbote* setzte sich in Richtung seines gefallenen Gegners in Bewegung.

Ebers Angriff auf den *Pirscher* hatte diesen zusammen mit Esmeraldas Treffern zum Stehen gebracht. Laser und Raketen schossen auf die armlose Maschine zu, dichtauf gefolgt von PPK-Feuer. Die Laser bohrten sich in den Mech, und die Panzerung flog als Schrapnellwolke davon, als die vereinte Feuerkraft der beiden Thorn-Mechs sich durch die rechte Seitenpanzerung des Pirscher hämmerte und dessen kräftige Beine verwüstete. Wie Eber konnte auch der *Pirscher*-Pilot seine Maschine unter diesem Ansturm nicht halten. Im Gegensatz zu Ebers Mech kippte der Pirscher kopfüber auf den Hang und schleuderte Erde und Steine auf.

Auch Esmeralda wankte unter dem Angriff des *Pirscher*, aber irgendwie gelang es ihr, den *Kriegshammer* trotz der Raketensalven, die auf dem Torso ihrer Maschine explodierten, auf den Beinen zu halten. Während der *Zeus* sich wieder aufzurichten versuchte, kam sie Eber zu Hilfe und überließ den strampelnden *Pirscher* erst einmal sich selbst.

Rose spielte mit dem Gedanken, das Ziel zu wechseln, ließ den Gedanken aber fallen, als die *Banshee* dem *Kampftitan* zu Hilfe kam. Rose senkte das Fadenkreuz zum drittenmal über die Brustpartie der gegnerischen Maschine. Die Ladeanzeige der Raketenlafette leuchtete grün auf. Er wollte gerade Raketen und mittelschwere Impulslaser auslösen, als der *Kampftitan* nach vorne kippte. Während Rose erstaunt zusah, stürzte die 85-t-Maschine zu Boden. Im Gegensatz zu den anderen Mechs, die in diesem Kampf schon gestürzt waren, unternahm der *Kampftitan* jedoch keinen Versuch, den Fall zu bremsen. Er prallte vom Stamm einer uralten Zeder ab, krachte zu Boden und rührte sich nicht mehr.

Rose gestattete sich einen Augenblick ungläubigen Staunens. Mit nur zwei Treffern, von denen keiner die Panzerung des überschweren Mechs durchschlagen hatte, hatte er den *Kampftitan* ausgeschaltet. Der Pilot mußte durch die Erschütterungen der Raketentreffer das Bewußtsein verloren haben. Er hatte arge Zweifel, daß der MechKrieger das Bewußtsein zurückerlangen würde, bevor der Kampf zu Ende war, aber er ging auf Nummer Sicher.

»HetzLanze nach rechts. Ein *Kampftitan* am Boden,

aber eine *Banshee* unterstützt. Sorgt dafür, daß der Mech nicht wieder aufsteht. Zwo, um jeden Preis die Zivilistin beschützen. Das ist ein Befehl.«

Rose drehte sich nach links zum Zentrum des Gefechts auf Morgains Seite des Hügels. Er behielt ein Auge auf der *Banshee,* die noch keinen Schuß abgegeben hatte, und das andere auf dem *Pirscher,* der noch immer aufzustehen versuchte. Als er durch die Bäume brach, hatte der gegnerische Mech sich gerade auf ein Knie erhoben.

Rose hatte den *Pirscher* immer als Fehlkonstruktion angesehen. Er besaß zwar eine enorme Feuerkraft, war dabei aber langsam und schwerfällig. Dieses Problem wurde durch die beiden als Arme fungierenden ›Flügel‹ noch verschärft. Der Mech galt zwar als gute Geschützplattform, aber in manchen Situationen erwies sich das Fehlen der Arme als ernste Behinderung. Dies war so eine Situation.

Ohne Arme war es extrem schwierig, den Mech nach einem Sturz wieder aufzurichten. Wäre dieser *Pirscher* nicht auf einen Hang gefallen, hätte der Pilot ihn wahrscheinlich ohne fremde Hilfe überhaupt nicht mehr auf die Beine bekommen. So hatte er es fast geschafft, aber Rose stürmte los und machte ihm einen Strich durch die Rechnung.

Im Rennen feuerte Rose alle vier Impulslaser ab. Die Strahlbahnen schlugen in die rechte Flanke des *Pirscher,* als der Pilot gerade versuchte, das andere Bein des Mechs unter den Rumpf zu bringen. Er konnte den Mech noch aufrecht halten, während Rose' Laser ihm kostbare Panzerung raubten, aber als das *Streitroß* die Maschine rammte, war nichts mehr zu machen.

Normalerweise hätte Rose versucht, den *Pirscher* mit der Schulter seines Kolosses zu rammen, aber da der Mech seines Gegners vorgebeugt und auf etwas niedrigerem Grund stand, hatte Rose sich diesmal für eine andere Taktik entschieden. Er lenkte die Schritte des

Streitroß so, daß dessen linker Fuß neben dem Rumpf des *Pirscher* aufkam. Dann riß er den rechten Fuß hoch und legte das Gewicht seiner Maschine nach hinten, so daß er seinen Gegner wie ein Fußballspieler traf, der einen Ball mit ganzer Wucht ins Netz donnern wollte.

Hätte der *Pirscher* eine humanoide Form gehabt, hätte Rose ihn dort getroffen, wo bei einem Menschen die Rippen waren. So trat der riesige Metallfuß des *Streitroß* die schon beschädigte Panzerung des rechten Flügels ein und bohrte sich in die darunterliegenden Kurzstreckenlafette. Ein greller Lichtblitz ließ Rose fürchten, er hätte in seinem Übereifer eine Explosion ausgelöst, aber es kam zu keiner Kettenreaktion der im Torso lagernden Raketen. Als der *Pirscher* unter dem Tritt wegrollte, verhedderte sich der Fuß des *Streitroß* im zertrümmerten Endoskelett der Maschine. Rose wurde umgeworfen. Der *Pirscher* stürzte wieder zu Boden, und diesmal zog er das *Streitroß* mit.

Rose wollte abrollen, aber durch den eingeklemmten Mechfuß war das nicht möglich. Das *Streitroß* fiel quer über den *Pirscher* und beschädigte diesen noch zusätzlich. Rose konnte die ausgestreckten Arme seines Mechs dazu benutzen, den Sturz abzufangen, aber trotzdem schlug er schwer auf. Panzerplatten verformten sich, und Nahtstellen rissen auf, als er sich sofort zu befreien versuchte. In dieser Lage bot das *Streitroß* Morgains Maschinen den kaum gepanzerten Rücken. Rose suchte den Ortungsschirm nach der *Banshee* ab. Durch seine Gedanken huschten Erinnerungen an Solaris.

Aber die *Banshee* war zu weit entfernt, um ihn durch den dichten Wald unter Beschuß zu nehmen. Zu Rose' Überraschung hatte der Mech sich parallel zu seinem Kurs bewegt, ohne sich zu nähern. Rose starrte weiter auf die Ortung, während er sich aufzurichten versuchte. Auf dem Hauptschirm sah er nur Erde und zerquetschte Zedernnadeln.

Esmeralda war näher an Eber gerückt und hatte einen Schlagabtausch mit dem *Todesbote* begonnen, während Eber noch immer am Boden war. Die Wärmeentwicklung beider aufrecht stehender Maschinen lag im Gefahrenbereich, aber der *Todesbote* schien größere Hitzeprobleme zu haben. Offenbar hatte er wieder alle drei PPKs abgefeuert, sobald sie einsatzbereit gewesen waren. Über kurz oder lang mußte der Hitzestau durch diesen hemmungslosen Waffeneinsatz zur Abschaltung des Mechs führen; bis dahin aber verlangten dieselben Geschütze den Söldnern einen hohen Preis ab. Zum erstenmal sah Rose auch Badicus, der weitab von den übrigen Maschinen noch immer mit dem fünften Feindmech kämpfte. Rianna war zu ihm unterwegs, aber sie würde noch einige Sekunden brauchen, bis sie ihn erreichte.

Die HetzLanze wachte über dem gestürzten *Kampftitan.* Die beiden leichten Mechs blieben, wo sie waren. Keiner von ihnen hätte gegen die überschweren Mechs von Morgains Einheit eine Chance gehabt. Wenn sie den *Kampftitan* außer Gefecht hielten, war das mehr als genug. Außerdem kam McCloud dabei nicht in Gefahr, was auch immer aus ihm wurde.

»Kämpfer Zwo von Kommandant Eins. Statusmeldung.«

O'Shea öffnete die Verbindung, Statik krachte aus Rose' Lautsprechern. »Ich hab ihn genau da, wo ich ihn haben will, Kommandant Eins.« Eine Explosion klang über die Leitung, und Rose hörte O'Sheas unwillkürlichen Entsetzensschrei. Im Hintergrund klingelte die Hitzewarnung des *Dunkelfalke.* »Korrektur, Kommandant Eins. Der letzte Treffer hat die Reaktorabschirmung beschädigt.«

»Wie schlimm ist es?« Rose bemühte sich verzweifelt, das eingeklemmte Bein seiner Maschine freizubekommen. Aber er konnte fühlen, wie sich der *Pirscher* widersetzte. Das Bein hing fest.

»Ich kann ihn abschalten oder in drei Minuten in die Luft gehen.«

»Schalt das verdammte Ding ab, O'Shea. Das ist ein Befehl.« Rose hörte die Warnklingel erneut losrasseln.

»Kommandant Eins, ich habe die automatische Stillegung aktiviert, aber ich werde nicht hierbleiben, bis sie abgeschlossen ist. Der Kerl kommt wieder und will mich abschießen. Tut mir leid um den Mech, Rose, aber ich steige aus.«

»Kämpfer Zwo, welchen Typ führt dein Gegner?«

Rose hörte das Absprengen der Haltebolzen. Einen Sekundenbruchteil später schoß das Cockpitdach gen Himmel. *»Marodeur Zwooo ...«* Dann brach die Verbindung ab.

In einem vergeblichen Versuch, das festsitzende Bein des *Streitroß* zu befreien, schlug Rose um sich. Er wollte gerade Angus zu Hilfe rufen, als er einen ersten Erfolg bemerkte. Mit dem anderen Bein trat er auf den *Pirscher* ein und versuchte gleichzeitig, den Fuß aus dessen Torso zu ziehen, aber er kam einfach nicht frei. Auf dem Ortungsschirm näherte sich der *Marodeur II* dem sich duellierenden *Kriegshammer* und *Todesbote*. Mit seinen einhundert Tonnen konnte er das Kampfglück leicht gegen die Thorns wenden, wenn sich Rose nicht endlich befreien konnte.

Rose warf alle Vorsicht über Bord und stieß sich mit dem ausgestreckten linken Arm ab. Er konnte auf keinen Fall aufstehen, aber der abschüssige Boden lieferte ihm genug Hebelwirkung, um sich auf den Rücken zu drehen. Er war sich des Erfolgs relativ sicher, aber wenn der Mechfuß zu fest im Torso des *Pirscher* hing, konnte ihn die plötzliche Bewegung abreißen.

Als sich das *Streitroß* auf den Rücken wälzte, hörte Rose das Knirschen von Metall. Panzerplatten rissen ab, das Titanstahlskelett des *Pirscher* wurde unter protestierendem Kreischen verbogen. Der Mechfuß saß noch immer fest, aber Rose erkannte, daß seine

›Zehen‹ jetzt nach oben wiesen. Er trat mit dem linken Fuß aus, zielte am gefangenen rechten Bein entlang und feuerte den Armlaser. Metall verflüssigte sich, und mit einem letzten Ruck kam der Fuß frei.

Rose rollte sich zur Seite und versuchte, mit dem *Streitroß* auf dem unebenen Boden hochzukommen. Dabei bemerkte er, wie er den Torso des *Pirscher* durch den Rammangriff und seine darauffolgenden Befreiungsversuche zerschmettert hatte. Irgendwann in dieser Zeit hatte der Pilot den Reaktor abgeschaltet, und jetzt kletterte er aus dem Cockpit.

Rose stieg den Hügel hinab und mußte erkennen, daß auch sein Mechbein erheblichen Schaden genommen hatte. Fuß- und Knieaktivatoren waren zerstört, und das *Streitroß* konnte sich nur noch hinkend fortbewegen. Trotz der geringeren Entfernung erreichte Rose *Kriegshammer* und *Todesbote* erst kurz nach dem *Marodeur II.*

Der *Zeus* hatte sich gerade wieder erhoben. Im Gegensatz zu Rose hatte Eber allerdings auch im Liegen einen Teil seiner Waffen einsetzen können und dies zur Genüge getan. Der *Todesbote* war wenig mehr als ein verkohlter Schrotthaufen. Anscheinend war der Pilot ausgestiegen, als er den Hitzestau nicht länger ignorieren konnte. Der fahrerlose Mech leuchtete noch wie eine Fackel auf der Infrarotanzeige, stellte aber keine Bedrohung mehr dar.

Rose schrie eine Warnung, als der *Marodeur II* auf Ebers *Zeus* feuerte. Eber war bereits dabei, seine Maschine zu wenden, schaffte es aber nicht mehr ganz. Die LB-X-Autokanone gab zwei Salven in die Rückenpartie des *Zeus* ab. Die zweite Salve traf dieselbe Stelle wie die erste und grub sich in das Gyroskop der Maschine. Der Kreiselstabilisator wurde von den Granaten zerschmettert.

Auf dem unebenen Hang kippte der *Zeus* augenblicklich nach vorne. Eber versuchte durch schnelles Laufen das Gleichgewicht zu halten, aber in der ganzen Inneren Sphäre gab es keinen Piloten, dem das gelungen wäre. Als der Mech die Böschung hinabpurzelte, versuchte Eber verzweifelt, ihn abzufangen, aber der *Zeus* taumelte völlig außer Kontrolle auf den Fuß des Hügels zu und prallte immer wieder von den Bäumen in seinem Weg ab. Dann verschwand er kullernd und strampelnd irgendwo unter den Zedern.

Rose drehte sich zu dem *Marodeur II* um. Der überschwere Mech zeigte Kampfspuren, aber keine ernsten Schäden. Rose rief die Daten der Maschine auf und suchte nach einer Schwachstelle, während er eine Raketensalve abfeuerte.

»Kommandant Zwo, versuch in seinen Rücken zu kommen. Beeilung. Lange können wir ihn nicht aufhalten.«

Rose entfernte sich von Esmeraldas *Kriegshammer* und zwang seinen Gegner so, sich zwischen den beiden Zielen zu entscheiden. Einen Augenblick hingen die gewaltigen Arme zwischen den beiden Thorn-Mechs, dann zielten sie auf den schwer beschädigten *Kriegshammer.* Esmeralda feuerte ihre PPKs, und der *Marodeur II* tat es ihr gleich. Die Schüsse des *Kriegshammer* trafen unbeschädigte Panzerung, aber die dicken Platten widerstanden beiden Treffern. Der *Marodeur II* hatte mehr Erfolg. Seine Partikelstrahlen schlugen durch das beschädigte rechte Bein des *Kriegshammer,* dessen Panzerung schon von den Attacken des *Todesbote* zerstört worden war, so daß das Titanstahlskelett freilag. Die interne Struktur verdampfte unter dem azurblauen Energieblitz. Der *Kriegshammer* hüpfte einmal auf dem verbliebenen Bein, dann krachte er zu Boden. Da Esmeraldas Mech an Stelle von Armen nur Partikelprojektorkanonen besaß, hatte sie keine Chance, ihn ohne fremde Hilfe aufzurichten.

Damit standen nur noch Rose und Rianna gegen den *Marodeur II* und die *Banshee.*

Als hätte er Rose' Gedanken gelesen, löste der *Marodeur II*-Pilot seine mächtigen Sprungdüsen aus. Vom Schub der Raketentriebwerke und den Stummelflügeln an seinem Torso stabilisiert, setzte der riesige Mech fast hundert Meter von seiner vorherigen Position entfernt auf. Jetzt hatte Rianna noch einen weiteren Weg vor sich, um in seinen Rücken zu kommen. Rose löste die Raketenlafette aus, als der *Marodeur II* aufsetzte, und humpelte in eine neue Position, während seine Geschosse an den Vogelbeinen der Maschine detonierten.

Die LB-10X verfolgte das langsam hinkende *Streitroß* und spie zwei Granatensalven über die Lichtung. Die erste Salve riß die verbliebene Panzerung vom rechten Bein des Kolosses und beschädigte das darunterliegende Skelett. Die zweite bohrte sich hinter Rose in den Hügel und überschütteten die Maschine mit einem Hagel von Erdbrocken und Steinen. Rose drehte das *Streitroß* zur Seite, um das beschädigte Bein zu schützen. Noch so ein Treffer, und ihm blühte das gleiche Schicksal wie Esmeralda.

Die Raketenlafette meldete Feuerbereitschaft, und Rose drückte auf den Auslöser. Er feuerte auch die mittelschweren Impulslaser ab, aber auf diese extreme Entfernung erzielte er nur zwei Treffer. Zu wenig und zu spät. Als er zur Seite rückte, sah er die *Banshee* unter den Bäumen auftauchen und neben den *Marodeur II* treten. Damit war er erledigt, aber irgend etwas in seinem Innern zwang ihn, in Bewegung zu bleiben. Er sah auf den Ortungsschirm. Rianna war noch zu weit entfernt, um feuern zu können.

Der *Marodeur II* hob beide Arme, die *Banshee* ihren rechten. Rose blieb in Bewegung, aber es gab kaum eine Chance, daß beide Piloten ihn verfehlen würden. Die Lafette wurde noch nachgeladen. Bis seine Geschütze wieder einsatzbereit waren, würde Rose nicht mehr in der Lage sein, die Feuerknöpfe zu drücken. Er warf einen letzten Blick auf den Sichtschirm.

Rose erstarrte, als die *Banshee* die Mündung ihrer rechten Armlafette an die Kanzel des *Marodeur II* legte und feuerte. Aus kürzester Distanz abgeschossen, zertrümmerten die sechs Kurzstreckenraketen die Cockpitpanzerung ebenso gründlich wie das Innere der Kanzel. Kontrollen, Pilotenliege und Pilot wurden innerhalb von Sekundenbruchteilen ins Jenseits geblasen. Die Arme des *Marodeur II* erstarrten in der Bewegung, als die Feedbackleitung ins Cockpit abgerissen wurde.

Rose konnte nur ungläubig starren, als die *Banshee* den Arm senkte und sich abschaltete. Rose' Ortung bestätigte, daß der *Banshee*-Pilot alle Waffensysteme desaktiviert hatte und den Reaktor herunterfuhr. Er warnte Rianna, nicht zu feuern, wenn sie die Lichtung erreichte, und beobachtete erstaunt, wie der Pilot die *Banshee* vollständig abschaltete.

Riannas *Feuerfalke* trat mit feuerbereiten schweren Lasern auf die Lichtung. Auch sie beobachtete die *Banshee* und wartete darauf, daß der Pilot ausstieg. Es dauerte fast fünf Minuten, aber schließlich öffnete er die Luke im Hinterkopf der Maschine und kletterte auf ihre rechte Schulter. Rose brauchte die Zoomoptik der Außenkamera nicht, um zu sehen, daß der Mann, der da aus der *Banshee* gestiegen war, langes blondes Haar hatte.

29

Zedernal, Borghese

14. Juli 3055

Die Miliz rückte noch immer gegen die Thorns vor, aber sie war erheblich langsamer geworden. Trotz des desolaten Zustands seines Mechs dachte Rose gar nicht daran auszusteigen, um von Angesicht zu Angesicht mit Antioch Bell zu reden. Das *Streitroß* humpelte hinüber zum reglosen Rumpf der *Banshee* und dem Mann, der auf ihrer Schulter saß.

»HetzLanze von Kommandant Eins. Wie sieht es bei dem *Kampftitan* aus?«

»Hetzer Eins an Kommandant. Ajax ist ausgestiegen und leistet dem *Kampftitan*-Pilot Erste Hilfe. Ich kann beide von hier aus sehen.«

»Ist der verrückt geworden? Die Miliz kommt immer noch näher. Schaff ihn zurück in sein Cockpit, damit er die anrückenden Einheiten abtastet. Meldung nach Durchführung.« Rose schloß die Verbindung. Er starrte auf den Primärschirm und kochte vor Wut. Ein erfahrener Krieger wie Ajax hätte seinen Mech niemals verlassen, wenn keine außergewöhnlichen Umstände vorlagen. Rose konzentrierte sich auf seine Atmung und versuchte, seine vom Adrenalin aufgeputschten Nerven zu beruhigen. Als sein Pulsschlag wieder auf ein akzeptables Niveau gesunken war, schaltete er die Außenlautsprecher ein.

»Ich bin mir nicht sicher, warum Sie das getan haben, Antioch, aber Sie haben meiner Einheit und mir das Leben gerettet. Danke.« Er vergrößerte das Bild des Piloten auf den Sichtschirm. Bell grüßte halbherzig und zog die Knie an die Brust.

»Ich nehme an, den *Marodeur II* hat Morgain gesteuert.« Bell nickte. »Die Miliz rückt an. Wir müssen abziehen oder kämpfen. Da ich nicht gegen sie kämpfen werde, werde ich abziehen. Können Sie dafür sorgen, daß die Miliz Esmeralda, Eber und O'Shea fair behandelt?«

Bell hob den Kopf von den Knien und sagte etwas, aber die Außenmikrophone des *Streitroß* fingen seine Worte nicht auf. Rose stellte sie lauter. »Was?«

Durch das Rauschen konnte er Bells Stimme gerade noch verstehen. »Die Miliz wird Sie nicht angreifen.«

Rose war geschockt. »Warum nicht?« Er regelte die Mikros nach, und Bells Stimme wurde klarer.

»Ich habe ihnen Ihr letztes Gespräch mit Morgain zugespielt. Sie wissen, was in Houston vor sich geht, und auch von der Ankunft der Clans.« Bell stockte. Er zitterte, während er seine Gefühle unter Kontrolle zu bekommen versuchte. Rose hatte schon oft getötet, aber er hatte noch nie auf jemand geschossen, den er kannte. Er konnte sich kaum vorstellen, wie es sein mußte, einen Freund zu töten.

»Warum, Antioch? Ich weiß, daß ich in Ihrer Schuld stehe, aber ich möchte wissen, warum.«

Mit einem letzten Seufzer senkte Bell die Beine und blickte zu dem *Streitroß* auf. Durch die Vergrößerung auf dem Bildschirm und die hochgeregelten Mikrophone schien er beinahe direkt neben Rose zu stehen. Andererseits wußte Rose genau, daß seine Stimme aus einem Lautsprecher drang. Bell konnte sehen, wo Rose saß, aber er konnte ihm nicht in die Augen schauen. Rose wollte seinem Freund helfen, aber bis er mehr Informationen hatte, würde er nicht riskieren, das *Streitroß* zu verlassen.

Die Worte sprudelten aus Bells Mund. »Ich wußte, daß Morgain etwas vorhatte. Ich konnte schon immer erkennen, wenn er überfordert war.« Bells Stimme war tonlos, aber Rose erkannte den Schmerz auf seinem Gesicht. »Ein Kriegsheld? Was für ein Quatsch. Man hat Morgain einen ehrbaren Abgang aus der Sechsundzwanzigsten angeboten, als Generalhauptmann Farnsgate herausbekam, daß er Nachschub auf dem Schwarzmarkt verschoben hatte. Wenn der Alte Beweise dafür gehabt hätte, würde ich jetzt im Bau sitzen. Zwölf Männer und Frauen in der Kompanie, und nur zwei von uns waren nicht direkt daran beteiligt gewesen. Nicht, daß das etwas ausgemacht hätte, denn wir wußten beide davon und haben es zugelassen.«

Rose konnte sehen, wie sich Wut und Frust in Bell aufstauten, während er sprach. Er war aufgestanden und lief unruhig über die Mechschulter. Rose hörte zu und behielt die Ortung im Blick. Er wollte wissen, warum Bell die Raketen abgefeuert hatte. Seine Lebensbeichte interessierte ihn nicht.

»Erst werfe ich für Salander Morgain meine Karriere weg, und dann folge ich ihm nach Borghese.« Rose war beeindruckt. Mit einer solchen Verachtung hatte er den Namen noch nie ausgesprochen gehört. »Ich habe mich verpflichtet, um in einer Söldnereinheit zu kämpfen, nicht, um auf dem Hintern zu sitzen und mir den Krieg im Trivid anzusehen. Sie wissen wahrscheinlich nicht, daß er uns auf seinem Gut praktisch gefangengehalten hat. Morgain hat unsere Mechs unter Verschluß gehalten, um sich unsere Zusammenarbeit und Unterstützung zu sichern. An dem Tag, an dem ich Ihnen begegnet bin, war ich zum erstenmal seit Monaten außerhalb des Gutsgeländes. Ich hätte Sie auf den Schultern durch die Wildnis getragen, um da rauszukommen. Ich haßte das Gut und die Speichellecker, mit denen sich Morgain umgab. Wahrscheinlich haßte ich mich auch selbst, weil ich mich von ihm hatte täuschen lassen.« Bell seufzte und strich sich abwesend mit der Hand durch die Mähne. Als er weiterredete, war seine Stimme ruhiger. Rose konnte hören, wie Trauer Bells Wut ablöste.

Bell blickte zu dem reglosen *Marodeur II.* »Ich haßte

ihn, aber seinen Tod wollte ich nicht. Dann fand ich heraus, daß er in irgendeine Sache mit Crenshaw verwickelt war. Das war schlimm, aber ich dachte, es wäre wieder so etwas wie mit dem Schwarzmarkt. Diesmal entschloß ich mich, die Wahrheit herauszufinden, bevor die Dinge außer Kontrolle gerieten. Und dann habe ich von den Behütern erfahren. Crenshaw ist der Kopf der Bande, und Morgain ist... war sein Handlanger. Die Behüter haben die *Bristol* erbeutet und in den von den Clans besetzten Raum gesteuert. Sie haben die Falken *eingeladen,* nach Borghese zu kommen. Crenshaw wollte die Gelegenheit beim Schopf ergreifen. Der Planet hätte eine Invasion nicht nur überlebt, er selbst hätte davon noch profitiert. Er hat wohl gedacht, wenn die Clans auf Einladung kommen, behandeln sie uns besser, besonders die Herrscher. Sie und Cooke waren das einzige Problem. Crenshaw beseitigte Cooke, und Morgain sollte Sie aus dem Weg schaffen. Ich habe in der Nacht von dem Plan erfahren, in der Sie angegriffen wurden. Morgain war außer sich vor Wut, daß die Soldaten Sie nicht getötet hatten, bevor Sie die Mechs erreichen konnten.« Bell machte eine Pause und rieb sich das Kinn.

»Eigentlich sollten sie zuerst das Lager und erst dann das Landungsschiff angreifen. Wären die Truppen besser gewesen, könnten wir uns jetzt nicht darüber unterhalten. Jedenfalls habe ich die letzten Wochen damit zugebracht, eine Entscheidung zu fällen. Ich hätte verschwinden können, aber Morgain hätte mir nie erlaubt, meinen Mech mitzunehmen. Ich hatte nur eine Wahl: mitzumachen. Ich hätte es auch getan.« Bell stockte, und Rose wurde klar, wie nahe er daran gewesen war, an Stelle von Morgain Ziel jenes letzten Schusses zu werden. Bell schüttelte den Kopf. Er machte sich an den Abstieg, und Rose fuhr die Lautstärke hoch.

»Wie immer wurde Morgain auch diesmal zu selbstsicher. Als sein Stellvertreter kannte ich alle Frequenzen, die wir benutzten. Das Gespräch mit Ihnen sollte privat sein, aber ich entschloß mich mitzuhören. Als ich erkannte, wie wichtig es war, baute ich eine Verbindung zu den Milizkommandeuren auf.« Bell ließ sich zur Leiter der *Banshee* hinab. »Die Miliz weiß, daß sie zum Narren gehalten worden ist. Sobald sie sicher ist, daß das Gefecht zwischen Ihnen und Morgain vorbei ist, werden sie kommen.« Inzwischen war nur noch Bells Kopf zu sehen. »Ach ja. Ich ergebe mich. Ich erwarte Sie am Boden.«

Rose blieb in seinem Mech sitzen, während Bell an der *Banshee* hinabkletterte und dann auf ihrem Fuß darauf wartete, gefangengenommen zu werden. Rianna setzte sich mit den Milizführern in Verbindung. Auf der anderen Seite der *Banshee* hatte sie Bell nicht sehen können, aber ihre Mikros waren besser, und so hatte sie die gesamte Unterhaltung mitgehört. Während Rose sich überlegte, was zu tun war, arrangierte sie einen Waffenstillstand mit dem Grünteam.

Als erstes mußte er die Black Thorns informieren, was los war. Er öffnete einen Kanal zur gesamten Einheit und gab seinen Leuten eine Zusammenfassung der Lage. Er hatte das Funkgerät auf Einwegverbindung gestellt, um keinen Schwall von Fragen beantworten zu müssen, aber als er fertig war, übermittelten sämtliche Piloten Anfragen nach einer Privatverbindung. Rose erzählte ihnen, soviel er konnte, und stellte alle weiteren Fragen zurück, bis sie sich irgendwo versammeln konnten.

Als dreißig Minuten später Oberst Bahlyard, der Kommandeur des Grünteams, eintraf, saß Rose neben Bell auf dem Fuß der Banshee. Er wußte noch immer nicht, was er angesichts der Situation seiner Truppe tun sollte, aber er hoffte, von dem blonden Infanteristen Hilfe zu bekommen. Als erstes bat er den Oberst um Hilfe bei der Bergung der restlichen Black Thorns.

Rianna, Angus und Ajax hatten sich um die *Banshee* und das *Streitroß* versammelt.

Eber war aus eigener Kraft aus den Trümmern des *Zeus* gekrochen und saß auf dem anderen Fuß der *Banshee.* Körperlich schien er einwandfrei, aber das Ende seines *Zeus* hatte ihn schwer mitgenommen. Rose kannte diesen Blick von anderen MechKriegern. Es war eine Mischung aus Erstaunen und Schrecken. Zumindest weinte er nicht, aber das stand ihm wohl noch bevor.

Es würde einige Mühe kosten, die beiden verbliebenen Mitglieder der Einheit aufzusammeln. Esmeralda mußte aus ihrem Mech geschnitten werden, aber nur, weil eine abgetrennte Stützstrebe die Cockpitluke versperrte. Ein Mech hätte die Strebe beiseite biegen können, aber die Miliz besaß wahrscheinlich die notwendigen Werkzeuge, um die Arbeit besser und mit geringeren Beschädigungen am Stützgerüst des Mechs auszuführen.

Badicus' Schleudersitz gab ein starkes Funksignal ab, aber er war in einer dichten Baumgruppe gelandet. Ein Mech hätte, um ihn zu bergen, die Bäume umknicken müssen. Rianna hatte eine Bergung per Hubschrauber erbeten, und Oberst Bahlyard hatte sie sofort genehmigt. Die Hubschrauerbesatzung hatte O'Shea in seinem Sessel zwanzig Meter über dem Boden gefunden und war noch mit der Bergung beschäftigt.

Rianna kletterte aus ihrem *Feuerfalke.* Über einer Schulter trug sie das Feldfunkgerät der Einheit. Sie stellte es vor sich auf den Boden, legte den Kopfhörer an und regelte das Mikro nach. So konnte sie die Fortschritte der beiden Miliztrupps verfolgen, die den Söldnern bei der Bergung halfen, und trotzdem mithören, was gesprochen wurde. Rose wartete, bis Angus und Ajax ebenfalls den Fuß der *Banshee* erreicht hatten, bevor er zu sprechen ansetzte.

»Vorstellungen dürften sich erübrigen. Ich bin sicher, ihr erinnert euch alle an Milizkommandeur Bahlyard, der auch die Truppe befehligt hat, die uns in den letzten Wochen das Leben so schwer machte.« Das Gesicht des Obersten war leicht gerötet, und Rose hoffte, daß es sich um Schamröte handelte. Kein Offizier konnte es vertragen, wenn er zum Narren gehalten wurde, und je höher der Rang, desto schwerer nahm er es.

»Gentlemen, Lady«, hub Rose mit einem Nicken in Richtung seiner Schwester an. »Diese Unterredung dient ausschließlich Informationszwecken. Informationen sind bei uns derzeit Mangelware, aber ich brauche ein besseres Bild unserer Lage.« Er sah sich um. Die Black Thorns waren schwer von Erschöpfung und Gefechtsmüdigkeit gezeichnet. »Wir werden es kurz machen«, versprach er. Dann wartete er, bis er sich der Aufmerksamkeit aller Anwesenden sicher war. »Wir wissen, daß die Clans unterwegs sind und in der Hauptstadt ein Staatsempfang auf sie wartet. Aber wir selbst sind zu weit von Houston entfernt, um eingreifen zu können. Gibt es noch mehr, was wir wissen müßten, Antioch?«

Antioch Bell rieb sich die Augen. »Soweit ich weiß, haben sich die Behüter nicht allzuviel Sorgen um Sie und Ihre Einheit gemacht. Sie hatten wohl eine Menge Vertrauen in Oberst Bahlyards Männer und unsere Mechs.« Er zuckte die Schultern und grinste. »Wer weiß, warum.«

»Das deckt sich mit meinen letzten Befehlen.« Alle drehten sich zu Bahlyard um. »Sie kamen direkt vom Herrscherrat. Ich soll Meldung machen, wenn Sie sich ergeben haben oder eliminiert wurden. Man scheint einen anderen Kampfausgang nicht in Betracht zu ziehen. Von der Ankunft der Clans habe ich nichts gehört, aber sie macht einige Befehle verständlicher. Obwohl wir drei Hangars voll mit brandneuen *Rippern* haben, durften wir nur eine Gruppe mitnehmen. Den Rest mußte ich im Hangar lassen. Ich mußte auch die Hälfte des Grünteams in der Hauptstadt zurücklassen, für den Fall, daß Sie einen Flankenangriff versuchten. Was für eine Idiotie. Soweit ich weiß, hat der Rat dabei zum erstenmal einem Feldkommandeur die Ausrüstung vorgeschrieben.«

Rose nahm den Faden auf. »Der beste Teil Ihrer Ausrüstung befindet sich also zusammen mit der Hälfte Ihrer Leute noch in der Basis. Sehr effektiv. Wir sind nicht nur zu weit entfernt, um etwas gegen die Landung zu unternehmen, Borgheses planetare Truppen sind in zwei leicht zu schluckende Happen aufgeteilt. Und um dem Ganzen die Krone aufzusetzen, wird der Kommandeur mit den Truppen weggeschickt, während der Hauptteil der Ausrüstung sicher im Hangar bleibt.« Rose berechnete die verbleibende Truppenstärke und das Material in der Nähe der Hauptstadt und kam schnell zu einem äußerst entmutigenden Ergebnis. »Irgendeine Form von Unterstützung können wir wohl vergessen. Bis wir zurück sind, ist die Hauptstadt fest in der Hand der Jadefalken.«

Ajax räusperte sich. Rose war etwas überrascht, daß er tatsächlich etwas zur Diskussion beitragen wollte.

»Wir sollten vielleicht etwas bedenken«, stellte der Capellaner fest. »Die Clans wurden von der derzeitigen Regierung nach Borghese eingeladen. Ich will damit nicht andeuten, daß ihre Handlungsweise entschuldigt oder gerechtfertigt werden kann, aber die Clans kommen nicht als Invasoren.«

»Ajax hat recht«, warf Rianna von der anderen Seite des Kreises ein. »Das Vereinigte Commonwealth wird das natürlich niemals zulassen, aber die Regierung von Borghese plant, die Welt an die Clans auszuhändigen. Die Invasoren kommen nur, um die Schlüssel abzuholen.«

»Na schön, technisch sind sie keine Invasoren«, meinte Rose. »Macht das einen Unterschied?«

Ajax nickte. »Nach allem, was wir von den Clans wissen, unterliegt jede ihrer Handlungen einem rituellen Bieten. Die Beteiligten bieten um die Ehre, eine Aktion ausführen zu dürfen, bis die endgültige Truppenstärke feststeht. Bei einer Invasion würden sie darum bieten, wie viele Männer oder OmniMechs nötig wären, um dem Vereinigten Commonwealth die Kontrolle über Borghese zu entreißen. Wenn unsere Informationen korrekt sind, werden die Clans diesmal aber allein darum geboten haben, wie viele OmniMechs notwendig sind, um die Kapitulation dieser Welt entgegenzunehmen.«

Rose starrte ihn entgeistert an. Ajax hatte natürlich recht. Er war auf Tukayyid gewesen und hatte miterlebt, wie die Clans lieber in den Tod gegangen waren, als ihre Gefechtsrituale zu brechen. Als Ajax weitersprach, breitete sich ein Grinsen über sein Gesicht aus.

»Wenn unsere Informationen stimmen, werden sie eine Einheit herschicken, die ausreicht, eine Kapitulation hinter den feindlichen Linien entgegenzunehmen. Sie muß stark genug sein, sich den Weg zurück ins Clanterritorium freizukämpfen, wenn sich das Angebot als Falle erweist, aber auch schwach genug, um die Inbesitznahme dieses Planeten zu einer Ruhmestat zu machen.«

»Und das heißt, wir haben eine Chance«, unterbrach Rianna.

Ajax neigte den Kopf und nickte.

»Wenn unsere Informationen stimmen«, äffte Rose ihn lächelnd nach. »Du traust dem Militärischen Informationsdienst nicht, was? Du brauchst nicht zu antworten. Das dürfte keiner von uns tun, aber du hast ein bedenkenswertes Argument in die Diskussion eingebracht. Vielleicht haben wir tatsächlich eine Chance.«

Bahlyard unterbrach. »Eine Clan-Einheit, die auf Borghese landet, muß davon überzeugt werden, daß es sich nicht um eine Falle handelt. Sobald das geschehen ist, wird der Clan, der Borghese beansprucht, schnell handeln und hier eine Garnison etablieren, bevor das Vereinigte Commonwealth reagieren kann. Wir müssen Generalhauptmann Dmowski auf Kelenfold informieren. Sie hat die Autorität, Truppen zu unserer Verteidigung zu schicken.«

»Wie stehen die Chancen, daß bereits eine Nachricht unterwegs ist?« fragte Rianna.

»Schlecht«, erwiderte Bahlyard. »Die Behüter sind bestimmt schlau genug, den interstellaren Funkverkehr zu kontrollieren. Die einzige Möglichkeit, eine entsprechende Botschaft auf den Weg zu bringen, dürfte darin bestehen, in die ComStar-Anlage einzubrechen und sie vor den Clans und dem Rat zu schützen.«

Mehrere Stimmen plapperten durcheinander. Rose hob die Hand und schaute sich um. Er bemerkte, daß Eber eingeschlafen war. »Das reicht jetzt. Wir sind geistig und körperlich erschöpft. Ein paar Stunden Schlaf und eine warme Mahlzeit werden besser für uns sein als überhasteter Aktionismus. Oberst Bahlyard, was immer wir schließlich entscheiden, den Ausgang dieses Kampfes müssen wir geheimhalten.« Der stämmige Bahlyard bleckte die Zähne.

»Ich werde einen Bericht über die Vernichtung Ihrer Einheit abliefern, in deren Verlauf Morgains Truppe ebenfalls ihr Ende fand. Allzuweit von der Wahrheit brauche ich da ja gar nicht abzuweichen. Und wenn ich die Sache etwas ausschmücke, wird man uns möglicherweise noch ein paar Tage Zeit zum Ausruhen und für Reparaturarbeiten lassen, bevor wir nach Houston zurückgerufen werden.«

»Das wäre perfekt. Wir wären offiziell aus dem Weg, und mit etwas Glück wird Crenshaw keinen Gedanken an die Möglichkeit verschwenden, wir könnten noch existieren.« Rose sah auf die Uhr. »Können wir uns in acht Stunden wieder hier treffen?« Ohne auf seine Uhr zu sehen, stimmte Bahlyard zu. »Die Black Thorns treffen sich in sechs Stunden wieder hier. Ich erwarte dann einen vollständigen Bericht über die Einsatzbereitschaft euer Mechs und Vorschläge für einen Überfall auf eine Hyperpulsgeneratorstation im Herzen einer von OmniMechs verteidigten befreundeten Stadt.«

Rose wandte sich an Ajax. »Ich nehme an, die Milizsanitäter haben den Pilot des *Kampftitan* übernommen?« Als Antwort erhielt er das übliche Kopfnicken. Anscheinend hatte Ajax alles gesagt.

»Na gut. Wegtreten. Wir haben ein Ziel und Grund zur Hoffnung.« Die Versammlung löste sich auf. Innerhalb von Sekunden waren Ajax und Eber an den Füßen der *Banshee* allein. Stille senkte sich über die Lichtung, und Ajax schlief neben Eber ein.

30

Zedernal, Borghese

14. Juli 3055

Rose betrachtete die Mitglieder seiner Einheit. Badicus und Esmeralda waren wieder zu den anderen gestoßen, und alle Black Thorns hatten sich um die *Banshee* versammelt. Auch McCloud und Bell waren anwesend, aber Oberst Bahlyard war noch bei der Miliz. Rose musterte die Einheit noch einmal, aber das Bild war ebenso trostlos wie Sekunden zuvor.

Trotz deutlicher Lebenszeichen bei den ersten Meldungen war Badicus nicht einsatzfähig. Beim Ausstieg aus seinem Mech hatte sich einer der Haltebolzen des Schleudersitzes nicht korrekt gelöst. Wie bei den meisten Mechs wurde auch die Pilotenliege des *Dunkelfalke* durch eine kontrollierte Explosion aus der Maschine geschleudert. Nach Erreichen einer vorher eingestellten Höhe schalteten sich die Steuerdüsen ein, um eine weiche Landung zu gewährleisten. Unter normalen Bedingungen war das ein simpler und berechenbarer Vorgang. Selbst wenn der Pilot nach dem Auslösen der Automatik das Bewußtsein verlor, hatte er eine ausgezeichnete Überlebenschance.

Der Bolzen hatte sich jedoch verklemmt und die Explosion einen Teil der Pilotenkanzel zerfetzt. Die Liege hatte Badicus weitgehend vor den Flammen und den Metallsplittern geschützt, aber seine rechte Seite war bös mitgenommen. Der Bolzen hatte schließlich doch nachgegeben, und der Schleudersitz war in die Luft gestiegen, aber vorher war durch die Explosion noch eine der Steuerdüsen zerstört worden. Dadurch war die Landung alles andere als weich abgelaufen. Badicus hatte Glück gehabt, daß er in einer Zeder gelandet war. Ohne den Baum, dessen Zweige seinen Sturz gebremst hatten, wäre er umgekommen. So hatte er sich nur die linke Hand gebrochen und den rechten Ellbogen ausgekugelt. Er war eingegipst und bandagiert. Der Besprechung konnte er nur mit Schmerzmitteln vollgepumpt beiwohnen.

Esmeralda hatte mehr Glück gehabt, aber der Sturz des *Kriegshammer* hatte einen Cockpitbrand ausgelöst. Nach einem vergeblichen Versuch, die Kanzel zu verlassen, war es ihr gelungen, das Feuer mit den beiden Handlöschern zu ersticken, aber an den Beinen oberhalb der schweren Gefechtsstiefel hatte sie schlimme Brandwunden davongetragen. Sie trug noch immer die Kampfshorts, und ihre verbannten Oberschenkel waren dick mit Brandsalbe bedeckt. Sie hatte sich geweigert, Schmerzmittel zu schlucken, und beobachtete Rose mit entschlossener, wenn auch angespannter Miene. Bei jeder Bewegung zuckte sie zusammen.

»HetzLanze, Status?«

Angus zeichnete mit dem Zeh einen Kreis in den Staub. Angesichts der schweren Schäden der übrigen Einheit kostete es ihn Überwindung, Meldung zu machen. »Beide Mechs sind voll funktionsfähig, Sir. Beide Piloten sind kampfbereit.« Für Rose' Geschmack überbetonte der junge Mann das Wort Kampf, aber er verzichtete auf eine Bemerkung.

»Sehr schön. Und jetzt zu den schlechten Nachrichten. KampfLanze.«

Esmeralda rutschte unruhig umher. Anscheinend suchte sie nach einer bequemeren Stellung. Möglicherweise hatte sie Erfolg, denn als sie antwortete, war ihre Stimme erheblich ruhiger als vorher. »Kämpfer Drei ist ausgefallen. Sein Gyro ist hin, das war ja klar. Aber wir haben Millionen Splitter im gesamten Reaktorbereich gefunden, wo sie die Abschirmung zerfetzt haben. Eber hatte Glück, daß er den Reaktor rechtzeitig abschalten konnte, bevor er in die Luft flog. Wenn die

Maschine je wieder funktionieren soll, brauchen wir einen neuen Kreiselstabilisator und einen neuen Reaktor.«

Rose sah hinüber zu Eber, um dessen Familienerbstück es hier schließlich ging, aber der hörte Esmeraldas Schadensbeschreibung mit großer Gelassenheit zu. Rose wollte etwas sagen, aber dazu war jetzt nicht der Zeitpunkt. Statt dessen nickte er Esmeralda zu.

»Kämpfer Zwo läßt sich reparieren, aber nicht ohne komplette Elektronikausrüstung. Jeder Ausstieg ist ein Schlag für das System, aber diesmal ist durch den Bolzenversager der größte Teil der Funk- und Ortungsanlagen draufgegangen. Und diese Art Bauteile gibt es hier auf Borghese nur in Houston.«

»Bekommen wir ihn wieder bewegungsfähig?«

Esmeralda dachte nach. »Wenn wir einen Hubschrauber auseinandernehmen und den Pilotensitz ersetzen, könnten wir ihn zusammenflicken. Aber der Pilot hätte keine Sensoren, und schießen könnte er auch nicht. Mein Mech ist auch außer Gefecht. Das Bein läßt sich reparieren, aber auch dazu brauchen wir einen Wartungshangar. Es ist in dieser Höhe abgerissen.« Sie deutete auf die Mitte ihres Oberschenkels und zog den Finger durch die grüne Gelschicht. »Wir könnten das Bein mit den Wartungsmöglichkeiten der Milizeinheit wieder ansetzen und festschweißen, aber es würde keine Belastung aushalten. Der *Hammer* könnte damit gehen, aber das wäre es auch schon. Selbst wenn er nur läuft, würde das Bein wahrscheinlich wieder abbrechen. Eber und ich sind kampfbereit, aber O'Shea fällt aus, weil er die Arme nicht bewegen kann. Er könnte den beschädigten *Dunkelfalke* steuern, falls wir ihn soweit hinbekommen, aber auch das nur in Gehgeschwindigkeit, und die Mecharme wären logischerweise nutzlos.«

Esmeralda verstummte und strich vorsichtig die Fingerspur in der Brandsalbe glatt. Normalerweise hätte Rose jetzt Rianna aufgefordert, einen Statusbericht für die KommandoLanze abzugeben, aber diesmal übernahm er es selbst. »Kommandant Zwo ist voll funktionsfähig. Kommandant Eins kann repariert werden, aber mit den hier verfügbaren Geräten wird es ein paar Stunden dauern. Das Bein ist das größte Problem, aber wir werden es schon hinbekommen. Rianna und ich sind kampfbereit.«

Rose stockte. Morgain und seine Mechs hatten sie auseinandergenommen, aber das Kampfergebnis laut ausgesprochen zu hören, war ein harter Schlag. Viele Mechpiloten absolvierten ihre gesamte Laufbahn ohne einen einzigen Kampf wie den, den sie gerade hinter sich hatten. Von den zehn beteiligten Maschinen waren sieben entweder vernichtet oder doch zumindest kampfunfähig. Die HetzLanze zählte Rose nicht, da sie effektiv nicht an den Kämpfen teilgenommen hatte. Siebzig Prozent Verluste waren im modernen Krieg unerhört. Zur Hölle, dachte Rose wütend, siebzig Prozent waren zu allen Zeiten unerhört gewesen.

Er rieb sich das Stoppelkinn und stand auf. Obwohl er seit über vierzig Stunden nicht geschlafen hatte, fühlte er sich erstaunlich fit. Seine Einheit schien diese Energie allerdings nicht zu besitzen. Er hatte allen sechs Piloten befohlen, vor der Besprechung wenigstens vier Stunden zu schlafen, aber die meisten schienen jetzt müder als zuvor. Sonderlich selbstsicher wirkten sie auch nicht gerade. Es wurde Zeit, die Truppen aufzumuntern.

»Also gut, wir haben noch sechs Piloten und vier Mechs.« Er trat in die Mitte der Gruppe. »Damit kann ich leben.« Alle acht hoben den Kopf. »Ihr habt etwas geschlafen und eine warme Mahlzeit gehabt, und die letzte Stunde habt ihr eure Mechs auf Schäden untersucht.« Rose machte eine Pause und sah jedem einzelnen der Black Thorns in die Augen. »Jetzt ist Schluß mit der ruhigen Kugel.«

Er wirbelte abrupt zu Esmeralda herum und stieß einen anklagenden Finger in ihre Richtung. »Esmeralda, vergiß die Reparaturen am *Kriegshammer.* Was weißt du über *Marodeure?*« Esmeralda stand entgeistert da und sperrte den Mund auf. Als sie schließlich eine Antwort stammelte, schnitt ihr Rose das Wort ab. »Die Frage war rein rhetorisch. Es ist völlig gleichgültig, was du weißt oder nicht, du bist unsere neue *Marodeur*-Pilotin. Mister Bell hat den Kopf des Ungetüms zerschossen, als er mich vor Morgain rettete. Aber ich denke, er läßt sich reparieren. Kümmere dich darum, wenn die Besprechung zu Ende ist. Eber, ich kann deinen Mech nicht ersetzen, aber ich will es trotzdem versuchen. Etwa fünfhundert Meter entfernt liegt ein voll funktionsfähiger *Kampftitan.* Du bist sein neuer Pilot.«

Wenn Rose plötzlich blau angelaufen wäre und ihm Flügel gewachsen wären, hätte Eber nicht überraschter sein können. Innerhalb von Sekunden strahlten die beiden Männer einander an. »Bis wir das *Streitroß* repariert haben, ist der *Kampftitan* unser bestes Wartungsfahrzeug. Er ist der einzige Mech mit zwei Händen. Wir brauchen ihn, um Ersatzteile aus den abgeschossenen Mechs zu bergen.«

Eber salutierte zackig wie auf dem Paradeplatz. Natürlich würde er den *Zeus* vermissen, aber erst einmal würde er vor lauter Arbeit keine Zeit haben, um seinem altem Koloß nachzutrauern. Damit blieben für Rose nur noch zwei Dinge zu erledigen.

»Black Thorns, ich habe die Ehre, euch mitzuteilen, daß ein Rekrut der Einheit seine Dienste angeboten hat und für den sofortigen Einsatz akzeptiert wurde. Willkommen, Antioch Bell.«

Jetzt war es an Bell, überrascht zu sein. »Ich habe mich für überhaupt nichts angeboten. Und selbst wenn ich es getan hätte. Meine Seite hat heute morgen noch auf euch geschossen, oder haben Sie das vergessen?«

Rose hatte es nicht vergessen, aber von diesem ehemaligen Gefolgsmann Morgains hatte er nichts zu befürchten. Und der Rest der Einheit durfte es genauso sehen. Immerhin war Bell schon länger ein Freund der Black Thorns gewesen und hatte während des Kampfes auch auf keinen von ihnen einen Schuß abgegeben. »Tut mir leid, Mister Bell. Vielleicht sollte ich es anders formulieren. Black Thorns, ein MechKrieger von beträchtlicher Erfahrung hat mit ungewöhnlichem Durchsetzungsvermögen seine Anwesenheit dokumentiert. Er hat die Black Thorns vor der Vernichtung bewahrt und mir dabei wahrscheinlich das Leben gerettet. Wollen wir jemand von seinem Können in unserer Einheit haben?«

»Ja!« Der Chor der Zustimmung war ohrenbetäubend.

»Da haben Sie's, Mister Bell. Ein hübsches Beispiel militärischen Protokolls in voller Aktion. Sie wurden von den Black Thorns aufgenommen, ob es Ihnen gefällt oder nicht. Betrachten Sie sich als dienstverpflichtet.«

Rose gab der Einheit ein paar Sekunden Zeit, dem geschockten *Banshee*-Piloten die Hand zu schütteln. Wie bei Eber ging es Rose auch bei Bell darum, seinen Freund zumindest für eine gewisse Zeit in festen Bahnen zu wissen. Als sich die Söldner wieder gesetzt hatten, sprach er weiter.

»Nachdem das erledigt ist, bleibt nur noch ein Thema. Die Clans. Während ihr geschlafen habt, hat Oberst Bahlyard dem Rat seinen Bericht übermittelt. Ich muß euch leider mitteilen, daß die Black Thorns vernichtet wurden. Ich bin natürlich im Kampf gefallen. Ihr anderen wurdet gefangengenommen.« Rose stand in bester Heldenpose in der Mitte der Einheit, bis ein Chor von Buhrufen und Stöhnen ertönte. Er sah auf die Uhr und entspannte sich. »Die *Bristol* eskortiert gerade ein einzelnes Clan-Landungsschiff nach Borghese. Beide Schiffe werden in sechs Stunden den Raumhafen erreichen.« McCloud wurde sofort fröhlicher, als sie den Namen ihres Schiffes hörte. »Oberst Bahlyard ist zurück in die Hauptstadt beordert worden, um seine Gefangenen abzuliefern. Er hat Anweisung erhalten, nichts gegen die Clan-Mechs zu unternehmen, die ihm in Houston begegnen.«

»Wie viele werden das sein?«

Rose drehte sich zu Esmeralda um. »Das ist noch unbekannt. Ich tippe auf ein bis zwei Trinärsterne, aber darauf sollten wir uns nicht verlassen, bis wir Näheres wissen. Ich habe allerdings angestrengt über diesen Punkt nachgedacht, und stimme mit Ajax überein. Die Clans werden die Stärke der Streitkräfte, die sie hierher senden, auf irgendeine Weise ausbieten. Zwei Trinärsterne oder dreißig Maschinen – das dürfte die größte Streitmacht sein, mit der wir rechnen müssen. Ich hoffe, daß sie sich mit einem Trinärstern, also fünfzehn Mechs, zufriedengeben. Wenn Oberst Bahlyard von seinen Männern in Houston weitere Berichte erhält, werden wir mehr wissen. Bis dahin sieht unser Plan wie folgt aus: Wir müssen das Vereinigte Commonwealth informieren, bevor die Clans ihre Stellungen ausbauen können. Das bedeutet einen Angriff auf den Hyperpulsgenerator. Weiter brauchen wir erst einmal nicht zu planen. Die Vorbereitungen werden nicht leicht sein, um es gelinde auszudrücken. Wenn wir sofort aufbrechen müßten, hätten wir nur vier kampfbereite und einen beschädigten Mech aufzubieten. Um überhaupt eine Erfolgschance zu haben, müssen wir die Zahl unserer Kampfmaschinen so schnell möglich auf sieben erhöhen. Zunächst werden wir unsere Sicherheit der Miliz anvertrauen.«

Rose hob vorsorglich die Hand. »Ich kenne eure Einwände, aber wir haben keine Wahl. Wenn uns die Miliz ausschalten wollte, hätte sie bereits gehandelt. Der Rat hat nichts gegen uns zur Verfügung, das die

Miliz nicht abwehren könnte, und falls die Clans eingreifen, ziehen wir uns in den Schutz der Wälder zurück.«

»Kapitän, ich glaube nicht, daß die Clans überhaupt etwas von uns wissen.« Rose drehte sich zu Ajax um und fragte sich, warum der Söldner immer wartete, bis er ihm den Rücken zuwandte, bevor er einen Einwand formulierte. »Da der Rat uns für vernichtet hält, hat er nichts zu gewinnen, wenn er den Clans von unserer Existenz erzählt. Die Abwesenheit der Miliz läßt sich leicht durch Manöver erklären. Die Clans werden kein großes Interesse daran haben, sie dingfest zu machen, erst recht nicht so weit von der Hauptstadt entfernt.«

Ajax' Einwand erntete allgemeine Zustimmung, auch von Rose. »Selbst ohne Einmischung von außen bleibt unsere Zeit knapp.« stellte er fest. »Wir müssen so schnell wie möglich ausrücken können, um Erfolg zu haben. Wenn es aus irgendeinem Grund eng wird, müssen wir mit möglichst starken Kräften einsatzbereit sein. Angus und Ajax überwachen die Außenreparaturen. Bahlyard hat bestätigt, daß die Miliz Wartungspersonal mitführt. Diese Leute können uns bei der Panzerung helfen. Fangt mit den schlimmsten Schäden an und arbeitet euch nach unten vor. Noch Fragen? Wenn ihr Arbeit braucht, ich habe genug zu verteilen. Badicus, du kümmerst dich um die Munition.«

O'Shea ließ traurig den Kopf hängen. »War mir klar, daß ich dafür bestraft werde, daß dein *Dunkelfalke* zerbeult wurde. Aber ich hätte nicht gedacht, daß du so grausam bist, und das, wo ich ein Krüppel bin.« Um ihn herum husteten die Söldner. Sich durch einen abgeschossenen Mech zu arbeiten, um dessen scharfe Munition zu bergen, war selbst unter besten Bedingungen eine gefährliche Aufgabe. Wegen dieser Gefahr wurden solche Arbeiten in manchen Häusern von reinen Strafeinheiten geleistet. Normalerweise hätte

O'Shea Recht gehabt, die Aufgabe als Bestrafung anzusehen.

Rose grinste über die gespielte Trauer in O'Sheas Augen. »Stell dich nicht an, du Tölpel. Du wirst die Miliz-Munitionstrupps überwachen. Die meisten von ihnen haben noch nie das Innere eines BattleMech-Munitionsschachts gesehen, geschweige denn darin gearbeitet. Wir sollten in der Lage sein, unsere Munitionsreserven aufzufrischen, aber paß auf, daß sich die Milizionäre dabei nicht umbringen. Was ihr an Munition findet, wird auf die Maschinen verteilt, die sie gebrauchen können.«

O'Shea lachte und strich sich in übertriebener Erleichterung mit dem Gips den Schweiß von der Stirn.

»Rianna, du und Eber helft bei der Reparatur der internen Schäden. Bahlyard hat niemand mit Erfahrung in dem Bereich, aber er hat uns ein paar Assistenten versprochen. Fangt mit dem *Streitroß* und dem *Marodeur II* an. Esmeralda, du konzentrierst dich auf den *Marodeur II*. Wenn die Zeit es zuläßt, was ich bezweifle, kannst du dir auch den *Dunkelfalke* ansehen. Bell, wir müssen miteinander reden. Sie werden den anderen also nicht helfen können. Ich muß alles wissen, was Sie mir über die Behüter sagen können. Geben Sie mir etwa eine Viertelstunde. Ich möchte, daß auch Oberst Bahlyard dabei ist.«

Rose sah sich um. Die Stimmung im Kreis der Söldner hatte sich spürbar gebessert. Die Black Thorns waren noch immer müde, aber sie schienen in weit besserer Verfassung als zu Beginn der Besprechung.

»Noch Fragen?«

»Nur eine, Kapitän.« Rose hatte Angus zufällig gerade angeblickt, als dieser sich meldete. »Wir verlassen uns ganz auf Oberst Bahlyard. Ist das klug?«

»Wahrscheinlich nicht, aber wir stehen mit dem Rücken zur Wand. Wir sind die einzige Einheit auf dieser Welt, die eine Chance hat, die Clans aufzuhalten, und Bahlyard weiß das. Das hier ist seine Heimatwelt, schon vergessen? Die meisten Borgheser wollen die Clans nicht, und Bahlyard gehört zu dieser Mehrheit. Leider scheinen die Machthaber, die eine winzige Minderheit repräsentieren, unter einer verklärten Vorstellung des Lebens unter den Clans zu leiden, und sie sind entschlossen, den Rest Borgheses mitzuzerren, selbst wenn die Bevölkerung sich mit Händen und Füßen dagegen wehrt.«

Rose machte erneut eine Pause. »Noch etwas? Nein? Dann erhebt euch von euren Ärschen und macht euch an die Arbeit. Wir verschwenden kostbares Tageslicht.« Die Söldner verteilten sich, und Rose blieb in der Mitte des leeren Kreises zurück. Er blickte auf McCloud, die sitzen geblieben war. Ajax besaß die Geistesgegenwart, ebenfalls zu verschwinden.

Zum erstenmal seit langer Zeit waren Rose und McCloud allein. Es gab eine Menge, was Rose ihr sagen wollte, aber der Zeitdruck zwang ihn, sich auf das Wichtigste zu beschränken. Wenn das hier erst einmal vorbei war, versprach er sich, würde er ihr sagen, was er fühlte. »Käpten McCloud, haben Sie schon mal einen Mechkiller geflogen?«

31

Zedernal, Borghese

19. Juli 3055

Obwohl sie fast ohne Pause arbeiteten, brauchten die Reparaturmannschaften vier Tage für die Arbeit an den beschädigten Mechs. Der *Kampftitan* nahm dabei die meiste Zeit in Anspruch.

Alle BattleMechs sind auf die Gehirnwellen ihrer Piloten geeicht und auf eine spezielle Startsequenz programmiert. Sie lassen sich umstellen, aber nur mit dem korrekten Werkzeug und ausreichend Zeit. Rose hatte nicht weiter über dieses Problem nachgedacht, weil der ursprüngliche *Kampftitan*-Pilot noch lebte. Aber leider betrachtete der Mann seinen Mech als Privateigentum und wollte ihn unter keinen Umständen abgeben. Rose andererseits wollte die zusätzliche Feuerkraft der Maschine und weigerte sich, ohne den *Kampftitan* abzurücken.

Das Cockpit der Maschine war ein umgebautes Befehlsmodul, das einem Piloten und einem Kommandeur relativ bequem Platz bot. Im Bereich des Kommandeurs war schon längst alle irgendwie nützliche Ausrüstung entfernt worden, aber Sitz und Haltegurte waren noch vorhanden. Da Badicus sich geweigert hatte, die Miliz zu begleiten, als diese am Morgen des dritten Tages nach dem Gefecht abgezogen war, erwies sich der schwerbewaffnete und -gepanzerte Mech als besonders nützlich. Wie vereinbart hatte McCloud die Miliz begleitet.

Tagelang versuchten Eber und Rianna vergeblich, das Sicherheitssystem des Mechs zu umgehen, während der Rest der Söldner an den anderen Maschinen arbeitete. Rose hatte versucht, mit dem Piloten zu reden, aber der ließ sich nicht erweichen. Schließlich waren die übrigen Reparaturen abgeschlossen, und Rose konnte nicht länger warten. Er war auf dem Weg zu Morgains Mann, als Ajax ihn stoppte und anbot, die Information zu beschaffen.

Rose war zunächst skeptisch, aber Ajax war sich des Erfolgs sicher. Ajax und der Mechpilot verschwanden im Heck eines Ripper-Kampfhubschraubers, und der Söldner lächelte leicht, als er die Tür zuzog. Fünfzehn Minuten später tauchte Ajax mit einem bleichen Piloten und der benötigten Codesequenz wieder auf. Rose überlegte, ob er Ajax fragen sollte, wie er an die Information gekommen war, aber eigentlich wollte er es nicht wissen. Eber begann sofort mit der Umprogrammierung.

Auf dem Rückweg nach Houston übernahmen Angus und Ajax wie üblich die Führung. Rose und Rianna bildeten die zweite Reihe, gefolgt von Eber und Badicus im *Kampftitan*. Die reparierte Kampf-Lanze deckte der Einheit den Rücken, Esmeralda und Bell die Flanken. Die Reparatur des *Marodeur II* hatte sich als überraschend einfach erwiesen. Der größte Teil der internen Schäden war auf das Cockpitmodul beschränkt gewesen, das sie komplett ausgewechselt hatten. Indem sie das Modul des *Pirscher* mit Bauteilen aus dem *Zeus* und *Todesbote* kombinierten, hatten Esmeralda und Antioch ein zuverlässiges, wenn auch unorthodoxes Kontrollsystem aufgebaut.

Weil sie unentdeckt bleiben mußten, kostete der Weg sie volle drei Wochen. Die Söldner legten eine gewaltige Strecke zurück, aber sie hatten sich die ganze Zeit nicht weiter als einen langen Tagesmarsch in Luftlinie von Houston entfernt aufgehalten.

Rianna hatte während dieser Zeit die zivilen Nachrichten überwacht, um darüber auf dem laufenden zu bleiben, was in der Hauptstadt vor sich ging. Wie Rose es vorhergesagt hatte, wurden die Clan-Invasoren wie

Ehrengäste behandelt. Die Medien legten Wert auf die Feststellung, daß die Clan-Einheit nur klein war, aber die Ankunft weiterer Truppen war unvermeidlich, und man hörte nichts über eine Aktion des Vereinigten Commonwealth.

Erste Berichte sprachen von einer Jadefalken-Einheit von etwa Kompaniestärke, rund fünfzehn Mechs und mindestens fünfundzwanzig Elementare, die spezielle gepanzerte Infanterie der Clanner, die von den Medien als Kröten bezeichnet wurde. Genauere Zahlen hatte auch Oberst Bahlyard nicht liefern können, da die Clans nicht am Raumhafen ausgestiegen, sondern per Gefechtsabwurf gelandet waren. Das war Standardgefechtsverfahren, aber selbst eine so kleine Truppe hatte eine starke Wirkung auf die Bevölkerung gehabt, als sie über der Stadt auftauchte.

Seit dem Abwurf waren die Clantruppen ständig in Bewegung, was der Miliz eine korrekte Schätzung unmöglich machte. Widerstand war bis dato keiner festzustellen. Der Rat, sprich Crenshaw, hatte der Miliz befohlen, sich zu ergeben. Zunächst hatte Oberst Bahlyard sich geweigert, aber schließlich war er dann doch mit seinen Leuten in die Stadt zurückgekehrt. Das war ihm schwergefallen, aber es war ein notwendiger Teil des Plans, den er und Rose in der Nacht ausgebrütet hatten, bevor die Miliz das Lager der Söldner verließ.

Oberst Bahlyard und seine Leute würden zurück nach Houston marschieren, augenscheinlich gemäß den Befehlen des Herrscherrats. Eine so große Truppenansammlung mußte die Aufmerksamkeit der Jadefalken erregen. Die Falken würden einen Teil ihrer Einheiten abstellen, die eintreffenden Soldaten zu beobachten, während der Rest die Stadt bewachte. Rose wollte die Ablenkung durch die Miliz dazu ausnutzen, das Eintreffen seiner Einheit zu verschleiern. Die Miliz würde die Stadt von Osten betreten, während Rose von Norden kam.

Der Plan verlangte eiserne Nerven von Seiten der Miliz. Wenn die Jadefalken in Schußweite waren, sollte die Miliz unter den Geschützen der Invasoren auf die Hauptstadt zumarschieren. Sobald die Clanner erfuhren, daß die Stadt angegriffen wurde, würden sie nach einem Grund suchen, das Feuer auf die Miliz zu eröffnen. In dieser Situation würde schon eine falsche Bewegung genügen.

Die Rolle der Black Thorns in diesem Plan verlangte im Anfangsstadium weit weniger Mut. Sie würden sich der Stadt ungefähr zur gleichen Zeit wie die Miliz nähern. Wenn Oberst Bahlyard schließlich in Kontakt mit den Clans kam, würden sie das letzte Stück bis Houston und zur HPG-Station im Laufschritt zurücklegen. Das Timing dieser Aktion war entscheidend, weil die Söldner nicht wußten, wie die Kontaktaufnahme von Miliz und Jadefalken verlaufen würde. Wenn die Thorns zu früh losstürmten, würde man sie entdecken, und wenn sie zu lange warteten, würden die Clanner Zeit zum Reagieren bekommen. Außerdem erhöhte jeder Schritt, den sie der Stadt näher kamen, die Gefahr, von einer Clannerstreife oder einem Erkundungsflugzeug bemerkt zu werden.

Rose blickte auf die Zeitanzeige unter dem Sichtschirm. Sie waren seit elf Stunden unterwegs, wovon sie die beiden letzten unerträglich langsam vorwärtsgekommen waren. Es war längst dunkel, und er konnte im Süden die Lichter der Stadt sehen, als ihn ein Funkspruch erreichte. Rose' Hand flog zum Schalter und warf ihn um, bevor das Signallämpchen zum drittenmal aufblinkte.

»Hier Schwarz Eins.«

»Hier Grün Eins. Wir haben Gesellschaft. Drei plus eins.«

»Drei plus eins, bestätigt. Schwarz Eins Ende.« Rose öffnete den Befehlskanal. »Thorns, Ausrücken. HetzLanze übernimmt die Führung. Geschwindigkeit sechs-fünnef km/h.« Während die Mechs losstürmten, gab Rose den Piloten die Informationen weiter, die er von Bahlyard erhalten hatte.

»Die Miliz hat drei Mechs und fünf Elementare als Eskorte.«

»Sie haben einen Stern aufgebrochen?«

»Korrekt.« Rose hatte das noch gar nicht bedacht, aber diese Frage machte ihn nachdenklich. Die Clans operierten in Fünferteams. Fünf Elementare waren ein Strahl. Fünf Strahlen ergaben einen Stern. Dasselbe Prinzip galt für Mechs, aber jeder Mech war ein eigener Strahl. Das bedeutete, der Eskorte fehlten zwei Mechs oder noch fünf Elementare.

»Hetzer Zwo, wirf die Beaglesensoren an. Wir müssen mit Nachzüglern rechnen.«

Rose teilte seine Aufmerksamkeit zwischen dem Sichtschirm und der Langstreckenortung. Unter den Schritten seines Mechs verschwanden die Kilometer. Nach einer Viertelstunde kamen sie an den ersten Häusern Houstons vorbei. Noch fünf Minuten, und sie bewegten sich durch das Industriegebiet im Norden der Stadt. Wo immer es möglich war, marschierten die Söldner Seitenstraßen entlang. Der Zivilverkehr mußte Platz machen, oder er wurde niedergetrampelt. Zivile Schäden hielten sich in Grenzen, aber es war nur eine Frage der Zeit, bis die Clans sie allein durch das Abhören des Polizeifunks lokalisierten. Selbst wenn niemand nach ihnen suchte, verursachten sieben durch die Stadt stampfende BattleMechs zuviel Unruhe, um unbemerkt zu bleiben.

»Kommandant Eins von Hetzer Zwo. Zwei Blips auf Abfangkurs. Entweder verflucht schnelle Mechs oder zwei Schweber.«

»Verstanden, Hetzer Zwo. Umschalten auf Wächter.« Das Bild auf Rose' Ortungsschirm wurde plötzlich dunkel, als Ajax die elektronische Störanlage einschaltete. Das ECM-System baute eine elektromagnetische Störwolke auf, die es nahezu unmöglich machte, die Söldner als Ziel zu erfassen, bis die Clans auf kurze Distanz heran waren. Solange der Feind keine direkte Sicht hatte, würde er es schwer haben, die Thorns durch die Wolke hindurch zu verfolgen. Natürlich war die Wolke selbst ziemlich auffällig.

Unter dem Schutz der Wächter-ECM beschleunigten die Black Thorns. Rose schaltete auf Kurzstreckenortung um. »Jede Feindberührung melden, Leute. Wenn es zwei Beine hat, erst feuern, dann melden.« Es war noch früher Abend, als Rose das *Streitroß* an Fabriken und gaffenden Fußgängern vorbeisteuerte. Letztere waren zum großen Teil extra auf die Straße gekommen, um die Mechs vorbeistürmen zu sehen. Rose wußte genau, daß mehr als einer der Zuschauer sie für Clanner hielt.

»Ziel auf zwo sechs neun Grad, schnell näher kommend.« Das war Rianna. Rose drehte die Maschine nach links. Eine Straße weiter kamen zwei OmniMechs um die Ecke und stürmten auf die Söldner zu. Rose und Rianna standen mitten auf einer Kreuzung. Die HetzLanze war vor ihnen, die KampfLanze hinter ihnen. Von ihrer Position aus konnten nur Rose und seine Schwester die Jadefalken-OmniMechs sehen.

Von der Rumpfform bis zur jadegrünen Bemalung waren die OmniMechs identisch: zwei kopflose humanoide Gestalten, deren dürre Arme direkt auf die Söldner wiesen. Ihre langen Beine pumpten schneller, und die beachtliche Geschwindigkeit der Kampfkolosse nahm noch zu.

»*Sprinter* bei neun Uhr!« Aus einer Distanz von dreihundert Metern starteten die beiden Clanner einen Sturmangriff. Sie hatten die halbe Distanz zurückgelegt, als Rianna einen schweren Laser auslöste. Der rubinrote Lichtspeer verfehlte sein Ziel und schoß an den Jadefalken vorbei in einen langsamen Privatwagen vier Blocks entfernt. Der Fahrer überlebte, der Wagen nicht.

Als Antwort feuerte der *Sprinter* fünf Laser auf Riannas *Feuerfalke* ab. Keines der Geschütze hatte für sich genommen die Leistung ihres Sunbeam-Lasers, aber gemeinsam war ihre Wirkung auf die mittelschwere Maschine verheerend, insbesondere da der *Sprinter* sein Ziel nicht verfehlte, wie es Rianna passiert war. Unter den Strahlbahnen der Clanlaser brodelte die Panzerung auf und stürzte zu Boden. Breschen zogen sich über Torso, Arme und linkes Bein des *Feuerfalke.* Rianna schoß mit dem zweiten Sunbeam auf ihren Angreifer, aber mit demselben Ergebnis wie zuvor.

Rose trat hinter dem *Feuerfalke* hervor, um ein besseres Schußfeld zu haben. Er zielte sorgfältig und preßte den Auslöser. Aber als der Laserimpuls die Position des OmniMechs erreichte, war der nicht mehr da.

Ein hoher singender Ton wurde laut, und der Mech schien geradezu nach vorne zu schießen. Der *Sprinter* feuerte auf Rose und setzte vier der fünf Schüsse in die Torsomitte des *Streitroß.* Dessen Suchscheinwerfer explodierte. Panzerplatten flogen davon. Rose erkannte, daß der *Sprinter*-Pilot die Myomer-Anregungssignalchips aktiviert hatte und dadurch zusätzliche Energie in die Beine des OmniMechs pumpte, aber der Gedanke hatte sich noch nicht bis in den Vordergrund seines Bewußtseins durchgekämpft, als er bereits reagierte.

Als der *Sprinter* am *Streitroß* vorbeizuckte, schwang Rose die riesige rechte Hand des Mechs. Der *Sprinter* konnte dem Schlag fast ausweichen, aber Rose streifte ihn noch an der Schulter. Bei der enormen Geschwindigkeit des OmniMechs war die Wirkung ungeheuer. Der Arm des Kampfkolosses wurde abgerissen und nahm den größten Teil des Torsos mit. Der plötzlich aus der Balance gerissene Mech rutschte auf dem glatten Asphalt aus und schlingerte nach links. Völlig außer Kontrolle rammte der 25-t-Mech die Backsteinmauer eines Eckhauses. Er schlug mehrere Löcher in das Gebäude, konnte es aber nicht zum Einsturz bringen.

Der zweite Mech wartete mit dem MASC-Einsatz, bis er an Rose vorbei war. Rose und Rianna wirbelten herum, aber keiner der beiden schaffte es, den flüchtenden Mech mit dem Feuerleitsystem zu erfassen. Rose wollte bereits aufgeben, als er eine Salve Langstreckenraketen auf den *Sprinter* niedergehen sah. Rose zählte acht Detonationen, dann löste sich der OmniMech in seine Bestandteile auf. Die MASC geriet schrill winselnd außer Kontrolle, aber die Beine der Maschine erhielten bereits keine Steuersignale mehr vom Piloten. Der *Sprinter* rutschte die Straße hinab und rammte mehrere Wagen, bevor er schließlich neben einem Bus liegenblieb.

Rose hob den Blick und sah Angus' *Valkyrie* auf drei Flammenstrahlen vom Himmel sinken. »Guter Schuß, Hetzer Eins. Woher wußtest du, wohin du schießen mußtest?«

»Ich bin einfach davon ausgegangen, daß sie weiterrennen. Wenn sie einen Angriff im Vorbeirennen versuchten, mußten sie am anderen Ende der Straße auftauchen. Ich bin gesprungen, als du die Warnung gerufen hast.«

Rose war beeindruckt. Reflexe, wie sie Angus gerade vorgeführt hatte, ließen sich nicht antrainieren. Wenn ein Krieger nicht bereits mit ihnen geboren wurde, erlernte er sie nie.

»Weiter so, Hetzer Eins. Überprüf den Abschuß, und dann machen wir, daß wir hier wegkommen. Hetzer Zwo, Wächter aus.«

Rose schaltete zurück auf Langstreckenortung, als die Söldner tiefer in die Stadt vordrangen. Allmählich traten Bürogebäude an die Stelle der Fabriken, und die Straßenbeleuchtung wurde besser. Rose war klar, daß die Clans inzwischen von ihnen wußten. Panische

Zivilisten reagierten auf die Meldungen des ersten Gefechts in den Medien. Die meisten flohen aus der Gefahrenzone, aber andere wurden davon angezogen. Der Verkehr wurde immer dichter und zwang die Söldner dreimal zum Ausweichen.

»Hier Hetzer Zwo«, meldete Ajax. »Drei Neuankömmlinge. Ich bin nicht sicher, was es ist, aber sie machen mit jedem Schritt gehörig Lärm. Das müssen überschwere Maschinen sein.«

Noch waren die Omnis zu weit entfernt für Rose' Ortung. Er mußte sich auf Ajax' Wort verlassen. Wenn die Invasoren für die Eroberung Borgheses einen Trinärstern erübrigt hatten, waren mit diesen dreien gut die Hälfte der vorhandenen Mechs lokalisiert.

»Hetzer Eins, wir brauchen ein Bild der Neuankömmlinge. Spring auf das Dach des Parkhauses da drüben: Die Höhe dürfte reichen. KampfLanze, das Gelände von Zivilisten räumen. Wir werden möglicherweise kämpfen müssen.«

Während sich Rose die beste Aufstellung für seine Maschinen überlegte, sprang Angus auf das Parkhaus der gegenüberliegenden Straßenseite. Währenddessen verscheuchten die drei Mitglieder der KampfLanze mit Lautsprecherdurchsagen die Zivilbevölkerung.

»Hier Hetzer Eins. Ich sehe drei Omnis der *Masakari*-Klasse in etwa sechshundert Meter Entfernung. Sie überqueren ...« Während Rose die *Valkyrie* beobachtete und Angus zuhörte, zuckten plötzlich zwei grellblaue Energiestrahlen durch den Himmel. Ein PPK-Blitz schoß an der rechten Schulter der *Valkyrie* vorbei, aber der zweite traf sie voll in den Kopf. Der Energiestoß schlug durch die Panzerung, das Stahlskelett, die Elektronik und den Menschen im Innern. Kaum verbraucht, brodelte die Energie aus dem Hinterkopf des leichten Mechs weiter in den Nachthimmel. Der Mech blieb einen Moment stocksteif stehen, als wäre er von seinem plötzlichen Tod geschockt, dann fiel er nach vorne und blieb, halb über der Dachkante hängend, liegen.

Einen langen Moment bewegte sich niemand. Dann brach Ajax das Schweigen. »Drei *Masakari*-OmniMechs nähern sich mit Höchstgeschwindigkeit.«

Rose wurde wieder in die Wirklichkeit gerissen, als die drei 85 Tonnen schweren Mechs in Sicht kamen. »Kommandant Eins an alle Thorns. Mobiler Vormarsch, rechte Flanke. Zusammenbleiben, Leute. Wir müssen die HPG-Station erreichen.«

»Hier Hetzer Zwo. Ein Neuankömmling. Extrem schwer. Feindliche linke Flanke gesichert.«

Rose schlug frustriert mit der Faust auf die Armlehne. ›Extrem schwer‹ bedeutete fünfundneunzig bis hundert Tonnen Clantechnologie unter einem genetisch gezüchteten Piloten. Wahrscheinlich der Invasionskommandeur. Obwohl die Clanner in der Unterzahl waren, zweifelte Rose, ob sie zu besiegen waren. Er suchte die Gegend ab und traf eine schnelle Entscheidung.

»Hier Kommandant Eins. Rückzug mit Höchstgeschwindigkeit. Ich wiederhole: Höchstgeschwindigkeit.« Der vorderste *Masakari* feuerte auf extreme Entfernung drei PPKs ab. Zu Antioch Bells Glück schienen die Jadefalken jedoch mit dem Schuß, der Angus getötet hatte, ihr Glück aufgebraucht zu haben.

»Wohin, Kommandant Eins?«

»Ich habe keinen Schimmer. Vielleicht können wir sie umgehen. McCloud, ich hoffe, du hörst zu. Wir werden deine Dienste brauchen.«

32

Houston, Borghese

19. Juli 3055

Während sie sich vor den OmniMechs zurückzogen, erklärte er dem Rest der Einheit seinen Plan. Wenn sie es bis zur ComStar-Anlage schaffen wollten, mußten sie ihre Feuerkraft geschickter einsetzen. Einen weiteren Schlagabtausch wie gegen Morgain konnten die Black Thorns nicht durchstehen. Er hatte gehofft, auf McCloud verzichten zu können, aber jetzt brauchte er sie, um das Kampfgeschick zu ihren Gunsten zu wenden.

»McCloud, setz dich in Bewegung. Wir brauchen Hilfe.«

Als sich die Haupttruppe der Miliz auf den Weg nach Houston gemacht hatte, waren McCloud und ein Trupp des Grünteam in die Küstenstadt Le Jeune aufgebrochen. Die Stadt selbst machte nicht viel her, aber sie besaß den zweitgrößten Flughafen auf Borghese. Und sie war die Heimatbasis des Jagdgeschwaders der Miliz, des 312. Planetarischen Abfanggeschwaders.

Dieses Geschwader bestand ausschließlich aus konventionellen Jagdmaschinen, leichte Ziele für die schnelleren Luft/Raumjäger und die beweglicheren Kampfhubschrauber. Unter normalen Umständen hätte Rose niemals konventionelle Jäger gegen die Clans eingesetzt, aber eine der Maschinen war ein *Mechkiller.*

Das Konstruktionsprinzip des *Mechkiller* bestach durch seine Einfachheit. Das Flugzeug war um die größte bekannte Autokanone herum gebaut. Der Rumpf war mit soviel Munition vollgepackt, wie im Vergleich zu den Treibstoffkosten noch zu rechtfertigen war. Die Maschine war langsam und plump, aber sie konnte einen Mech in einem einzigen Vorbeiflug ausschalten. Natürlich war der Pilot einer solchen Maschine das Ziel enormer gegnerischer Aufmerksamkeit.

»Hier Hetzer Zwo. Zwei weitere Neuankömmlinge. Diesmal keine *Masakaris*. Zu leise.«

»Hier Kämpfer Vier. Alle vier Innenstadt-Omnis sind stehengeblieben, als wir losrannten. Sie schienen Angst vor einer Falle zu haben. Als ich sie aus der Ortung verloren habe, hatten wir einen Vorsprung von fünf Minuten.«

»Kommandant Zwo, Hetzer Zwo, lokalisiert die Omnis, die Angus abgeschossen haben. Kämpfer Drei gibt Rückendeckung. Der Rest folgt mir. McCloud, GAZ?«

»Fünfzehn Minuten bis zur Stadtmitte. Wo seid ihr?«

»Wir sind im Stadtpark am Rand des Geschäftsviertels. Benutz mein Funksignal als Boje. Wir versuchen, die schwersten Geschütze zu umgehen, aber erst müssen wir uns einen Weg bahnen.«

»Verstanden. Ich komme, so schnell ich kann. McCloud Ende.«

Eigentlich hatte Rose die Einheit zusammenhalten wollen, aber die Situation ließ ihm keine andere Wahl. Der *Feuerfalke* und der *Rabe* sprinteten über das Fußballfeld auf die umstehenden Gebäude zu, dicht gefolgt vom *Kampftitan*. Rose drehte mit dem Rest der Einheit ab, um zu verhindern, daß sie von den Clantruppen eingeschlossen wurden.

Die Ortung meldete augenblicklich zwei sich nähernde Mechs. Er schaltete auf Infrarot um und sah nur zwei gespenstische Hitzeflecken auf sich zukommen, aber der Computer identifizierte die Flecken sicher als einen *Thor* und einen *Katamaran*.

»Offene Feldverteidigung, Thorns. An uns kommt

nichts vorbei.« Rose behielt die Ortung im Auge und postierte das *Streitroß*. Die Umgebung bestand aus mehreren Servicefahrzeugen und niedrigen Bauhütten, aber wenig harter Deckung. Zur Linken lag eine kleine Arena, um die sich viele Zivilwagen drängten. Er erinnerte sich daran, dieses Gebiet zu meiden, um die Zivilisten nicht zu gefährden.

Auf sechshundertfünfzig Meter eröffneten die beiden OmniMechs mit ihren Extremreichweiten-PPKs das Feuer. Beide auf Antioch gezielten Schüsse gingen fehl, aber der einzelne auf Rose traf und entblößte den rechten Arm des *Streitroß*. Gelbe Warnlichter flammten auf, als die Panzerung an drei Stellen durchschlagen wurde.

Die Black Thorns warteten, bis die Omnis auf unter sechshundert Meter heran waren, bevor sie das Feuer erwiderten. Clanraketen passierten Raketen der Inneren Sphäre in der Luft und beide detonierten auf und um ihre BattleMechziele. Rose glaubte, den *Katamaran* mehrmals getroffen zu haben, aber ohne den Suchscheinwerfer war das auf diese Entfernung nur schwer zu erkennen.

Wieder schossen Raketen aus den Lafetten auf beiden Seiten. Esmeralda und Antioch rückten vor und setzten die PPKs ein. Esmeraldas Energieblitze brachen abrupt ab, ein sicheres Zeichen für Treffer. Antiochs Schüsse konnte Rose nicht verfolgen, weil der *Thor* sich in seine Richtung drehte. Rose schickte eine weitere Raketensalve auf den Weg und stürmte auf den *Thor* zu.

Raketen sanken auf das *Streitroß* herab, und ein PPK-Treffer schmetterte den größten Teil der Panzerung von seinem rechten Bein, bevor Rose bis auf einhundertfünfzig Meter heran war. Als er sämtliche Impulslaser auslöste, schoß die Anzeige der Wärmeskala in die Höhe, um dann unter der Arbeit der Wärmetauscher langsam wieder zu sinken.

Zu seiner Linken bekam Rose düster mit, daß Antioch auf kurze Distanz gegen den *Katamaran* antrat, ein Schußwechsel zwischen Gaussgeschütz und PPK auf der einen, PPKs und Kurzstreckenraketen auf der anderen Seite. Esmeralda schien im Zentrum der Thorns-Linie wechselnde Ziele zu attackieren. Beide Clan-Mechs waren beschädigt, aber keiner der beiden wirkte, als stünde er kurz vor dem Abschuß. Das sah nicht gut aus. Rose' Panzerung war an mehreren Stellen weggeblasen und an anderen hauchdünn. Viel mehr konnte er nicht einstecken. So oder so mußte der Kampf schnell ein Ende finden.

Er nahm die Füße von den Pedalen und rammte die Stiefelabsätze auf die breiten Druckbolzen neben ihnen. Tief im Innern des *Streitroß* rumorte es. Das Lärmen wurde zu einem Tosen, als drei Flammenbahnen aus Rücken und Beinen des Mechs stießen. Mit einem leichten Schwanken trugen die Sprungdüsen das *Streitroß* auf den perplexen *Thor*-Piloten zu. Bevor er den Mech wieder senkte, konnte Rose einen spektakulären Ausblick über das Gelände um den Stadtpark bewundern.

Bei leichteren Mechs waren Sprungdüsen üblich, aber aus Gewichtsgründen wurde bei den meisten schweren Maschinen darauf verzichtet. Die zum Anheben von sechzig oder mehr Tonnen Stahl benötigten Düsen waren einfach zu schwer. Die wenigen Mechs, die solche riesigen Düsen besaßen, waren in der Regel auf Sprungweiten deutlich unter hundert Metern beschränkt. Das galt jedoch nicht für das *Streitroß*. Es besaß die Sprungweite eines Mechs von der Hälfte seines Gewichts und legte die einhundertvierzig Meter bis zum feindlichen *Thor* ohne Schwierigkeiten zurück.

Rose biß die Zähne zusammen und umklammerte die Kontrollen, als er sich auf den Aufprall vorbereitete. Schon die Trainingslandung auf ebener Erde hatte ihn in die Gurte geschleudert, aber ein Todessprung auf den *Thor* schien die Welt um ihn herum zum Einsturz zu bringen. Das *Streitroß* traf den *Thor* bei der Landung mit beiden Füßen in der unteren Torsohälfte. Als die Knie des *Streitroß* gegen die Brustpartie des *Thor* schlugen, klappte Rose' Maschine nach vorne. Beide Mechs wurden vom Schwung der Landung zu Boden geworfen.

Der *Thor* kippte nach hinten, und das *Streitroß* fiel über den Kopf des OmniMechs hinweg. Rose riß beide Hände nach vorne, um den Aufprall abzufangen. Als er gerade glaubte, es geschafft zu haben, explodierte die Welt in grellweißem Licht.

Als Rose wieder etwas wahrnahm, hing er in den Gurten der Pilotenliege. Das *Streitroß* lag flach auf dem Bauch, der *Thor* ebenso flach auf dem Rücken. Aus seiner Brustpartie stieg dichter grauer Rauch. Der OmniMech rührte sich nicht, während Rose sich freimachte. Als er hinuntersah, erkannte er, daß sich diese Maschine nie wieder erheben würde. Der *Thor* sah aus, als wäre ein Haus über ihm eingestürzt.

Rose sah sich nach dem Rest der Truppe um. Sie näherten sich von zwei Seiten. Von den Clanmechs war nirgends etwas zu sehen. Er wollte das *Streitroß* in Bewegung setzen und stellte fest, daß dessen Beine noch mit den Gliedmaßen des *Thor* verheddert waren. Er brauchte ein paar Minuten vorsichtigen Manövrierens, um aufstehen zu können.

»Kommandant Eins hier. Wie lange war ich weggetreten?«

»Nur zehn Minuten, Kapitän.«

Rose fühlte sich noch immer benebelt. Er war sich nicht sicher, ob er mit Ajax oder Bell sprach. »Wie ist die Lage?«

»Der *Thor* zu Ihren Füßen ist ausgeschaltet. Den *Katamaran* haben wir verjagt, aber der Rest der Kompanie wurde beim Rückweg von der Erkundung überrascht. Kämpfer Drei hat mit Unterstützung der restlichen Einheit zwei mittelschwere Omnis verjagt.«

Es war wohl Ajax. »Ist McCloud noch unterwegs?« Rose versuchte beiläufig zu klingen, aber zehn Minuten waren für einen so kurzen Flug eine lange Zeit.

»Noch unterwegs und in der Zeit.«

»He, warum ist Kämpfer Eins nicht in der Leitung?« Der dumpfe Nebel um sein Hirn verdichtete sich zu einem stechenden Schmerz in der linken Schläfe, und Rose wurde klar, daß Esmeralda den Gefechtsbericht hätte abgeben müssen.

»Entweder hat ein Streifschuß des *Katamaran* die Antenne abrasiert, oder das Flickwerkcockpit zeigt seine Tücken. Jedenfalls kann sie noch empfangen, aber nicht mehr senden.«

»Na schön. Das macht dich zum zeitweiligen Lanzenführer, Kämpfer Drei. Kämpfer Vier, du bleibst bei Drei und bringst uns zur ComStar-Niederlassung. Hetzer Zwo und Kommandant Zwo bleiben in der Mitte. Kämpfer Eins und ich übernehmen die Rückendeckung. Kämpfer Eins, wenn du mich hören kannst, heb den rechten Arm.« Rose wartete, bis Esmeralda den Arm ihres *Marodeur II* gehoben hatte.

»Thorns, das wird unsere einzige Chance, zur HPG-Anlage durchzubrechen. Es muß klappen. Ein Anhalten gibt es für uns nicht. Wenn jemand ausfällt, müssen wir darauf vertrauen, daß er überlebt. Im Augenblick gibt es nichts Wichtigeres als die Sicherung dieser Anlage. Kommandant Zwo, übernimm die Koordination mit McCloud für Zielerfassung und Unterstützungsfeuer. Ich weiß, wir brauchen ihr nicht zu sagen, daß sie auf Zivilisten achten soll, aber ich werde es trotzdem tun. Das gilt für alle. Jeder Schuß muß sitzen. Ausrücken.«

Während Eber und Bell sich als erste in Bewegung setzten, überprüfte Rose noch einmal die Systeme des *Streitroß*. Er hatte noch ausreichend Raketenmunition, aber das würde sich bald ändern. Die Panzerung war an mehreren Stellen durchbrochen, aber außer am rechten Bein wies die interne Struktur keine größeren Schäden auf. Die Reihe roter Warnlichter bestätigte, was Rose schon beim Aufstehen geahnt hatte. Die Reparaturen am Unterschenkel des Mechbeins hatten den Todessprung nicht überstanden. Er war zwar noch immer so schnell wie der *Marodeur II*, aber seine üblicherweise enorme Geschwindigkeit, die große Stärke des *Streitroß*, hatte er jetzt eingebüßt.

Ajax und Rianna formierten sich hinter den überschweren Mechs, und Rose und Esmeralda folgten ihnen. Rose' Gedanken wanderten hinauf in den Himmel, zu dem *Mechkiller*, der auf die Stadt zuflog. Er sah McCloud nicht in Gefahr, aber das konnte sich jederzeit ändern. Verglichen mit dem *Streitroß* war der Mechkiller ein schwieriges Ziel, aber schon ein Volltreffer genügte, um das Flugzeug zu vernichten. Er hatte selbst schon Maschinen ähnlicher Bauart vom Himmel geholt.

Er marschierte auf die Clanmechs zu und erkannte, daß er wenig Chancen hatte, diese Begegnung zu überleben. Es gab so viel, was er Rianna und McCloud noch sagen wollte, aber er hatte nie die Zeit dazu gefunden. Immer kam irgend etwas dazwischen, und jetzt war es möglicherweise zu spät.

»Hier Kämpfer Drei. Wir nähern uns der Clanlinie. Mehrere schwere Ziele in der Nähe.«

»Kommandant Zwo, Anflugsvektor an *Mechkiller*. Wir werden Luftunterstützung brauchen.« Rose spielte mit dem Gedanken, die Koordination mit dem Flugzeug selbst zu übernehmen, aber er wußte, daß seine Aufmerksamkeit am Boden dringender benötigt wurde. »Hetzer Zwo, wie viele Clanner voraus?«

Ajax antwortete sofort mit ruhiger Stimme. »Vier schwere Signaturen voraus, zwei mittelschwere in Flankierbewegung links.«

»Kämpfer Eins, linke Flanke sichern. Die beiden Mittelschweren dürfen nicht in unseren Rücken kommen. Hetzer Zwo unterstützt.« Der Gedanke, ihre Augen und Ohren in die Flanke zu schicken, gefiel Rose nicht, aber bei einem Feuergefecht gegen schwere und überschwere OmniMechs stand der *Rabe* auf verlorenem Posten. Bei den Mittelschweren gab es für ihn zumindest eine Überlebenschance.

»Kommandant Zwo, zurück. Ich übernehme deinen Platz.« Rose beschleunigte und überholte Rianna, während Esmeralda und Ajax in die nächste Seitenstraße einbogen. »Zwo, such dir einen erhöhten Standort zum Dirigieren des Verkehrs.«

Rose ging neben Bell in Position. Die ComStar-Anlage war nur fünf Kilometer entfernt, aber die Clanmechs hatten sie abgefangen und warteten einen guten Kilometer vorher auf sie.

»Kommandant Eins dringend von Kommandant Zwo. McCloud ist zu früh; entweder sie greift die Clans jetzt an, oder sie muß auf den nächsten Passierflug warten. Sie bittet um Angriffserlaubnis.«

Das war neu. Rose hatte noch nie erlebt, daß McCloud für irgend etwas um Erlaubnis bat. »Bestätigt, Kommandant Zwo. Feuer frei.« Beim nächsten Passierflug des Flugzeugs würden die Thorns zu dicht bei den Clannern sein, um einen Beschuß aus der Luft zu riskieren. »Beeilung, Thorns. Wir dürfen ihnen keine Chance geben, sich von dem Luftangriff zu erholen.« Rose gab Gas, und die Entfernung zwischen den beiden Seiten schrumpfte zusehends. Über sich hörte er ein lautes Dröhnen.

Im Halbdunkel der Stadt erkannte Rose die Unterseite des Flugzeugs, das sich im Tiefflug den Clanstellungen näherte. McCloud flog den *Mechkiller* so langsam wie möglich, um besser zielen zu können. Die Flügelklappen waren voll ausgefahren, um die Hubwirkung zu erhöhen. Das Geschütz war feuerbereit. Er beschleunigte seinen Mech noch weiter. Der *Mechkiller* zog voraus.

Die Jadefalken waren gute Kämpfer, und ein einzelnes Flugzeug brachte sie nicht aus der Ruhe. Im sicheren Glauben, daß die Black Thorns noch zu weit entfernt waren, um Grund zur Sorge zu geben, richteten sie ihre Geschütze gen Himmel und warteten, bis der *Mechkiller* in Reichweite war. Er flog mit über zweihundert Stundenkilometern an. Normalerweise wäre er dadurch ein schwierig zu treffendes Ziel gewesen. Aber wenn alle Kanonen auf ihn zielten, mußten ein paar von ihnen treffen.

Rose konnte die Kondensstreifen der Langstreckenraketen sehen, als sie aus den Abschußrohren zu McCloud hochschossen. Einen Augenblick später lösten die Clanpiloten ihre Laser und PPKs aus. Trotzdem trafen die Strahlwaffen den *Mechkiller* zuerst. Viele der Schüsse gingen vorbei, aber eine Reihe traf die anfliegende Maschine auch. Panzerteile stürzten zu Boden.

In der Dunkelheit sah Rose die Strahlbahnen abbrechen, als sie auf die gepanzerte Bauchseite der Maschine trafen. Er konnte die Schäden nicht sehen, aber er wußte, daß die Kompositpanzerung sich vom Rahmen löste und zu Boden fiel. Die nachfolgenden Raketen schmetterten durch die beschädigte Panzerung und rissen unter der Wucht der schweren Sprengladungen noch größere Brocken heraus.

Als die Clanwaffen nachgeladen wurden, feuerte der *Mechkiller* die Waffe, der er seinen Namen verdankte. Die Nase der Maschine leuchtete kurz auf, als McCloud den Auslöser durchgedrückt hielt. Der Rückschlag der Kanone stoppte die Maschine praktisch in der Luft. Rose riß die Blicke vom Hauptschirm auf die Ortung. Einer der überschweren Clanmechs leuchtete einen Augenblick hell auf, dann verschwand er von der Anzeige. Rose wollte jubeln, aber als er wieder auf den Hauptschirm blickte, blieb ihm der Schrei im Halse stecken.

Aus den Triebwerksdüsen des *Mechkiller* drang dichter schwarzer Rauch. Einen Augenblick verlor Rose die Maschine aus den Augen, aber er fand sie wieder, als das Flugzeug langsam nach rechts abdrehte. Während er es noch beobachtete, fiel das rechte Triebwerk völlig aus, und die Rauchfahne, die dem *Mechkiller* folgte, wurde noch größer.

»Rianna, ich brauche eine Verbindung zu McCloud!« Der *Mechkiller* drehte weiter, und Rose vergaß das gesamte militärische Protokoll. Er sah, wie sich die Maschine mehrmals aufzurichten versuchte, aber immer wenn McCloud sie unter Kontrolle gebracht hatte, schüttelte eine weitere Detonation den Jäger durch. Auf seinen Kontrollen leuchtete ein grünes Lämpchen auf.

»Rachel, ist die Lage so schlimm, wie sie aussieht?«

Rose hörte ihre Antwort, als käme sie aus Lichtjahren Entfernung. Sie brauchte beide Hände, um den bebenden Jäger zu steuern, und sprach in ein Cockpitmikrofon. »Bist du das, Jeremiah?«

»Ja, ich bin's.«

»Dieses Ding stürzt ab, Jeremiah. Ich kann nicht mehr Schub geben, oder das zweite Triebwerk geht hoch. Und ohne mehr Schub krieg ich die Nase nicht hoch.«

»Kannst du landen?« Rose war stehengeblieben, während das Flugzeug über ihm kreiste. Die anderen Mechs waren seinem Beispiel gefolgt.

»Ich könnte es versuchen, wenn ich flaches Gelände hätte, aber das sehe ich hier nirgendwo. Keine der Straßen ist breit genug. Wenn …« Eine weitere Explosion schnitt ihr das Wort ab.

Rose zermarterte sich das Gehirn nach einem Landeplatz. Die offensichtliche Antwort war der Raumhafen, aber der war zu weit entfernt für die beschädigte Maschine. »Rachel, kannst du die Ratsallee erreichen?«

Keine Antwort. Rose war schon sicher, daß die Verbindung zusammengebrochen war, als er McClouds heisere Stimme wieder hörte. »Keine Chance, Rose. Ich habe ein Feuer in der Elektronik. Ich kann kaum meine Hände sehen, geschweige denn den Boden.«

Rose wollte schreien, aber er versuchte nachzudenken. Es mußte etwas geben, das er tun konnte. »Rachel, ich weiß, daß du etwas tun kannst, auch wenn ich nicht weiß, was. Du kannst jetzt nicht sterben, Rachel. Ich brauche dich hier. Ich liebe dich.«

Er wartete auf eine Antwort, aber sie kam nicht. Er war nicht einmal sicher, ob sie seine letzte Nachricht aufgefangen hatte. Während er entsetzt und frustriert zusah, verschwand das Flugzeug hinter einer Gebäudezeile. Rose schaltete die Ortung um, aber er erhielt keine Anzeige. Er war versucht, zur Absturzstelle zu laufen, aber dann bemerkte er, daß die Clanmechs nicht untätig geblieben waren. Nicht zufrieden damit, den *Mechkiller* abgeschossen zu haben, stürmten sie mit voller Geschwindigkeit auf die Black Thorns zu.

33

Houston, Borghese

19. Juli 3055

Rose drehte sich zu den Clannern um. Die drei verbliebenen Mechs rückten in gerader Linie über separate Gassen vor. Entweder wußten die Clanpiloten nicht, mit wem sie es zu tun hatten, oder aber sie hatten eine sehr geringe Meinung von den Söldnern. Rose war sicher, daß er sich an einem der Mechs vorbeikämpfen und auf die Anlage zustürmen konnte, aber dann würden sie die beiden anderen im Rücken haben. Ihre einzige Chance bestand darin, sie einzeln auszuschalten.

»Thorns, zur linken Gasse. Vielleicht können wir einen erledigen, bevor die anderen hier sind.« Rose hörte die Bestätigungen der beiden übrigen Mitglieder seiner Einheit, aber in seinen Gedanken war er weit weg. Der Himmel über der Stelle, an der der *Mechkiller* abgestürzt war, glühte blutrot.

»Irgendein Zeichen von Kämpfer Eins?« Rose überprüfte die Ortung, aber der *Marodeur II* war nicht zu sehen.

»Negativ, Kämpfer Zwo. Wahrscheinlich wird sie vom Wächter abgeschirmt.«

Zumindest hoffte Rose das. Zwischen dem Wächter-ECM und den dazwischenliegenden Gebäuden war es unwahrscheinlich, daß die übrigen Söldner zu ihnen stießen, bevor sie die HPG-Station erreichten – falls sie es überhaupt bis dahin schafften.

»Hier Kommandant Zwo. Ich habe ein Ziel hinter uns.« Rose richtete sein Augenmerk auf den Weg, den sie soeben gekommen waren. Hinter ihnen befand sich ein einzelner Mech, knapp außer Sichtweite. Hätte

Rianna nicht in dieser Richtung gesucht, hätte er die Lanze überraschen können. Ohne die Beaglesonde ließ sich unmöglich feststellen, welcher Mechtyp sie verfolgte. Andererseits wußte Rose, was sie voraus erwartete.

»Kommandant Zwo folgt KampfLanze die Seitengasse hinauf. Ich wende und kümmere mich um den Verfolger. Denkt daran: Ihr müßt das ComStar-Gebäude erreichen.«

Rose wendete das *Streitroß* und marschierte die Straße hinab. Eber und Bell hatten Gelegenheit, jeweils ein paar Treffer anzubringen, bevor die anderen Clanmechs eintrafen, um ihrem belagerten Kameraden zu helfen. Wenn Rose ihren Verfolger ausschalten konnte, hatten sie eine gute Chance durchzubrechen.

Als er die Straße hinabmarschierte, sah Rose die Zivilisten aus den Häusern kommen, um hinter den Kriegsmaschinen herzustarren. Seine plötzliche Kehrtwendung überraschte einige im Freien. Als die Zivilisten in Deckung flohen, erschien am anderen Ende der Straße ein OmniMech. Im Licht der Straßenlaternen erkannte Rose den *Katamaran,* mit dem seine Einheit schon im Stadtpark zu tun gehabt hatte.

Der Mech war mindestens so beschädigt wie sein *Streitroß,* aber der Omni hatte den Kampf besser gepanzert und stärker bestückt begonnen. Wie vorzeitliche Revolverhelden standen sich die Mechs kurz gegenüber. Die zuschauenden Zivilisten hielten das sicher für völlig normal, aber Rose wußte, daß dem nicht so war. Niemand stellte sich mitten auf einer Straße zu einem Schußwechsel mit einem OmniMech auf.

Rose brauchte nur einen Sekundenbruchteil, um das Fadenkreuz auszurichten und die Raketen auszulösen. Der Clanpilot feuerte die PPK in seinem rechten Arm erst kurz danach. Rose stemmte sich gegen den Schlag, als der Blitz in die rechte Torsoseite des *Streitroß* einschlug. Dann, als die Detonation verklang, rannte er auf den *Katamaran* zu. Die Raketensalve überzog Schultern und Brustpartie des Clanmechs mit Explosionen. Eine der kastenförmigen Raketenlafetten explodierte, als Rose' Geschosse das Gehäuse durchschlugen und die Raketen in den Abschußrohren zur Explosion brachten.

Die Raketenlafette war noch in der Nachladephase, als Rose die mittelschweren Impulslaser in Torso und Armen des *Streitroß* auslöste. Alle vier fanden ihr Ziel. Ein Schuß traf das Cockpit des *Katamaran*.

Dieser Treffer oder vielleicht auch der heranstürmende Mech machte dem Clanpiloten Angst, denn er löste sämtliche verbliebenen Geschütze aus. Sechs Kurzstreckenraketen schossen aus der Lafette und detonierten fünf Sekunden später auf dem Rumpf des *Streitroß*. Auch die PPK im rechten Arm des OmniMechs feuerte, aber der Partikelstrahl zuckte an Rose vorbei. Der Söldner fühlte den rechten Arm seines Mechs sinken. Die roten Lämpchen auf der Geschützanzeige bestätigten die Zerstörung des Armlasers.

Rose stürmte weiter. Die Raketenlafette meldete Feuerbereitschaft. Trotz der geringen Entfernung löste er eine weitere Salve aus. Zwanzig Raketen flogen auf den *Katamaran* zu. Alle zwanzig trafen, aber nur drei von ihnen richteten Schaden an. Drei kleine Detonationen sprengten Panzerung ab, der Rest wurde einfach an den Ferrofibritplatten des *Katamaran* zerdrückt.

Aber der Aufprall der Raketen hatte den Jadefalken-Piloten genügend abgelenkt, um Rose herankommen zu lassen. Unter den Straßenlaternen sah Rose den *Katamaran* jetzt deutlicher. Der Omni war in schlechter Verfassung. Der linke Arm war noch vorhanden, aber PPK und Aktivatoren waren zerstört. Die restliche Panzerung war ebenso mit Kratern und Breschen übersät wie das *Streitroß*. Der Clanpilot versuchte zurückzuweichen, aber Rose ließ ihn nicht weit genug wegkommen, um die PPK abzufeuern. Als der Clanner den rechten Arm wie eine Keule schwang, fand Rose eine Schwachstelle.

Er drehte das *Streitroß* etwas zur Seite und fing den Schlag mit der verstärkten Schulterplatte ab. Dann trat er den *Katamaran* gegen das rechte Bein. Am Fuß des *Streitroß* löste sich das Metall, aber die Platten am Schienbein des OmniMechs zerbeulten wie Metallfolie. Rose feuerte die Impulslaser im Torso ab und konzentrierte sich auf den nächsten Hieb.

Die Schulterplatte verformte sich unter dem Schlag und quetschte den Schulteraktivator. Rose konnte den Arm noch bewegen, aber nicht mehr als Gegengewicht für den Tritt nach dem Schienbein des *Katamaran* benutzen. Auf sein Gleichgewichtsgefühl und seine Pilotenfähigkeiten vertrauend, trat Rose nach. Der Schlag fand wenig Widerstand, und der Metallknochen des OmniMechs zersplitterte. Der *Katamaran* kippte nach rechts. Rose stolperte in dieselbe Richtung. Das Pflaster zerbarst unter dem stampfenden Metall, als Rose um die Beherrschung des Kampfkolosses rang. Der *Katamaran* schlug auf, aber Rose bekam das *Streitroß* wieder unter Kontrolle, auch wenn es die Frontpartie eines geparkten Wagens kostete.

Der Omnipilot versuchte seine Maschine auf einem Bein aufzurichten, aber Rose ließ ihm keine Chance. Er achtete sorgsam darauf, außerhalb des Schußwinkels der PPK zu bleiben und trat näher an den gestürzten Mech heran. Er zielte sorgfältig auf das Cockpit und wartete, bis die Maschine sich nicht mehr rührte. Der Pilot kletterte aus der Cockpitluke, und Rose drehte in Richtung ComStar-Anlage ab.

Schon nach drei schwerfälligen Schritten war ihm klar, daß sein rechtes Mechbein wieder schwer beschädigt war. In diesem Tempo würde er den Rest der Black Thorns nie einholen. Aber die Mitglieder seiner Einheit brauchten ihn. Er löste die Sprungdüsen aus.

Das *Streitroß* erhob sich in die Lüfte und landete einhundertfünfzig Meter weiter mitten auf der Straße, wobei es mit beiden Beinen durch den Straßenbelag brach. Das rechte Bein knirschte, aber es hielt, und Rose betätigte die Sprungdüsen noch einmal. Er legte fünf Sprünge zurück, bis der Computer mitteilte, die Reaktionsmasse reiche nur noch für zwei weitere. Rose zögerte, dann beschloß er, weiterzuhumpeln.

Fünf Minuten später erreichte er den Schauplatz der ersten Begegnung. Er sah sich hastig um. Außer den Überresten eines *Masakari* und einigen zertrümmerten PKWs war nichts zu sehen. Er blickte auf die Ortung und hinkte weiter in Richtung ComStar-Station. Jetzt machte er sich nicht mehr die Mühe, in Seitenstraßen und Gäßchen nach versteckten Clanmechs zu suchen. Das Risiko war ihm egal. Wenn er in dem laufenden Gefecht überhaupt noch eine Rolle spielen wollte, mußte er die verlorene Zeit aufholen.

Rose erreichte eine Hügelkuppe und überblickte kurz das gesamte Schlachtfeld, auf dem Eber und Bell ein Rückzugsgefecht gegen zwei beschädigte *Masakaris* führten. Rose konnte nicht die gesamten Schäden der vier beteiligten Maschinen erkennen, aber Antioch war offensichtlich in ernsten Schwierigkeiten: Ebers *Kampftitan* hielt die Reste vom rechten Arm der *Banshee* in der Hand. Der Arm hätte eine hervorragende Keule abgegeben, aber die Clanpiloten kamen nicht nahe genug heran, um Eber Gelegenheit zum Einsatz seiner improvisierten Schlagwaffe zu geben. Vom *Feuerfalke* war nirgends etwas zu sehen.

Rose sprang in Richtung der Kämpfenden. Am Scheitelpunkt seiner Flugbahn feuerte er eine Raketensalve auf den Rücken des nächsten OmniMechs ab. Er sah die Raketen auf dem Rumpf des *Masakari* explodieren, dann war er zu tief, um noch etwas zu erkennen. Während die Lafette nachlud, überprüfte er noch einmal die Statusanzeige. Jetzt den letzten Sprung zu verbrauchen, war närrisch. Er wußte es. Trotzdem löste er die Sprungdüsen wieder aus, sobald die Raketenlafette feuerbereit war. Mit der letzten Reaktionsmasse sprang er auf die Omnis zu und suchte vergeblich nach Rianna.

Zu seiner Überraschung hatte sich kein *Masakari* zu ihm umgedreht. Er nahm an, daß dafür Bell und Eber verantwortlich waren. Vielleicht besaßen sie eine Rükkendeckung, die er noch nicht bemerkt hatte? Er hatte keine Zeit, sich darum Sorgen zu machen. Noch bevor das *Streitroß* den Boden berührte, löste er die Raketen aus. Jetzt standen die beiden OmniMechs zwischen ihm und der KampfLanze. Er hatte gerade seine drei Laser auf den am nächsten stehenden *Masakari* abgefeuert, als sein Mech einen Schlag in den Rücken erhielt. Der Omni wurde von Sekundärexplosionen erschüttert, aber der *Masakari* feuerte unbeirrt weiter auf Eber und Bell.

Rose hatte noch nie gegen einen Clan-Elementar gekämpft, aber das konnte nur bedeuten, daß einer von ihnen auf seinem Mech gelandet war. Beinahe augenblicklich durchschlug ein Angriff die Rückenpanzerung des rechten Mechtorsos. Er machte einen Schritt nach vorne. Das rechte Bein des *Streitroß* humpelte noch stärker als vorher. Über die Außenkamera sah er einen zweiten Elementar die verbliebene Stützstruktur des Beines zerschmelzen.

Sein Mech stand unmittelbar vor dem Sturz. Der linke Arm war nutzlos, der rechte beschädigt. Er konnte die Elementare nicht abstreifen. Genausowenig konnte er ihnen mit dem beschädigten rechten Bein entkommen. Er überprüfte die Treibstoffvorräte, aber wie erwartet waren sie zu gering, um die 80 Tonnen Metall seiner Maschine noch einmal vom Boden zu heben. Die Raketenlafette meldete wieder Feuerbereitschaft, und Rose fand sich mit seinem Schicksal ab. Das *Streitroß* ging seinem Untergang entgegen.

Er atmete tief durch und feuerte die Langstreckenraketen auf den *Masakari* ab. Das Artemis-Feuerleitsystem funktionierte perfekt und lenkte alle zwanzig Geschosse in den Rücken des OmniMechs. Rose hörte Metall bersten, dann erschien über dem Sichtschirm die Klaue eines Elementars. Die Metallkralle fuhr durch die Elektronik, und der Sekundärschirm fiel in einem Funkenschauer aus. Der nähere der beiden *Masakaris* krachte in eine Reihe geparkter Zivilwagen, dann explodierte der Hauptschirm. Rose sah zu der immer weiter klaffenden Bresche über seinem Kopf empor, durch die der Elementar seinen Armlaser zu schieben versuchte. Währenddessen beendete seine Strahlkamerad die Arbeit am rechten Mechbein.

Mit einem lauten Krachen gab das Bein des *Streitroß* nach. Rose versuchte nicht einmal, den Mech aufrecht zu halten. Statt dessen konzentrierte er sich darauf, nach vorne zu fallen. Der Elementar zögerte. Sollte er sich in Sicherheit bringen oder den Piloten erledigen? Als er sich schließlich entschloß zu springen, war es zu spät.

Diesmal blieb Rose bei Bewußtsein. Dadurch fühlte er jede Erschütterung, als der Mech aufschlug. Das *Streitroß* prallte vom Boden ab und rutschte einige Meter, bevor es zum Stillstand kam. Rose fummelte an den Gurten herum und konnte sich schließlich befreien. Sofort fiel er in die zersplitterten Trümmer des Hauptschirms. Er zog den Neurohelm vom Kopf und sah sich im Innern der verwüsteten Pilotenkanzel um. Der Laser des Elementars hing halb im Innern des Cockpits und schien leicht zu erreichen. Rose hängte den Helm daran auf.

Aufzustehen war schwieriger als erwartet, hauptsächlich aufgrund der ungewöhnlichen Neigung des Cockpits. Aber auch die Prellungen durch den Aufprall und die Steifheit, die von zu langen Stunden im Pilotensitz herrührte, taten ein Übriges. Er vergewisserte sich, daß die Laserpistole noch im Hüftholster steckte und das Stiefelmesser ebenfalls noch an seinem Platz war. Dann kletterte auf die Rückenlehne des Pilotensitzes und reckte sich nach oben, um die Rückenluke zu öffnen. Die Verriegelung löste sich ohne Schwierigkeiten, und die Luke schwang beim zweiten Stoß nach außen.

Rose kletterte auf den Hinterkopf des *Streitroß* und beobachtete, wie Eber dem letzten *Masakari* mit einer Laserbreitseite den Garaus machte. Die *Banshee* stand zwar noch, aber der Mech war offensichtlich kampfunfähig. Selbst auf diese Entfernung konnte Rose drei tiefe Breschen in der Torsopanzerung erkennen.

Die Elementare waren zur Unterstützung des letzten OmniMechs gerannt, aber als er fiel, änderten sie den Kurs und verschwanden in der Nacht. Rose rutschte am Kopf seiner Maschine hinab auf die Straße. Als er auf den *Kampftitan* zutrottete, hörte er andere Mechs näher kommen. Er drehte sich um und sah Esmeralda, die Rianna zurück zu den übrigen Thorns führte.

Daß der *Marodeur II* sich überhaupt noch bewegen konnte, war schon erstaunlich. Die Autokanone hing an der rechten Seite des Rumpfes von der zerschmetterten Kupplung. Der rechte Arm hing kraftlos herab und scheuerte gelegentlich funkensprühend über den Asphalt, wenn Esmeralda den Mech bewegte. Beide Sprungflügel, die dazu dienten, das Flugprofil des sprungfähigen Metallgiganten zu verbessern, waren abgeschossen. Nur noch rußgeschwärzte Stummel waren geblieben.

Riannas *Feuerfalke* war es nicht besser ergangen. Der rechte Arm war am Ellbogen abgetrennt. Bei jeder Bewegung des Stummels versprühten die Kabelenden blaue und grüne Funken. Die rechte Sprungdüse war zerstört, und aus der Art, wie sich die Maschine bewegte, schloß Rose auf ein steifes rechtes Kniegelenk.

Rose drehte um und rannte auf den *Kampftitan* zu,

der zufrieden schien, auf die Ankunft der beiden anderen Mechs zu warten. Rose erreichte ihn kurze Zeit nach ihnen und versuchte vergeblich, die Aufmerksamkeit eines des Piloten zu erlangen. Schließlich hatte er mit einem Schuß aus der Laserpistole Erfolg. Die Strahlbahn zuckte knapp vor Ebers Cockpit vorbei, und der Söldner blickte nach unten. Als Rose mit den Armen fuchtelte, beugte der *Kampftitan* sich herab.

»Könnt ihr mich hören?« rief Rose mit lauter Stimme. Eber legte die linke Mechhand auf den Boden, und Rose stieg auf die Handfläche.

Die Antwort kam über die Außenlautsprecher des *Kampftitan.* »Ja, Kapitän. Wir können dich alle hören.« Als sich der *Kampftitan* wieder aufrichtete, hatte Rose dasselbe unangenehme Gefühl wie bei einer Fahrt im Expressaufzug. Er gab seinem Magen Gelegenheit, sich zu beruhigen, bevor er es riskierte, den Mund wieder zu öffnen. Er blickte hinüber zur *Banshee* und sah Bell aus dem Cockpit steigen und auf die Schulter seiner Maschine treten.

»Hol Bell, und dann ab Richtung ComStar.« Der *Kampftitan* hob die Hand zur *Banshee,* und Antioch sprang auf. Esmeralda und Rianna waren bereits unterwegs.

»Wo ist Ajax?« schrie Rose in den Wind.

»Rianna hat ihn vorausgeschickt.«

»Wie ist die Lage an der ComStar-Station?«

»Infanterie-Verteidiger. Sieht so aus, als hätten einige der militanteren Behüter sich dort einquartiert.«

»Was ist mit Kröten?«

»Die Verteidiger scheinen allesamt einheimisch.«

Rose drehte sich zu Bell um und senkte etwas die Stimme. »Wie geht's?«

Antioch zuckte die Achseln. Um seine Mundwinkel spielte der Anflug eines Lächelns. »Ich lebe noch.« Er machte eine Pause, und Rose nickte. »Aber ich glaube, mein linker Daumen ist gebrochen.«

Rose sah sich den Finger im Licht der Straßenlaternen an, aber im Halbdunkel konnte er nicht feststellen, ob er tatsächlich gebrochen oder nur verrenkt war. Er sah wieder zu Bell hoch, der noch einmal die Schultern zuckte.

»Kapitän, Ajax meldet verstärkte Aktivität an der HPG-Station. Noch immer kein Zeichen von den Elementaren oder den übrigen Mechs.«

»Eber, schaff uns ins Innere der Station. Rianna soll folgen. Esmeralda soll die Zugangsstraßen bewachen, bis wir die Anlage gesichert haben. Sag Ajax, er soll in Position bleiben.«

Esmeralda trat mit dem *Marodeur II* das Haupttor der Anlage ein und wich zurück. Zwei Kurzstreckenraketen schossen ins Freie, trafen aber nur eine Fabrik auf der anderen Straßenseite. Der *Feuerfalke* trat in die Bresche, hob den linken Arm und feuerte eine lange MG-Salve ab, an deren Ende ein einzelner Schuß aus dem mittelschweren Impulslaser stand. Der Raketenbeschuß brach ab, und Rianna verschwand im Innern der Anlage, dicht gefolgt von Eber mit seiner menschlichen Fracht.

Die beiden Mechs bewegten sich an den beiden kleinen Vorgebäuden vorbei auf das Haupthaus am Ende des Hofes zu. Rose behielt die kleineren Gebäude im Auge, aber als die Türen geschlossen blieben, richtete er den Blick wieder auf Rianna.

»Hier spricht Rianna Rose, stellvertretende Kommandeurin der Black Thorns. Ich befehle allen Rebellen, die diese Anlage besetzt halten, die Waffen niederzulegen und sich zu ergeben. Sie haben dreißig Sekunden.«

»Eber.« Rose deutete auf das Haupthaus. »Setz uns ab. Bell und ich werden in die Station gehen.« Eber setzte die beiden Männer ab und richtete den Mech wieder auf, während Rose und Bell die Pistolen zogen und an der nächsten Wand in Deckung gingen.

Vor Rose' Augen stürmte ein einzelner Mann aus einer Seitentür und hievte einen Raketenwerfer auf die Schulter. »Folgt mir, freie Borgheser. Folgt mir zurück in die ruhmreiche Zeit des Sternenbunds.« Beide Raketen schossen auf den *Feuerfalke* zu. Rose konnte das schrille Sirren des Raketenabwehrsystems hören, aber dessen Munitionsvorrat war verbraucht. Eine Rakete flog über die Schulter des Mechs hinweg, aber die andere streifte seinen Kopf. Beide seitlichen Antennen wurden weggeblasen, als der Sprengkopf die Panzerung absprengte.

Riannas Reaktion kam augenblicklich. Sie feuerte das MG ab und schwenkte den linken Mecharm in einem weiten Bogen herum. Die großkalibrigen Geschosse schlugen in die Mauer der HPG-Station und schleuderten Schmutz- und Staubfontänen auf, als sich die Schußspur rapide auf den Angreifer zubewegte. Der Infanterist warf den Raketenwerfer beiseite und drehte sich zur Tür, aber die Kugeln erreichten ihn, bevor er noch einen Schritt tun konnte. Sein Körper zuckte unkontrolliert, als er durchsiebt wurde. Rianna gab den Auslöser frei, und der Rebell fiel reglos zu Boden. Sie feuerte einen einzelnen Laserschuß durch die offene Tür. Aus dem Gebäudeinnern hörte Rose Schreie.

»Sie haben noch fünfzehn Sekunden.«

Die Haupttore öffneten sich, und zwei Raketenwerfer fielen in den Hof. Männer und Frauen kamen mit erhobenen Händen durch die Türen. Weitere Behüter kamen durch die glühenden Überreste des Seitentürrahmens.

Rose rannte an ihnen vorbei. Als er den verkrümmten Leichnam passierte, konnte er im diffusen Licht die von Schmerz und Angst verzerrten Züge Hoffbrowse' ausmachen. Ohne einen weiteren Gedanken lief Rose weiter. Wie erwartet saß der Demipräzentor, der die Station leitete, an seinem Schreibtisch. Er schien die

Todesfälle in seiner Umgebung überhaupt nicht zur Kenntnis genommen zu haben.

»Ich möchte eine Sonderbotschaft an Generalhauptmann Stella Dmowski im Militärhauptquartier von Kelenfold senden. Ich beantrage eine sofortige Bearbeitung.«

Der scheinbar unerschütterliche Demipräzentor sah zu den beiden Männern auf. Dann betrachtete er ihre Waffen. Er stand wortlos auf und ging ins Sendezentrum voraus. Fünf Minuten später war die Botschaft unterwegs.

»Und nun?« fragte Bell.

»Jetzt warten wir auf die Antwort.« Rose schaute hinüber zu dem schweigenden Demipräzentor, der nur nickte. Er war offensichtlich kein Behüter.

Die Antwort ließ mehr als sechs Stunden auf sich warten. In der Zwischenzeit bereiteten sich die Black Thorns auf einen Gegenangriff der Clanner vor und beobachteten die Umgebung. Esmeralda kam ins Innere des Lagers, aber Ajax patrouillierte durch die Straßen und suchte nach Jadefalken. Der Morgen graute, als der Demipräzentor Rose die Nachricht aushändigte. Er überflog sie und rannte hinaus auf den Hof.

»Die Kavallerie ist unterwegs«, schrie er, so laut er konnte.

Bell sah ihn verärgert an. »Wer braucht die denn?«

»Wir brauchen Sie, es sei denn, Sie wollen noch so eine Nacht durchmachen. Ein ganzes Regiment ist auf dem Weg hierher.«

»Ich bin nicht sicher, ob das nötig sein wird«, erwiderte Antioch. »Der Raumhafen hat gemeldet, daß das Clan-Landungsschiff vor zehn Minuten gestartet ist. Es ist offensichtlich auf dem Weg zurück zum Sprungschiff.« Antioch ließ Rose ein paar Sekunden mit offenem Mund stehen, bevor er weitersprach. »Es ist vorbei. Wir haben gewonnen.« Erleichterung schlug über Rose zusammen wie eine warme Woge. Ein Grinsen trat auf sein Gesicht, und Bell erwiderte es.

»Ratsfrau de Vilbis hat die Ankunft der Clanner zu einer Invasion und die Behüter zu Terroristen erklärt. Rianna hat die Gefangenen der Polizei übergeben. Wir haben es geschafft, Jeremiah. Wir haben die Clans geschlagen.«

Dann verschwand Rose' Lächeln wie Wasser durch den Abfluß. »Du hast recht, Antioch. Wir haben sie geschlagen, aber zu welchem Preis? Der Preis für diese Welt war einfach zu hoch.«

»Kapitän, hier Kommandant Zwo. Ich habe eine dringende Nachricht vom Mutter-der-Gnaden-Hospital. Käpten McCloud bittet um Ihren sofortigen Besuch.«

Rose fühlte, wie Tränen in seine Augen traten, als er Riannas Stimme über die Außenlautsprecher des *Feuerfalke* hörte. Bells Lächeln wurde noch breiter, und Rose konnte es nur noch erwidern. Vielleicht war der Preis doch nicht zu hoch gewesen.

ANHANG

Glossar

Schiffs- und BattleMech-Typen

GLOSSAR

POLITISCHE BEGRIFFE

Nach dem Zerfall des Sternenbunds führte General Aleksandr Kerensky, der Kommandeur der regulären Sternenbundstreitkräfte, seine Truppen im sogenannten ›Exodus‹ aus der Inneren Sphäre in die Weiten des Alls jenseits der Peripherie. Mehr als 1300 Lichtjahre von Terra entfernt besiedelten Kerensky und seine Gefolgsleute eine Gruppe halbwegs bewohnbarer Systeme am Rande eines Kugelsternhaufens, der sie von der Inneren Sphäre abschirmte. Innerhalb von fünfzehn Jahren kam es unter den Exilanten zu einem Bürgerkrieg, der drohte, alles zu zerstören, was sie unter großen Mühen aufgebaut hatten. In einem zweiten Exodus führte Nicholas Kerensky, Aleksandrs Sohn, seine Gefolgsleute in eines der Systeme im Innern des Sternhaufens, um dort dem neuen Krieg zu entkommen. Dort, auf Strana Metschty (russ.: Land der Träume), erdachte und organisierte Kerensky das Gesellschaftssystem der Clans.

Wolfs Dragoner entstammen ursprünglich den Clans, haben sich jedoch formell vom Wolfsclan losgesagt. Trotzdem sind bei den Dragonern weiter zahlreiche Clantraditionen, -sitten und -konzepte in Gebrauch.

Clans: Aus der Asche der Zivilisation, die Kerensky hatte aufbauen wollen, entstanden die Clans. Die Clans sind eine rigide Kastengesellschaft, an deren Spitze als Elite die Krieger stehen. Zur Propagierung dieser Elite benutzen die Clans genetische Menschenzuchtverfahren, bei denen mit dem Genmaterial angesehener lebender und gefallener Krieger potentiell ebenso ruhmreicher Nachwuchs hergestellt wird.

ComStar: Das interstellare Kommunikationsnetz ComStar wurde von Jerome Blake entwickelt, der in den letzten Jahren des Sternenbunds das Amt des Kommunikationsministers innehatte. Nach dem Zusammenbruch des Bundes eroberte Blake Terra und gestaltete die Überreste des Sternenbund-Kommunikationsnetzes in eine Privatorganisation um, die ihre Dienste mit Profit an die fünf Häuser weiterverkaufte. Seitdem hat sich ComStar zu einem mächtigen Geheimbund entwickelt, der sich jahrhundertelang in Mystizismus und Rituale hüllte, bis es nach der Entscheidungsschlacht gegen die Clans auf Tukayyid unter Prima Sharilar Mori und Präzentor Martialum Anastasius Focht zur Reformation des Ordens und Abspaltung der erzkonservativen Organisation *Blakes Wort* kam.

Innere Sphäre: Mit dem Begriff ›Innere Sphäre‹ wurden ursprünglich die Sternenreiche bezeichnet, die sich im 26. Jahrhundert zum Sternenbund zusammengeschlossen hatten. Derzeit bezeichnet er den von Menschen besiedelten Weltraum innerhalb der Peripherie.

Nachfolgerfürsten: Die fünf Nachfolgerstaaten werden von Familien regiert, die ihre Herkunft von einem der ursprünglichen Lordräte des Sternenbunds ableiten. Alle fünf Hausfürsten erheben Anspruch auf den Titel des Ersten Lords. Sie kämpfen seit Ausbruch der Nachfolgekriege im Jahre 2786 gegeneinander. Ihr Schlachtfeld ist die riesige Innere Sphäre, bestehend aus sämtlichen einstmals von den Mitgliedsstaaten des Sternenbunds besetzten Sonnensystemen.

Nachfolgerstaaten: Nach dem Zerfall des Sternenbunds wurden die Reiche der Mitglieder des Hohen Rats, die sämtlich Anspruch auf die Nachfolge des Ersten Lords erhoben, unter dem Namen Nachfolgerstaaten bekannt. Die Nachfolgerstaaten bestehen aus ursprünglich fünf und derzeit noch vier Herrscherhäusern: Haus Kurita (Draconis-Kombinat), Haus Liao (Konföderation Capella), Haus Steiner-Davion (Vereinigtes Commonwealth) und Haus Marik (Liga Freier Welten). Die Clan-Invasion hat die Jahrhunderte des Krieges seit 2786 – die Nachfolgekriege – einstweilen unterbrochen. Schauplatz dieser Kriege ist die riesige Innere Sphäre, bestehend aus allen einst von den Mitgliedsstaaten des Sternenbundes beherrschten Systemen. Die Nachfolgerfürsten haben ihre Streitigkeiten ausgesetzt, um der Bedrohung durch den gemeinsamen Feind, die Clans, zu begegnen.

Peripherie: Jenseits der Grenzen der Inneren Sphäre liegt die Peripherie, das weite Reich bekannter und unbekannter Systeme, das sich bis in die interstellare Nacht erstreckt. Die einstigen terranischen Kolonien in der Peripherie wurden durch den Zerfall des Sternenbundes technologisch, wirtschaftlich und politisch ruiniert. Derzeit ist die Peripherie größtenteils Zufluchtsort für Banditenkönige, Raumpiraten und Ausgestoßene.

Sternenbund: Im Jahre 2571 wurde der Sternenbund gegründet, um die wichtigsten nach dem Aufbruch ins All von Menschen besiedelten Systeme zu vereinen. Der Sternenbund existierte annähernd 200 Jahre, bis 2751 ein Bürgerkrieg ausbrach. Als das Regierungsgremium des Sternenbunds, der Hohe Rat, sich in einem Machtkampf auflöste, bedeutete dies das Ende des Bundes. Jeder der Hausfürsten rief sich zum neuen Ersten Lord des Sternenbunds aus, und innerhalb weniger Monate war die gesamte Innere Sphäre im Kriegszustand. Dieser Konflikt hält bis zum heutigen Tage, knapp drei Jahrhunderte später, an. Die Jahrhunderte nahtlos ineinander übergehender Kriege werden in toto als die ›Nachfolgekriege‹ bezeichnet.

Waffenstillstand von Tukayyid: Der Waffenstillstand von Tukayyid hat eine fünfzehnjährige Waffenruhe zwischen den Clans und der Inneren Sphäre begründet. Khan Ulric Kerensky, ilKhan der Clans, vereinbarte mit dem Präzentor Martialium ComStars, Anastasius Focht, auf dem Planeten Tukayyid eine Entscheidungsschlacht. Bei einem Sieg der Clans verpflichtete sich ComStar, ihnen Terra auszuhändigen, bei einem Sieg ComStars verpflichteten sich die Clans zu einem fünfzehnjährigen Waffenstillstand. Der nach einem überwältigenden Sieg der ComGuards auf Tukayyid unterzeichnete Vertrag etablierte eine Grenzlinie, die durch den Planeten Tukayyid verläuft. Die Clans dürfen diese Grenzlinie bis zum Ablauf des Waffenstillstands nicht überschreiten.

MILITÄRISCHE BEGRIFFE

Die Streitkräfte der Inneren Sphäre und der Clans benutzen BattleMechs, Landungsschiffe, Sprungschiffe und andere ähnliche Waffen und Ausrüstungsteile, aber die Technologie der Clans ist generell überlegen. ClanKrieger leben entsprechend dem Wesen der Clans, eines Ehrenkodex, der selbst ihren Kampfstil beeinflußt. Die Innere Sphäre hat es bisher nicht geschafft, den gewaltigen technischen Vorsprung der Clans auszugleichen. Ihre Siege wurden *ausschließlich* durch Taktiken erreicht, welche die durch diese Philosophie entstandene Unbeweglichkeit und Berechenbarkeit der ClanKrieger ausnützen.

Autokanone: Eine automatische Schnellfeuerkanone. Leichte Fahrzeugkanonen haben Kaliber zwischen 30 und 90 mm, während eine schwere Mechautokanone ein Kaliber von 80 bis 120 mm oder mehr besitzen kann. Die Waffe feuert in schneller Folge panzerbrechende Hochexplosivgranaten ab.

Bataillon: Ein Bataillon ist eine militärische Organisationseinheit der Inneren Sphäre, die in der Regel aus drei Kompanien besteht.

BattleMech: BattleMechs sind die gewaltigsten Kriegsmaschinen, die je von Menschen erbaut wurden. Diese riesigen humanoiden Panzerfahrzeuge wurden ursprünglich vor über 500 Jahren von terranischen Wissenschaftlern und Technikern entwickelt. Sie sind schneller und manövrierfähiger in jedem Gelände, besser gepanzert und schwerer bewaffnet als jeder Panzer des 20. Jahrhunderts. Sie ragen zehn bis zwölf Meter hoch auf und sind bestückt mit Partikelprojektorkanonen, Lasergeschützen, Schnellfeuer-Autokanonen und Raketenlafetten. Ihre Feuerkraft reicht aus, jeden Gegner mit Ausnahme eines anderen BattleMechs niederzumachen. Ein kleiner Fusionsreaktor liefert ihnen nahezu unbegrenzt Energie. BattleMechs können auf Umweltbedingungen so verschieden wie glühende Wüstenei und arktische Eiswüsten eingestellt werden.

Clan-Militär: Die militärische Organisation der Clans unterscheidet sich ebenso radikal von der in der Inneren Sphäre gebräuchlichen wie ihre Strategie und Taktik. Das Grundelement dieser Organisation ist der Strahl. Dieser besteht aus einem einzelnen Mech oder zwei Luft/Raumjägern oder fünf Infanteristen:

Strahl	1 Mech oder 5 Elementare
Stern	5 Mechs oder 25 Elementare
Binärstern	2 Sterne
Trinärstern	3 Sterne
Sternhaufen	4 Binärsterne
Galaxis	3 bis 5 Sternhaufen
Nova	1 Mechstern und 1 Elementarstern
Supernova	1 Mechbinärstern und 2 Elementarsterne

Elementare: Die mit Kampfanzügen ausgerüstete Eliteinfanterie der Clans. Diese Männer und Frauen sind wahre Riesen, die speziell für den Einsatz der von den Clans entwickelten Rüstungen gezüchtet werden.

Kompanie: Eine Kompanie ist eine militärische Organisationseinheit der Inneren Sphäre, die aus drei BattleMech-Lanzen oder bei Infanteriekompanien aus drei Zügen mit insgesamt 50 bis 100 Mann besteht.

KSR: Abkürzung für ›Kurzstreckenrakete‹. Es handelt sich um ungelenkte Raketen mit hochexplosiven oder panzerbrechenden Sprengköpfen.

Lanze: Eine Lanze ist eine militärische Organisationseinheit der Inneren Sphäre, die in der Regel aus vier BattleMechs besteht.

Laser: Ein Akronym für ›Light Amplification through Stimulated Emission of Radiation‹ oder Lichtverstärkung durch stimulierte Strahlungsemission. Als Waffe funktioniert ein Laser, indem er extreme Hitze auf einen minimalen Bereich konzentriert. BattleMechlaser gibt es in drei Größenklassen: leicht, mittelschwer und schwer. Laser sind auch als tragbare Infanteriewaffen verfügbar, die über einen als Tornister getragenen Energiespeicher betrieben werden. Manche Entfernungsmeßgeräte und Zielerfassungssensoren bedienen sich ebenfalls schwacher Laserstrahlen.

LSR: Abkürzung für ›Langstreckenrakete‹, zum indirekten Beschuß entwickelte Raketen mit hochexplosiven Gefechtsköpfen.

OmniMech: Die militärischen Erfolge der Clans gegen die Inneren Sphäre beruhen vor allem auf dem OmniMech. Die auf von General Kerenskys Truppen beim Exodus mitgenommener modernster Sternenbundtechnologie beruhenden OmniMechs sind BattleMechs, deren Bestückung durch modulare Bauweise entsprechend der jeweiligen Mission leicht verändert werden kann. Diese Neuerung verschaffte den Clans eine ungeheure Flexibilität auf dem Schlachtfeld. In Verbindung mit ihren weit leistungsstärkeren Kühl- und Ortungssystemen und ihrer größeren Feuerkraft haben die OmniMechs die Clans praktisch unbesiegbar gemacht. Seit der Begegnung mit den Clans versuchen auch Wissenschaftler der Inneren Sphäre, Clantechnologie in Mechkonstruktionen der Nachfolgerstaaten zu integrieren.

PPK: Abkürzung für ›Partikelprojektorkanone‹, einen magnetischen Teilchenbeschleuniger in Waffenform, der hochenergiegeladene Protonen- oder Ionenblitze verschießt, die durch Aufschlagskraft und hohe Temperatur Schaden anrichten. PPKs gehören zu den effektivsten Waffen eines BattleMechs.

Regiment: Ein Regiment ist eine militärische Organisationseinheit der Inneren Sphäre und besteht aus zwei bis vier Bataillonen von jeweils drei oder vier Kompanien.

Zug: Ein Zug ist eine militärische Organisationseinheit der Inneren Sphäre, die typischerweise aus etwa achtundzwanzig Mann besteht. Ein Zug kann in zwei Abteilungen aufgeteilt werden.

RAUMSCHIFFE

Sprungschiffe: Interstellare Reisen erfolgen mittels sogenannter Sprungschiffe, deren Antrieb im 22. Jahrhundert entwickelt wurde. Der Name dieser Schiffe rührt von ihrer Fähigkeit her, ohne Zeitverlust in ein weit entferntes Sonnensystem zu »springen«. Es handelt sich um ziemlich unbewegliche Raumfahrzeuge aus einer langen, schlanken Antriebsspindel und einem enormen Solarsegel, das an einen gigantischen Sonnenschirm erinnert. Das gewaltige Segel

besteht aus einem Spezialmaterial, das gewaltige Mengen elektromagnetischer Energie aus dem Sonnenwind des jeweiligen Zentralgestirns zieht und langsam an den Antriebskern abgibt, der daraus ein Kraftfeld aufbaut, durch das ein Riß im Raum-Zeit-Gefüge entsteht. Nach einem Sprung kann das Schiff erst weiterreisen, wenn es durch Aufnahme von Sonnenenergie seinen Antrieb wieder aufgeladen hat.
Sprungschiffe reisen mit Hilfe ihres Kearny-Fuchida-Antriebs in Nullzeit über riesige interstellare Entfernungen. Das K-F- Triebwerk baut ein Raum-Zeit-Feld um das Sprungschiff auf und öffnet ein Loch in den Hyperraum. Einen Sekundenbruchteil später materialisiert das Schiff am Zielsprungpunkt, der bis zu 30 Lichtjahre weit entfernt sein kann.
Sprungschiffe landen niemals auf einem Planeten und reisen nur sehr selten in die inneren Bereiche eines Systems. Interplanetare Flüge werden von Landungsschiffen ausgeführt, Raumschiffen, die bis zum Erreichen des Zielpunktes an das Sprungschiff gekoppelt bleiben.

Landungsschiffe: Da Sprungschiffe die inneren Bereiche eines Sonnensystems generell meiden müssen und sich dadurch in erheblicher Entfernung von den bewohnten Planeten einer Sonne aufhalten, werden für interplanetare Flüge Landungsschiffe eingesetzt. Diese werden während des Sprungs an die Antriebsspindel des Sprungschiffes angekoppelt. Landungsschiffe besitzen selbst keinen Überlichtantrieb, sind jedoch sehr beweglich, gut bewaffnet und aerodynamisch genug, um auf Planeten mit einer Atmosphäre aufzusetzen bzw. von dort aus zu starten. Die Reise vom Sprungpunkt zu den bewohnten Planeten eines Systems erfordert je nach Spektralklasse der Sonne eine Reise von mehreren Tagen oder Wochen.

KREUZRITTER

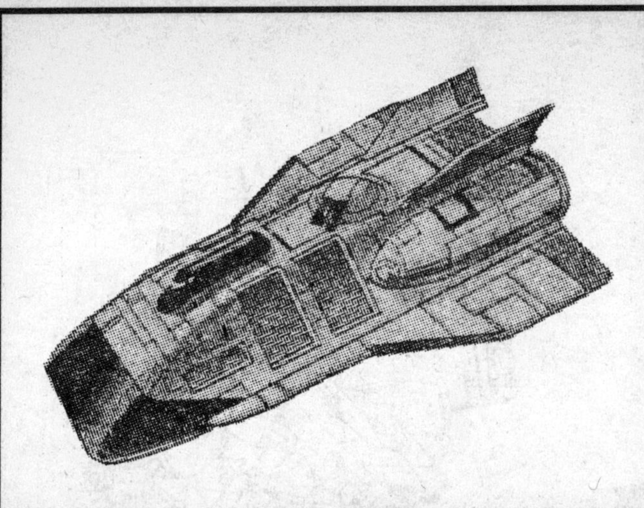

LANDUNGSSCHIFF DER LEOPARD-KLASSE

LANDUNGSSCHIFF DER UNION-KLASSE

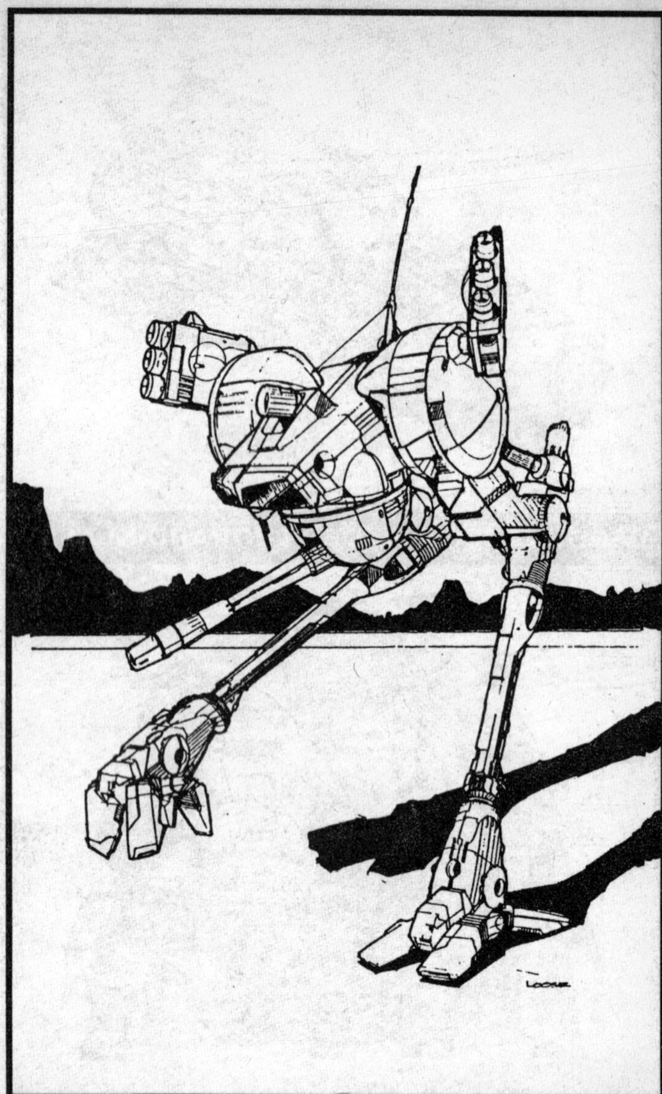

HEUSCHRECK

MARODEUR

FEUERFALKE

KAMPFSCHÜTZE

DUNKELFALKE

HORNISSE

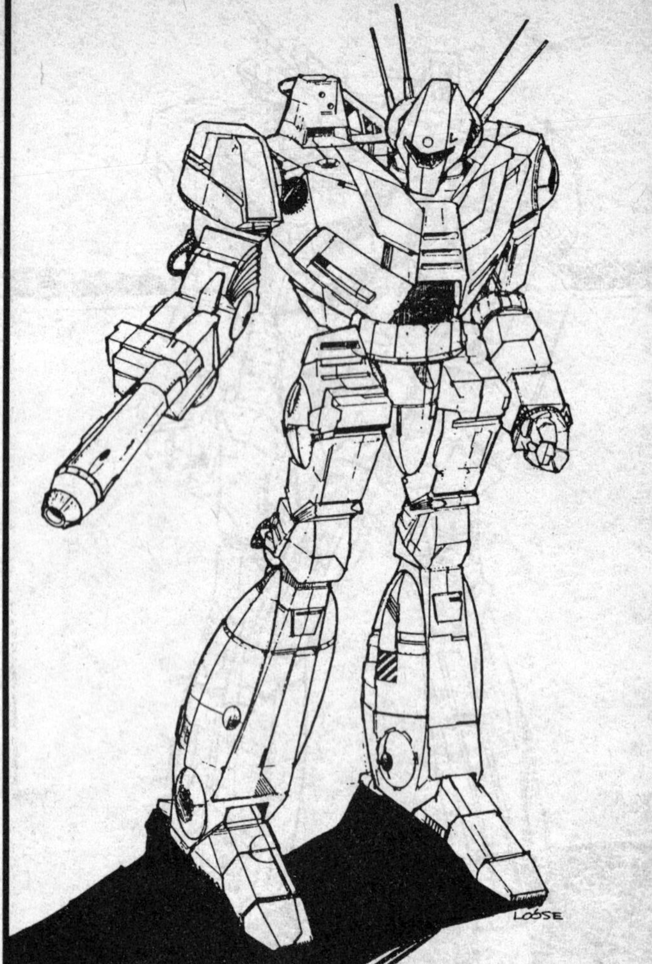

WESPE

STEPPENWOLF